dtv

Deutsche Lyrik
von den Anfängen bis zur Gegenwart

Band 6

Deutsche Lyrik
von den Anfängen bis zur Gegenwart
in 10 Bänden
Herausgegeben von Walther Killy

Band 1: Gedichte von den Anfängen bis 1300
Herausgegeben von Werner Höfer und Eva Willms

Band 2: Gedichte 1300–1500
Herausgegeben von Eva Willms und Hansjürgen Kiepe

Band 3: Gedichte 1500–1600
Herausgegeben von Klaus Düwel

Band 4: Gedichte von 1600–1700
Herausgegeben von Christian Wagenknecht

Band 5: Gedichte 1700–1770
Herausgegeben von Jürgen Stenzel

Band 6: Gedichte 1770–1800
Herausgegeben von Gerhart Pickerodt

Band 7: Gedichte 1800–1830
Herausgegeben von Jost Schillemeit

Band 8: Gedichte 1830–1900
Herausgegeben von Ralph-Rainer Wuthenow

Band 9: Gedichte 1900–1960
Herausgegeben von Gisela Lindemann

Band 10: Gedichte 1961–2000
Herausgegeben von Gerhard Hay und
Sibylle von Steinsdorff

Gedichte 1770–1800

Nach den Erstdrucken in zeitlicher Folge
herausgegeben von
Gerhart Pickerodt

Deutscher Taschenbuch Verlag

Unveränderter Reprint der in den Jahren 1969–1978
erstmals unter dem Titel ›Epochen der deutschen Lyrik‹
erschienenen Sammlung deutscher Gedichte, Band 6,
München 1970, 1981.

Originalausgabe
September 2001
Deutscher Taschenbuch Verlag GmbH & Co. KG,
München
www.dtv.de
© 1970, 1981, 2001 Deutscher Taschenbuch Verlag, München
Umschlagkonzept: Balk & Brumshagen
Gesamtherstellung: Druckerei C. H. Beck, Nördlingen
Gedruckt auf säurefreiem, chlorfrei gebleichtem Papier
Printed in Germany · ISBN 3-423-59052-1

Einleitung

Im ersten Akt von Schillers *Räubern* ist es der hinterhältige Spiegelberg, der den Vorschlag macht, eine Räuberbande zu gründen. Auf diesen Vorschlag antwortet der später seinem Hauptmann Karl Moor treu ergebene Roller: *So unrecht hat der Spiegelberg eben nicht. Ich hab auch meine Plane schon zusammengemacht, aber sie treffen endlich auf eins. Wie wär's, dacht ich, wenn ihr euch hinsetztet und ein Taschenbuch oder einen Almanach oder so was ähnliches zusammensudeltet und um den lieben Groschen rezensiertet, wie's wirklich Mode ist?*

Diese *Mode* – zur Entstehungszeit der *Räuber* in Deutschland bereits zehn Jahre alt – muß dem jungen Schiller, der auch ihren ökonomischen Hintergrund, das einträgliche Geschäft, durchschaut, als lohnendes Ziel seiner Satire erschienen sein. Umso mehr konnte es überraschen, daß Schiller selbst wenig später mit seiner *Anthologie auf das Jahr 1782* in das Geschäft jener Mode einstieg, ohne sich doch mit seinen Autorenkollegen als Räuberbande verstehen zu müssen.

Schillers Satire in den *Räubern* richtete sich gegen die Herausgeber der Taschenbücher und Almanache, nicht gegen die Autoren der in ihnen gedruckten Gedichte, und als Herausgeber seiner *Anthologie*, die sich ihrerseits polemisch gegen Stäudlins *Blumenlese* vom selben Jahr wandte, war er zugleich ihr dominierender Autor. Seine Satire greift eben das an, was Roller mit Vehemenz und Präzision das *Zusammensudeln* nennt. Dieser Vorwurf mußte nicht nur die Kopisten treffen, die, zum Wohle ihres Verlegers wie zu ihrem eigenen, ihr Material – teils auf abenteuerliche Weise – zusammenstahlen, sondern auch die Herausgeber der seriösen Unternehmungen wie etwa des *Göttinger* oder *Hamburger Musenalmanachs*, die, der französischen Mode der *Almanac des Muses* folgend, konzeptions- und konsequenzlos heterogene und qualitativ höchst unterschiedliche Produkte nebeneinanderstellten. Kriterium der Auswahl war einzig der bestechliche *gute Geschmack* des Herausgebers, und die Publikationen der Zeit zeigen deutlich, wie sehr dieser Geschmack sich an dem Ziel orientierte, einem möglichst breiten, ebenso lesewilligen wie in der Urteilsfähigkeit beschränkten Publikum entgegenzukommen. Daß der Publikumsgeschmack durch die solcherart desorientierten Publikationen nicht zur Urteilsfähigkeit gebildet, sondern negativ, d. h. eklektizistisch-genüßlich, bestimmt wurde, war eine notwendige Folge jener von Beginn an zwiespältigen bürgerlichen Bildungsemanzipation.

Almanache, Taschenbücher und literarische Zeitschriften bilden die Hauptquellen von Gedichterstdrucken zwischen 1770 und 1800. Dage-

gen bieten die Gedichtsammlungen der Autoren relativ wenig über das
hinaus, was schon in den oben genannten Publikationsorganen erschie-
nen war. Das lesende bürgerliche Publikum, vorbereitet vor allem durch
die moralischen Wochenschriften der vorangehenden Zeit, konsumierte
bereitwillig, was immer ihm geboten wurde, und kaum ein Autor ver-
mochte daher sein Gedicht – wenn er es nicht ohnehin einer bestimmten
Publikation zugedacht hatte – für eine spätere Sammlung zurückzuhal-
ten. Zudem war die undifferenzierte Nachfrage zu groß, als daß ein
Herausgeber, und sei es der der *Horen*, von seinem Kunstprogramm aus-
schließlich sich hätte leiten lassen können.

Diese Situation spiegelt sich besonders deutlich in der Verfahrens-
weise von relativ kritischen Herausgebern. Wenn etwa Christian Hein-
rich Schmid, der Herausgeber des Leipziger *Almanachs der deutschen
Musen*[1]), im Anhang einiger Jahrgänge seines Almanachs jedes einzelne
der aufgenommenen Gedichte kurz beurteilt und deren einige sogar
verurteilt, so zeugt die Tatsache, daß er aufnahm, was er zugleich ver-
warf, von dem Dilemma der Disproportion zwischen Angebot und
Nachfrage nicht weniger als jene, daß unter anderen er es war, der
Konkurrenzpublikationen ausplünderte. Schillers Räuber Roller wußte,
daß es *endlich auf eins träfe*, ob man eine Räuberbande oder einen Al-
manach gründete. Kommt, im derart satirisch überspitzten Ausdruck,
der Herausgeber im Räuber auf seinen Begriff, so demonstrieren die
Taschenbücher und Almanache der Zeit, spektakulär genug, die An-
archie der Warenproduktion im frühen Kapitalismus, gegen die, im
Bereich der literarischen Produktion, landesherrliche oder kaiserliche
Privilegien anachronistische und daher unzulängliche Waffen waren.
Aus diesen Verhältnissen am literarischen Markt läßt sich freilich nicht
ableiten, daß die Herausgeber oder gar die Autoren ihrer Tätigkeit pro-
fessionell nachgegangen wären. Sie alle waren gebildete Dilletanten, die
zumeist einen bürgerlichen Beruf ausübten. Keineswegs im heutigen
Sinne Produzenten am literarischen Markt, unterlagen sie dennoch be-
reits dessen Gesetzen.

Die allgemeine Lesekonjunktur ließ Ladenhüter so wenig aufkom-
men, wie andererseits, in der Produktion, nichts dazu zwang, eine be-
währte Stiltendenz aufzugeben, wenn eine neue Erfolg zu haben begann.
So bietet das ebenso verwirrende wie instruktive Nebeneinander von
Stiltendenzen, das durch die Almanache und Zeitschriften der Epoche
sich hindurchzieht, ein Bild, das sich von den Abstraktionen der Lite-
raturgeschichte, die das Nebeneinander zu einer konturierten, griffigen
Folge verfestigt, weitgehend unterscheidet. Die Literaturgeschichte,
sowohl die geistesgeschichtlich orientierte wie auch die extrem positivi-

---

1 Vgl. Schubarts satirisches Gedicht *Der Leipziger Musenalmanach*, S. 58.

stische, die einzig Daten reproduzieren möchte, verfährt in einträchtiger Verblendung: diese, indem sie die Daten zusammenfassend in Epochen rubriziert, jene, indem sie sich, unbewußt und daher stillschweigend, von der Entwicklung des Heros Goethe bestimmen läßt, der Entwicklung vom *Anakreontiker* über den *Volkslied*- und *Sturm-und-Drang*-Dichter zum in Italien gereiften *Klassiker*.

Die individuelle Geschichte Goethes, selber schon autobiographisch stilisiert, taugt jedoch schlecht zum Modell des historischen Prozesses. Nicht nur, daß die *Anakreontik* eine der herrschenden Stiltendenzen noch in den achtziger Jahren ist, daß etwa Gleim oder Jacobi, um nur zwei repräsentative Namen zu nennen, spät im Jahrhundert noch vielgedruckte Autoren bleiben: die große Gegenbewegung, *Sturm und Drang* und *Göttinger Hain*, steht insgesamt im Zeichen Klopstocks, dessen Zeitgenossenschaft noch mit Hölderlin und der frühen *Romantik* in Literaturgeschichten gern zu einem mechanischen Wirkungsverhältnis neutralisiert wird.

Dieses einseitige, verfälschende Bewußtsein von einander folgenden Epochen soll das annalistische Prinzip der vorliegenden Anthologie korrigieren, in der das jeweilige Erscheinungsdatum der Erstdrucke die Anordnung bestimmt. Die ausgewählten Gedichte stehen in eben der Folge, in der sie, im Druck gleichsam objektiviert, Eingang in das rezipierende Bewußtsein der Leser gefunden haben. Dieses Verfahren setzt das kritische historische Bewußtsein des modernen Lesers voraus, da andernfalls das Nebeneinander der verschiedenen Stile und Gattungen undurchdringbar bliebe und auf die alten Ordnungsmomente der Epochenbegriffe zurückverwiese.

Hinzukommt, daß die Auswahl nicht als eine von lyrischen *Perlen* intendiert ist, geht es doch nicht darum, das beschränkt-individuelle Geschmacksurteil des Quellen-Herausgebers durch ein ebensolches des modernen zu imitieren. Der Gesichtspunkt, unter dem die Auswahl getroffen wird, ist ausschließlich historisch, nicht ästhetisch.

Andererseits ist das historische Urteil nicht frei von ästhetischen Momenten. Das breite Panorama der Quellen, quantitativ verkürzt, kritiklos zu reproduzieren, wäre ebenso unhistorisch wie die Orientierung an versteinerten Epochenbegriffen. Verführe man im Sinne des *Historismus*, versuchte man, die Geschichte durch ihre Quellen umstandslos selber *sprechen* zu lassen, so negierte man die zweihundertjährige Geschichte eben der Quellen. Das Urteil, das während dieser Zeit über die Autoren und ihre Werke gefällt wurde, läßt sich nicht mit einem Handstreich revidieren, es läßt sich nur differenzierend erweitern, allenfalls korrigieren. Gerade um der Geschichte willen darf etwa das Phänomen Goethe – so sehr das ausschließlich an ihm sich bildende Epochenbewußtsein *(Goethezeit)* die Geschichte verfälscht – nicht vernachlässigt werden, indem man ihn quantitativ nur proportional zu vielen seiner Zeitgenossen repräsentierte. Das Übergewicht seiner Bedeutung, Ergebnis eines langfristigen Urteilsprozesses, ist selber Geschichte. Eben weil es um die historische Dokumentation zu tun ist, dürfen qualitative Differenzen nicht quantitativ, im Sinne der weitgehend ökonomisch bedingten Urteilslosigkeit damaliger Herausgeber, eingeebnet werden. Goethe muß häufiger erscheinen als etwa die Gebrüder Stolberg oder Johann Heinrich Voß, wenn anders der Weg zu den historischen Quellen nicht zur Karikatur der Geschichte werden soll.

Keineswegs als Kompromiß gedacht ist das Prinzip, die großen Autoren, die über ihre Zeit hinaus bedeutend geblieben, d. h. geschichtlich geworden sind, im Umkreis derer vorzustellen, die heute vergessen oder im Bewußtsein einzig von Spezialisten aufgehoben sind. Dabei kann es nicht darauf ankommen, in geschmäcklerischer Manier vergessene Schätze zu heben. Vielmehr soll jedes der aufgenommenen Gedichte *repräsentieren:* Gattungen, Stiltendenzen, literarische Vorbilder, Verschiedenheiten der Motivbearbeitung, Quellen, politisch-zeitgeschichtliches Bewußtsein. Der Lobpreis des einfachen Lebens, neuer Minnesang, Geniekult, vaterländischer Bardengesang, Franzosenhaß, sowie, bisweilen, revolutionäres Pathos, all das erweist sich als ebenso repräsentativ für die Verfassung der deutschen Lyrik der Zeit wie andererseits der antikisch-moderne Klassizismus von Goethes *Römischen Elegien*, wie Schillers Balladen oder Hölderlins erste Oden und Hymnen. Die Spannweite von Gleim bis hin zu Brentano, Tieck und Wackenroder erscheint umso beträchtlicher, wenn man den engen Zeitraum bedenkt, in dem sich die Veränderungen vollziehen. Aber neben den Gedichten Gleims stehen Klopstocks Oden. Der Gegensatz von Stiltendenzen – nicht nur von Qualitätsstufen – ist ebenso einer in der Gleichzeitigkeit. Die Veränderungen sind weder einsinnig noch verlaufen sie *organisch*, im Sinne des Geschichtsbegriffs der Zeit. Denn die Metapher *Entwicklung* verdeckt die immanenten Brüche des historischen Prozesses, die als solche in der Gleichzeitigkeit erscheinen.

Selbst der Begriff *Übergangszeit* würde kaum zu verdeutlichen helfen, was der historischen Reflexion entbehrt. Obwohl nämlich manche Inhalte und Formen der bürgerlichen Revolution in Deutschland sich sublimiert, in literarischer Gestalt, manifestierten, blieb die Ausbildung bürgerlichen Selbstbewußtseins, welche der Formgeschichte der Lyrik insgesamt hätte die Richtung weisen können, doch zwiespältig-unentschieden, weil das Fanal der politischen Revolution fehlte. Spricht man von einer Zeit des Übergangs, so substituiert man zu Unrecht, daß um 1800 die Poesie Hölderlins anfängt bestimmend zu werden. Während diese die weltgeschichtliche Rolle des Dichters ebenso selbstbewußt wie kritisch reflektiert, rühmen die Verse Tiecks, mit denen diese Sammlung endet, die scheinbar geschichtslose Innerlichkeit, in der die deutsche Lyrik des folgenden Jahrhunderts weitgehend versank:

> *Von außen nichts sich je erneut,*
> *In Dir trägst Du die wechselnde Zeit,*
> *In Dir nur Glück und Begebenheit.*

Die labile Unentschiedenheit ästhetischen Fortschritts lassen die Annalen der Lyrik nicht nur formal, im Nebeneinander alter und neuer Stiltendenzen, sondern ebenso thematisch deutlich werden. So schwankend und widersprüchlich das Verhältnis der Dichter zur Französischen Revolution ist, so widersprüchlich in sich ist auch die durch den gesamten Zeitraum sich hindurchziehende Klopstock-Verehrung, die der Band durch eine Reihe von Beispielen zu belegen versucht[2]). In ihrer Wirkung anfangs durchaus belebend, erstarren die Oden des Meisters den Adepten bald schon zu verbindlichen Vorbildern und Mustern. Gehuldigt wird seiner Person, als sei er, im Sinne des vorangehenden Jahrhunderts, ein Landesherr der Poesie.

Eine ebenfalls problematische Quelle des lyrischen Fortschritts ist das *Volkslied*. Der oft beschriebene Bruch zwischen *Rokoko*-Konvention und individuellem Ausdruck, die Tendenz zur Verinnerlichung des poetischen Subjekts, an der sich fortan der Begriff von Lyrik überhaupt bildet, signalisiert zwar im Bewußtsein zeitgenössischer Theoretiker den volksliedbezogenen Neubeginn, die Wendung aber des schlichten Gesangs gegen die Rokoko-Artistik beruht auf einer Selbsttäuschung über die eigene historische Position, die Macphersons *Ossian*-Dichtung im Geiste der Frühzeit insofern ironisch bestätigt, als der Glaube an ihre Authentizität bedingt war durchs eigene Kunstprogramm, das im *Ossian* seine Bestätigung fand.

Das Interesse der Autoren am Volkslied ist ästhetischen Ursprungs, gerade weil es auf das geht, was man an ihm noch immer *Natur* zu nennen pflegt: seine Kunstlosigkeit. Das Volkslied wird elegisch beschworen, ohne daß man doch von seinem Einfluß sprechen dürfte. Denn was der unkritische Leser von Goethes Liedern, sich einfühlend in die Stimmung des Jünglings, als *beseelte Unmittelbarkeit* zu verspüren glaubt, ist keine Emanation der Natur, sondern der Ausdrucksgehalt dieser Lieder ist allemal Kunstprodukt. Indem der Lyriker die Ausdruckskraft des Einfachen am Volkslied erfährt, gelingt die poetische Nutzung dieses Einfachen dennoch nur dem, der es als Kunstziel begreift. Nur deswegen sind Goethes Lieder fortgeschrittener als die Landpoesie von Johann Martin Miller.

---

2 Vgl. S. 42, 61, 108, 161.

Einleitung

Die Differenzen zwischen den Stilen sind literarisch – wenngleich sie sich auf außerliterarische Gründe zurückführen lassen – und werden literarisch ausgetragen. Der Gegensatz von Natur und Kunst ist Thema von Gedichten der Zeit, er konstituiert nicht, nach ontologischem Modell, a priori deren historische Position. Daher die Betonung des Bruchs in der Gleichzeitigkeit, dessen Implikationen hier nur anzudeuten waren, weil die Gedichte in ihrer annalistischen Folge selber das geschichtliche Modell darzustellen haben.

Die Zahl der aufgenommenen Gedichte ist durch den beschränkten Umfang des Bandes vorgegeben. Daß manche Jahre stärker vertreten sind als andere, erklärt sich aus der ungleichmäßigen lyrischen Produktion. Viele für die lyrische Repräsentation der Zeit wichtige Gedichte wird der Leser vergeblich suchen. Aber indem er sie sucht, gibt er dem Herausgeber recht, der auf sie zugunsten von weniger bekannten, weniger leicht zugänglichen verzichtete. Bürgers *Lenore* oder Claudius' *Abendlied*, um stellvertretend nur zwei Titel von Gedichten zu nennen, deren Fehlen mancher zu Recht bedauern wird, stehen in vielen Sammlungen deutscher Lyrik. In anderen Fällen, wie etwa dem der *Römischen Elegien*, gibt der Abdruck einer einzigen das Auslassungszeichen der anderen. Das lyrische Œuvre der Autoren als solches angemessen zu repräsentieren, konnte nicht Ziel dieser Anthologie sein. Bei einigen wenigen Gedichten mußte das Prinzip der Orientierung am Erscheinungsdatum zugunsten des Entstehungsdatums durchbrochen werden, weil auf sie aus übergeordneten Gründen nicht verzichtet werden konnte. Es handelt sich in diesen Fällen um Bearbeitungen desselben Motivs oder um verschiedene Fassungen eines Gedichts, nur beim jungen Brentano um eine Inkonsequenz des Herausgebers.

Schließlich möchte der Herausgeber Dank sagen der *Bibliothèque Nationale*, Paris; der *Bibliothèque du Grand Palais*, Paris; der *Niedersächsischen Staats- und Universitätsbibliothek*, Göttingen; dem *Schiller-Nationalmuseum*, Marbach; der *Schweizerischen Landesbibliothek*, Bern; dem *Staatsarchiv* und der *Staats- und Universitätsbibliothek*, Hamburg; der *Württembergischen Landesbibliothek*, Stuttgart sowie ihrem *Hölderlin-Archiv*, Bebenhausen; der *Zentralbibliothek*, Zürich, für die immer freundliche Unterstützung bei der Besorgung der Texte.

Zur zweiten Auflage

Die erweiterte Neuauflage dieses Bandes erfolgt zehn Jahre nach der ersten. Der Umfang hätte sich leicht verdoppeln lassen, doch konnten nur einige wenige Texte hinzugefügt werden, da die Proportionen gewahrt bleiben mußten. Insbesondere wurde der thematische Komplex „Französische Revolution" mit acht Gedichten ergänzt.

Die in der Einleitung betonte Periodisierungsproblematik, das zeitliche Ineinandergreifen verschiedener Phasen, die Gleichzeitigkeit qualitativer Sprünge in den hier dokumentierten 30 Jahren deutscher Lyrik, ist inzwischen von der Forschung bestätigt und theoretisch untermauert worden. Dies gilt nicht in gleicher Weise für einige allzu verkürzte Thesen, die sich auf die ästhetischen Auswirkungen veränderter Literaturverhältnisse am Ende des 18. Jahrhunderts beziehen.

Ergänzend zu den oben genannten Bibliotheken sei noch dem Goethe-Museum in Düsseldorf für die Überlassung des Erstdrucks von Goethes *Der König von Thule* gedankt.

ANNA LUISA KARSCH

Gemälde eines kleinen Mädchens.

Rosette hat ein Haar, so dunkel, als der Schleyer
Von einer sternenlosen Nacht,
5   Ein schwarzes Auge, das schon Feuer
Und Anmuth blinket, wenn sie lacht,
Ein Mündchen niedlich aufgeschwollen,
Und einen kleinen runden Arm,
Um welchen sich dereinst ein Schwarm
10   Von Liebesgöttern drängt, die sie begleiten wollen,
Wenn sie vor ihrer Mutter geht,
Und Blumen in dem Hayne findet,
Und mit dem Kranze, den sie windet,
Der keuschen Stirne Reitz erhöht.

JOHANN WILHELM LUDWIG GLEIM

Über die kleinen Verse an Herrn Jacobi.

Die grossen Verse, welche man
Auf einem grossen Ambos schmiedet,
5   Warum ich die nicht leiden kann?
Man ließt sie nicht; man wird ermüdet!
Die aber Freund von deiner Art,
Die ungern leere Räume füllen,
In welchen dir um meinetwillen,
10   Mir einen kleinen Wunsch zu stillen,
Die Muse Lieder offenbart,
Von welchen hundert in dem Bart
Von deinem Winter sich verhüllen;[a]
Die kleinen Dingerchen, die sich
15   Gefällig zu Gedanken schmiegen,
Zwar nicht bis an den Himmel fliegen,

a) Briefe von Hr. Jacobi S. 56.

GEMÄLDE EINES KLEINEN MÄDCHENS 1 *signiert:* Fr. Karschin.

Jedoch auch nicht, dahin verstiegen
Und dann gestürzet, jämmerlich
Zerschmettert auf der Erde liegen,
20   Die kleinen Dingerchen lieb' ich!
Sie pflegen sich mit Artigkeit
In das Gedächtniß einzuschleichen,
Darin zu bleiben, und nicht weit
Den grossen Versen auszuweichen.

25   Erhaben ist der Adler; ihn
Verehr' ich, aber Furcht und Grauen
Befällt mich, seh' ich seinen Klauen
Die Blitze Jupiters entfliehn.
Sein Donner störet meine Ruh:
30   So grosser Lerm! Wozu? Wozu?

Das Täubchen, das Anakreon
Hinfliegen ließ aus seinem Städtchen,
Zu seinem Freund und seinem Mädchen.
Das liebet dein Gliphaestion.

35   Sanftschwebend kömmt es angeflogen,
Ein Blättchen bringt es, keinen Bogen,
Und auf dem Blättchen stehen sie,
Die kleinen Verse, die bescheiden
Gern neben sich die grossen leiden;
40   Gelesen werden sie mit Freuden,
Gelobt wird ihre Harmonie,
Und dann zuletzt vergleich' ich sie
Den kleinen Amorn eines Weisen.
Das Täubchen hört es, sieht mich an,
45   Und scheint zu fragen, soll ich dann
Nicht wieder bald nach Halle reisen?

FRIEDRICH WILHELM GOTTER*

Lied.

[Melodie]

Noch kannt' ich nicht der Liebe Macht;
An Blicken, und an Rosenwangen
Blieb ohne Falsch mein Auge hangen;
Weh mir! Da war es lauter Nacht
    In meiner öden Seele.

Da gab mir Doris das Verboth;
Beschleiche mich nicht in den Buchen!
Ich fand sie, ohne sie zu suchen.
Heil mir! Da ward es Morgenroth
    In meiner trüben Seele.

Als sie vom Mond' umschimmert lag,
Ließ ich mich furchtsam bey ihr nieder,
Und küßte sie; sie küßte wieder.
Heil mir! Da ward es voller Tag
    In meiner hellen Seele.

Nun lieb' ich sie bis in das Grab;
Und bleib' ich ihres Herzens Freude,
So senket einst im Rosenkleide
Des Alters Abend sich herab
    In meine heitre Seele.

Doch wenn sie meiner Treue lacht,
So wird Verzweiflung mich umstürmen,
Und Wolke sich auf Wolke thürmen;
Dann wird es ewig wieder Nacht
    In meiner dunkeln Seele.

---

1 *signiert:* T.

JOHANN HEINRICH MERCK*

Der Advocat auf dem Todbette.

Ein armer kranker Advocat,
Für dessen Leben man auf allen Kanzeln bat,
5   Gedachte wie ein Christ sein Haus itzt zu bestellen.
Man weiß nicht, in dergleichen Fällen,
Wie bald, wie schnell der Herr gebeut.
Der kranke Mann verlieret keine Zeit,
Und „um die Welt noch zu belehren“,
10   Läßt er mit schwachem Ton sich hören,
„Daß ich gewissenhaft gedacht,
„Sey alles, was ich hier besessen,
„Dem Tollhaus durch dies Testament vermacht“. –
Der Priester fragt, warum er Kirch’ und Schul’ vergessen? –
15   „Herr“, spricht er, mit gebrochnem Blick:
„Ich zahle meine Schuld, und keine milde Gabe.
„Den Elenden geb’ ich mit Recht mein Geld zurück,
„Von denen ich’s empfangen habe“.

MORITZ AUGUST VON THÜMMEL

Bitte eines Liebhabers
an seine junge Geliebte,
mit der er schon einige Zeit versprochen war.

5   Du übertreibst, o Freundinn meiner Jugend,
Den Reitz der Scham und Sittsamkeit,
Und in dem Fieber deiner Tugend
Betriegst du dich um Glück und Zeit.
Wie lange willst du noch, wie lange!
10   Das treuste Band der Ehe fliehn,
Und mir zur Qual im kurzen Übergange
Vom Fräulein bis zur Frau – verziehn?
Du hörst mich nicht? Geliebteste! So höre
Doch deiner ersten Mutter Rath.
15   Sie, die das Maaß der jungfräulichen Ehre
Am richtigsten gemessen hat;

DER ADVOCAT ... 1 *signiert:* H.

Als sie der Herr, mit jedem Reitz umgeben,
Der dich itzt schmückt, ins Leben rief,
Bewahrt sie dies jungfräuliche Beben
20   So lange nur, als Adam – schlief.

FRIEDRICH GOTTLIEB KLOPSTOCK

Lied von Klopstock.

Ich bin ein deutsches Mädchen!
Mein Aug ist blau, und sanft mein Blick.
5   Ich hab ein Herz
Das edel ist und stolz und gut.

Ich bin ein deutsches Mädchen!
Zorn blickt mein blaues Aug auf den;
Es haßt mein Herz
10   Den, der sein Vaterland verkennt.

Ich bin ein deutsches Mädchen!
Mein hohes Auge blickt auch Spott,
Blickt Spott auf den,
Der Säumens macht bey dieser Wahl.

15   Ich bin ein deutsches Mädchen!
Erköre mir kein ander Land
Zum Vaterland,
Wär mir auch frey die große Wahl.

Du bist kein deutscher Jüngling!
20   Bist dieses lauen Säumens werth,
Des Vaterlands
Nicht werth, wenn du's nicht liebst, wie ich.

Ich bin ein deutsches Mädchen!
Mein gutes, edles, stolzes Herz
25   Schlägt laut empor
Beym süssen Namen Vaterland.

---

2 *spätere Titel:* Vaterlandslied zum Singen für Johanna Elisabeth von Winthem
(1771); Vaterlandslied *(1774)*. *In den späteren Drucken folgt auf Strophe 5 und 6 jeweils
noch eine Strophe. Strophe 3 und 4 stehen in umgekehrter Reihenfolge. – Vgl. Claudius,* Auch
ein Lied, *S. 21*; *Schubart,* Das gnädige Fräulein, *S. 73*; *und Leon,* Vaterlandslied,
S. 121.

Matthias Claudius*

Phidile.

Ich war nur sechzehn Jahre alt,
Unschuldig und nichts weiter,
Und kannte nichts als unsern Wald,
Als Blumen, Graß und Kräuter;

Da kam ein fremder Jüngling her,
Ich hatt' ihn nicht verschrieben,
Ich wußte nicht wohin, woher;
Der kam und sprach von lieben.

Er hatte langes schönes Haar,
Um seinen Nacken wehen;
Und einen Nacken als das war,
Hab ich noch nie gesehen.

Sein Auge – himmelblau und klar,
Schien freundlich was zu flehen;
So blau und freundlich als das war
Hab ichs noch nie gesehen.

Und sein Gesicht – wie Milch und Blut,
Ich habs nie so gesehen;
Auch was er sagte, war sehr gut,
Ich konnt's nur nicht verstehen.

Er gieng mir allenthalben nach,
Und drückte mir die Hände,
Und sagte immer O und Ach,
Und küßte sie behende.

Ich sah' ihn einmal freundlich an,
Und fragte was er meinte;
Da fiel der junge schöne Mann
Mir um den Hals und weinte.

Das hatt mir niemand noch gethan,
Doch wars mir nicht zuwieder,
Und meine beyden Augen sahn
Auf meinen Busen nieder.

---

2 *vgl. Bürger*, Robert, *S. 76.*

35 Ich sagt' ihm nicht ein einzig Wort
Als ob ichs übel nähme,
Kein einzigs, und – er flohe fort –
Wenn er doch wiederkäme!

CHRISTOPH MARTIN WIELAND*

Unwiderstehlich schön stand sie in Rosenschatten
An ihre Grazien gelehnt,
Und, Liljen gleich, die sich mit Veilchen gatten,
5 Durch sanftern Reiz verschönt.
Er blieb, in himmlischer Wonne verlohren,
Schwebend, sprachlos, halb vergöttert stehn;
Denn seitdem das Meer die Lust der Welt gebohren,
Hatte noch kein Gott so reizend sie gesehn.

JOHANN WOLFGANG GOETHE*

An den Mond

[Melodie]

Schwester von dem ersten Licht,
5 Bild der Zärtlichkeit in Trauer!
Nebel schwimmt mit Silberschauer
Um dein reizendes Gesicht.
Deines leisen Fußes Lauf
Weckt aus Tagverschloßnen Hölen
10 Traurig abgeschiedne Seelen,
Mich, und nächt'ge Vögel auf.

Forschend übersieht dein Blick
Eine großgemeßne Weite!
Hebe mich an deine Seite,
15 Gieb der Schwärmerey dieß Glück!
Und in wollustvoller Ruh,
Säh der weitverschlagne Ritter
Durch das gläserne Gegitter,
Seines Mädgens Nächten zu.

AN DEN MOND 2 *später:* An Luna.

20   Dämmrung wo die Wollust thront.
      Schwimmt um ihre runden Glieder.
      Trunken sinkt mein Blick hernieder.
      Was verhüllt man wohl dem Mond.
      Doch, was das für Wünsche sind!
25   Voll Begierde zu genießen,
      So da droben hängen müßen;
      Ey, da schieltest du dich blind.

1771

Isaschar Falkensohn Behr*

Ode an Herrn Ramler.

O du, deßen Lied vom Olymp Cytheren,
Rings in Ambradüften und Licht, herabruft;
5   Und dem kalten Busen des Marmorbildes
              Leben einhauchet;

Bald mit Ino felsab in blauen Abgrund
Voll Verzweiflung stürzt; mit der neuen Göttinn
Bald, von Freude trunken, dem Meerbeherrscher
10   Lobgesang tönet.

Der du ewig grünenden Lorbeer sammelst
In den Wäldern, wo vor der Römer Sänger
Seinen Schlaf umkränzt', und dem Sänger jeder
              Afterwelt vorsang;

15   Eine Krone, glänzend, wie Sonnenstrahlen,
Vom Apoll empfiengst, wie du kühn zum Fluge,
Welcher nur Unsterblichen glücket, in des
              Äthers Gefilde

Flogst, dem Römer nach, und, o Ruhm! den Stolzen
20   In den Feßeln Teuts, ihn und seine Leyer,
Ein Geschenk Teutoniens Musen brachtest,
              Glücklicher Ramler.

---

1 *Verfasserangabe:* Von einem polnischen Juden.   3 *Aphrodite.*   7 *Tochter des*
Kadmos, Gemahlin des Athamas, stürzte sich mit ihrem Sohn Melikertes ins Meer.
20 *Phantasiename für altgerm. Gott* (Tuisto *in Tacitus'* Germania).

Auch mir gab Melpomenens Huld die Leyer,
Doch auf Lithuaniens kalten Höhen
25 Wild erwachsen, rühr' ich sie rauher, als der
                              Nordwind erbrauset.

Lehr' es mich, o Meister der deutschen Leyer,
Lehre mich ein Lied dir nachhallen! Sing' ich
Je ein Lied der Ewigkeit, ist es dir ein
30   Ewiges Danklied.

MATTHIAS CLAUDIUS*

Auch ein Lied.

Ich bin ein deutscher Jüngling!
Mein Haar ist kraus, breit meine Brust;
5 Mein Vater war
Ein edler Mann, ich bin es auch.

Wenn mein Aug' Unrecht siehet,
Sträubt sich mein krauses Haar empor,
Und meine Hand
10 Schwellt auf und zuckt, und greift ans Schwerdt.

Ich bin ein deutscher Jüngling!
Beym süssen Nahmen Vaterland
Schlägt mir das Herz,
Und mein Gesicht wird feuerroth. –

15 Ich weiß ein deutsches Mädchen!
Ihr Aug ist blau, und sanft ihr Blick,
Und gut ihr Herz,
Und blau, o Hertha, blau ihr Aug'!

Wer nicht stammt vom Thuiskon,
20 Der blicke nach dem Mädchen nicht!
Er blicke nicht,
Wenn er nicht vom Thuiskon stammt!

---

24 *Litauen?*
2 *später:* Vaterlandslied. *Claudius verweist auf Klopstocks* Lied . . . *(s. S. 17). Vgl. auch Schubart,* Das gnädige Fräulein, *S. 73; und Leon,* Vaterlandslied, *S. 121.* 19 *nach Klopstocks Mythologie Stammvater der Deutschen.*

Denn ihres blauen Auges
Soll sich ein edler Jüngling freun!
25 Sie soll geliebt,
Soll eines edlen Jünglings seyn!

Ich bin ein deutscher Jüngling!
Und schaue kalt und kühn umher,
Ob einer sey,
30 Der nach dem Mädchen blicken will.

JOHANN HINRICH THOMSEN

Das Landleben.

O Freund, dem unter niederm Dach
Die seelge Zeit verfließt,
5 So wie der sanfte Silberbach
Sich durch die Au ergießt;

Dein Schlaf fliegt mit der Dämmrung fort;
Du eilest, satt der Ruh,
Ins Feld: Gesundheit strömt dir dort
10 Aus tausend Blumen zu.

Du siehst die Flur sich ihre Brust
Mit Perlen überziehn,
Du siehst voll jugendlicher Lust
Des Himmels Wange glühn.

15 Der Sprosser hüpft von Zweig auf Zweig,
Und jubiliert dir vor;
Dein frohes Loblied steigt zugleich
Mit seinem Lied empor.

Du fühlst, wie Zephyrs linder Hauch
20 Den schwülen Mittag kühlt,
Und mit der Ährenwälder Rauch
In blauen Wirbeln spielt.

Du trinkst den süssen Traubenmost,
Und schöpfest frischen Muth;
25 Der Feldbau würzet dir die Kost,
Und schaft dir leichtes Blut.

Du ruhst, zufriedenes Gemüths,
Und träumst von deinem Glück;
Ein heiliger Gesandter siehts,
30 Und eilt zu Gott zurück.

KARL WILHELM RAMLER

Ode an die Venus Urania. a)

Berlin, den 2. Nov. 1770.

Göttinn Liebe! Dir weiht heute dein Agathon,
5   Unsers Cyneas b) Sohn, seinen vollendeten
Tempel: Zeuch in dein Haus, Venus Urania,
Erstgebohrne des Himmels, ein!

Freude hüpfe dir vor, Unschuld begleite dich,
Unauflöslich vereint folge dir, Arm in Arm,
10   Holde Sanftmuth und nie täuschende Wahrheit und
Unbestechliche Treue nach.

Keine reinere Hand brachte dir Weihrauch dar,
Als dein Diener und Freund, mit ihm Arsinoe,
Ihm an Tugenden, ihm gleich an erhabnem Geist,
15   Ihm an beyderley Grazien.

Keinen heiligern Sitz beut dir ein sterblich Paar:
Schaudernd wird ihn, ihn wird ewig die schmeichelnde
Aftergöttinn, nach dir fälschlich genannt, und ihr
Unholdinnengefolge fliehn:

20 Frechheit blutlos von Stirn, Reue mit schlafender
Natter, Falschheit verlarvt, Eifersucht immer wach,
Und mit rasendem Dolch und mit medeischem
Becher Rach und Verzweifelung;

Wann der schändliche Trupp aus den hesperischen
25   Myrten, oder von dir, eitles Lutetien,
Auszeucht, oder den Weg aus dem Auranzien-
Hayn der heissen Iberer nimmt,

a) Bey der Vermählung des jungen Grafen von Finkenstein, ältesten Sohnes
des königlich preußischen Staatsministers.   b) Der weise Staatsmann und
Vertraute des Königs Pyrrhus hieß Cyneas.

---

2 Urania *Himmlische, Beiname der Aphrodite.*   18 *vermutlich Aphrodite Hetaira,*
Göttin der käuflichen Liebe.   24f. *Italien.*   25 *Paris.*   26 Auranzien *Zitrusfrüchte.*

Durch Teutonien irrt, dort ein beglücktes Volk
Zu verderben, das noch sittsame Töchter zeugt,
30   Noch, vom besseren Blut Siegmars entsprossene,
Biederherzige Söhne nährt.

Aber täglich begrüßt dich die Gerechtigkeit,
Die nun unter uns bleibt; dich die tiefforschende
Weisheit, leichtes Gesprächs; dich die verschwiegene
35   Freundschaft, deinen Huldinnen gleich;

Immer wechselnd besucht jede der Musen dich;
Und zur glücklichen Zeit eilet die helfende
Muttergöttinn herbey, daß sie die Lieblinge
Deines Busens verewige.

40   Nimm dein Heiligthum ein, Tochter des Himmels! Hier
Sey dein erster Altar! Wohne bey diesem Stamm,
Bis im Jahrbuch der Welt Friedrich, der Brennen Stolz,
Und am Himmel die Sonne stirbt.

FRIEDRICH GOTTLIEB KLOPSTOCK*

Unsre Sprache

Daß keine, welche lebt, mit Deutschlands Sprache sich
In den zu kühnen Wettstreit wage!
5   Sie ist, damit ich's kurz, mit ihrer Kraft es sage,
An mannigfalter Uranlage
Zu immer neuer, und doch deutscher Wendung reich;
Ist, was wir Selbst in jenen grauen Jahren,
Als Tacitus uns forschte, waren,
10   Gesondert, ungemischt, und nur sich selber gleich.

---

30 Siegmar   *nach Ramler Vater Hermanns des Cheruskers.*   38 *Rhea.*   42 Friedrich *der Große;* Brennen   *Ureinwohner Brandenburgs.*

Die frühen Gräber.

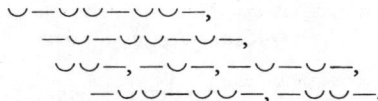

5

Willkommen, o silberner Mond,
  Schöner, stiller Gefährt der Nacht!
    Du entfliehst? Eile nicht, bleib, Gedankenfreund!
    Sehet, er bleibt, das Gewölk wallte nur hin.

10 Des Mayes Erwachen ist nur
  Schöner noch, wie die Sommernacht,
    Wenn ihm Thau, hell wie Licht, aus der Locke träuft,
    Und zu dem Hügel herauf röthlich er kömmt.

Ihr Edleren, ach es bewächst
15   Eure Maale schon ernstes Moos!
    O wie war glücklich ich, als ich noch mit euch
    Sahe sich röthen den Tag, schimmern die Nacht.

WILHELM HEINSE

Bey dem Anblick eines ungewöhnlich schönen Mädchens.

O seht den Busen steigen, fallen,
Und Blendung in die Augen wallen!
5 Noch einen Blick! – verschwunden
O Chloe bist du mir!
Treulos in zwo Secunden
O Chloe werd' ich dir!
O wie der Mund so lieblich spricht!
10 Welch Lächeln in dem Angesicht!
Petrarcha dächt' an Lauren nicht
Bey diesem himmlischen Gesicht!
Anakreon betheuerte: Sie wäre
Die Göttinn von Cythere!

BEY DEM ANBLICK . . . 14 *Aphrodite.*

1772

Karl Wilhelm Ramler

An den Frieden.
1760

Wo bist du hingeflohn, geliebter Friede?
Gen Himmel, in dein mütterliches Land?
Hast du dich, ihrer Ungerechtigkeiten müde,
Ganz von der Erde weggewandt?

Wohnst du nicht noch auf Einer von den Fluren
Des Oceans, in Klippen tief versteckt,
Wohin kein Wuchrer, keine Missethäter fuhren,
Die kein Eroberer entdeckt?

Nicht, wo mit Wüsten rings umher bewehret,
Der Wilde sich in deinem Himmel dünkt?
Sich ruhig von den Früchten seines Palmbaums nähret,
Vom Safte seines Palmbaums trinkt?

O! wo du wohnst, laß endlich dich erbitten:
Komm wieder, wo dein süßer Feldgesang,
Auf heerdenvollen Hügeln und aus Weinbeerhütten
Und unter Kornaltären klang!

Sieh diese Schäfersitze, deine Freude,
Wie Städte lang, wie Rebengärten schön,
Nun sparsamdünn, wie Blümchen auf verbrannter Heide,
Wie Gras auf öden Mauren stehn.

Die Winzerinnen halten nicht mehr Tänze,
Die jüngst verlobte Garbenbinderinn
Trägt, ohne Saitenspiel und Lieder, ihre Kränze
Zum Dankaltare weinend hin.

Denn ach! der Krieg verwüstet Saat und Reben
Und Korn und Most; vertilget Frucht und Stamm;
Erwürgt die frommen Mütter, die die Milch ihm geben,
Erwürgt das kleine fromme Lamm.

Mit unsern Rossen fährt er Donnerwagen,
Mit unsern Sicheln mäht er Menschen ab;
Den Vater hat er jüngst, er hat den Mann erschlagen,
Nun fodert er den Knaben ab.

Erbarme dich des langen Jammers! rette
Von deinem Volk den armen Überrest!
Bind' an der Höllen Thor mit siebenfacher Kette
Auf ewig den Verderber fest!

ABRAHAM GOTTHELF KÄSTNER

Die reisenden Deutschen.

Der deutsche Edelmann, der reiche Kaufmannssohn
Spielt in Paris den Grafen, den Baron,
5   Lernt da sein Geld mit Artigkeit verzehren,
Und Frankreich leckt den deutschen Bären.

Bärinnen reisen nicht. Welch grausames Verbot!
Doch Frankreichs Höflichkeit hilft ihnen aus der Noth.
Ein Heer von seinen Heldensöhnen
10 Geht über unsern Rhein, und leckt die deutschen Schönen.

JOHANN HINRICH THOMSEN

An den Morgen.

O Morgen, du erscheinest wieder,
Mit Rosen um und um geschmückt,
5   O lisple mir, auf welche Lieder
Dein frommes Aug am liebsten blickt!

Ein heiliges Gerücht erzählet,
Ein Dichter, der dich nicht gefühlt,
Hab einst, von niedrer Lust beseelet,
10 Dir auf der Leyer vorgespielt.

Aus einem nächtlichen Getümmel
Schwärmt er ins nasse Feld hinein,
Und sang dem kaum erwachten Himmel
Von wilden Tänzen, Kuß und Wein.

15 Und plötzlich wand ein Wolkenschleyer
Sich um dein trauriges Gesicht;
Du weintest; doch sein wildes Feuer
Verlöschte deine Thräne nicht.

Am Hügel schallten andre Töne;
20 Ein Schäfer sang der stillen Flur
Sein kleines Lied von deiner Schöne,
Und von dem Vater der Natur.

Da strecktest du die Rosenflügel
Erheitert aus der Wolk empor,
25 Und zogst das kleine Lied vom Hügel
Den üppigen Gesängen vor.

Dir sing ich meine frühen Lieder,
Und dem, der dich in Gold geschmückt;
O, blicktest du auf mich hernieder,
30 Wie du den Schäfer angeblickt!

JOHANN WILHELM LUDWIG GLEIM

In ein Exemplar der Oden
nach dem Horaz für den ländlichen
Dichter Thomsen.

5 Für einen König ward dieß kleine Buch bestimmt;
Die Muse spottete darüber.
Ein Hirte, sprach sie, nähm es lieber,
Als es der König nimmt.
Es lehret keine Schätze graben,
10 Und es beweiset keine Gaben
Der löblichen Finanzerey.
Die edle Liedersängerey
Wird keines Königs Herze laben.
Dein kleines Buch - - Es ist vorbey
15 Sagt ich, der Hirte soll es haben.

---

2 f. *Gleim*, Oden nach dem Horatz. – Berlin 1769.

GOTTFRIED AUGUST BÜRGER*

An den Traum.

Du Schwärmer um die Ruhebetten
    Auf Moos und Pflaum,
O Brüderchen der Amoretten,
    Geliebter Traum;
Wo fandest du, sie nachzubilden,
    Den Stoff so fein? –
In überirdischen Gefilden
    Gewiß allein!

Zu freundlich nur für Adelinen
    War dieses Bild;
Sie selber wäre nie erschienen
    So sanft und mild! –
Ha! fühlte sie wohl für mich Armen,
    Und für mein Leid? –
Nein! Nein! sie fühlet kein Erbarmen
    In Ewigkeit!

O Traumgott, ist es noch dein Wille
    Mir wohlzuthun,
So wandle deine schöne Hülle,
    So kleide nun
Dich in ein Wesen, wie das Meine,
    Von Gram verzehrt,
Und wie ein Leidender erscheine,
    Der Trost begehrt!

Den Schatten gleich an Lethens Sträuchen,
    Die, bey der Nacht,
Durch Hallen und um Gräber schleichen
    In Trauertracht,
Mit hagrer Wang, und einer Mine,
    Die Gnade fleht,
Tritt hin zu dieser Adeline,
    Die mich verschmäht;

Und neige dich mit leisen Tönen
    Zu ihrem Ohr!
Zähl ihr die Seufzer und die Thränen
    Der Liebe vor;

---

1 *signiert:* U.

Und bring in Aufruhr ihr Gewissen!
   Ihr Schlaf entflieh;
Und, schluchsend, unter Zährengüssen,
   Erwache sie!

JOHANN GOTTFRIED HERDER*

Das Eine in der Natur.

Ihr kleinen Sterne dort bey Nacht,
Die, funkelnd unserm Angesicht,
Mehr Zahl als Glanz erschaulich macht,
Ihr Heere, denen Raum gebricht –
Was seyd ihr all am Sonnenlicht?

Ihr frühen Veilchen auf der Flur,
Die ihr in Purpurkleiderpracht,
Als Erstgeborne der Natur,
Um euch so stolz, so spröde lacht;
Was seyd ihr, wenn die Ros erwacht?

Ihr regen Sänger dort im Hain,
Mit tausendfachem, muntern Schall,
Als wäret ihr, so schwach, so klein,
Die Tonkunst alle. Allzumal,
Was seyd ihr zu der Nachtigall?

So, wenn mit ihrem Götterblick,
Mein Mädchen eintritt in den Kreis
Der Schönen, und ihr Götterblick
Von aller Herrlichkeit nichts weiß;
Wer läßt, wer giebt ihr nicht den Preis?

---

1 *signiert:* M.

JOHANN NEPOMUK COSMAS MICHAEL DENIS*

An Ossians Geist.

Im schweigenden Thale des Mondes
Umkränzet von heiligen Eichen
Da walten die Geister der Barden,
　　Wenn Schlummer unrühmliche Menschen begräbt.

Sie schweben auf Silbergewölken
Den thauigten Abhang herunter,
Und wandeln am Rande der Quelle,
　　Die mitten im Thale durch Blumen sich schleicht.

Dann heben sich Lieder der Vorzeit,
Und Harfen begleiten die Lieder,
Und sanftester Nachhall entzücket
　　Die lauschenden Wälder und Fluren umher.

Da war es, Erzeugter von Fingal!
Daß Sined in Mitte der Barden
Von ferne dein Antlitz entdeckte,
　　Dein Silbergelocke vom Monde bestralt.

Du sangest in Saiten von Selma
Die Thaten des grossen Erzeugers,[a]
Den blühenden Oscar, den Kummer
　　Der treuen Bragela des Gatten beraubt;

Den Jammer Temoras, die Preise
Der zärtlichen Evirallina,
Den besseren Bruder Cairbars,
　　Die Wunde Darthulas, die Stärke von Gaul.

Wie war mir! Von welchen Gefühlen
Erbebte mein Busen! Wie brannte
Die Wange! Wie schwellten die Zähren
　　Der süßesten Wehmuth mein starrendes Aug!

a) Hier zählt der Barde die Hauptgegenstände der ossianschen Gedichte
her.

---

1 *Pseudonym:* Sined.　2 *sagenhafter irischer Sänger, durch Macphersons 'Nachdichtun-*
gen' literarisch geworden.　15 Fingal　*nach Ossian: König der Kaledonier, Vater Ossians.*
19 Songs of Selma, *Teil des ossianischen Werks.*

Noch Knabe vergaß ich des Spieles
Bey Füßen der Barden, und horchte;
Doch niemal, o Kehle von Morven!
    Empfand ich so feurig, wie dießmal bey dir.

35   Da schwur ich (das schweigende Mondthal,
Die Wipfel der heiligen Eichen,
Die moosigte Trümmer, auf welche
    Die Linke sich stützte, vernahmen den Schwur)

Da schwur ich, dich Lehrer zu nennen,
40   Die Saiten der Donau nach deinem
Gesange zu stimmen, zum Herze,
    Zum Herze die Wege zu suchen, wie du;

Die Zeiten der Ahnen, die Zeiten
Der Vaterlandliebe, der Tugend,
45   Des Muthes, der Ruhmgier und Einfalt
    Im Liede zurücke zu führen, wie du.

Du hörtest mich schwören, und blicktest
Mit Lächeln auf deinen Geschwornen,
Und schienst mir die Harfe zu reichen,
50   Und leise zu sagen: Versuche den Griff!

Seit diesem Gesichte bewohn' ich
Die Vorwelt, und lerne die Weisen
Der Barden, und rette der Töne
    Zurück in mein Alter, so viel ich vermag.

55   Zwar haben mich viele verlassen,
Die vormal mir horchten. Sie klagen:
Die Steige, die Sined itzt wandelt,
    Ermüden, wer wollte sie wandeln mit ihm!

Doch Seelen dem Liede geschaffen,
60   Empfindende Seelen, wie deine,
Mein Lehrer! und sind sie schon wenig,
    Die schließen bey meinen Gesängen sich auf.

Deß bin ich zufrieden. Ein Seufzer
Von fühlenden Busen gelocket
65   Ist Bardenlohn, ist mir erwünschter,
    Als lobender Mengen verwirrtes Geschrey.

Und, Vater von Oscar! dein Folger
Bey kommenden Altern zu heißen!
Ha! dieser Gedanke gesellt mich
70   Im schweigenden Thale des Mondes zu dir!

ANNA LUISA KARSCH

Ode
Auf die Geburt des jungen Prinzen von Preußen.

Meine Seele taumelt, nicht berauscht vom Weine,
Im bemoosten Fasse hergebracht vom Rheine,
   Oder übers Meer gesandt;
Wonnetrunken bin ich, mich erfüllen deine
   Freuden, liebes Vaterland.

Alle Kinder jauchzen, alle Greise glühen;
Friedrich, dein Erhalter, wiegt auf seinen Knieen
   Diesen königlichen Sohn,
Den er dir zum Herrscher weislich wird erziehen,
   Und der Zögling lächelt schon.

Denn er scheint zu horchen, was sein Lehrer saget,
Der ihn zärtlich küßet, und ihn freundlich fraget:
   Ob er künftig sich bestrebt,
Daß er über alle seine Väter raget,
   Die bisher berühmt gelebt.

Liebling meines Herzens, spricht der große Weise,
Wie der müde Wandrer schmachtend Trank und Speise,
   Wie der Steuermann den Rand
Tiefer Fluten wünschet auf der weiten Reise:
   Also wünschte dich das Land.

Heil mir, daß du kamest! Heil sey deiner keuschen
Jugendlichen Mutter, die das Sehnsuchtsheischen
   Meines Volkes hat gestillt!
Du wirst meine Hofnung nimmer nimmer täuschen;
   Sie wird ganz in dir erfüllt.

Früh wirst du erkennen, daß man auf der Erde
Durch die Tugend jenem Herrscher ähnlich werde,
   Dessen Herrschaft ewig ist;
Und daß du dem Hirten bey der kleinsten Heerde
   Deine Güte schuldig bist.

---

3 *wahrscheinlich Friedrich Wilhelm III., geb. am 3. 8. 1770, ab 1797 König von Preußen.*
10 *Friedrich der Große, Großonkel des Prinzen.*   11 *Sohn metaphorisch für Nachfolger.*
24f. *Friederike Louise, Prinzessin von Hessen-Darmstadt?*

Deine höchste Wollust wirst du mit Entzücken
35   In der Übung finden, Menschen zu beglücken,
      Und dafür geliebt zu seyn.
Keinem, als dem Schmeichler, wirst du zornig blicken,
      Und ihm nie dein Ohr verleihn.

Also redet Friedrich, seine Thränen feuchten
40   Diese Stirne, welche dermaleinst wird leuchten
      Über dich voll Gnad' und Huld.
Wohl uns, daß wir unsrer Wünsche Ziel erreichten
      Nach so langer Ungeduld.

Die verlebten Männer nebst den grauen Müttern,
45   Sprechen: Wohl euch, Enkel! Eure Kinder zittern
      Nie vor dem Erobrungsgeist!
Keine Donner werden diesen Thron erschüttern;
      Dieser Thron wird nie verwayst!

Töchter, streuet Blumen, bringet Opfergaben
50   Um die goldne Wiege; kleine muntre Knaben
      Macht ein Singechor, und sprecht:
O! du sollst zum Opfer unsre Herzen haben,
      Kind vom göttlichen Geschlecht!

1773

Heinrich Christian Boie*

Der verschwiegne Schäfer.

(Nach einem bekannten Liede des Bernard.)

Grabet in die junge Rinde,
5   Schäfer, eure Flammen ein;
Tief und ewig soll Philinde
    In mein Herz gegraben seyn.
Voll der süssesten Gefühle
    Sey mein Busen; doch der Mund
10   Mache bey dem Saitenspiele
    Niemals ihren Nahmen kund!

---

1 *signiert:* B.   3 *vermutlich* Bernard *de Ventadour, provençalischer Troubadour des 12. Jhs.*

Reizender ist das Vergnügen,
   Das nicht schimmert und nicht rauscht.
Unsre Freuden sind verschwiegen,
15   Ungestört und unbelauscht.
Selbst den Eid, den wir geschworen,
   Flüsterten wir leis am Bach:
Eifersucht hat tausend Ohren,
   Schilf und Bäche plaudern nach!

20 Wo Philindens Heerde weidet
   Sieht man nie die meine gehn.
Selbst mein lüstern Auge meidet
   Sie vor andern anzusehn.
Ich kan ihren Nahmen nennen,
25   Sorglos stehen, wenn sie singt,
Und ich scheine nicht zu kennen
   Ihren Hund, der auf mich springt.

Schäfer, lernt von feinen Seelen
   Kalte Worte, kalten Blick!
30 Nicht die Seligkeit erzählen,
   Sie verschweigen, das ist Glück!
Immer, o Philinde, hülle
   Unser Bündnis sich in Nacht!
Liebe suchet nur die Stille,
35   Wenn sie glücklich ist, und macht.

Unbedachtsam überfliesset
   Stets ein Thor von seiner Lust;
Doch ein weiser Mann verschliesset
   Selbst den Wunsch in seiner Brust.
40 Rein und heiß sind meine Triebe,
   Ewig, Theure, bin ich dein:
Sage dir, daß ich dich liebe,
   Aber sag es dir allein!

JOHANN GEORG JACOBI

Der zärtliche Liebhaber[a]).

Ein junger, reicher Lord,
Der mehr als eine Welt sein treues Julchen liebte;
5   Und auf ein halb gesagtes Wort,
Den kleinsten Wunsch von ihr sich zu errathen übte;
Gieng einst in einer Sommernacht,
Vom heitern Himmel angelacht,
Mit ihr, für deren Glück er alles hingegeben.
10   „O sieh' doch, rief das Mädchen schnell,
„O sieh' doch, welch' ein Stern! wie spielend und wie hell!
„Der schönste, den ich sah' in meinem ganzen Leben!" –
Sie fühlt des Lieblings Hand in ihren Händen beben;
Er sieht den Stern, mit traurigem Gesicht,
15   Und dann sein Mädchen an, und spricht:
„Ach! Julchen, ach! verlang ihn nicht:
„Ich kan ihn dir nicht geben!"

a) Eine wahre Geschichte nach einer mündlichen Erzählung.

HEINRICH CHRISTIAN BOIE*

Rosette.

An Rosettens Blicken hangend,
Schmachtend, seufzend und verlangend,
5   Fleh' ich mit vergebner Müh:
Kannst du ewig meinen Klagen,
Meinen Thränen dich versagen?
Lohnst du meine Treue nie?

Aber, immer unbeweglich,
10   Hört das kalte Mädchen täglich
Meine Seufzer an, und spricht:
Hoffnung nährt allein die Liebe.
Glaub', ich theilte deine Triebe,
Wünscht' ich ihre Dauer nicht!

ROSETTE 1 *signiert:* B.

KARL FRIEDRICH KRETSCHMANN

Rhingulph an Telynhard,
den jungen Würtenbergischen Barden.

Tritt näher, Jüngling! Sey mir im Eichenhain
Gegrüßt! Gesegnet! Muthig erklang dein Lied,
 Und mancher edle Griff verrieth mir's,
  Daß du der Harfe Vermögen kennest.

Noch näher, Jüngling! Sieh, wie die Wangen dir,
Die hellen Augen dir wie zwey Funken glühn;
 Wie du dem Laub' um meine Haare,
  Wie du der Sängerinn Hermanns lächelst!

So ist es wacker! Früh geht der Jäger aus;
Die junge Lerche prüfet schon früh ihr Lied:
 Der Kriegsmann übe früh den Bogen;
  Zeitig die Harfe der Bardenschüler!

Komm! Nimm den Segen, welchen dir Rhingulph weyht,
Mein junger Barde! Bleibe der Tugend treu,
 Mit alter, ächter Biedertreue!
  Liebe dein Vaterland! Sey ein Deutscher!

Wirf ab die Banden, welche der Eigensinn
Der kleinen Richter grösserer Barden flocht;
 Sey frey! Du bist ein deutscher Sänger,
  Welcher der Wahrheit Gebot nur achtet.

Sie wird dir winken tiefer im Eichenwald.
Dort schwebt, im Schatten, wo dich der Schaur umarmt,
 Die herzerschütternde Begeistrung,
  Unter den Seelen der alten Helden:

Dort strömt das Herz dir leicht zu Gesängen aus;
Dort übst du freyer jegliche Zierlichkeit;
 Dort wächst dein Lied, gleich dieser Tanne,
  Kronen auf Kronen, zum höchsten Wipfel!

Dann tritt, nicht eilend! unter die Bardenschaar.
„Willkommen, Bruder! Singe dein neues Lied!" –
 Dann wirst du zittern, so wie Rhingulph
  Zitterte, wann er zu Oßian hintrat.

---

2 Telynhard: *Bardenname für Gottlob David Hartmann. Vgl. S. 59 und Verzeichnis der Autoren und ihrer Gedichte.*

Nun geh, und komm in Werdomars Kraft zurück!
Sieh dort den Eichbaum Hermanns in voller **Pracht**:
Die Wurzel treibt der Sprossen viele:
Jüngling, der schönste soll dich einst kränzen!

LUDWIG CHRISTOPH HEINRICH HÖLTY

An die Phantasie.

Rosenwangichte Phantasie,
Die du Bilder ins Herz deiner Vertrauten malst,
5   Die Vergangenheit aus dem Schooß
Ihrer Mitternacht rufst, hinter den Schleyer blickst,
    Der das Auge der Zukunft deckt,
Dich gen Himmel erhebst, unter Verklärten wallst,
    In die Harfen der Engel singst,
10 Und den blendenden Thron Gottes von ferne schaust;
    Leih mir immer den Schwanenarm!
Reiß mich, flügelgeschwind, über die Wolkenbahn,
    In den goldenen Sternensaal!
Oder wandle mit mir, holde Begleiterinn,
15   In die Tage des Flügelkleids,
Die, im scherzenden Tanz, über mein Haupt entflohn,
    In die Tage der ersten Glut! – –
Rollt mein Leben zurück? Zauberinn Phantasie,
    Wohin zauberst du meinen Tritt? –
20 Gaukelnd hüpf' ich dahin, hasche den Schmetterling,
    Der am Busen der Rose trinkt,
Baue Hütten mir auf, flügle den bunten Ball
    Durch die Bläue der Sommerluft! – –
Welche Göttergestalt! Unschuld, die Minnerinn
25   Dieser friedlichen Schäferflur,
Führt ein Mädchen am Arm. Heller und röther blühn
    Alle Wangen des Blumenvolks,
Das den schmeichelnden Kuß ihres Gewandes fühlt.
    Itzt, itzt schlüpft sie dahin, und mir
30 Lacht ihr Seelenblick! mir! – – Seh' ich die Laube dort,
    Wo mein Busen, an Agathons
Busen, fröhliger schlug, wo wir den Abendstern
    Oft den Himmel besteigen sahn?

Reizend bist du mir stets, schattendes Rebendach,
35   Wo dein Wonnegespräch, o Freund,
Dein geselliger Scherz Flügel des Augenblicks
    Mancher seligen Stunde gab! – –
Flieh das blumichte Grab, flüchtige Führerinn,
    Wo die göttliche Lilla schläft!
40 Flieh, sonst bricht mir das Herz! – Schwinge dich wolkenan,
    Und bewalle mit mir den Stern,
Wo, im Morgengewölk, röthlich und licht, ihr Geist
    An melodischen Quellen irrt,
Und den Strom des Gesangs, welcher den goldenen
45   Engelharfen entrauschet, trinkt! – –
Wonne! Wonne! Die Welt taumelt zurück! Ich bin
    Am Gestade des lichten Sterns!
Lilla hüpfet heran, leitet mich an der Hand
    Unter Chöre der Seligen.
50 Engel stehen umher, werfen mir Kronen zu,
    Winden Palmen mir um den Schlaf – –
Weil auf diesem Gestirn immer, o Phantasie!

JOHANN HEINRICH VOSS*

Die beyden Schwestern bey der Rose.

Laß sie stehn,
Schwesterchen,
5   Diese junge Rose!
Siehst du nicht,
Daß sie sticht?
Laß sie, kleine Lose!

Unbeglückt,
10 Wer sie pflückt
Vom bedornten Stamme!
Tief ins Herz
Dringt der Schmerz
Von Cytherens Flamme.

---

1 signiert: Vß.

15 Als sie mir
Damon hier
Vor die Brust gestecket;
Mädchen, ah!
Was ward da
20 Schnell in mir erwecket!

Voller Glut
War mein Blut;
Zitternd alle Glieder!
Nimmermehr
25 Findet er
Mich so fühlend wieder.

Weißst du nicht
Das Gerücht,
Wie die Ros' entsprossen?
30 Aus der Qual,
Die einmal
Eo's[a] Aug' entflossen.

Morgens früh
Eilte sie
35 Von dem trägen Gatten;
Tröpfelte
Zärtliche
Thränen auf die Matten.

Wonniglich
40 Zeigte sich
Da die Blume Florens;
Purpurroth,
Wie das Roth
Auf der Wang' Aurorens.

45 Wer sie bricht,
Der kann nicht
Amors Pfeil' entfliehen.
Drum hat ihr,
(Warnung dir!)
50 Zevs den Dorn verliehen.

a) Eo, Aurora.

JOHANN FRIEDRICH HAHN*

Teuthard an Minnehold.

Noch log, im Biederstamme Teuts,
Kein Höfling mit gesalbtem Haar
   Dem Feinde Freundschaft vor.

Noch schloß ein Wort voll Ernst, und laut
Ein Handschlag drauf der Herzen Bund;
   Und ewig war der Bund!

Da kam er übern Rhein, der Knecht
Des Burbon, stets der Liebe Schwur
   Im Mund', im Herzen Fluch.

Ha! Westgelispel war ihm Treu,
Und Eid, und Glauben, und den Dolch
   Verkündete sein Kuß.

Geschreckt verschließt Thuiskons Sohn
Nun tief in sich sein Herz, und lauscht,
   Und wägt erst jedes Wort;

Und vieler Jahre Reih', (und doch
Wie selten! doch vom Mißtraun wie
   Entheiligt!) knüpft das Band;

Ein dünnes, weitgeknüpftes Band!
Fern droht ein Sturm, noch ist er Hauch,
   Und, siehe! schon zerfliegt's.

Und wir! – Nicht Jahre kenn' ich dich,
Doch kenn' ich dich; seh' deinen Blick;
   Und hört' ich nicht dein Lied?

Dein Herz ist deutsch, und deutsch mein Herz!
Es liebt dich! Wiß es ganz! Verflucht,
   Was Franzensitte lehrt!

Und jedem Folger Fluch! Hier ist
Mein Wort! Hier meine Hand! Schlag ein!
   Und ewig sey der Bund!

---

2 Teuthard *Bardenname Hahns;* Minnehold *Bardenname Johann Martin Millers.*
Vgl. das folgende Gedicht.

Johann Martin Miller*

Minnehold an Teuthard.

Es war kein Schwur; es war ein Blick,
Und drauf ein Druck der Hand,
Der, Freund, im ersten Augenblick,
Mein Herz an deines band.

Der Deutsche kennt den Deutschen bald
Am offenen Gesicht,
Am Feuer, das vom Auge wallt,
Am Ton, worinn er spricht.

So kannt' ich dich! Es sprach dein Ton
In wenig Worten viel;
Dem leeren Franzen sprach er Hohn,
Und in mein Herz Gefühl.

Da war der Bund gemacht! Da schlug
Mein Herz dem Deinen zu!
Kühn sagt' ich es; denn ohne Trug,
Und frey bin ich, wie du.

Nun wandl' ich ruhig meinen Gang
Mit dir durch's Leben hin,
Und horch' auf deines Liedes Klang,
Wenn Wolken mich umziehn.

Johann Friedrich Hahn*

Sinngedicht.
Klopstock.

Da steht Er, still und hoch, so hoch, daß seine Strahlen
Die Wolken unter ihm, wie Morgenröthe malen,
Und Nacht und Dämmrung scheucht sein Blick.
Sieh, sieh! da kömmt mit Kritikaster Spießchen,
Geflügelt ihre Müz und Füßchen,
Ein Zwergentrupp, tappt vorwärts, tappt zurück,

---

10 „Wie dunkel, dunkel!" – Ach bestreite
Doch niemand diese guten Leute,
Sie dienen schon seit vielen Jahren
In Amors Reich, in Paphos Hain,
Und dieser Dienst soll voll Gefahren,
15 Besonders für die Augen seyn.

UNBEKANNTER VERFASSER

Fabelliedchen.

Es sah' ein Knab' ein Rößlein stehn
Ein Rößlein auf der Heiden.
5 Er sah, es war so frisch und schön
Und blieb stehn, es anzusehen
Und stand in süssen Freuden.

Ich supplire diese Reihe nur aus dem Gedächtniß, und nun folgt
das kindische Ritornell bey jeder Strophe:

10 Rößlein, Rößlein, Rößlein roth,
Rößlein auf der Heiden!
Der Knabe sprach: ich breche dich!
Rößlein etc.
Das Rößlein sprach: ich steche dich,
15 Daß du ewig denkst an mich
Daß ichs nicht will leiden! Rößlein etc.
Jedoch der wilde Knabe brach,
Das Rößlein etc.
Das Rößlein wehrte sich und stach,
20 Aber er vergaß darnach
Beym Genuß das Leiden! Rößlein etc.

SINNGEDICHT 13 Paphos Hain   *Kultstätte der Aphrodite auf Zypern.*
FABELLIEDCHEN 2 *frübeste Version von* Röschen auf der Heide, *s. S. 125, und* Heiden-
röslein, *s. S. 232. Vgl. auch Bd. 4 der Reihe (1600–1700) S. 18*   8–9 *Text von Herder,
s. Quellenverzeichnis.*

¹774

JUSTUS MÖSER

Das Glück der Morgenstunden.

Aurora warte doch! –
Mein Engel schlummert noch!
5   Du hilfst mir jetzt zwar ihren Reiz entdecken,
Doch nur mein Kuß darf sie erwecken,
Und schlafen laß sie noch!
Laß deinen Strahl vertraut erscheinen,
Beglücke diesen Kuß und dann noch einen –
10 Noch – noch – noch,
Aurora warte doch!

Aurora warte doch!
Mein Engel schlafe doch
Laß meinem Blick sein heimliches Vergnügen!
15 Es ist ja kein Verlust bey späten Siegen,
Und wachen kanst du noch!
Was foderst du mit diesen Blicken?
Ein beiderseitiges Entzücken!
Noch – noch – noch,
20 Aurora warte doch!

JOHANN KASPAR LAVATER

In ein Stammbuch.

Jünger der himmlischen Tugend! (Dein Blick voll Unschuld und
Deine Stimme, dein Mund, und deine Rede verspricht mir   [Güte
5   Daß ichs dem Fühlenden sage) Jünger der himmlischen Tugend!
Geh durch die Schatten der Erd', ach! an der göttlichen Hand nur!
Lerne von ihr verstehn die leisesten Winke; sie herrschet
Über alles im Himmel und über alles auf Erden:
Wer sie hört und versteht, und fest ihr folgt, wohin sie
10 Sey's durch Nächte, durch Licht, wohin sie führet – der herrschet
Über alles im Himmel und über alles auf Erden.
Sieh auf Jesus Christus und verstehen wirst du die Wahrheit,
Die der Schwätzer nicht kennt, und der Stolz des Gelehrten
                                            herablacht!

JOHANN GOTTFRIED HERDER*

U. L. F. Litteratura.

Das Reich der Wißenschaft ist Florens großem Reich
Voll Gras und Kraut und Blumen gleich.
5   Die kommen da die bunten Auen
Nur höflichst anzuschauen!
Der reißt die Faust voll Kraut und Gras
Und hat nun – was?
Der dürret presset sehr genau
10   Sich – dürres Heu und Thau!
Der vierte gar poßierlich ist
Sogar das Gras er frißt!
Der tändelt und der spielet gern
Mit Farben und Gerüchen
15   Für Damen und für Herrn
Holt sich Bouquette nah und fern
Bis Blümlein all verblichen.
Der kränzt sich, Eia! selbst sein Haar
Der gräbt sich ein in Blumen gar
20   Und modert in Gerüchen!
Viel sind, sehr viel der Herren zwar –
– – – – – – – – – – – – –
Doch dort kommt eine andre Schaar
Schwirrt frölich hin zur Blumenau
25   Die Morgenröthe lacht:
Die holden Bräute stehn im Thau
Und duften süße Pracht!
Die Bienlein laben sich im Thau
Verschmähen nichts auf weiter Au,
30   Zerstören nichts, gehn gar genau,
Sie rauben sanft, der süße Raub
Wird Honig und war Blumenstaub.
Sie schwirren fort – die Sonn' erwacht
Sieh wie die Aue lacht.

---

2 *später:* Unsre liebe Frau Litteratura.

JOHANN WOLFGANG GOETHE

Da hatt ich einen Kerl zu Gast,
Er war mir eben nicht zur Last,
Ich hatt so mein gewöhnlich Essen.
5 Hat sich der Mensch pump satt gefressen
Zum Nachtisch was ich gespeichert hatt!
Und kaum ist mir der Kerl so satt,
Thut ihn der Teufel zum Nachbar führen,
Über mein Essen zu raisonniren.
10 Die Supp hätt können gewürzter seyn,
Der Braten brauner, firner der Wein.
Der tausend Sackerment!
Schlagt ihn todt den Hund! Es ist ein Recensent.

MATTHIAS CLAUDIUS*

Der Frühling.
Am ersten May Morgen 1774.
Der G**–g. gewidmet.

5 Heute will ich frölich, frölich seyn,
    Keine Weis' und keine Sitte hören;
Will mich wälzen und für Freude schreyn,
    Und der König soll mir das nicht wehren.

Denn er kommt mit seiner Freuden Schaar
10   Heute aus der Morgenröthe Hallen,
Einen Blumenkranz um Brust und Haar
    Und auf seiner Schulter Nachtigallen;

Und sein Antlitz ist ihm roth und weis,
    Und er träuft von Thau und Duft und Seegen –
15 Ha! mein Thyrsus sey ein Knoßpenreiß,
    Und so jauchz' ich meinem Freund entgegen.

DA HATT ICH . . . 2 *später mit den Überschriften:* Der unverschämte Gast; Rezensent.
DER FRÜHLING . . . 4 *Gräfin Auguste Luise Stolberg.*   15 Thyrsus *Stab des Dionysos.*

Johann Wolfgang Goethe*

Gesang.

Ali.

Seht den Felsenquell
Freudehell,
Wie ein Sternenblick!

Fatema.

Über Wolken
Nährten seine Jugend
Gute Geister,
Zwischen Klippen
Im Gebüsch.

Ali.

Jünglingfrisch
Tanzt er aus der Wolke
Auf die Marmorfelsen nieder,
Jauchzet wieder
Nach dem Himmel.

Fatema.

Durch die Gipfelgänge
Jagt er bunten Kieseln nach.

Ali.

Und mit festem Führertritt
Reißt er seine Brüderquellen
Mit sich fort.

Fatema.

Drunten werden in dem Thal
Unter seinem Fußtritt Blumen,
Und die Wiese lebt von
Seinem Hauch.

Ali.

Doch ihn hält kein Schattenthal,
Keine Blumen,
Die ihm seine Knie' umschlingen,
Ihm mit Liebesaugen schmeicheln;
Nach der Ebne dringt sein Lauf
Schlangewandelnd.

---

1 *signiert:* E. O.   2 *später:* Mahomets-Gesang.

Fatema.

Bäche schmiegen
40   Sich gesellschaftlich an ihn;
Und nun trit er in die Ebne
Silberprangend.

Ali.

Und die Ebne prangt mit ihm!
45   Und die Flüße von der Ebne,

Fatema.

Und die Bächlein von Gebirgen
Jauchzen ihm, und rufen:

Beyde.

50   Bruder!
Bruder, nimm die Brüder mit!

Fatema.

Mit zu deinem alten Vater,
Zu dem ewgen Ocean,
55   Der, mit weitverbreit'ten Armen,
Unsrer wartet,
Die sich, ach! vergebens öffnen,
Seine sehnenden zu fassen.

Ali.

60   Denn uns frißt, in öder Wüste,
Gierger Sand; die Sonne droben
Saugt an unserm Blut;
Ein Hügel
Hemmet uns zum Teiche.
65   Bruder!
Nimm die Brüder von der Ebne!

Fatema.

Nimm die Brüder von Gebirgen!

Beyde.

70   Mit zu deinem Vater! mit!

Ali.

Kommt ihr alle!
Und nun schwillt er herrlicher;
(Ein ganz Geschlechte
75   Trägt den Fürsten hoch empor;)

Triumphirt durch Königreiche;
Giebt Provinzen seinen Namen;
Städte werden unter seinem Fuß!

Fatema.
80 Doch ihn halten keine Städte,
Nicht der Thürme Flammengipfel,
Marmorhäuser, Monumente
Seiner Güte, seiner Macht.

Ali.
85 Zedernhäuser trägt der Atlas
Auf den Riesenschultern; sausend
Wehen, über seinem Haupte,
Tausend Segel auf zum Himmel
Seine Macht und Herrlichkeit.
90 Und so trägt er seine Brüder,

Fatema.
Seine Schätze, seine Kinder,

Beyde.
Dem erwartenden Erzeuger
95 Freudebrausend an das Herz!

Der Adler und die Taube.

Ein Adlerjüngling hob die Flügel
Nach Raub aus;
Ihn traf des Jägers Pfeil, und schnitt
5 Der rechten Schwinge Sennkraft ab!
Er stürzt' herab in einen Myrtenhain,
Fraß seinen Schmerz drey Tage lang,
Und zuckt' an Qual
Drey lange, lange Nächte lang;
10 Zuletzt heilt' ihn
Allgegenwärtger Balsam
Allheilender Natur.
Er schleicht aus dem Gebüsch hervor,
Und reckt die Flügel, ach!
15 Die Schwingkraft weggeschnitten!

---

1 *signiert:* H. D.

Hebt sich mühsam kaum
Am Boden weg,
Unwürdger Raubbedürfniß nach,
Und ruht tieftraurend
20   Auf dem niedern Fels am Bach,
Und blickt zur Eich' hinauf,
Hinauf zum Himmel,
Und eine Thräne füllt sein hohes Auge.
Da kömmt muthwillig durch die Myrtenäste
25   Hergerauscht ein Taubenpaar,
Läßt sich herab, und wandelt nickend
Über goldnen Sand am Bach,
Und ruckt einander an.
Ihr röthlich Auge buhlt umher
30   Erblickt den Innigtraurenden.
Der Täuber schwingt neugiergesellig sich
Zum nahen Busch, und blickt
Mit Selbstgefälligkeit ihn freundlich an.
Du trauerst, liebelt er;
35   Sey gutes Muthes, Freund!
Hast du zur ruhigen Glückseligkeit
Nicht alles hier?
Kannst du dich nicht des goldnen Zweiges freun,
Der vor des Tages Glut dich schützt?
40   Kannst du der Abendsonne Schein,
Auf weichem Moos am Bache, nicht
Die Brust entgegenheben?
Du wandelst durch der Blumen frischen Thau,
Pflückst aus dem Überfluß des Waldgebüsches dir
45   Gelegne Speise, letzest
Den leichten Durst am Silberquell.
O Freund, das wahre Glück ist die Genügsamkeit,
Und die Genügsamkeit hat überall genug!
O Weise, sprach der Adler, und trüb' erst
50   Versinkt er tiefer in sich selbst,
O Weisheit! du redst wie eine Taube.

GOTTFRIED AUGUST BÜRGER

Ballade.

Ich träumte, wie zu Mitternacht
Mein Falscher mir erschien;
Fast schwür' ich, daß ich hell gewacht,
So hell erblickt' ich ihn.

Er zog den Treuring von der Hand,
Und, ach! zerbrach ihn mir;
Ein wasserhelles Perlenband
Warf er mir hin dafür.

Drauf ging ich wol an's Gartenbeet,
Zu schaun mein Myrtenreis,
Das ich zum Kränzchen pflanzen thät,
Und pflegen thät mit Fleiß.

Da riß entzwey mein Perlenband;
Und, eh' ich mich's versah,
Entrollten all' in Erd' und Sand,
Und keine war mehr da! –

Ich suchte wol mit Angst und Schweiß,
Fand keine mehr; da schien
Verwandelt mein geliebtes Reis
In dunklen Rosmarin. –

Erfüllt ist längst dieß Nachtgesicht,
Ach! längst erfüllt, genau!
Kein Traumbuch frag' ich weiter nicht,
Und keine weise Frau.

Nun brich, o Herz! der Ring ist hin!
Die Perlen sind geweint!
Statt Myrt' erwuchs dir Rosmarin! –
Der Traum hat Tod gemeynt! –

Brich, armes Herz! zur Todtenkron'
Erwuchs dir Rosmarin!
Verweint sind deine Perlen schon!
Der Ring, der Ring ist hin!

LUDWIG CHRISTOPH HEINRICH HÖLTY

Adelstan und Röschen.

1771.

Der schöne Mayenmond begann,
    Und alles wurde froh;
Als Ritter Veit von Adelstan
    Der Königsstadt entfloh.
Von Geigern und Kastraten fern,
    Und vom Redutentanz,
Vertauscht' er seinen goldnen Stern
    Mit einem Schäferkranz.

Der Schooß der Au, der Wiesenklee,
    Verlieh ihm süßre Rast,
Als Himmelbett' und Kanapee
    Im fürstlichen Palast.
Er irrte täglich durch den Hain,
    Mit einer Brust voll Ruh,
Und sah dem Spiel', und sah dem Reihn
    Der Dörferinnen zu;

Sah, unter niederm Hüttendach,
    Der Schäfermädchen Preis;
Und plötzlich schlug sein Herzensschlag
    Wol noch einmal so heiß.
Sie wurden drauf gar bald vertraut;
    Was Wunder doch! er war
Ein Mann von Welt, und wohlgebaut;
    Und Röschen achtzehn Jahr.

Sie gab, durch manchen Thränenguß
    Erweichet, ihm Gehör.
Zuerst bekam er einen Kuß,
    Zuletzt noch etwas mehr.
Itzt wurde, nach des Hofes Brauch,
    Sein Busen plötzlich lau;
Er saß nicht mehr, am Schlehenstrauch,
    Mit Röschen auf der Au.

Des Dorfes und des Mädchens satt,
    Warf er sich auf sein Roß,
Flog wieder in die Königsstadt,
    Und in sein Marmorschloß.

40 Hier taumelt' er von Ball zu Ball,
    Vergaß der Rasenbank,
Wo, beym Getön der Nachtigall,
    Sein Mädchen ihn umschlang.

Und Röschen, das auf Wiesengrün,
45   Im Haselschatten, saß,
Sah Mann und Roß vorüberfliehn,
    Und wurde todtenblaß.
Mein Adelstan! ich armes Blut! –
    Er sah und hörte nicht,
50 Und drückte sich den Reisehut
    Nur tiefer ins Gesicht.

Sie zupft', auf ihren Hirtenstab
    Gelehnt, am Busenband,
Bis er dem Roß die Spornen gab,
55   Und ihrem Aug' entschwand;
Und schluchzt', und warf sich in das Gras,
    Verbarg sich im Gesträuch,
Weint' ihren schönen Busen naß,
    Und ihre Wangen bleich.

60 Kein Tanz, kein Spiel behagt ihr mehr,
    Kein Abendroth, kein West;
Das Dörfchen dünkt ihr freudenleer,
    Die Flur ein Otternnest.
Ein melancholisch Heimchen zirpt
65   Vor ihrer Kammerthür;
Das Leichhuhn schreyt. Ach Gott! sie stirbt,
    Des Dorfes beste Zier!

Die dumpfe Todtenglocke schallt
    Drauf in das Dorf. Man bringt
70 Den Sarg daher; der Küster wallt
    Der Bahre vor, und singt.
Der Pfarrer hält ihr den Sermon,
    Und wünscht dem Schatten Ruh,
Der diesem Jammerthal' entflohn,
75   Und klagt, und weint dazu.

Man pflanzt ein Kreuz, mit Flittergold
    Bekränzet, auf ihr Grab;
Und auf den frischen Hügel rollt
    So manche Thrän' herab.

80 Es wurde Nacht. Ein düstrer Flor
　　Bedeckte Thal und Höhn;
Auch kam der liebe Mond hervor,
　　Und leuchtete so schön.

Vernehmt nun, wie's dem Ritter ging!
85 　　Der Ritter lag auf Pflaum,
Um welchen Gold und Seide hing,
　　Und hatte manchen Traum.
Er zittert auf. Mit blauem Licht
　　Wird sein Gemach erfüllt,
90 Ein Mädchen trit ihm vor's Gesicht,
　　Ins Leichentuch verhüllt.

Ach, Röschen ist's, das arme Kind,
　　Das Adelstan berückt!
Die Rosen ihrer Wangen sind
95 　　Vom Tode weggepflückt.
Sie legt die eine kalte Hand
　　Dem Ritter auf das Kinn,
Und hält ihr moderndes Gewand
　　Ihm mit der andern hin;

100 Blickt drauf den ehrvergeßnen Mann,
　　Den Schauer überschleicht,
Dreymal mit hohlen Augen an,
　　Und wimmert, und entweicht.
Sie zeigte, wann es zwölfe schlug,
105 　　Itzt alle Nächte sich,
Verhüllet in ein Todtentuch,
　　Und wimmert', und entwich.

Der Ritter fiel, in kurzer Zeit,
　　Drob in Melancholey,
110 Und ward, verzehrt von Traurigkeit,
　　Des Todes Konterfey.
Mit einem Dolch bewaffnet, floh
　　Er aus der Stadt, und lief
Zum Gottesacker hin, allwo
115 　　Das arme Röschen schlief;

Wankt' an die frische Gruft, den Dolch
　　Dem Herzen zugekehrt,
Und sank. Folg! ruft ein Teufel, folg!
　　Und seine Seel' entfährt.

120 Der Dolch ging mitten durch das Herz,
Entsetzlich anzuschaun!
Die Augen starrten himmelwärts,
Und blickten Furcht und Graun.

Sein Grab ragt an der Kirchhofmaur.
125 Der Landmann, der es sieht,
Wenn's Abend wird, fühlt kalten Schaur,
Und schlägt ein Kreuz, und flieht.
Auch pflegt er, bis die Hahnen krähn,
Den Blutdolch in der Brust,
130 Mit glühnden Augen umzugehn,
Wie männiglich bewußt.

JOHANN HEINRICH VOSS

Deutschland.
An Friedrich Leopold Graf zu Stolberg.

Was flogst du, Stolz des Deutschen, zur Sternenhöh',
5 Und blickest lächelnd nieder auf alles Volk,
Vom Aufgang bis zum Niedergange,
Welchem du König' und Feldherrn sandtest?

Hörst du der Sklavenkette Gerassel nicht,
Die uns der Franke, (Fluch dir, o Mönch, der ihn
10 Den Großen pries!) um unsern Nacken
Warf, als, mit triefendem Stal der Herrschsucht,

Er, Gottes Sache lügend, ein frommes Volk
Samt seinen Priestern schlachtet', und Wittekind,
Statt Wodans unsichtbarer Gottheit[a])
15 Wurmigen Götzen Geruch zu streun zwang?

Nicht deutsches Herzens; Vater der Knechte dort,
Thuiskons Abart! kroch er zum stolzen Stul
Des Pfaffen Roms, und schenkt', o Hermann,
Deine Cherusker dem Bann des Wütrichs!

a) Tac. de Mor. Germ. 8.

---

9 Franke *Karl der Große;* Mönch *wohl Einhard, Verfasser der* Vita Caroli
Magni.   13 Wittekind *(Widukind) Herzog der Sachsen im Kampf gegen Karl den
Großen von diesem zur Taufe gezwungen.*

20 Nicht deutsches Herzens; Erbe des Julischen
Tyrannenthrones, gab er zur Armengift
   Den Freyheitssang altdeutscher Tugend,
      Welchem die Adler in Winfeld sanken!

Jetzt starb die Freyheit unter Despotenfuß;
25 Vernunft und Tugend floh vor dem Geyerblick
   Der feisten Mönch'; entmannte Harfen
      Fröhnten dem Wahn und dem goldnen Laster!

O weine, Stolberg! Weine! Sie rasselt noch
Des Franken Kette! Wenige mochte nur,
30   Von Gott zum Heiland ausgerüstet,
      Luther dem schimpflichen Joch' entreissen!

Ruf nicht dem Britten, daß er in stralender
Urväter Heimath spähe der Tugend Sitz!
   Still traurt ein kleiner Rest des Samens,
35   Welchen der Nachen des Angeln führte!

Nach Wollust schnaubt der lodernde Jüngling jetzt;
Der Mann nach Gold; in lauer Gebüsche Nacht
   Lustwandeln freche Mädchenchöre,
      Schmachtend in Galliens weichsten Tönen.

40 O dichtet ihnen, Sänger Germania's,
Ein neues Buhllied! Singet den Horchenden
   Des Rosenbetts geheime Zauber,
      Oder die taumelnden Lustgelage!

Ein lautes Händeklatschen erwartet euch! –
45 Ihr wollt nicht? Weiht der Tugend das ernste Spiel? –
   Ha! flieht, und sucht im fernen Norden
      Eurem verbannten Gesange Hörer!

Vertilgt auf ewig seyst du, o Schauernacht,
Da ich Jehovahs Dienste die Harfe schwur!
50   Vertilgt, ihr Thränen, so ich einsam
      An den unsterblichen Malen weinte!

Der, mit des Seraphs Stimme, Meßias, dich
Den Söhnen Teuts sang; siehe, den lohnt der Frost
   Des ungeschlachten Volks, den lohnen
55   Hämische Winke des stummen Neides!

20ff. *in Anlehnung an Einhard vermerkt Voss in der Hs.:* Karl der Große nahm den Titel eines römischen Kaisers (eines Nachfolgers des Julius Cäsar) vom Papste an. Der selbige verfügte, daß seine nachgelassenen Bücher, worunter eine Sammlung von Bardenliedern war, zum Besten der Armen verkauft werden sollten.　　23 In Winfeld ward Varus besiegt. *(Anm. von Voss)*　　47 verbannten *in der Hs.* verkannten.

Friedrich Müller*

Lied eines bluttrunknen Wodanadlers.

Was wirfst du, Sturm, die Klippen nieder?
Was leckest du mein Mahl?
5   Was schlägt in meinen Trank dein brausendes Gefieder?
Entfleuch aus diesem Thal!

Ihr tanzt, ihr Fichten und ihr Tannen,
Frohlockend um mein Mahl!
Ja, taumelt nur, voll Blutes der Tyrannen,
10   Durch dieses Wonnethal!

Er ist, er ist herabgesunken,
Der Silbermond, ins Wonnethal!
Er sieht, er sieht mich, Brüder! trunken,
Und eilt zu meinem Mahl!

Friedrich Leopold Graf zu Stolberg

Genius.

Den schwachen Flügel reizet der Äther nicht.
Im Felsenneste fühlt sich der Adler schon
5   Voll seiner Urkraft, hebt den Fittig,
         Senkt sich, und hebt sich, und trinkt die Sonne.

Du gabst, Natur, ihm Flug und den Sonnendurst!
Mir gabst du Feuer! Durst nach Unsterblichkeit!
         Dieß Toben in der Brust! dieß Staunen,
10   Welches durch jegliche Nerve zittert,

Wenn schon die Seelen werdender Lieder mir
Das Haupt umschweben, eh das nachahmende
         Gewand der Sprache sie umfliesset,
            Ohne den geistigen Flug zu hemmen!

15   Du gabst mir Schwingen hoher Begeisterung,
Gefühl des Wahren, Liebe des Schönen, du!
         Du lehrst mich neue Höhen finden,
            Welche das Auge der Kunst nicht spähet!

1 *signiert:* R. M.

Von dir geleitet, wird mir die Sternenbahn
Nicht hoch, und tief seyn nicht der Oceanus,
    Die Mitternacht nicht dunkel, blendend
        Nicht des vertrauten Olymps Umstralung!

JOHANN GEORG JACOBI

An Chloe.
Nach dem Französischen: Jusque dans la moindre chose.

Holdes Mädchen! unser Leben
War ein frohes Hirtenspiel:
Kränze durften wir uns geben,
Küsse, wann es uns gefiel.

Heerde, Stab, und Fest, und Freude,
Lied und Kränze sind dahin!
Dennoch reden Flur und Weide
Mir von meiner Schäferinn.

Engel oder Liebesgötter
Mahlen dein getreues Bild
Auf die kleinsten Rosenblätter:
Alles ist von dir erfüllt.

Deinen Athem haucht die Nelke,
Wenn ihr Balsamduft sich hebt;
Du erscheinst mir im Gewölke,
Das am blauen Himmel schwebt.

Welch ein Lispeln auf den Höhen!
Welch ein Säuseln um den Fluß!
O ich fühl' im sanften Wehen,
O ich fühle deinen Kuß.

Unter lockenden Schallmeyen,
In der Nachtigall Gesang,
Im Geflüster junger Meyen
Hör' ich deiner Stimme Klang.

Ja! du rufst mich aus der Ferne,
Rauschest mir im finstern Hain,
Blickst herab von iedem Sterne,
Lachst mich an im Mondenschein;

3 bis ins Kleinste.

Kömmst in nahenden Gewittern;
Denn es gleicht ihr banger Zug
Ienem Schweigen, ienem Zittern,
35 Als mein Herz an deinem schlug.

KARL WILHELM RAMLER

Der Gebrauch des Lebens.
Die 4te Ode Anakreons.

Hier im Schatten junger Myrthen,
5   Hier auf weiche Lotosblätter
Hingelagert, will ich trinken.
Amor schürze sein Gewand auf!
Amor reiche mir den Becher!
Denn das Leben fleucht von hinnen,
10 Wie das Rad am Wagen hinrollt;
Und wann dieß Gebein zerfallen,
Sind wir eine Hand voll Asche.
Hilft es dann das Grab zu salben,
Und mit Most den Staub zu tränken?
15 Salbe mich, weil ich noch lebe!
Kröne mir die Stirn mit Rosen!
Lade meine Freundinn zu mir!
Amor, eh ich mich dort unten
In den Tanz der Todten mische,
20 Scherz' ich Gram und Unmuth von mir.

1775

GOTTLOB DAVID HARTMANN*

Bothschaft an Rhingulph
bey Übersendung der Bestimmung des Jünglings.

Nimm, Rhingulph, was dein Telynhard,
5   Zum Wohl der Söhne Teuts,
Von ihrer Bildung und dem hohen Werth
Der menschlichen Bestimmung sprach;

BOTHSCHAFT ... 2 *Bardenname K. F. Kretschmanns, s. auch S. 37.*

Bis in die ferne Zukunft weit
Späht frommer Barden Blick.
10 Was werd' ich seyn als Mann? Mein Vaterland
Verdient, daß ich mit ganzem Herzen ihm,
Nach jedem Keim, der reifen kann,
Ob auch der Zeitgenossen Undank mich
Und mein Verdienst nicht schätzet, dennoch dien'.
15 Ists dann nicht Bardenpflicht? Was werd' ich seyn?
Und was vermag ich forschend auszuspähn?
Und alte deutsche Treu zu predigen
Den Söhnen, die nun bald entartet sind
Durch Galliens Betrug? O Barde, nimm
20 Die Harf' und strafe kühn die Lasterbrut,
Die Deutschlands Kinder weichlich schafft.
Dich liebt dein Telynhard, und hoft Gesang
Von Rhingulph, der die Harfe lange kennt!
Ach würde bald der fromme Wunsch erfüllt!
25 Sey mir gegrüßt zu einem Schlachtgesang.

CHRISTIAN FRIEDRICH DANIEL SCHUBART

Der Leipziger Musenalmanach.

Herr Schmid in Gießen bestach
Die Diener der treflichsten Dichter.
5 „Bringt mir, o Freunde, – so sprach
Er zu Leuten von diesem Gelichter, –
„Was eure Herren insgesammt
„Zum Gebrauch an heimliche Orte verdammt."
Die Schurken ließen sich verführen,
10 Und brachten die Menge von solchen Papieren.
Daraus entstand dann nach und nach
Der Leipziger Musenalmanach.

---

3 *Christian Heinrich* Schmid, *Hrsg. des* Almanachs der deutschen Musen in Leipzig, *s. Quellenregister*.

FRIEDRICH LEOPOLD GRAF ZU STOLBERG

Mein Vaterland.
An Klopstock.

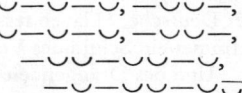

Das Herz gebeut mir! Siehe, schon schwebt,
Voll Vaterlandes, stolz mein Gesang!
   Stürmender schwingen sich Adler
     Nicht, und Schwäne nicht tönender!

An fernem Ufer rauschet sein Flug!
Deß staunt der Belt, und zürnet, und hebt
   Donnernde, schäumende Wogen;
     Denn ich singe mein Vaterland!

Ich achte nicht der scheltenden Flut,
Der tiefen nicht, der thürmenden nicht!
   Mitten im kreisenden Strudel
     Sänge Stolberg sein Vaterland!

O Land der alten Treue! Voll Muths
Sind deine Männer, sanft und gerecht;
   Rosicht die Mädchen und sittsam;
     Blize Gottes die Jünglinge!

In deinen Hütten sichert die Zucht
Den Bund der Ehe! Rein ist das Bett
   Zärtlicher Gatten, und fruchtbar
     Ihre keuschen Umarmungen!

Vom Segen Gottes triefet dein Thal,
Und Freude reift am Rebengebirg;
   Singenden Schnittern entgegen
     Rauscht die wankende Halmensaat.

Kolumbia, du weintest, gehüllt
Im Trauerschleyer, über den Fluch,
   Welchen der lachende Mörder
     Öden Fluren zum Erbe ließ.

---

32 *Amerika.*

Da sandte Deutschland Segen und Volk;
Der Schooß der Jammererde gebar,
  Staunte der schwellenden Ähren,
    Und der schaffenden Fremdlinge!

40 Nach fernem Golde dürstete nie
Der Deutsche, Sklaven fessel' er nie;
  Immer ein Schild des Verfolgten,
    Und des Drängenden Untergang!

Ich bin ein Deutscher! (Stürzet herab,
45 Der Freude Thränen, daß ich es bin!)
  Fühlte die erbliche Tugend
    In den Jahren des Kindes schon!

Von dir entfernet, weih' ich mich dir
Mit jedem Wunsche, heiliges Land!
50 Grüsse den südlichen Himmel
    Oft, und denke des Vaterlands!

Auch greifet oft mein nervichter Arm
Zur linken Hüfte; manches Phantom
  Blutiger Schlachten umflattert
55   Dann die Seele des Sehnenden!

Ich höre schon der Reisigen Huf,
Und Kriegsdrommeten! sehe mich schon,
  Liegend im blutigen Staube,
    Rühmlich sterben für's Vaterland!

JOHANN HEINRICH VOSS

Die künftige Geliebte.

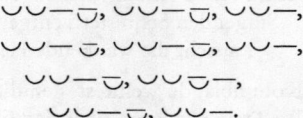

Ist es Mitleid, Philomela, daß dein Lied
Aus dem Mayduft, den der Fruchtbaum dir umwölkt,

---

50 *Stolberg wuchs in Dänemark auf.* DIE KÜNFTIGE GELIEBTE 2 *später:* Sehnsucht.

Wie ein Grablied melancholisch,
　　Durch die Dämmrung sich ergießt?

Wie ein Geist, schwebt in der Dämmrung die Gestalt,
Die im Nachttraum und des Tags Traum mir erscheint;
　　Und mein Ohr lauscht nach dem Seufzer,
　　　Der so athmend ihr entbebt!

O mein Seraph, wo voll Tiefsinn den Gesang
Philomela's in dem Mayduft sie behorcht,
　　Da erschein' ihr in der Dämmrung,
　　　Wie dein Freund, bleich und bethränt!

LUDWIG CHRISTOPH HEINRICH HÖLTY

Das Traumbild.

Wo bist du, Bild, das vor mir stand,
　　Als ich im Garten träumte,
Ins Haar den Rosmarin mir wand,
　　Der um mein Lager keimte?
Wo bist du, Bild, das vor mir stand,
　　Mir in die Seele blickte,
Und eine warme Mädchenhand
　　An meine Wange drückte?

Nun such' ich dich, mit Harm erfüllt,
　　Bald bey des Dorfes Linden,
Bald in der Stadt, geliebtes Bild,
　　Und kann dich nirgends finden.
Nach jedem Fenster blick ich hin,
　　Wo nur ein Schleyer wehet,
Und habe dich, o Lieblingin,
　　Noch nirgends ausgespähet.

Komm selber, süßes Bild der Nacht,
　　Komm, mit den Engelsminen,
Und mit der leichten Schäfertracht,
　　Worin du mir erschienen!
Bring mit die schwanenweiße Hand,
　　Die mir das Herz gestohlen,
Das purpurrothe Busenband,
　　Das Sträußchen von Violen;

Dein großes, blaues Augenpaar,
   Woraus ein Engel blickte,
Die Stirne, die so freundlich war,
   Und guten Abend nickte,
Den Mund, der Liebe Paradies,
   Die kleinen Wangengrübchen,
Wo sich der Himmel offen wies,
   Bring alles mit, mein Liebchen!

JOHANN MARTIN MILLER

Nonnenlied.

Hinweg, o Bild! Entweihe nicht
Die gottgeweihte Stelle!
Hinweg aus meinem Angesicht!
Entfleuch aus dieser Zelle!

Ach Jesus Christus! Immerdar
Muß ich's vor Augen sehen!
Im Chor, am heiligen Altar,
Seh' ich ihn vor mir stehen!

Entfleuch um Gottes willen doch!
Ich darf dich ja nicht lieben!
Wie kannst du meine Seele noch,
O Wilhelm, so betrüben?

Ach Jesus! sieh, wie blaß und bleich
Es hier vorüber wallte!
Wie, dumpfen Sterbestimmen gleich,
Es mir entgegen hallte!

Hilf, Mutter Gottes, hilf du mir!
Sonst ist mein Herz verloren!
Ich hab', ihn zu vergessen, dir,
Ich hab' es dir geschworen!

ERNST THEODOR JOHANN BRÜCKNER

Der Schmied.
Idylle aus einer Unschuldswelt.

Froh in seinem Beruf, und klug und fleißig vor allen
5   War Zallion der Schmied. Kaum hob sich aus dem Meer
Früh der Tag, so erklang in der Eße sein Hammer am Amboß.
    Ihn nennt der Ackermann bey jedem Erntefest.
Oftmal sann er die Kunst und ihrer tiefsten Erfindung
    Mit kühnem Scharfsinn nach; erfand, und ward berühmt.
10 Also saß er auch jezt auf dem Amboß, und sann. Da besuchte
    Der Landesvater ihn; deß Antliz glänzte schon.[a]
Nach der ersten Umarmung standen in weisen Gesprächen
    Die beyden lange da. Der hohe Patriarch
Dankte geheim für Zallions Geist dem Geber der Weisheit,
15   Und sprach: Von nun an, Freund, muß dieser Amboß nicht
Unter deiner Stärke mehr klingen! Der Geber der Weisheit
    Gab große Weisheit dir! Dich hat dein Gott ersehn,
Vater des Volks zu seyn! Komm mit mir, daß ich dich lehre,
    Wie du einst richten sollst; denn diese Pflicht ist groß!

a) Ein Zeichen der nahen Verklärung.

JOHANN WOLFGANG GOETHE*

Lied,
das ein selbst gemahltes Band begleitete.

    Kleine Blumen, kleine Blätter
5   Streuen mir mit leichter Hand
    Gute iunge Frühlingsgötter
    Tändlend auf ein lüftig Band.

    Zephir nimm 's auf deine Flügel,
    Schlings um meiner Liebe Kleid!
10   Und sie eilet vor den Spiegel
    All in ihrer Munterkeit.

    Sieht mit Rosen sich umgeben
    Sie, wie eine Rose iung.

LIED ... 1 *signiert:* D. Z.   2 f. *später:* Mit einem gemalten Band.

15
Einen Kuß! geliebtes Leben,
Und ich bin belohnt genung.

Fühle was dies Herz empfindet,
Reiche frey mir deine Hand.
Und das Band, das uns verbindet,
Sey kein schwaches Rosenband.

Mayfest.

Wie herrlich leuchtet
Mir die Natur!
Wie glänzt die Sonne!
5
Wie lacht die Flur!

Es dringen Blüten
Aus iedem Zweig,
Und tausend Stimmen
Aus dem Gesträuch,

10
Und Freud und Wonne
Aus ieder Brust.
O Erd o Sonne
O Glück o Lust!

O Lieb' o Liebe,
15
So golden schön,
Wie Morgenwolken
Auf ienen Höhn;

Du seegnest herrlich
Das frische Feld,
20
Im Blütendampfe
Die volle Welt.

O Mädchen Mädchen,
Wie lieb' ich dich!
Wie blinkt dein Auge!
25
Wie liebst du mich!

So liebt die Lerche
Gesang und Luft,
Und Morgenblumen
Den Himmels Duft,

30 Wie ich dich liebe
Mit warmen Blut,
Die du mir Jugend
Und Freud und Muth

Zu neuen Liedern,
35 Und Tänzen giebst!
Sey ewig glücklich
Wie du mich liebst!

Mir schlug das Herz; geschwind zu Pferde,
Und fort, wild, wie ein Held zur Schlacht!
Der Abend wiegte schon die Erde,
Und an den Bergen hieng die Nacht;
5 Schon stund im Nebelkleid die Eiche,
Ein aufgethürmter Riese, da,
Wo Finsterniß aus dem Gesträuche
Mit hundert schwarzen Augen sah.

Der Mond von seinem Wolkenhügel,
10 Schien kläglich aus dem Duft hervor;
Die Winde schwangen leise Flügel,
Umsausten schauerlich mein Ohr;
Die Nacht schuf tausend Ungeheuer –
Doch tausendfacher war mein Muth;
15 Mein Geist war ein verzehrend Feuer,
Mein ganzes Herz zerfloß in Gluth.

Ich sah dich, und die milde Freude
Floß aus dem süßen Blick auf mich.
Ganz war mein Herz an deiner Seite,
20 Und ieder Athemzug für dich.
Ein rosenfarbes Frühlings Wetter
Lag auf dem lieblichen Gesicht,
Und Zärtlichkeit für mich, ihr Götter!
Ich hoft' es, ich verdien' es nicht.

25 Der Abschied, wie bedrängt, wie trübe!
Aus deinen Blicken sprach dein Herz.
In deinen Küßen, welche Liebe,
O welche Wonne, welcher Schmerz!

Mɪʀ ꜱᴄʜʟᴜɢ ᴅᴀꜱ Hᴇʀᴢ ... 1 *später mit der Überschrift:* Willkommen und Abschied.

30 Du giengst, ich stund, und sah zur Erden,
Und sah dir nach mit naßem Blick;
Und doch, welch Glück! geliebt zu werden,
Und lieben, Götter, welch ein Glück!

JOHANN GEORG JACOBI*

An **
im März.

Bey deiner Mutter Gruft,
5 Geliebte Freundin, willst du klagen,
Indeß an iunge Frühlingsluft
Sich schon die ersten Blumen wagen?
Für dich ist iunge Frühlingsluft:
O blicke von der öden Gruft
10 Hinauf zum Schöpfer dieser Auen.
Die Lüfte säuseln ihm zum Preis;
Die Blumen sind auf sein Geheiß
Mit Wohlgerüchen aufgegangen;
Von ihm ist dieses frische Roth
15 Auf deinen iungfräulichen Wangen;
Und auch von ihm ist unser Tod.
    Wer, ohne Furcht, sein ganzes Leben
Dem treuen Schöpfer hingegeben,
Der muß im Grabe sicher seyn.
20   So schläft ein Kind am mütterlichen Herzen,
Im weichen Arm, wenn sich die Wolken schwärzen,
Und ferne Donner rollen, ein:
Es wird zum hellen Sonnenschein,
Von lindem West umspielt, erwachen;
25 Und aus der Liebe Schooß in Lustgefilde lachen.

---

1 *signiert:* J. G. J.

JAKOB MICHAEL REINHOLD LENZ*

Freundin aus der Wolke.

Wo, du Reuter,
Meinst du hin?
Kannst du wähnen
Wer ich bin?
Leis' umfaß ich
Dich als Geist,
Den dein Trauren
Von sich weist.
Sey zufrieden
Göthe mein!
Wisse, ietzt erst
Bin ich dein;
Dein auf ewig
Hier und dort –
Also wein mich
Nicht mehr fort.

JOHANN WOLFGANG GOETHE*

Im Herbst 1775.

Fetter grüne, du Laub!
Das Rebengelender,
Hier mein Fenster herauf.
Gedrängter quillet
Zwillings-Beere! und reifet
Schneller, und glänzet voller.
Euch brütet der Mutter Sonne
Scheideblik, euch umsäuselt
Des holden Himmels
Früchtende Fülle.
Euch kühlet des Monds
Freundlicher Zauberhauch;
Und euch bethauen, Ach!

FREUNDIN ... *1 signiert:* P., *korrigiert:* L.
IM HERBST 1775 1 *signiert:* P.   2 *später:* Herbstgefühl.

Aus diesen Augen,
Der ewig belebenden Liebe
Voll schwellende Thränen.

KARL FRIEDRICH KRETSCHMANN

An die Kunstrichter.

Ein Lob, das alle Fehler uns verschweigt,
Ist wie der fette Frühlingsregen,
5   Der allzustark die Felder säugt;
Er tödtet sie durch Segen.
Die Tadel, die, an Galle reich,
Nur zu beschämen suchten,
10   Sind schloßenvollen Wettern gleich;
Sie stürmen Saaten ein, anstatt sie zu befruchten.
Ein Lob, zu rein für Schmeicheley,
Erweckt uns, wie die Flur der May;
Und Wahrheit ohn' Erbittern,
Ruft unsre Kraft empor, gleich fruchtenden Gewittern.

1776

HEINRICH LEOPOLD WAGNER

An den Mond.

Wolkenleeres Silberlicht,
    Jungfernkeuscher Mond!
5   Lächle keinem Bösewicht,
    In dem Falschheit thront.

Fliehe S** Residenz,
    Thorheit ruht auf ihr:
Lieber Mond, ach komm und glänz
10   Meiner Freundinn, mir!

Unbemerket strahlst du dort!
   Wir nur können glühn,
Uns rückst du die Herzen fort,
   Guter Gott! wohin?

15 Sehen deine Klarheit wir,
      Wie sie auf uns schwebt?
O so neiden wir sie dir,
      Unser Busen bebt;

Bebt, nicht ganz so rein zu seyn,
20   Silberlicht! wie du: –
Schnell hüllt dich ein Wölkchen ein,
   Unser Herz fühlt Ruh.

FRIEDRICH LEOPOLD GRAF ZU STOLBERG

Homer.
An Bodmer.

Heil dir Homer!
5 Freudiger, entflammter, weinender Dank
      Bebt auf der Lippe,
      Schimmert im Auge,
      Träufelt wie Thau
Hinab in deines Gesanges heiligen Strom!

10 Ihn goß von Ida's geweihtem Gipfel
      Mutter Natur!
   Freute sich der strömenden Fluth,
      Die, voll Gottheit,
   Wie der Sonnenbesäte Gürtel der Nacht,
15 Tönend mit himmlischen Harmonieen,
Wälzet ihre Wogen in das hallende Thal!
      Es freute sich die Natur,
      Rief ihre goldgelockte Töchter,
Wahrheit und Schönheit beugten sich über den Strom,
20 Und erkannten in jeder Welle staunend ihr Bild!
      Es liebte dich früh
      Die heilige Natur!
Da deine Mutter im Thale dich gebahr,
Wo Simois in den Skamander sich ergeust,

HOMER 10 *kleinasiatisches Gebirge*. 24 *Flüsse in der Ebene von Troja.*

25 Und ermattet dich ließ fallen in der Blumen Thau,
    Blicktest du schon mit Dichtergefühl
      Der sinkenden Sonne,
    Die vom Thrazischen Schneegebürg
    Über purpurne Wallungen des Hellesponts
30 Dich begrüßte, in ihr flammendes Gesicht!
      Und es strebten sie zu greifen
      Deine zarten Hände,
Vor ihrem Glanze röthlicht, in die Luft empor!

      Da lächelte die Natur,
35 Weihte dich und säugte dich an ihrer Brust!
    Bildete, wie sie bildete den Himmel,
    Wie sie bildete die Rose
Und den Thau, der vom Himmel in die Rose träuft,
Bildete sorgsam den Knaben und den Jüngling so!
40   Gab dir der Empfindung
      Flammenden Blick!
    Gab was nur ihren Schößlingen sie giebt,
      Thränen jegliches Gefühls!
    Die stürzende, welche glühende Wangen nezt,
45   Und die sanftre, die von zitternder Wimper
      Rinnt aufs erbleichte Gesicht!
      Gab deiner Seele
Einfalt der Tauben und des Adlers Kraft!
      Gleich deinem Liede
50 Sanft nun, wie Quellen in des Mondes Schein,
Donnernd und stark nun, wie der Katarakte Sturz!

JOHANN WOLFGANG GOETHE*

Eis-Lebens-Lied.

    Sorglos über die Fläche weg,
    Wo vom kühnsten Wager die Bahn
5   Dir nicht vorgegraben du siehst,
    Mache dir selber Bahn! –
    Stille, Liebchen, mein Herz!
    Krachts gleich, brichts doch nicht!
    Brichts gleich, bricht nicht mit dir!

---

1 *signiert:* G.   2 *später:* Mut.

CHRISTIAN FRIEDRICH DANIEL SCHUBART*

Das gnädige Fräulein.

Das teutsche Mädchen.
Ich bin ein teutsches Mädchen!
5   Mein Aug ist blau, und sanft mein Blick,
Ich hab ein Herz,
Das edel ist und stolz und gut.

Das gnädige Fräulein.
Ich bin ein gnädigs Fräulein!
10   Mein Aug ist schwarz, und wild mein Blick.
Ich hab ein Herz
Voll Zärtlichkeit und Sentiment.

Das teutsche Mädchen.
Ich bin ein teutsches Mädchen!
15   Zorn blickt mein blaues Aug auf den,
Es haßt mein Herz
Den, der sein Vaterland verkennt.

Das gnädige Fräulein.
Ich bin ein gnädigs Fräulein
20   Zorn blickt mein schwarzes Aug auf den,
Den haßt mein Herz,
Der Ahnenlos, der Pöbel ist.

Das teutsche Mädchen.
Ich bin ein teutsches Mädchen!
25   Erköre mir kein ander Land
Zum Vaterland;
Wär mir auch frey die große Wahl!

Das gnädige Fräulein.
Ich bin ein gnädigs Fräulein!
30   Erköre mir Franzosenland
Zum Vaterland;
Wär mir nun frey die große Wahl!

Das teutsche Mädchen.
Ich bin ein teutsches Mädchen!
35   Mein hohes Auge blickt auch Spott,
Blickt Spott auf den,
Der Säumens macht bey dieser Wahl!

---

2 *vgl. Klopstock,* Lied . . . *S. 17; Claudius,* Auch ein Lied, *S. 21; Leon,* Vaterlandslied,
S. 121.

Das gnädige Fräulein.
Ich bin ein gnädigs Fräulein!
40   Mein hohes Auge blickt auch Spott,
Blickt Spott auf den,
Der nicht Paris – Paris gesehn.

Das teutsche Mädchen.
Du bist kein teutscher Jüngling,
45   Bist diesen lauen Säumens werth,
Des Vaterlands
Nicht werth, wenn du's nicht liebst, wie ich.

Das gnädige Fräulein.
Ich bin ein gnädigs Fräulein,
50   Von gallischem Esprit genährt.
Zur Göttinn macht
Lyonerroth und Kopfputz mich.

Das teutsche Mädchen.
Du bist kein teutscher Jüngling!
55   Mein ganzes Herz verachtet dich,
Ders Vaterland
Verkennt, dich Fremdling und dich Thor!

Das gnädige Fräulein.
Du bist ein rauher Teutscher!
60   Bist meines Hohngelächters werth;
Des hohen Blicks
Nicht werth, der siegreich Sklaven macht.

Das teutsche Mädchen.
Ich bin ein teutsches Mädchen!
65   Mein gutes, edles, stolzes Herz
Schlägt laut empor
Beym süßen Namen: Vaterland!

Das gnädige Fräulein.
Ich bin ein gnädigs Fräulein!
70   Bald schlägt mein eitles, stolzes Herz
Auch laut empor
Beym süßen Namen: Gnädge Frau!

Das teutsche Mädgen.
So schlägt mirs einst beym Namen
75   Des Jünglings nur, der stolz wie ich
Aufs Vaterland,
Gut, edel ist, ein Teutscher ist!

Das gnädige Fräulein.
Mein Herze schlägt beym Namen
80   Des Jünglings nur, der hüpft, wie ich,
Und singt, wie ich,
Der teutsche Sitte schmäht, wie ich.

GOTTFRIED AUGUST BÜRGER

An Friedrich Leopold, Grafen zu Stolberg.

Friz! Friz! Bey den Unsterblichen, die hold
Auch meinem Leben sind! – Sie zeugen mir! –
5   Sieh! Angesichts der Ritter unsers Volks
Und ihrer losen Knappen, schreitest du
Zu Truz, mit Wehr und Waffen in mein Feld,
Und wirfst den Fehdehandschuh vor mich hin.
Ha! schauerte nun auch die Menschlichkeit,
10   Wie Hektorn vor dem Ajax und Achill,
Vor Dir mich an, hüb' ich ihn doch empor!
Bey Gott! bey Gott! du Troziger, ich muß!
So gelt' es denn, Sieg gelt' es, oder Tod!
Denn wisse, keinem Knaben sprichst du Hohn,
15   Der seine ersten Waffen schwankend prüft.
Straff sind die Sehnen meiner Jugendkraft;
Ich bin gewandt zu ringen; meinem Arm
Ist Phöbus güldnes Schwert ein Halmenspiel;
Den Silberbogen des Ferntreffenden
20   Weis ich zu spannen; treffe scharf das Ziel;
Mein Köcher rasselt goldner Pfeile voll.
Wer mag einher in meiner Rüstung gehn? –
Es gelte, Friz! Sieg gelt' es, oder Tod! –
Du! Huldigt dir Gesang und Sprach' allein?
25   Und waltet nicht des Mäoniden Geist
Auch über meinem Haupt'? Ich rang mit ihm,

---

82 *Schubarts* Antwort *lautet:* Gnädiges Fräulein! Klopstock hat seine Oden nicht
für Sie gemacht, und Neefe *[Christian Gottlob Neefe (1748–98), Kapellmeister und Komponist]* nicht für Sie gesetzt. Diese Männer, ohne Ahnen, sind zufrieden, wenn sie von
unadelichen Seelen tief gefühlt, und mit stillen Thränen belohnt werden. Ich küß'
Ihnen Ihren hundsledernen Handschuhe und bin Ihr unterthäniger Sch.
25 des Mäoniden Geist   *der Geist Homers.*

Wie Israel mit Engelskräften rang,
Und sprach: Dich laß' ich nicht, du seyst dann mein! –
Ich komm', ich komme dir! denn ehren mag
30 Ein solcher Widersacher das Gefecht.
Wie wird des Sieges Blume meinen Kranz
Verherrlichen! – Und gäbe mich der Rath
Der Himmelsherrscher dir auch unterthan,
So könnt' ich doch von keiner edlern Hand,
35 Als deiner sterben, edler, starker Friz!
Auf, rüste dich! Sieg gilt es, oder Tod!

Robert.
Ein Gegenstück zu Claudius Romanze: Phidile.

Ich war wohl recht ein Springinsfeld,
In meinen Jünglingstagen,
5 Und that nichts liebers auf der Welt,
Als reiten, fischen, jagen.

Einst zogen meine Streifereyn,
Weiß nicht auf welche Weise,
Doch war es recht, als sollt' es seyn,
10 Mich ab von meinem Gleise.

Da sah ich übern grünen Zaun
Im lichten Frühlingsgarten,
Ein Mädchen, rosicht anzuschaun,
Der Schwesterblumen warten.

15 Ein Mädchen, so von Angesicht
Von Stirn und Augenstrahlen,
Von Wuchs und Wesen, läßt sich nicht
Beschreiben und nicht mahlen.

Ich freundlich hin, sie freundlich her,
20 Wir mußten beyd' uns grüßen,
Und fragten nicht wohin? woher
Wir wären? wie wir hießen?

Sie schmückte grün und roth den Huth,
Brach Früchte mir vom Stengel,
25 Und war so lieblich, war so gut,
So himmlisch wie ein Engel.

2 s. S. 18.

Doch wußt ich nicht, was tief aus mir
So seufzete, so bebte,
Und unter Druck und Küssen ihr
30   Was vorzuweinen strebte.

Ich konnte weder her noch hin,
Nicht weg, nicht zu ihr kommen;
Auch lags nicht anders mir im Sinn,
Als wär' mir was genommen.

35   Mich dünkt' ich hatt' ihr tausendviel,
Weiß Gott all was? zu sagen,
Doch konnt' ich, welch ein Zauberspiel,
Nicht eine Sylbe wagen.

In heller Unschuld frug sie: Was?
40   Was ich wohl von ihr wollte?
Ach! Liebe! rief ich, als mirs naß
Von beiden Wangen rollte.

Sie aber schlug den dunkeln Blick
Zum schönen Busen nieder,
45   Und ich verschüchtert floh zurück,
Und fand sie noch nicht wieder.

Wie konnte wohl dieß eine Wort
Dieß Wörtchen sie betrüben? –
O blöder Junge! wärst du dort,
50   Wärst du doch dort geblieben!

CHRISTIAN GRAF ZU STOLBERG

An meine sterbende Schwester Sophie Magdalene.
1773.

Rosenknospe! So schön blühete keine noch
5 Von den Töchtern des Mays, welche, die junge Brust
    Überschimmert von Frühthau,
      Prangt, und frischeren Balsam haucht!

Und du welkest schon hin, ehe die Sonne noch
Mittagsgluten verstreut? – Welke nur, Schönste, hin!
10   Denn nicht lange, so blühst du
      Schöner wieder in Eden auf!

Labung thauen auf dich, kühlende Labung dann
Lebensbäume herab; Lüfte der Sommernacht
   Wehen Palmen des Sieges
15   Dann entgegen der Dulderin!

Deiner Leiden entkeimt jedem ein blühender
Zweig zum Kranze des Lohns, welcher dich dort umflicht!
   Wie so heiter, o Schwester?
      Zeigt' ein Engel den Kranz dir schon?

20 Schluchzend kam ich, und sank sprachlos an deine Brust!
Lächelnd küßtest du mich; aber nur bitterer
   Floß die Wehmuth, und netzte
      Deine Wange, Geliebteste!

CHRISTIAN ADOLF OVERBECK*

Fritzchen an den May.

Komm, lieber May, und mache
Die Bäume wieder grün,
Und laß mir an dem Bache
5 Die kleinen Veilchen blühn!
Wie möcht' ich doch so gerne
Ein Blümchen wieder sehn!
Ach, lieber May! wie gerne
10 Einmal spatzieren gehn!

In unsrer Kinderstube
Wird mir die Zeit so lang!
Bald werd' ich armer Bube
Vor Ungeduld noch krank!
15 Ach bey den kurzen Tagen
Muß ich mich oben drein
Mit den Vokabeln plagen,
Und immer fleißig seyn!

Mein neues Steckenpferdchen
20 Muß jetzt im Winkel stehn;
Denn draußen in dem Gärtchen
Kann man vor Schnee nicht gehn.

---

1 *signiert:* Z.

Im Zimmer ist's zu enge,
Und stäubt auch gar zu viel,
25 Und die Mama ist strenge,
Sie schilt aufs Kinderspiel.

Am meisten aber dauret
Mich Fiekchens Herzeleid!
Das arme Mädchen lauret
30 Auch auf die Blumenzeit!
Umsonst hol' ich ihr Spielchen
Zum Zeitvertreib heran;
Sie sitzt in ihrem Stühlchen,
Und sieht mich kläglich an.

35 Ach! wenns doch erst gelinder,
Und grüner draußen wär!
Komm, lieber May! Wir Kinder,
Wir bitten gar zu sehr!
O komm, und bring vor allen
40 Uns viele Rosen mit!
Bring auch viel Nachtigallen,
Und schöne Kukuks mit!

FRIEDRICH MAXIMILIAN KLINGER*

Sophiens Liebe.

Nie sah ich was, das diesem glich!
Ein Mädchen engelrein
5 Beym ersten Stral der Sonne schlich
Im Garten ganz allein.

Das Saamenkörbchen in der Hand,
Ging furchtsam sie dahin;
Und als sie keine Zeugen fand,
10 Ward munter sie und kühn.
Ein kleines Land erwählt sie sich
Nah bey dem Pfirsichbaum.
Und alles schwand, und alles wich;
Der Welt gedacht sie kaum.

---

1 *signiert:* K.

15 Dann streute sie mit lieber Hand
Ein Körnchen hier und da.
Ich wünscht zu seyn das kleine Land,
Um ihr zu seyn recht nah.

Und als sie damit fertig war,
20 Sprachs Engelmädchen drauf;
Und alles still – das Bächlein gar
Hielt still in seinem Lauf.

„Nun blüht, ihr lieben Kressen ihr,
„Mir bald in grünem Flor!
25 „Die Liebe sä'ts – so wachset mir
„Auch schnell, wie sie, hervor!

„Du Himmel, nim in deinen Schutz
„Das kleine Ländchen mein!
„Des Sturms und Ungewitters Trutz
30 „Laß dieses Ländchen seyn!

„Du liebes Pfirsichbäumchen, hüll,
„Bey heißer Mittags Hitz,
„Das Ländchen mir in Schatten viel,
„Und immer sey's mein Sitz.

35 „Ihr lieben Sänger, lasset mir
„Das Ländchen still in Ruh!
„Ans Fenster gar nicht weit von hier
„Zum Gastmahl fliegt herzu!

Nicht lang darauf da blühten fein
40 In schönem grünen Flor
Des Mädchens Kressen engelrein –
Mein Name wuchs hervor.

JOHANN HEINRICH VOSS

Trinklied für Freye.

[Melodie]

Mit Eichenlaub den Hut bekränzt.
5 Wohlauf! und trinkt den Wein,
Der duftend uns entgegenglänzt!
Ihn sandte Vater Rhein!

Ist einem noch die Knechtschaft werth,
Und zittert ihm die Hand,
Zu heben Kolbe, Lanz' und Schwert,
Wenns gilt für's Vaterland:

Weg mit dem Schurken! weg von hier!
Er kriech' um Schranzenbrod,
Und sauf' um Fürsten sich zum Thier,
Und bub', und lästre Gott!

Und putze seinem Herrn die Schuh.
Und führe seinem Herrn
Sein Weib und seine Tochter zu;
Und trage Band und Stern!

Für uns, für uns ist diese Nacht!
Für uns der edle Trank!
Man keltert' ihn, als Frankreichs Macht
In Höchsteds Thälern sank.

Drum, Brüder, auf! Den Hut bekränzt!
Und trinkt, und trinkt den Wein,
Der duftend uns entgegenglänzt!
Uns sandt' ihn Vater Rhein!

Uns röthet hohe Freyheitsglut!
Uns zittert nicht die Hand!
Wir scheuten nicht des Vaters Blut,
Geböt's das Vaterland!

Uns, uns gehöret Hermann an,
Und Tell, der Schweizerheld!
Und jeder freye deutsche Mann!
Wer hat den Sand gezählt?

Uns weckte längst der Bräutigam
Mit wildem Jammerlaut!
Des Fürsten frecher Kuppler nahm
Ihm seine junge Braut.

Uns winselte bey stiller Nacht
Der Wittwe Trauerton!
Der Raubsucht und des Haders Schlacht
Erschlug ihr Mann und Sohn.

Uns ächzte, nah dem Hungertod,
Der Waise bleicher Mund!

Man nahm ihr letztes hartes Brod,
Und gab's des Fürsten Hund!

Zur Rach' erwacht! zur Rach' erwacht
Der freye deutsche Mann!
50   Trompet' und Trommel, ruft zur Schlacht!
Weht, Fahnen, weht voran!

Ob uns ein Meer entgegenrollt;
Hinein! Sie sind entmannt,
Die Knecht'! und streiten nur um Sold,
55   Und nicht für's Vaterland!

Hinein! Das Meer ist uns ein Spott!
Und singt mit stolzem Klang:
„Ein' feste Burg ist unser Gott!"
Und Klopstocks Schlachtgesang!

60   Der Engel Gottes schwebt daher
Auf Wolken Pulverdampf,
Schaut zornig in der Feinde Heer,
Und schreckt sie aus dem Kampf!

Sie fliehn! Der Fluch der Länder fährt,
65   Mit Blitzen, ihnen nach!
Und ihre Rücken kerbt das Schwert
Mit feiger Wunden Schmach!

Auf rothen Wogen wälzt der Rhein
Die Sklavenäser fort,
70   Und speyt sie aus, und schluckt sie ein,
Und jauchzt am Ufer fort!

Der Rebenberg am Leichenthal
Tränkt seinen Most mit Blut!
Dann trinken wir beym Freudenmahl,
75   Triumph! Tyrannenblut!

GOTTFRIED AUGUST BÜRGER

Der Bauer an seinen Fürsten.

Wer bist du, Fürst? daß über mich
Herrollen frey dein Wagenrad,
5   Dein Roß mich stampfen darf?

Wer bist du, Fürst? daß in mein Fleisch
Dein Freund, dein Jagdhund, ungebläut
Darf Klau und Rachen haun?

Wer bist du? daß, durch Saat und Forst,
Das Hurrah deiner Jagd mich treibt,
Entathmet wie das Wild?

Die Saat, so deine Jagd zertritt,
Was Roß und Hund und du verschlingst,
Das Brod, du Fürst, ist mein!

Du Fürst hast nie bey Egg' und Pflug,
Hast nie den Erntetag durchschwitzt!
Mein, mein ist Fleiß und Brod! –

Ha! du wärst Obrigkeit von Gott?
Gott spendet Segen aus! du raubst!
Du nicht von Gott! Tyrann!

FRIEDRICH MÜLLER

Der rasende Geldar.
An Hahn.

Wer ists, der wild
Und fürchterlich siegreich brüllt,
Ins Hiffthorn stößt zum blumigen Tanze?
Mit Zweigen geschmückt, rollt er sein Schild
In blitzendem Mondesglanze;
Träufelnd Blut raucht von seiner Lanze.
Geyer riechen's, schreyn, und fliehn.
Ach Geldar, Geldar, deine Tochter hin!
Liegt blutig in Todes Arme!
Ha! sie hat troffen der eifersuchtswüthende Rhyn!
Ha! du hast wieder getroffen ihn!
Blutig fuhr sein Nacken dahin,
Niedergeschleudert von des rasenden Vaters Arme!
                              (Geldar blickt umher.)
Wo ist sie? – – Still der Pfad zu ihr! –
Die Kammer schweigt? – (er erblickt sie) hier! hier!
Willkommen, süße Tochter!
                              (zerreißt seinen Kranz)

3 *Johann Friedrich* Hahn, s. *Verzeichnis der Autoren und ihrer Gedichte.*

Heult, heult, heult mit mir
Zum weidlichen Wonnegesange!

(er hüpft um den Leichnam herum.)

25   Lanzen blitzt auf! Bogen erklingt!
Singt! singt! singt! singt!
Hab' ich sie nicht erdroßelt die Schlange?
O wie hüpfts – wie schlägts mir so bange!
Stilles zartes Töchterlein, schläfst du noch lange?

30 (sticht die Lanze in die Erde, und stößt ins Hifthorn.)

Gelt, von des Mondes Spiegel
Schlug ich den, der dein Herzchen zerdrückt?
Juch! Juch! hab' erhascht ihn, ich Vater! zerknickt
Mit dieser Faust den schlagenden Flügel!

35   Hab ihm doch troffen die Stirne so wild,
Bis sie geküßt herunter mein Schild!
Gesunken, gesunken, gesunken!
Dort, wo einst stirnegeschmückt
Er meines Mädchens Wange gedrückt,

40   Von Löwenmondes Tänzen trunken.

(stößt wieder ins Hifthorn.)

Könnt' ich dich wieder erwecken,
Den ganzen Erdball wollt' ich schrecken:
Aber du bist hin – bist hin!

45   Könnt' ich dich wieder gewinnen,
Ewig sollten meine Augen rinnen.
Ach! du bist hin! hin!
Rhyn, Rhyn, grausamer Rhyn!
Sie hat dich so zärtlich geliebet!

50   Sie hat doch kein Würmchen betrübet!
Nun ist sie hin!

Bringt ihr der Blumen Pracht,
Ob sie noch riecht, ob sie noch lacht?
Kein Klopfen mehr im Herzen! –

55 (er befühlt sie.)

Ha! du mußt sinken, Brüstepaar!
Sollst trauren, spielendes Haar!
Sollst faulen, mein Mädchen! – O Schmerzen!
Gelt, an meinem Herzen

60   Traf dich Pfeiles Spitze?
Ach! an meinem Herzen,
Wie ein junges Wild, noch saugend Mutterzitze!

(er weint.)

Werd' ich nimmer dich sehen
65 Spielend im Tannenthal unter meinen Rehen?
Dir nimmer winken,
Am Felsenquell, wo meine Adler trinken?
Ach! Töchterlein so zart und lieb!
O du Herzchen, so still mir ergeben!
70 O Luiberth, Luiberth, dein Äuglein trüb! –

(fällt rasend in sein Schwert.)

Verflucht sey ohne dich das Leben!

JOHANN WILHELM LUDWIG GLEIM

Das schöne Weib.

Nach Reinmar von Zweeter.

Vor allen Dingen auf der Welt
5 Hat Gott das Weib geschmückt;
So daß ein schöner Mann gefällt,
Ein schönes Weib entzückt!

Das Weib ist schön! – Die Sonne strahlt
Mir herrlich ins Gesicht, –
10 Das Weib ist schöner – Öser mahlt
*** singt es nicht.

Wie eine schöne Crone, schwebt
Vor mir das schöne Weib,
In welcher eine Seele lebt
15 So schön, als wie der Leib.

Weiß einer einen höhern Preiß
Und eine größre Zier?
Der, oder diese, die es weiß,
O, die verrath' es mir!

20 Ich will's ihr danken. Schönes nur
Hat edlen Reitz für mich;
Den schönsten Stern, die schönste Flur,
Das schönste Weib lieb ich!

DAS SCHÖNE WEIB 10 *Adam Friedrich* Öser, *Maler und Bildhauer, Zeichenlehrer Goethes.*

Und wenn das schönste Weib auch noch
25 Das frömmste wär'; o dann!
O solch ein Weib, o, weist mir's doch,
Ich geh', und bet' es an!

ANNA LUISA KARSCH

Auf den Tod einer Nachtigall.

Seufze Mitleid, mein Gesang,
In Selindens bittre Klage,
5 Sie beweinet nächtelang
Einen Vogel, der die Tage
Ihrer Jugend traurig macht –
Ihre Freuden sind verdorben,
Sind um allen Reiz gebracht,
10 Denn ihr Liebling ist gestorben.

Feiner menschlicher Verstand
Schien den Vogel zu beleben,
Wenn er von der schönen Hand,
Die ihm einen Wurm gegeben,
15 Auf den schönern Busen flog,
Und den Kuß von blauen Augen
Und vom Rosenmunde sog,
Wie die Bienen Honig saugen.

Wann Selinde freundlich sprach:
20 Komm und singe mir die Liebe;
Ach! da sang er alles nach,
Was die Regung sanfter Triebe
In beflammten Seelen spricht;
Jedes Leiden und Entzücken
25 Wußt er durch ein süß Gedicht
Hundertstimmig auszudrücken.

Sein begeistert Augenpaar;
Schwatzte Wollust unterm Singen,
Feuer und Empfindung war
30 In des Tones Höherschwingen,

AUF DEN TOD ... 1 *signiert:* Fr. Karschin.

Wann er dreyßigmal gegirrt,
Und ihn dann so stark erhoben,
Daß es in der Luft geschwirrt
Bis zum Sitz der Götter oben.

35 Aber nun ist er dahin,
Ihn ergreift ein zehrend Fieber,
Und des Schicksals Eigensinn
Blieb ganz ungerührt darüber,
Als die Thränen wie ein Bach
40 Auf den kranken Sänger flossen,
Der noch immer matt und schwach
Sang, bis sich die Augen schlossen.

Sein vernunftbegabter Geist
Flog davon, ist nicht im Kahne
45 Zur Proserpina gereist;
Nein, er hub auf grader Bahne
Zum Olympus sich empor,
Und da krümelt ihm Cythere
Götterbrodt die Menge vor,
50 Und da singt er ihr zur Ehre –

JAKOB MICHAEL REINHOLD LENZ

Die erste Frühlingspromenade.

Der Baum, der mir den Schatten zittert,
Der Quell, der mir sein Mitleid rauscht,
5 Der Vogel, der im Baume zwittert,
Und, ob ich ihn auch höre, lauscht;
Die ganze freundliche Natur
Nimmt mich umsonst in ihre Kur.

Die Weisheit, strengen Angesichtes
10 Und guten Herzens, aber kalt,
Lacht meines glühenden Gedichtes
Von Liebe – und doch glaubt sie's bald;
Will mich entzaubern, trösten mich,
Bezaubert und verirret sich.

15 Die Schöne, die auf jungen Rosen
Des liebesbangen Mayen liegt,

Von der, dem Kummer liebzukosen,
Mir Blick und Wunsch entgegen fliegt,
Die schraubt mein mir entrücktes Herz
20   Nur höher auf zu wilderm Schmerz.

Ach Phyllis! um gleich jenen Knaben
In Sturmhaub' und Perück' und Stern,
So froh die Fluren zu durchtraben,
Müßt' ich von diesen weisen Herrn
25   Die Kälte und die Blindheit haben;
Müßt ich, in meinem Selbst vergraben,
Dich, Gottheit, nie gesehen haben;
So hold, so nah mir – und so fern – –.

JOHANN WOLFGANG GOETHE

An den Geist des Johannes Secundus.

Lieber, heil'ger, großer Küsser
Der du mir's in lechzend athmender
5   Glückseligkeit fast vorgethan hast!
Wem soll ichs klagen? Klagt ich Dirs nicht!
Dir dessen Lieder wie ein warmes Küssen
Heilender Kräuter mir unters Herz sich legten,
Daß es wieder aus dem krampfigen Starren
10   Erdetreibens klopfend sich erholte.
Ach wie klag ich dirs daß meine Lippe blutet,
Mir gespalten ist und erbärmlich schmerzet,
Meine Lippe, die so viel gewohnt ist
Von der Liebe süßem Glück zu schwellen
15   Und, wie eine goldne Himmelspforte,
Lallende Seeligkeit aus und ein zu stammeln.
Gesprungen ist sie! Nicht vom Biß der Holden
Die, in voller ringsumfangender Liebe,
Mehr möcht' haben von mir, und möchte mich Ganzen
20   Ganz erküssen, und fressen und was sie könnte!
Nicht gesprungen, weil nach ihrem Hauche
Meine Lippen unheil'ge Lüfte entweihten.

---

2 Johannes Secundus *Jan Everard (1511–1536), Rechtsgelehrter, Verfasser lateinischer, meist erotischer Gedichte. Die spätere Fassung des Gedichts (s. S. 232) trägt den Titel* Liebebedürfniß.

Ach gesprungen weil mich, Öden, Kalten,
Über beizenden Reif der Herbstwind anpackt.
25 Und da ist Traubensaft und der Saft der Bienen
An meines Heerdes treuem Feuer vereinigt
Der soll mir helfen! Wahrlich er hilft nicht
Denn von der Liebe alles heilendem
Giftbalsam ist kein Tröpfchen drunter.   [*1848*]

Kenner und Künstler.

Kenner.

Gut brav mein Herr! Allein
Die linke Seite
5 Nicht ganz gleich der rechten!
Hier zuckts ein wenig!
Und die Lippe nicht ganz Natur,
Zu todt noch alles.

Künstler.

10 O rathet! helft mir!
Daß ich mich vollende!
Wo ist der Urquell der Natur
Daraus ich schöpfend
Himmel fühl und Leben
15 In die Fingerspitzen hervor!
Daß ich mit Göttersinn
Und Menschenhand
Vermög zu bilden,
Was bey meinem Weib
20 Ich animalisch kann und muß!

Kenner.
Da sehen Sie zu.

Künstler.
So!

1777

CHRISTOPH FRIEDRICH NICOLAI*

Eyn hipsch Lyd, vom Freyen.

[Melodie]

Dz Meydleyn will eyn'n Freyer han,
5   Vnndt sollt sie 'n ausz der Erde grab'n.
Fur funfzeen Pfenn'ge.

Si grub wol ein, si grub wol ausz,
Vnndt grub nur einen Schreyber herausz,
Fur funfzeen Pfenn'ge.

10   Der Schreyber hett dz Geld tzu vil,
Er kauft dem Meydlein wz si wil,
Fur funfzeen Pfenn'ge.

Er kauft jr wol eyn'n Gurtel schmal,
Der stutzt von Gold wol überall,
15   Fur funfzeen Pfenn'ge.

Er kauft jr eynen breiten Hut,
Der wer wol fur die Sonne gut,
Fur funfzeen Pfenn'ge.

Wol fur die Sonn' wol fur den Wind
20   Bleyb du bey mir, mein libes Kind,
Fur funfzeen Pfenn'ge.

Bleybst du bey mir, bleyb ich bey dyr,
All' meyne Guter schenck' ich dyr.
Synd funfzeen Pfenn'ge.

25   Behalt deyn Gut, lasz myr meyn'n Mut,
Du fynd'st wol eyn' die's gerne tut,
Fur funfzeen Pfenn'ge.

Di's gerne tut, di mag ich nicht,
Hat traun von trewer Libe nicht
30   Fur funfzeen Pfenn'ge.

---

2 *Nicolai parodiert Volksliedsammlungen und das Dichten im Volkston, indem er seine Vorlagen zum Teil nur geringfügig verändert.*

Jr Hertz ist wie eyn Taubenhausz,
Flygt eyner 'neyn, der ander flygt ausz,
Fur funfzeen Pfenn'ge.

PETER WILHELM HENSLER

Räzel.

Wie heißt das Thier voll Herzeleid,
Das immer Ach! und Jammer schreit,
Das immer nach dem Monde gafft,
Und dort sich luftge Schlösser schafft;
Das voller schwarzen Traumgesichter
Bey jedem Würmchen sich verweilt,
Und über jeden Knochen heult? –
Es heißt: Ein Elegien-Dichter!
Und nach dem Ausdruck unsrer Zeit:
Ein Dichter der Empfindsamkeit.

JAKOB MICHAEL REINHOLD LENZ

An das Herz.

Kleines Ding, um uns zu quälen,
Hier in diese Brust gelegt!
Ach wers vorsäh, was er trägt,
Würde wünschen, thätst ihm fehlen!

Deine Schläge, wie so selten
Mischt sich Lust in sie hinein!
Und wie Augenblicks vergelten
Sie ihm jede Lust mit Pein!

Ach! und weder Lust noch Qualen
Sind ihm schrecklicher, als das:
Kalt und fühllos! O ihr Stralen,
Schmelzt es lieber mir zu Glas!

Lieben, hassen, fürchten, zittern,
Hoffen, zagen bis ins Mark,
Kann das Leben zwar verbittern;
Aber ohne sie wärs Quark!

LUDWIG CHRISTOPH HEINRICH HÖLTY

Todtengräberlied.

Grabe, Spaden, grabe!
Alles, was ich habe,
   Dank' ich, Spaden, dir!
Reich' und arme Leute
Werden meine Beute,
   Kommen einst zu mir!

Weiland groß und edel,
Nickte dieser Schädel
   Keinem Gruße Dank!
Dieses Beingerippe,
Ohne Wang' und Lippe,
   Hatte Gold und Rang!

Jener Kopf mit Haaren
War vor wenig Jahren
   Schön, wie Engel sind!
Tausend junge Fentchen
Leckten ihm das Händchen,
   Gafften sich halb blind!

Grabe, Spaden, grabe!
Alles, was ich habe,
   Dank' ich, Spaden, dir!
Reich' und arme Leute
Werden meine Beute,
   Kommen einst zu mir!

HEINRICH WILHELM VON GERSTENBERG

Schlachtlied.

Feuerbraunes Angesichts,
Blutroth ihr graßer Blick,
So tanzen sie zum Todesreihn,
Zum Todesreihn, zum Rabenmahl,
Die Donnergötter hin.
   Die Sonne steigt, und stiller wirds im Thal,
   Und Geisterschatten lispeln durch die Luft.

10 Und gegenüber trit hervor
Der Feind aus Wald und Kluft,
Hervor mit hohem Opferspiel,
Zum Todesreihn, zum Rabenmahl,
Hervor das Opfer, Mann und Roß.
15   Die Sonne steigt, und stiller wirds im Thal,
    Und Geisterschatten lispeln durch die Luft.

Brüllend wälzet sich die Schlacht,
Von Heer zu Heer die Hyder fort.
Vom Gebrüll ertönt der Hain,
20 Der zerrißne Himmel tönt;
Und Raben schweben tief.
    Die Sonne steigt, und stiller wirds im Thal,
    Und Geisterschatten lispeln durch die Luft.

Rosse brausen dumpf im Blut,
25 Und ihre Reuter weinen laut.
Ha! die zu Roß und die zu Fuß!
Hinsturz! Verzweiflung! Wutgeheul!
Ha! Todesschaur ergreifet sie!
    Die Sonne sinkt, und stiller wirds im Thal,
30   Und Geisterschatten lispeln durch die Luft.

Auf Leichen und auf Sterbenden,
Zerrißnen Gliedern seines Rumpfs,
Schwankt noch einmal der Feind daher:
Umsonst! umsonst! der Donner brüllt.
35 Umsonst! der Rabe schwebt.
    Die Sonne sinkt, und stiller wirds im Thal,
    Und Geisterschatten lispeln durch die Luft.

Schleunig hebt er seine Schenkel,
Flüchtet blutig durchs Gefilde,
40 Brüllt sein Leben aus der Wunde;
Und Donner rollen hinter ihm,
Und fernher tönt das Opferspiel.
    Der Mond steigt auf, und Stille herrscht durchs Thal,
    Und Geisterschatten lispeln durch die Luft.

JOHANN MARTIN MILLER

Der Hain.

Wie warst du, Hain, mir heilig, als ich mit ihr,
Die ich unendlich liebe, durchs Grüne ging,
    Als noch ihr blaues Auge Hoffnung
      Mir in die dämmernde Seele stralte!

An ihrem Arm hing meiner, und zitterte:
Durchs Leben, dacht' ich, leit' ich sie künftig so,
    Und sah sie schmachtend an, und wandte
      Weinend das Auge von ihr gen Himmel.

Da sangt ihr, Nachtigallen, mir Brautgesang!
Da blühtet, all' ihr Blumen, zu Kränzen mir!
    Da seufzt' ich, sah sie an, und wandte
      Wieder das Auge von ihr gen Himmel.

Ach Gott! ach Gott! wie hat sich mein Herz getäuscht!
Klagt, Nachtigallen! Trauert, ihr Blumen all!
    Sie liebt mich nicht! zum leztenmale
      Sah ich sie hier, und sie floh auf ewig!

LUDWIG CHRISTOPH HEINRICH HÖLTY

Das Landleben.

Flumina amem silvasque inglorius.
                    VIRG.

Wunderseliger Mann, welcher der Stadt entfloh!
Jedes Säuseln des Baums, jedes Geräusch des Bachs,
    Jeder blinkende Kiesel
      Predigt Tugend und Weisheit ihm!

Jedes Schattengesträuch ist ihm ein heiliger
Tempel, wo ihm sein Gott näher vorüberwallt;
    Jeder Rasen ein Altar,
      Wo er vor dem Erhabnen kniet.

---

3 *Flüsse und Wälder möchte ich ruhmlos lieben.* [*Vergil*, Georgica II, 486.]

Seine Nachtigall tönt Schlummer herab auf ihn,
Seine Nachtigall weckt flötend ihn wieder auf,
15   Wann das liebliche Frühroth
         Durch die Bäum' auf sein Bette scheint.

Dann bewundert er dich, Gott, in der Morgenflur,
In der steigenden Pracht deiner Verkünderin,
        Deiner herrlichen Sonne,
20   Dich im Wurm und im Knospenzweig;

Ruht im wehenden Gras, wann sich die Kühl' ergießt,
Oder strömet den Quell über die Blumen aus;
        Trinkt den Athem der Blüthe,
         Trinkt die Milde der Abendluft.

Sein bestrohetes Dach, wo sich das Taubenvolk
25 Sonnt und spielet und hüpft, winket ihm süssre Rast,
        Als dem Städter der Goldsaal,
         Als der Polster der Städterin.

Und der spielende Trupp schwirret zu ihm herab,
30 Gurrt und säuselt ihn an, flattert ihm auf den Korb,
        Picket Krumen und Erbsen,
         Picket Körner ihm aus der Hand.

Einsam wandelt er oft, Sterbegedanken voll,
Durch die Gräber des Dorfs, sezet sich auf ein Grab,
35   Und beschauet die Kreuze
         Und den wehenden Todtenkranz.

Wunderseliger Mann, welcher der Stadt entfloh!
Engel segneten ihn, als er geboren ward,
        Streuten Blumen des Himmels
40   Auf die Wiege des Knaben aus!

Johann Nepomuk Cosmas Michael Denis*

Die Rose.

Tochter des schönsten Rosenstockes! Einsam
Stehst du noch immer. Deine Schwestern alle
5 Glänzen und duften lange schon um edler
        Jünglinge Scheitel.

---

1 *signiert:* Sined.

Wandelt der Sohn des Liedes dich vorüber
Unter dem Abendwinde, dann umwallt ihn
Deines Geruches süße Flut. Er seufzet:
10   Immer noch einsam!

Aber um dich her schrecken unversöhnte
Dörner, um dich her windet sich ein hoher
Dreymal geflochtner Zaun, und gönnt dem Auge
        Kaum dich zu sehen.

15 Blick' ich durch seine Klüfte, dann entdeck' ich,
Holde! dein Streben. Hielte dich dein Stengel
Minder, du trotztest deiner Hürde, flögest
        Feurig herüber.

Freudig erhübe deinen Flug der Barde,
20 Freudig erklängen seine Feyersaiten:
Heil dem beglückten Erdesohn', in dessen
        Hände du sänkest.

Wonnevoll hüpften Fluren dir entgegen
Trunken von Hoffnung sich mit Erben deiner
25 Farbe zu kleiden, sich mit Erben deiner
        Düfte zu kleiden.

Tochter des schönsten Rosenstockes! Ängstig
Ist mir um dich die Seele. Deine milden
Sonnen verblinken, und die Morgen hauchen
30   Kälter, und Reif dräut.

Fällt er, und welken deine Blätter, o dann
Bleibet dir dennoch Trost beschieden. Einstens
Sieht dich mein Aug in seligern Gefilden
        Herrlicher aufblühn.

Friedrich Schiller*

Der Eroberer.ª)

Dir Eroberer, dir schwellet mein Busen auf,
Dir zu fluchen den Fluch glühenden Rachedursts,
5   Vor dem Auge der Schöpfung,
     Vor des Ewigen Angesicht!
Wenn den horchenden Gang über mir Luna geht,
Wenn die Sterne der Nacht lauschend herunter sehn,
     Träume flattern – umflattern
10   Deine Bilder, o Sieger, mich
Und Entsezen um sie – Fahr ich da wüthend auf,
Stampfe gegen die Erd, schalle mit Sturmgeheul
     Deinen Nahmen, Verworfner,
     In die Ohren der Mitternacht.
15 Und mit offenem Schlund, welcher Gebirge schlukt,
Ihn das Weltmeer mir nach – ihn mir der Orkus nach
     Durch die Hallen des Todes –
     Deinen Nahmen, Eroberer!
Ha! dort schreitet er hin – dort, der Abscheuliche,
20 Durch die Schwerdter, er ruft (und du Erhabner hörst's)
     Ruft, ruft, tödtet und schont nicht,
     Und sie töden und schonen nicht.
Steigt hoch auf das Geheul – röcheln die Sterbenden
Unterm Blutgang des Siegs – Väter aus Wolken her
25   Schaut zur Schlachtbank der Kinder
     Väter, Väter, und fluchet ihm.
Stolz auf thürmt er sich nun, dampfendes Heldenblut
Trieft am Schwerd hin, herab schimmerts, wie Meteor,
     Das zum Weltgericht winket –
30   Erde fleuch! der Erobrer kommt.
Ha! Eroberer, sprich: was ist dein heisester
Dein gesehntester Wunsch? – Hoch an des Himmels Saum
     Einen Felsen zu bäumen,
     Dessen Stirne der Adler scheut,
35 Dann hernieder vom Berg, trunken von Siegeslust,

a) Von einem Jüngling, der allem Ansehen nach Klopstoken ließt, fühlt und
beynahe versteht. Wir wollen sein Feuer bey Leibe nicht dämpfen; aber non
sense, Undeutlichkeit, übertriebene Metathesen – wenn einst vollends die Feile
darzu komt; so dörfte er mit der Zeit doch seinen Plaz neben – einnehmen, und
seinem Vaterlande Ehre machen.

1 *signiert:* Sch.   *zu* a) *Anmerkung des Quellen-Herausgebers.*

Auf die Trümmer der Welt, auf die Erobrungen
    Hinzuschwindeln im Taumel
    Dieses Anbliks hinweggeschaut.
O ihr wißt es noch nicht, welch ein Gefühl es ist,
40   Welch Elisium schon in dem Gedanken blüht,
    Bleicher Feinde Entsezen,
    Schreken zitternder Welt zu seyn,
Mit allmächtigem Stoß hoch aus dem Pole, dann
Auszustossen die Welt, fliegenden Schiffen gleich
45   Sternen an sie zu rudern,
    Auch der Sterne Monarch zu seyn.
Dann vom obersten Thron, dort wo Jehovah stand,
Auf der Himmel eine, auf die zertrümmerte
    Sphären niederzutaumeln –
50   O das fühlt der Erobrer nur!
Wenn die blühendste Flur, jugendlich Eden gleich,
Überschüttet vom Fall stürzender Felsen traurt,
    Wenn am Himmel die Sterne
    Blassen, Flammen der Königsstadt
55   Aufgegeisselt vom Sturm gegen die Wolken wehn,
Tanzt dein trunkener Blik über die Flammen hin.
    Ruhm nur hast du gedürstet,
    Kauff ihn Welt, – und Unsterblichkeit.
Ja, Eroberer, Ja, – du wirst unsterblich seyn.
60   Röchelnd hofft es der Greis, du wirst unsterblich seyn,
    Und der Waiß, und die Wittwe
    Hoffen, du wirst unsterblich sèyn.
Schau gen Himmel, Tyrann – wo du der Sämann warst,
Dort vom Blutgefild stieg Todeshauch himmelan
65   Hinzuheulen in tausend
    Wettern über dein schauendes
Haupt! wie bebt es in dir! schauert dein Busen! – Ha!
Wär mein Fluch ein Orkan, könnt durch die Nacht einher
    Rauschen, geisseln die tausend
70   Wetterwolken zusammen; den
Furchtbar brausenden Sturm auf dich herunter fliehn
Stürmen machen, im Drang tobender Wolken dich
    Dem Olympus izt zeigen,
    Izt begraben zum Erebus.
75   Schauer, Schauer zurük, Würger bei jedem Staub,

---

74 Erebus   *Finsternis der Unterwelt.*

Den dein fliegender Gang wirbelnd gen Himmel weht,
  Es ist Staub deines Bruders,
  Staub, der wider dich Rache ruft.
Wenn die Donnerposaune GOttes vom Tron izt her
80 Aufferstehung geböt – aufführ im Morgenglanz
  Seiner Feuer der Tode
  Dich dem Richter entgegen riß,
Ha! in wolkigter Nacht, wenn er herunterfährt,
Wenn des Weltgerichts Wag durch den Olympus schallt,
85 Dich Verruchter zu wägen
  Zwischen Himmel und Erebus,
An der furchtbaren Wag aller geopferten
Seelen, Rache hinein nickend vorübergehn
  Und die schauende Sonne
90 Und der Mond, und die horchende
. Sphären und der Olymp, Seraphim, Cherubim,
Erd und Himmel hinein stürzen sich, reissen sie
  In die Tiefe der Tiefen,
  Wo dein Tron steigt Eroberer!
95 Und du da stehst vor GOtt, vor dem Olympus da,
Nimmer weinen, und nun nimmer Erbarmen flehn,
  Reuen nimmer, und nimmer
  Gnade finden, Erobrer, kannst,
O dann stürze der Fluch, der aus der glühenden
100 Brust mir schwoll, in die Wag, donnernd wie fallende
  Himmel – reisse die Waage
  Tiefer, tiefer zur Höll hinab,
Dann, dann ist auch mein Wunsch, ist mein gefluchtester
Wärmster heisester Fluch ganz dann gesättiget,
105 O dann will ich mit voller
  Wonn mit allen Entzükungen
Am Altare vor dir, Richter, im Staube mich
Wälzen, jauchzend den Tag, wo er gerichtet ward,
  Durch die Ewigkeit feyren,
110 Will ihn nennen den schönen Tag!

JOSEPH VINCENZ FERRERIUS ZOBEL

An die Harfe.

Nach dem Lateinischen.

Harfe! betäube länger mit Latiens
5   Accorden vaterländische Ohren nicht!
    Du schallest deutscher Helden Enkeln,
        Und nur ein deutscher Gesang geziemt dir,

Wie er dem Sined warm aus der Bardenbrust
Strömt, oder wie er, hoher Mastalier,
10   Mächtig von deinen Lippen brausend,
        Feuer in jeglichem Herz' entzündet!

Sieh! Rom selbst wendet ekelnd ihr Ohr von dir!
Verwöhnt vom Tasso trinkt sie Italiens
    Neuere Tön' ein, und verachtet,
15   Ungerecht stolz, was nicht Welsche singen.

JOHANN CHRISTOPH KRAUSENECK

Auf ein armes Kind.
1772.

Ach! eilt, nehmt mir ihn auf, den Kleinen,
5   In seiner Todesarbeit da;
Den Armen, den der Reiche weinen
    Und leiden und verzweifeln sah;

Und doch nicht eine seiner Thränen
    Von wunder Wange weggewischt,
10   Noch ihn, nach hungervollen Sehnen,
    Mit einem Brosamen erfrischt.

Komm, weggeworfner, armer Knabe!
    In deinem Jammer lieb' ich dich;
Komm, daß dein sterbend Herz sich labe,
15   Mein Bruder bist du, Mensch, wie ich.

AN DIE HARFE   8 *Bardenname von Denis, s. Verzeichnis der Autoren und ihrer*
Gedichte.   9 *Karl* Mastalier *(1731–1795), Jesuit, Literaturprofessor in Wien.*

Und stirbst du, mein verlaßner Kleiner,
   So feyr' ich größres Trauerfest,
Als kaum der stolzen Fürsten einer
   Für seinen Bruder feyern läßt;

20 Und streue eine Frühlingsblume
   Auf dein verborgnes kleines Grab,
Und wein', der Menschlichkeit zum Ruhme,
   Oft eine Zähre still hinab.

Auch ich geh' einst nach manchem Kampfe,
25   Nach mancher Noth zu meiner Ruh,
Und liege dann, im Todeskampfe,
   Ein siecher Sterbender, wie du;

Dann steigst du, ein Verklärter, nieder,
   Ein Engel, und vergiltst es mir,
30 Und wischest Todesschweiß dann wieder
   Mir ab und nimmst mich fort mit dir.

1778

CHRISTIAN FRIEDRICH DANIEL SCHUBART

Das schwangere Mädchen.
(Nachts beym Sternenlicht auf ihrer Mutter Grab.)

Gott, mit welchem Todesschauer
5   Stieg ich über diese Mauer!
Und wie starrt mein junges Blut,
Hier, wo meine Mutter ruht!

Blickt herab, ihr Sterne Gottes,
   Blickt in diesen Hain des Todes,
10 Wo ich armes Mädchen steh',
Und zu Gott um Gnade fleh'.

Mutter, hörst du meine Klagen? –
   Ach, was würdest du erst sagen,
Sähest du im Sternenlicht
15 Mein verbleichtes Angesicht!

Ja, so gehts! ich hab vermessen
Mutter, deiner Lehr vergessen:
Kind, sey keusch und fromm, – sprachst du,
Ach nun donnerst du mir zu.

20 Denn ein Jüngling kam verwegen
Mir mit Schmeicheleyn entgegen,
Sprach von Treu und Tugend viel,
Und ich Arme glaubts – und fiel.

Und nun eilt mit frecher Stirne
25 In die Arme einer Dirne
Der Verruchte, spottet, lacht,
Daß er mich zu Fall gebracht.

Ach, was machst du mir vor Schmerzen,
Würmlein, unter meinem Herzen!
30 Gott weis, wär mirs nicht um dich;
In ein Wasser stürzt' ich mich.

Mutter, ach erbarm dich meiner!
Keiner ist auf Erden, keiner,
Der mich trösten kann, als du;
35 Ach, so sprich mir Tröstung zu!

Doch ich bin zum Fluch geboren,
Wer die Unschuld hat verloren,
Ist nicht einer Mutter werth,
Die die Tugend nie entehrt. –

40 Ha, was rauscht im Todtensande! –
Ists ein Engel? – – Schande! Schande!
Mein Verführer! – – Rette mich!
Mutter, Mutter, rette mich!

Der Jüngling.

45 Engel, Engel, laß mich weinen
Hier an heiligen Gebeinen! –
Deines Jünglings Thräne fliest!
Sieh, daß er kein Böswicht ist!

Lieber Engel, ach verzeihe!
50 Sähst du nur die heisse Reue,
Hier im Busen glüht sie, hier!
Engel, gern verziehst du mir!

Hier bey deiner Mutter Grabe,
Wo ich dich belauschet habe,
55   Schwör ich: dir – nur dir allein
Ewig, ewig treu zu seyn.

Klagen laß mich nicht vergebens,
Mach das Glücke meines Lebens,
Ewig seyst du – ewig mein!
60   Alles was ich hab, sey dein!

Du verzeihst mir? – o Entzücken!
Ach ich seh in deinen Blicken
Thränen, Gottes Sternlein drinn. –
Gott! wie ich so glücklich bin!

65   Mädchen, komm, wir wollen knieen,
Zwar hast du mir schon verziehen:
Aber bet mit mir auch heut,
Daß uns Jesus auch verzeiht.

JOHANN KARL WEZEL

An zwo Damen.

Man höre nur, was mir mein Almanach gebeut! –
„Mit Tuch verwechsle nun das leichte Sommerkleid!
5   „Mit Schnupfen und Katharr laurt auf der nackten Flur
„Der Herbstwind schon auf dich: der Sommer ist entflohn! –
Was träumt der Almanach! die Hälfte nicht davon!
Ja höchstens eine Woche nur!
„Wer kann dem Almanach nicht glauben?
10   „Wenn der uns lügt, so redet niemand wahr. –
So muß die Zeit uns izt den Sommer früher rauben,
Wie war er sonst so lang! lang, wie ein ganzes Jahr!
Izt, wie ein Tag, so kurz! – – – doch wie ich thöricht bin!
Ich brachte ja mit Euch den Sommer hin.

CHRISTOPH FRIEDRICH NICOLAI*

Eyn Lyd der Lybe tzu Ungunsten.

[Melodie]

Man sagt, dz Liben bryngt vil vnndt grosze Frewd,
Wenn man esz betrachtet, so brengt esz mer Leyd;
Kaum hat er nur gefangenn tzu liben recht an,
So war er eyn armer geschlagener Mann.

Die Libe macht Flawsen vnndt melancholisch Blut,
Beniemet dj Freyheyt vnndt stürtzett den Mut,
Wz hilffet dem Vögleyn eyn wunderschönes Hausz,
Da esz doch nimmer kan kommenn herausz.

Wer sich wil feynd sein, fang tzu libenn recht ann,
Von Geldt vnndt Gut bald kommen er kan,
Dz hett eyn schöns Weyb gemacht mit jrem Schertz
Vnndt jrem Lybsten gefangenn dz Hertz.

Der syrysche Hauptmann Holofernesz genannt,
Der durch sein vil krygenn gar wol bekannt,
Der hette sein Liben nicht kluglych bedacht,
Dieweyl jn um den Kopf eyn Weybsbild gebracht.

JAKOB MICHAEL REINHOLD LENZ

Die Geschichte auf der Aar.

Was machst du hier, lieb Mägdelein,
Am Wasser tief und schnelle
Und sitzest da am Bach allein
Mit nassen rothen Bäckelein
Und gukst auf eine Stelle?
Hat dich die Mutter was bedroht?
Bekamst du heut kein Morgenbrod?
Hat Bruder dich geschlagen?
Du kanst mir alles sagen.

Das Mägdlein schaut ihm ins Gesicht,
Zieht, kehrt sich weg und redet nicht.

EYN LYD . . . 2 *vgl. Anm. zu* 2 S. 90.

„Sag, wo bist du zu Hause?"
15   Herr! dort in jener Klause.
Er kriecht zur kleinen Thür herein
Und find't ein hagres Mütterlein
Auf schlechten Binsen liegen.
Sagt, liebe Frau, was fehlt dem Kind,
20   Es sitzt da draussen in dem Wind
Und ist nicht still zu kriegen.

Ach, lieber Herr, das Mütterlein
Mit schwerem Husten saget,
Es geht den ganzen Tag allein
25   Und leid't nicht, daß mans fraget,
Es hat von seiner Kindheit an
Nichts als beständig weinen 'than.

So wahr ein Gott im Himmel ist
Euch muß was heimlich quälen,
30   Ihr sagt nicht alles, was ihr wißt;
Ihr sollt mir nichts verheelen.

Nun lieber Herr – und faßt den Mann
Mit beiden welken Händen an:
Geht an den Strom, fallt auf die Knie
35   Und dann kommt wieder, morgen früh,
Wird sich mein Husten kehren,
So sollt ihr alles hören.

Der Blick, der Ton, der Händedruck
Dem Fremden an die Seele schlug,
40   Er geht zum Bach, fällt auf die Knie
Kommt zu dem Weiblein morgens früh,
Find't sie in bittren Zähren.
Ach, Herr! was uns verlohren ging
Kann dieses Blatt und dieser Ring
45   Euch baß, denn ich erklären.

Mit diesem Wort zieht sie ein Tuch
Aus ihrer Brust, darinn ein Buch
Und in dem Buch ein Blättlein war
Bemalt mit plumpen Farben zwar,
50   Und an dem Farben-Blättlein hing
Als Siegel ihr Verlöbnis-Ring.

Auf diesem Blättlein schwamm ein Weib
Im höchsten Strom mit halbem Leib,
Ihr Kahn war umgeschlagen,
55   Und an des Weibes Zipfel faßt
Ihr Ehmann sich, doch diese Last
Schien's Wasser nicht zu tragen.

Je mehr der Fremd' aufs Blättlein sieht,
Je mehr ihm Aug' und Stirne glüht
60   Und darf sie nichts mehr fragen,
Biß sie die Brust thät schlagen,
Und weint' und heulte ausser sich:
„Seht, lieber Herr, das Weib bin ich!
Um mich mußt' er ertrinken!
65   Ich in dem Schrecken rief ihm: Mann!
Ach warum faß'st du mich denn an?
Und gleich sah ich ihn sinken.
Er rief – bey dieser Stelle quoll
Ihr starrend Auge minder –
70   Er rief im Sinken: „Weib! Leb wol!
Und sorg für unsre Kinder.

JOHANN GEORG JACOBI

Zum Andenken eines Gesprächs
im Jänner 1777.

Wer liebend sich nach Liebe sehnt,
5   Wem insgeheim das Auge thränt,
Weil nirgend er die Seele findet,
Die sich um seine Seele windet;
Wer unter Seufzern oft erwacht,
Ist dennoch nicht zu seiner Pein gemacht;
10   Ihm wird sein Herz der Freuden beste geben.
Wohl hat er manche lange Nacht
In seinem kurzen Leben,
Und wenig vollen Sonnenglanz:
Allein er sieht im Sternenkranz
15   Den Mond, der still hervor aus einer Wolke bricht,
Er sieht das blasse Morgenlicht,

Und o, so rein, als ihm bey leisen Klagen
Der matte Strahl, ist in den hellsten Tagen
Den andern ihre Sonne nicht!
20   Wann er in diesem halben Licht
Ein Röschen nur zu seinen Dornen flicht,
Dann scheinen Engel ihn zur Liebeswelt zu tragen.
Welch überirdisches Gesicht!
Von oben dämmert ihm durch sanftgewebte Schleyer
25   Der schönen Seelen schöne Feyer.

LUDWIG CHRISTOPH HEINRICH HÖLTY

Winterlied.

Keine Blumen blühn;
Nur das Wintergrün
5   Blickt durch Silberhüllen,
Nur das Fenster füllen
Blümchen, roth und weiß,
Aufgeblüht aus Eis.

Ach! kein Vogelsang
10   Tönt mit frohem Klang;
Nur die Winterweise
Jener kleinen Meise,
Die am Fenster schwirrt,
Und um Futter girrt.

15   Minne flieht den Hain,
Wo die Vögelein
Sonst im grünen Schatten
Ihre Nester hatten,
Minne flieht den Hain,
20   Kehrt ins Zimmer ein.

Kalter Januar,
Hier werd' ich fürwahr
Unter Minnespielen
Deinen Frost nicht fühlen!
25   Walte immerdar,
Kalter Januar!

MATTHIAS CLAUDIUS

Anselmuccio.

Ist gar ein holder Knabe, er!
Als ob er's Bild der Liebe wär.
Ist klein und zart und weiß und roth,
Hat große Lust an Butterbrod,
Hat blaue Augen, gelbes Haar,
Ist froh und freundlich immerdar,
Hat Arm' und Beine, rund und voll,
Und alles, was man haben soll.
Nur eines fehlt dir, lieber Knabe!
Eins nur: Daß ich dich noch nicht habe.

ANTON MATTHIAS SPRICKMANN

An Klopstock.
Den 12. März 1776.

Heil mir, ich hab' ihn gesehn, den Mann!
Heil mir! gesehn den Blick des Mannes,
Der schaut' in des Heiligsten Heiligthum,
Als seinem Seher, seinem Sänger
Gott der Unendlichkeit Vorhang aufzog!
Wer wagt zu sagen, was er sah?
Heil mir! ich habe den Blick gesehn!

Heil mir! daß ich ein Deutscher bin!
Der Mann, dein Stolz, o Vaterland,
Der gottgegebne Sänger Gottes,
Sang dich, wie Gott!
Tönt hoch und laut, ihr deutschen Brüder,
Tönt hoch und laut den Nationen:
Uns, uns gab seinen Sänger Gott!

Heil mir, daß ich lebe, da er lebt,
Der Mann, dein Stolz, Jahrhundert!
Du, weiche keinem, jenem nur
Des wandelnden Gottes in der Menschheit,
Des Wandelnden Sänger ist dein!

Mann! Mann! wer bin ich?
Als ich liebebebend vor dir stand,
25   Wer bin ich, daß du mir lächeltest?

JAKOB MICHAEL REINHOLD LENZ

In einem Gärtchen am Contade,
nachdem der Verfasser im Flusse gebadet hatte.

Erlaube mir, du freundlichster der Wirte,
5   Du Bild der Gottheit! daß ich diese Myrte
Verflecht' in dein verzoddelt Haar.
In deinem Gärtchen, das du selbst erzogen,
Sing' ich, für dich, was Hunderte gelogen,
Beatus ille –ᵃ) und was keiner war.

10   Für meine funfzehn Sols, nehm' ich die Stelle
Von dir auf eine Stunde ein.
Denn sieh, ich komm' aus Aganippens Quelle,
Und bin von jeder Sorge rein,
Von jeder Leidenschaft – in diesem Augenblicke
15   Schickt mich die Gottheit her, dir zuzusehn,
Ganz Herz, ganz Ader für dein Glücke,
Und find' es *unaussprechlich* schön.

Das muß gesungen seyn. Da alles singet
In unsern Tagen, schwieg ich lang.
20   Die Freude, dacht' ich, welche klinget,
Verliert sich schneller, als ihr Klang.
Doch deine stille Lust, die niemand neidet,
Die niemand fühlt, als du allein, und ich,
Wird die mit einem Lied' umkleidet,
25   Erhöhet und verbessert sich.

Was hält mich ab, dir dieses Lied zu zeigen?
Ach du verstehst es nicht. Doch zeig' ichs hier
Den Bäumen, die wie du ihr Glück verschweigen;
Heut Abend siz hieher, dann rauschen sie es dir.

a) Ein Horazisches Lobgedicht auf das Landleben: „Glückselig, wer etc."

IN EINEM GÄRTCHEN ... 12 *Quelle, die dem Trinkenden dichterische Begeisterung spendet.*
zu a) *Beginn der Epode II.*

MATTHIAS CLAUDIUS

Serenata, im Walde zu singen.

Solo.
Wenn hier nun kahler Boden wär,
　　Wo izt die Bäume stehn,
Das wäre doch, bey meiner Ehr!
　　Ihr Herrn nicht halb so schön.

Denn wäre um uns her kein Baum,
　　Und über uns kein Zweig,
Denn wäre hier ein kahler Raum,
　　Und ich marschierte gleich.

So bin ich wie ein Fisch im Meer,
　　Und bleibe gerne hier.
Vivant die Bäume um uns her,
　　Der Zweig hier über mir!

A due voci.
Und zählen kann ein Mensch sie nicht,
　　Sind ihrer gar zu viel;
Und jeder macht es grün und dicht,
　　Und jeder macht es kühl.

A tre voci.
Und jeder steht so stolz und kühn,
　　Und streckt sich hoch hinan,
Dünkt sich, die Stelle sey für ihn,
　　Und thut sehr wohl daran.

Recitativo.
Es pflegen wohl die reichen Leut
　　Auch Wald zu machen gern;

Fugato.
Da pflanzen denn die Läng' und Breit
　　Die klug- und weisen Herrn

In eine lange Reihe hin
　　Gar künstlich Baum und Strauch;
Und meynen denn in ihrem Sinn,
　　Sie hättens wirklich auch.

Recitativo.

Noch kömmt ihr Gärtner Lobesan,
Den sie zu han geruhn,
Und schneidet mit der Scheere dran,
40   Wie Schneidermeister thun.

Tutti.

Jedoch ihr Wald ist Schneiderscherz,
Trägt nur der Scheere Spur,
Und nicht das große volle Herz
45   Von mutterlieb Natur!

Tuttissimi.

Und nicht das große volle Herz
Von mutterlieb Natur!
Ist purer puter Schneiderscherz,
50   Trägt nur der Scheere Spur!

Choral.

Hoch sizt im Sopha der Baron,
Der Schweizer an der Thür,
Die Fürsten sizen auf dem Thron,
55   Und wir, wir sizen hier,
Auf bloßer Erde feucht und kalt,
Und wir, wir sizen hier,
Und freun uns über diesen Wald,
Und danken Gott dafür.

JOHANN HEINRICH VOSS

An Luther.

Entschwebe, wie ein goldner Duft,
Mann Gottes, deiner stillen Gruft,
5 Und schaure Graun durch ihr Gebein,
Die deine stille Gruft entweihn!

Ermattet von dem Drachenkampf
Mit Priestern in der Höllen Dampf,
Sogst du an Katharinens Brust
10 Dir junge Kraft und Heldenlust.

---

9 Katharina *von Bora, seit 1525 mit Luther verheiratet.*

Sie tränkte dich mit Rebentrank;
Und freudig tönte dein Gesang:
„Dem Pabst und allen Teufeln Spott!
„Ein' feste Burg ist unser Gott!"

15 Da zischelt nun die Afterbrut:
„Weh, Brüder, weh! Wir sind sein Blut!
„Schleicht rücklings hin zu seiner Ruh,
„Und deckt die Scham des Vaters zu!"

Ihr Männer Deutschlands, kühn und frey
20 Durch ihn von Pfaffentyranney!
Ihr laßt mit lästerndem Gestöhn
Die Heuchler Luthers Asche schmähn?

Wer ist, der nicht beym Kraftgesang
Des Weisen auf zu Thaten sprang,
25 Dem nicht die Seele sonnenhoch,
Ein Adler mit dem Adler flog?

Wem schafft nicht Gottes edler Wein
Aus Donnerwolken Sonnenschein,
Und reißt der Lebensgeister Tanz
30 Zum Tugendkampf und Siegeskranz?

Was labt den Frommen in der Zeit
Mit Ahndung höhrer Seligkeit,
Als Mädchenblick und Mädchenkuß,
Des Weibes heiliger Genuß?

35 Schweig, Gleißner, dich befrag' ich nicht!
Dir bleibt dieß ewig ein Gedicht,
Wie dem, der Lastern Lieder zollt,
Dem Hurer, und dem Trunkenbold!

Doch jeder Christ und gute Mann
40 Stimmt laut mit dir, o Vater, an:
„Wer nicht liebt Weib, Wein und Gesang,
„Der bleibt ein Narr sein Lebelang!"

GOTTFRIED AUGUST BÜRGER

An die Nymfe des Negenborns.[a)]
1775.

Neig aus deines Vaters Halle,
Felsentochter, mir dein Ohr!
Hell im Schimmer der Krystalle,
Und im Silberschleyer, walle,
Reine Nymfe, wall' hervor!

Libern jauchzet die Mänade
Huldigung bey Zymbelklang;
Dir nur, glänzende Najade,
Deiner Urne, deinem Bade
Weihte keiner Hochgesang? –

Wohl! Ich weih' ihn! wo der Zecher,
Der des Preises spotten soll?
Ha! wo ist er? Ich bin Rächer!
Fleuch! Mein Bogen tönt; mein Köcher
Raßelt goldner Pfeile voll!

Hier, wie aus der Traube quillet
Geist und Leben, früh und rein;
Leben, das den Hirten füllet,
Das den Durst der Heerde stillet,
Welches Wiese tränkt und Hain.

Rauschend webt's im Felsenhaine,
Woget auf der Wies' entlang;
Leckt im Widder auf dem Reine,
Schauert durch das Mark der Beine,
Kühlt des Wandrers heißen Gang.

Leben, Weben, Kraft und Streben
Trank auch ich schon oft aus dir.
Drob sey auch von nun an Leben
Und Unsterblichkeit gegeben
Deinem Namen für und für.

---

a) Ein Felsenquell ohnweit dem Wohnort des Dichters.

9 Liber · *Dionysos*.

An Gott.

Gott! der im wirren Weltgetümmel
Mir einen Freund zum Führer gab,
O send' aus deinem reichen Himmel
Auch eine Freundinn mir herab!

Ein Mädchen, ganz mit Syllis[a]) Herzen!
Nur so ein Mädchen, lieber Gott!
Ach, alle Freuden, alle Schmerzen
Theilt' ich mit ihr bis in den Tod.

Mein Herz an so ein Herz zu drücken!
O Allgenuß im Himmelreich!
O überquellendes Entzücken!
O welcher Engel wär mir gleich? - - -

Ach, wie mit heiligglühndem Beben
Mein Herz um dieses Mädchen fleht!
O gieb es mir! mein ganzes Leben
Sey dir ein heißes Dankgebet.

Schlachtgesang.
Deutsch.

Kein sel'ger Tod ist in der Welt
Als wer vor'm Feind' erschlagen,
Auf grüner Haid' im freien Feld
Darf nicht hör'n groß Wehklagen,
Im engen Bett, da ein'r allein
Muß an den Todesreihen,
Hie aber findt er Gsellschaft fein,
Fall'n mit, wie Kräuter im Mayen.
  Ich sag ohn' Spott,
  Kein selig'r Tod
  Ist in der Welt,

---

a) Sieh Eduard Allwills Papiere im deutschen Merkur Monat April. 1776.

SCHLACHTGESANG 2 *in dieser Gestalt von Herder in den* Volksliedern *publiziert.*
zu a) Eduard Allwill *Roman von Friedrich Heinrich Jacobi.*

15   Als so man fällt,
       Auf grüner Haid,
       Ohn Klag und Leid!
       Mit Trommeln Klang
       Und Pfeiffen G'sang,
20   Wird man begraben,
       Davon thut haben
       Unsterblichen Ruhm.
       Mancher Held fromm,
       Hat zugesezt Leib und Blute
25   Dem Vaterland zu gute.

1779

FRIEDRICH GOTTLIEB KLOPSTOCK

Zweite Warnung.
Ode.

Hoch ragt es über die andern empor
5   Eins vor allen Dingen, das macht,
       Daß ich kaum entronnen bin
        Ein Menschenfeind zu werden.

Verderber ist er der Menschenhaß
     Dem, der ihn hat;
10   Und dem, den er trift,
       Fürchterlich, fürchterlich!

Immer ist er Gräuel
     Meiner ganzen Seele gewesen:
       Und dennoch bin ich kaum
15   Dem Ungeheuer entflohn.

Denn ihr wütet einher, klagt an,
     Vor euch selber, deß Vorsehung,
       Fällt Endurtheil über den,
       Der die Orione,

20   Des Leun Herz, die hohe Wage,
     Den Adler, die Urne, den Lichtaltar, die Rose

In dem Kranz, auch unsre Rose
Gemacht hat, bevölkert hat!

Denn ihr Andern kriecht einher, vertheidigt,
25 Vor Jener Gericht, deß Vorsehung,
  Den, der gemacht hat
   Die Sterne der leuchtenden Straße, bevölkert hat!

Vertheidigt? Ha ihr entschuldigt!
 Mit schwachen, oder thörichten Gründen,
30 Mit Dingen, die ihr in der Wirklichkeiten Reih
   Hineinlügt, entschuldigt ihr...

Auch vor euch mag ich Seinen Namen nicht nennen!
 Des tiefen Untersuchers Geist,
  Der Ihn niemals anders, als mit ernster
35   Sammlung in sich selbst,

Als nach frommem Schweigen,
 Als mit entblößtem Haupt aussprach,
  Der große Todte möchte mir erscheinen,
   Und der Nennung mich zeihn.

40 Einer Meinung glühendes Bild
 Schwebt mir, o wäre sie Wahn! vor der Stirn;
  Und nur wenige Zweifel
   Widersprechen ihr laut.

Sollten Seelen,
45 Die (wendet euch! hört mich nicht!)... Gott...
  Anklagen, richten, entschuldigen,
   Diese Seelen unsterblich sein?

ERNST THEODOR JOHANN BRÜCKNER*

Sauflied
Sr. Hochwohlgeb. des wohlseligen Herrn
Landraths Kasimir Gans von Schmurlach.

5 Auf, Ritter! laßt die Gläser klingen!
 Seht, hundert Louisdor geborgt!
Die sollen standesmäßig springen.

---

1 *signiert:* B.

Was hilft es, daß man mault und sorgt?
Laßt leben unsre Menschen alle!
10 Löst die Kanonen auf dem Walle!
Und werft Raketen in die Luft!
Und sauft Burgunder, daß es pufft!

Laßt sterben Juden, Krämer, Pächter,
Die Bürger- und die Baurenwelt!
15 Sie sind das Mastvieh, wir die Schlächter!
Was will die Bestie mit Geld?
Wie tölpisch werfen sie den Rüssel,
So gar im feinsten Puz von Brüssel!
Ja selbst ihr Saufen geht mir recht,
20 Als wenn ein Esel Lauten schlägt!

Doch thut das Vieh infam verwegen;
Es brüllt und brummt und grinzt und grunzt!
Wie hat uns seiner Bazen wegen
So mancher Hund schon ausgehunzt!
25 Habt ihr nicht Gut, Ehr' und Gewissen,
Mehr als ihr habt, verpfänden müssen?
Und heute schor mich, welch ein Troz!
Mit meinen Kutschen der Mazfoz.

Nun soll der Narr auch wieder zappeln!
30 Die lieben Füchse sind kaput!
Nun laßt ihn winseln oder rappeln!
Die lieben Füchse sind kaput!
Und will er neue Füchse wagen,
Und mich beim Hofgericht verklagen;
35 Das wird ihm kräftig helfen, ha!
Dann heißt es: Der Konkurs ist da!

Dann wird von Kuppeln Advokaten
Zehn Jahre lang des Gut zerzaust;
Bei Akten und bei Schweinebraten
40 Theils konferirt und theils geschmaust.
Dann krazt das Volk die Eselsohren
Sie schrein: Der war hochwohlgebohren!
Wie der wohl in der Hölle brennt! –
Und brummen weg mit drei Prozent.

45 Auf, Ritter! klingt mit vollen Gläsern,
Weil uns kein Exekutor stört!

Der Tod macht uns ja doch zu Äsern;
　　Ein Schelm, der eher sich bekehrt!
　　Bekehrt? Mich soll der Teufel holen!
50　Ich lade mutig die Pistolen,
　　　Empfehle mich der schnöden Welt,
　　　Und fahr zur Höllen, als ein Held.

LUDWIG CHRISTOPH HEINRICH HÖLTY

Die künftige Geliebte.

Entschwebtest du dem Seelengefilde schon,
Du süßes Mädchen? Wehet das Flügelkleid
5　Dir an der Schulter? Bebt der Strauß dir
　　　Schon an der wallenden schönen Brust auf?

Ein süßes Zittern zittert durch mein Gebein,
Wann mir dein Bildniß lächelnd entgegentanzt,
　　Wann ichs auf meinem Schooße wiege,
10　　Und an den klopfenden Busen drücke.

Der Garten taumelt, rötheres Abendroth
Durchströmt die Blätter, purpert die Maienluft;
　　Wie Engelflügel niedersäuseln,
　　　Rauschet die Laube von Kußgelispel.

15　An deiner Leinwand, flattert vielleicht mein Bild
Dir auch entgegen, schmiegt sich an deine Brust;
　　Und eine Sehnsuchtsthräne träufelt
　　　Über die seidenen Purpurblumen.

Seid mir gesegnet, Thränen! Ihr floßet mir!
20　Bald schlägt die Stunde! Ach dann entküß' ich euch
　　Dem blauen Aug, der weißen Wange;
　　　Trinke den Taumel der Erdenwonne!

An voller Quelle weil' ich, und schöpfe mir
Der Freuden jede, Himmel auf Himmel mir;
25　　Sie, deren Seelen mich umschwebten,
　　　Wann ich im Haine der Zukunft träumte.

Blüh' unterdessen schöner und schöner auf,
Du süßes Mädchen! Leitet, ihr Tugenden,

30 Wie eine Schaar von Schwesterengeln,
        Sie durch die Pfade des Erdenlebens!

Ein reinrer Äther lache herab auf dich!
Tönt, Nachtigallen, wann sich der Abend neigt,
    Im Apfelbaum vor ihrem Fenster,
        Goldene Träum' um ihr Mädchenbette!

35 Doch süßre Träume thaue das Morgenroth
Um deine Schläfen, Träume der Serafim,
    Wenn jener Tag dem Meer' entschimmert,
        Da ich dich unter den Blumen finde!

ABRAHAM GOTTHELF KÄSTNER

Alt und Neu.

Bardenton, Knittelvers, Minneklingklang,
Both'ng'stamm'l, Mordgeschicht, Hexengesang,
5 Hat man in unseren Zeiten so gern:
Bibel und Glauben verlangt man modern.

AUGUST GOTTLIEB MEISSNER

Unter Lessings Bildniß.

Er kam; – da dämmert' es in Deutschland!
Er sprach; – da ward es Licht.
5 O Muse, die du Deutschland liebst!
Laß, wenn er künftig schweigt,
Es nicht von neuem dämmern!
Nicht unsrer Dichtkunst Tag
Mit seinem Tag' entfliehn.

Karl Wilhelm Ramler

Schlachtgesang.

Auf! tapfre Krieger, auf! ins Feld!
   Gerecht ist unser Krieg;
Uns führet Deutschlands größter Held:
   Uns folget Ehr' und Sieg.

Ihr Feinde, zittert! unser Heer
   Hat Kriegeskunst und Muth,
Ist schneller mit dem Mordgewehr,
   Und trägt der Väter Blut.

Wir streiten noch den alten Streit:
   Ein Mann verjaget vier
Wir fragen nicht, wie stark ihr seyd;
   Wo stehn sie? fragen wir.

Auf, Brüder! schlagt den frechen Feind:
   So kehrt ihr früh zurück.
Wer starb, wird dann mit Recht beweint,
   Wer lebt, hat Ruhm und Glück.

Der Knabe wünscht sich seinen Stand;
   Das Mädchen blickt ihn an:
„Der schützt, als Krieger, unser Land;
   „Der schütz' auch mich, als Mann! –

Hört ihr der Stücke Donnerschlag?
   Begrüßt ihn mit Gesang!
Euch lohnet diesen einen Tag
   Der Friede Lebenslang!

Die Kugel treffe, wer sich bückt,
   Und scheu zurücke fährt!
Und wer zur Flucht den Fuß nur rückt,
   Deß Nacken treff' ein Schwert!

Nein! eh ich fliehe, stürz' ich hin,
   Mit Waffen in der Hand.
Seyd Rächer, wenn ich treulos bin,
   Gott, König, Vaterland!

---

2 *angeblich von preußischen Truppen im bayerischen Erbfolgekrieg (1778–79) gesungen.*

GOTTLIEB VON LEON

Vaterlandslied.

Ich bin ein deutscher Biedermann,
Mit Mannheit stattlich angethan:
5   Mein Aug ist blau, mein Blick ist warm,
Und eisenstark mein Nervenarm.

Mein Sinn ist biedervest und klug,
Mein Herz fleugt hohen Adlerflug:
Für Freyheit, Gott und Vaterland
10   Blitzt dieser Stahl in meiner Hand.

Du bist ein deutsches Biederweib,
Schön, wohlgethan und schlank vom Leib:
Dein Aug ist blau, dein Blick ist warm,
Und voll und rund dein Schwanenarm.

15   Dein Sinn trägt schönen Edelmuth,
Die Keuschheit ist dein höchstes Gut,
Und ha! für deutsche Lieb' und Treu
Schlägt deine Brust so stolz und frey.

Komm, Jungfrau, du bist meine Lust!
20   Schleuß dich an diese Heldenbrust;
Ich bin der deutsche Mann für dich,
Du bist das deutsche Weib für mich.

Komm, schling um mich dein keusches Band!
Ha! dann sollst du, mein Vaterland,
25   Herzbrave Söhn' und Töchter sehn,
Gleich deinen Eichen, hoch und schön.

---

2 vgl. die früheren Bearbeitungen von Klopstocks prototypischem Lied ... (S. 17) bei Claudius (S. 21) und Schubart (S. 73).

JOHANN WOLFGANG GOETHE

Der Fischer.

[Melodie]

Das Wasser rauscht', das Wasser schwoll,
Ein Fischer saß daran;
Sah nach dem Angel ruhevoll,
Kühl bis an's Herz hinan;
Und wie er sitzt und wie er lauscht,
Theilt sich die Fluth empor:
Aus dem bewegten Wasser rauscht
Ein feuchtes Weib hervor.

Sie sang zu ihm und sprach zu ihm:
Was lockst du meine Brut
Mit Menschenwitz und Menschenlist
Hinauf in Todes Glut?
Ach, wüstest du, wie's Fischlein ist
So wohlig auf dem Grund,
Du kämst herunter wie du bist
Und würdest erst gesund.

Labt sich die liebe Sonne nicht
Der Mond sich nicht im Meer?
Kehrt wellenathmend ihr Gesicht
Nicht doppelt schöner her?
Lockt dich der tiefe Himmel nicht
Das feucht verklärte Blau?
Lockt nicht dein eigen Angesicht
Dich her in ewgen Thau?

Das Wasser rauscht', das Wasser schwoll,
Netzt ihm den nackten Fuß;
Sein Herz wuchs ihm so sehnensvoll
Wie bey der Liebsten Gruß.
Sie sprach zu ihm – sie sang zu ihm –
Da wars um ihn geschehn –
Halb zog sie ihn, halb sank er hin
Und ward nicht mehr gesehn.

UNBEKANNTER VERFASSER

Klosterlied.
Deutsch.

Kein' schönre Freud auf Erden ist
5   Als in das Kloster zu ziehn.
Ich hab mich drein ergeben,
Zu führen ein geistlich Leben;
O Liebe, was hab ich gethan!
O Liebe etc.

10   Des Morgens, wenn ich in die Kirche geh
Muß singen die Mess alleine;
Und wenn ich das Gloria patri sing',
So liegt mir mein Liebchen immer im Sinn,
O Liebe, was hab ich gethan!
15   O Liebe etc.

Da kömmt mein Vater und Mutter her,
Sie beten für sich alleine;
Sie haben schöne Kleider an,
Ich aber muß in der Kutten stahn;
20   O Liebe, was hab ich gethan!
O Liebe etc.

Des Abends, wenn ich schlafen geh,
So find ich mein Bettchen alleine;
So denk ich denn, das Gott erbarm!
Ach hätt' ich mein Liebchen in dem Arm,
25   O Liebe, was hab ich gethan!
O Liebe etc.

UNBEKANNTER VERFASSER

Klage über die Tyrannen der Leibeignen.
Esthnisch.

Tochter, ich flieh nicht die Arbeit,
5   Fliehe nicht die Beerensträucher,
Fliehe nicht von Jaans[a]) Lande;
Vor dem bösen Deutschen flieh ich,
Vor dem schrecklich bösen Herren.

a) (Jaans) Johanns, ihres Mannes.

KLOSTERLIED 2 *und* KLAGE ... 2 *vgl. Anmerkung zu* Schlachtgesang *S. 114.*

Arme Bauren an dem Pfosten
10 Werden blutig sie gestrichen.
Arme Bauren in den Eisen,
Männer rasselten in Ketten,
Weiber klopften vor den Thüren,
Brachten Eyer in den Händen,
15 Hatten Eyerschrift b) im Handschuh,
Unterm Arme schreit die Henne,
Unterm Ermel schreit die Graugans,
Auf dem Wagen bläckt das Schäfchen.
Unsre Hüner legen Eyer
20 Alle für des Deutschen Schüssel:
Schäfchen setzt sein fleckig Lämmchen,
Das auch für des Deutschen Bratspieß.
Unsrer Kuh ihr erstes Öchschen,
Das auch für des Deutschen Felder.
25 Pferdchen setzt ein muntres Füllen;
Das auch für des Deutschen Schlitten,
Mutter hat ein einzig Söhnchen,
Den auch an des Deutschen Pfosten.

Fegefeur ist unser Leben,
30 Fegefeuer oder Hölle.
Feurig Brod ißt man am Hofe,
Winselnd trinkt man seinen Becher,
Feuerbrod mit Feuerbrande,
Funken in des Brodes Krume,
35 Ruthen unter Brodes Rinde.

Wenn ich los von Hofe komme,
Komm' ich aus der Hölle wieder,
Komm zurück aus Wolfes Rachen,
Komm zurück aus Löwens Schlunde,
40 Aus des Hechtes Hinterzähnen,
Los vom Biß des bunten Hundes,
Los vom Biß des schwarzen Hundes.

Ei! du sollt mich nicht mehr beissen,
Buntes Hündchen, und du schwarzer!
45 Brod hab ich für euch, ihr Hunde,
In der Hand hier für den Schwarzen,
Unterm Arm hier für den Grauen,
In dem Busen für das Hündchen.

b) Geschenke.

JOHANN WOLFGANG GOETHE*

Röschen auf der Heide.
Deutsch.

Es sah ein Knab ein Röslein stehn,
Röslein auf der Haiden:
Sah, es war so frisch und schön,
Und blieb stehn es anzusehn,
Und stand in süssen Freuden:
   Röslein, Röslein, Röslein roth,
   Röslein auf der Haiden!

Der Knabe sprach: ich breche dich,
Röslein auf der Haiden!
Röslein sprach: ich steche dich,
Daß du ewig denkst an mich,
Daß ichs nicht will leiden.
   Röslein, Röslein, Röslein roth,
   Röslein auf der Haiden.

Doch der wilde Knabe brach
Das Röslein auf der Haiden;
Röslein wehrte sich und stach,
Aber er vergaß darnach
Beim Genuß das Leiden.
   Röslein, Röslein, Röslein roth,
   Röslein auf der Haiden.

UNBEKANNTER VERFASSER

Der Wassermann.
Dänisch.

„O Mutter, guten Rath mir leiht,
Wie soll ich bekommen das schöne Maid?“

Sie baut ihm ein Pferd von Wasser klar,
Und Zaum und Sattel von Sande gar.

RÖSCHEN... 2 *frühere Fassung s. S. 43, spätere Fassung s. S. 232. – Im Register vermerkt
Herder:* Aus der mündlichen Sage. – *Zu diesem Gedicht und* DER WASSERMANN *vgl. die
Anmerkung zu* Schlachtgesang *S. 114.*

Sie kleidet ihn an zum Ritter fein,
So ritt er Marienkirchhof hinein.

10 Er band sein Pferd an die Kirchenthür,
Er ging um die Kirch dreimal und vier.

Der Wassermann in die Kirch ging ein,
Sie kamen um ihn, groß und klein.

Der Priester eben stand vorm Altar:
15 „Was kommt für ein blanker Ritter dar."

Das schöne Mädchen lacht in sich:
„O wär der blanke Ritter für mich!"

Er trat über einen Stuhl und zwei:
„O Mädchen gib mir Wort und Treu."

20 Er trat über Stühle drei und vier:
„O schönes Mädchen zieh mit mir."

Das schöne Mädchen die Hand ihm reicht:
„Hier hast meine Treu, ich folg dir leicht."

Sie gingen hinaus mit Hochzeitschaar,
25 Sie tanzten freudig und ohn Gefahr.

Sie tanzten nieder bis an den Strand,
Sie waren allein jetzt Hand in Hand.

„Halt, schönes Mädchen, das Roß mir hier!
Das niedlichste Schiffchen bring ich dir."

30 Und als sie kamen auf'n weissen Sand,
Da kehrten sich alle Schiffe zu Land.

Und als sie kamen auf den Sund,
Das schöne Mädchen sank zu Grund.

Noch lange hörten am Lande sie,
35 Wie das schöne Mädchen im Wasser schrie.

Ich rath euch, Jungfern, was ich kann:
Geht nicht in Tanz mit dem Wassermann.

UNBEKANNTER VERFASSER

Erlkönigs Tochter.
Dänisch.

Herr Oluf reitet spät und weit,
Zu bieten auf seine Hochzeitleut',

Da tanzen die Elfen auf grünem Land',
Erlkönigs Tochter reicht ihm die Hand.

„Willkommen, Herr Oluf, was eilst von hier?
Tritt her in den Reihen und tanz' mit mir."

„Ich darf nicht tanzen, nicht tanzen ich mag,
Frühmorgen ist mein Hochzeittag."

„Hör an, Herr Oluf, tritt tanzen mit mir,
Zwei güldne Sporne schenk ich dir.

Ein Hemd von Seide so weiß und fein,
Meine Mutter bleichts mit Mondenschein."

„Ich darf nicht tanzen, nicht tanzen ich mag,
Frühmorgen ist mein Hochzeittag."

„Hör an, Herr Oluf, tritt tanzen mit mir,
Einen Haufen Goldes schenk ich dir."

„Einen Haufen Goldes nähm ich wohl;
Doch tanzen ich nicht darf noch soll."

„Und willt, Herr Oluf, nicht tanzen mit mir;
Soll Seuch und Krankheit folgen dir."

Sie thät einen Schlag ihm auf sein Herz,
Noch nimmer fühlt er solchen Schmerz.

Sie hob ihn bleichend auf sein Pferd,
„Reit heim nun zu dein'm Fräulein werth."

Und als er kam vor Hauses Thür,
Seine Mutter zitternd stand dafür.

„Hör an, mein Sohn, sag an mir gleich,
Wie ist dein' Farbe blaß und bleich?"

„Und sollt sie nicht seyn blaß und bleich,
Ich traf in Erlenkönigs Reich."

2 *vgl. Anmerkung zu* Schlachtgesang *S. 114.*

35 „Hör an, mein Sohn, so lieb und traut,
Was soll ich nun sagen deiner Braut?

„Sagt ihr, ich sey im Wald zur Stund,
Zu proben da mein Pferd und Hund."

Frühmorgen und als es Tag kaum war,
Da kam die Braut mit der Hochzeitschaar.

40 Sie schenkten Meet, sie schenkten Wein,
„Wo ist Herr Oluf, der Bräutgam mein?"

„Herr Oluf, er ritt' in Wald zur Stund,
Er probt allda sein Pferd und Hund."

Die Braut hob auf den Scharlach roth,
45 Da lag Herr Oluf und er war todt.

1780

FRIEDRICH VON MATTHISSON

Erinnerungslied.

Hier fließt die kühle Schattenquelle,
Der Freundin Luna jede Welle
5   Mit hellrem Glanz besäumte,
Als ich, im Lispel dieser Bäume,
Der Liebe goldne Erstlingsträume
   An Maja's Busen träumte!

Wo ihrem schmelzenden Gesange,
10 Vermählt mit süssem Lautenklange,
   Sich Flur und Hain verschönte,
Und ihrer Engelstimme Beben
Mir Götterlust und neues Leben
   Durch jede Nerve tönte!

15 Doch plözlich stürmten schwarze Leiden
Den jungen Lenzbaum dieser Freuden,
   Mit jeder Blüte, nieder!
Nun hört Aurorens Stralenwagen,
Nun hört mich Hespers Kerze klagen:
20   Er hebt sich nimmer wieder!

JOHANN CHRISTOPH SCHWAB

Der Wunsch.

Wo athmet sie, die mir einst froh entgegen lachen,
die Welt mir reizender, das Leben leichter machen,
5   und dies empörte Herz vor Wünschen sichern soll?
Vielleicht entfernt von mir kennt sie noch keine Freude,
als die die Puppe giebt, und spielt im Flügelkleide
    mit kleinen Mädchen unschuldvoll.

O! Schuzgeist, bild' in ihr, bis ich sie einst erwähle,
10   Klarissens Geist; entzieh der Welt die zarte Seele,
    und stell ihr oft mein Bild im Traume vor: bis ihr
der Himmel einst mich zeigt; durch ihre Wangen ströme
der Unschuld Farbe dann, und zärtlichseufzend nehme
    Sie drauf den ersten Kuß von mir!

KARL SIEGMUND FREIHERR VON SECKENDORFF

Liebesdurst.
Ein Fragment.

Mit einem Kus erstikst du meine Glut –
5   „Hier ist er, nim! –" O Himmel! Meine Seele
Brennt stärker. Einen noch! – „Nun gut!
Sei glüklich!" – Laura! Ach verzeih, wenn ich dich quäle;
Allein ich fühle neue Wut. –
Sei günstig! laß dich nicht so schnel ermüden!
10   „„So schnel? Da hast du hundert noch – –
– – – – – – – – – – – – – – – – – – –
„Allein jezt hoff' ich doch
„Bist du zufrieden!
„Nun? Sprich! Wie ist dir, kleiner Thor?"„
15   Ach! ich bin hundertmal verliebter, als zuvor.
„„So hast du denn nie sat genossen?
„Nim hin, bis du die Zahl von tausend füllst –
– – – – – – – – – – – – – – – – – – –
– – – – – – – – – – – – – – – – – – –

DER WUNSCH 10 *Doppelanspielung auf Richardsons Roman* Clarissa *(1747 f.) sowie den*
Klarissen*orden, 1212 von Franz und Klara von Assisi gegründet.*

20 Hast du genug?" – Noch nicht! die Glut ist zwar begossen;
    Allein noch heiss'rer Durst – so lang du den nicht stillst –
    O Laura! – „„„Nun so nim, und sag nicht, was du wilst""

    –
    –
25 –

FFRIEDRICH LEOPOLD GRAF ZU STOLBERG

Der Tod.
An meine Freunde.

Täuscht ich mich selber, oder tönt mir lieblich
5   Wie der Nachtigall Lied des Todes Name?
          Wird mir auch sein rauschender naher Fittig
          Schwanenflug tönen?

Trank ich nicht süßen Nektar aus der Jugend
       Freudeduftenden Becher, den die Freundschaft
10   Mir mit Blumen, den die Natur mit Blumen
          Lächelnd umwanden?

Freunde, den trank ich, und ihr freutet mein euch!
       Wenn ich leere den Kelch des Todes, wollt ihr
          Dann euch nicht der höheren Freuden eures
15   Freundes erfreuen?

Freunde, wenn eure Thräne nur des Todes
       Kelch nicht bitter, das brechende Herz nicht weich macht,
          Krankheit mag mit zischenden Schlangen, Schmerz mit
          Dornen ihn kränzen!

20 Zürnt ihr Geliebte? Hab' ich denn dem Tode
       Daß er komme gerufen? Schlingt wie Weinlaub
          Nicht um meiner nervigten Jugend Glieder
          Sich die Gesundheit?

Dennoch, wofern ich mich nicht täusche, tönt mir
25   Wie der Nachtigall Lied des Todes Name.
          Wird mir auch sein rauschender naher Fittig
          Schwanenflug tönen?

CHRISTIAN GRAF ZU STOLBERG

Der Tod.
Antwort an meinen Bruder.

Tönet dir warlich, ohne Täuschung lieblich
5   Wie der Nachtigall Lied, des Todes Name,
        Und wird dir sein rauschender naher Fittig
        Schwanenflug tönen?

Blumen umkränzen, wie sie dir nur blühen
    Deine wallenden Loken, und den Becher
10   Den mit Götterwein die Natur dir immer
        Schäumender anfüllt:

Blumen des Bachs, der Wiese, pflükt die Freundschaft
    Dir, den stolzern Lorber dir die Muse,
        Bald auch wird, schon röthelt ihr Rosenknöspchen,
15   Liebe dich kränzen!

Aber o wähnst du, daß der Liebe Rose
    Selbst der süßesten Liebe, wenn nun endlich
        Athemlos, mit schmachtendem feuchtem Auge,
        Bebenden Lippen,

20 Die sich zu matten halbgeküßten Küssen
    Kaum zu schließen vermögen! – ach an deinen
        Trunknen Busen, Sie, die du liebest, die dich
        Liebet, dahinsinkt!

Wähnst du, sie dufte, diese Rose, stärker,
25   Als das Rankengewebe, das mit tausend
        Armen uns und kräuslenden Sprossen fester
        Stets uns umschlinget?

Aufgang der Sonne flammet dir des Todes
    Fakel? Sie, die der Ranken keiner schonen,
30   Und austroknen würde die Borne meines
        Lechzenden Lebens?

Daß, den du wünschest, ich nicht fürchte, weißt du,
    Kanntest lange den Durst in meinem Herzen,
        Heldentod einst in der gerechten Feldschlacht
35   Blutig zu sterben.

Siehe schon schwebt Er! – Ha ich kenne deines
   Fittigs Todesgesang: mich schreckt nicht, Droher,
     Deine Rechte! Trennung von meinen Lieben,
      Droher, die schreckt mich!

40   Leben, o leben will ich! wenn gleich oftmal
   Schwarze Wolken mich hüllen. Schwestern, Freunde,
     Leben! mein braunlockiges Weib, mein Bruder,
      Leben, o leben!

Aber wenn – doch der Menschheit Loos verbeut es!
45   Wenn zugleich dem vertrauten Häuflein winkte
     Er, der Ruhegeber; ich säh' ihn lächelnd:
      „Bruder, er schreckt nicht!"

GOTTHOLD EPHRAIM LESSING

Grabschrift auf Voltairen.
1779.

Hier liegt – wenn man euch glauben wollte,
5   Ihr frommen Herr'n! – der längst hier liegen sollte.
Der liebe Gott verzieh aus Gnade
Ihm seine Henriade,
Und seine Trauerspiele,
Und seiner Verschen viele:
10 Denn was er sonst ans Licht gebracht,
Das hat er ziemlich gut gemacht.

KLAMER EBERHARD KARL SCHMIDT

Friedens-Trinklied eines Preußen.

Joseph und mein Friederich
Haben sich vertragen!
5   Was da Herz hat, lasse sich
Schmauß und Tanz behagen!

GRABSCHRIFT ... 7 *La* Henriade, *Epos (1728)*.
FRIEDENS-TRINKLIED ... 2 *Bezug: Ende des bayerischen Erbfolgekriegs (1778–79) mit dem Frieden von Teschen.*

Blut erhalten wollten sie
Lieber, als verprassen!
Hoch im Glase will ich sie
10   Dafür leben lassen!

He! die Flasche langt hervor,
Voll Champagner-Tropfen,
Die, mit Brausen, wirft empor
Den beschäumten Pfropfen!
15   Freyheit suchte sie, wie wir,
Und wie alle Preußen;
Zur Vergeltung, will ich hier a)
Sie willkommen heißen.

Frisch! Die Gläser angefüllt!
20   Auf! und angestoßen!
Brüder! dieses erste gilt
Friederich dem Großen!
Joseph – ob er's fühlen mag? –
Joseph gilt das zweyte!
25   Niemals! niemals wird ein Tag
Wieder jung, wie heute!

a) Mit Ansetzung des Glases an den Mund.

Johann Wilhelm Ludwig Gleim

Nach dem Bombardement zu Neustädtel, von einem Grenadier vom Regiment des Prinzen von Preußen. a)

5   Der Feind, der diesen Mord uns schwur,
Bey Gott! der ist nicht brav!
Er kömmt bey Nacht und Nebel nur,
Und stört uns in dem Schlaf.

Er scheut das helle Sonnenlicht;
10   Er schleicht in Finsterniß:
Also der Wolf in Hütten bricht,
Und thut den Todesbiß!

a) Dieß schöne *Gleimische* Lied ist hier nach einer ganz abweichenden, vom Verfasser selbst veränderten Abschrift gedruckt worden.

Nach dem Bombardement . . . *zu* a) *Anmerkung des Quellen-Herausgebers.*

Ihr Brüder, eine Drachenbrut
Hat diese That gethan!
15   Pries Joseph ihren Heldenmuth
Auf seiner Kriegesbahn? –

Ihr Brüder, unsre Helden gehn
Bey Tag' auf ihren Feind;
Bey Tage, wenn die Sonne schön
20   Auf ihre Thaten scheint!

Und drum, der diesen Mord uns schwur,
Der Feind, der ist nicht brav!
Er kömmt bey Nacht und Nebel nur,
Und störet uns im Schlaf!

25   Nun, Brüder, rächen müssen wir
Die alte Weiberthat!
Ihr Brüder, hauen müssen wir
Den neuen Herostrat!

Die armen Bürger! Ist ein Held,
30   Wer arme Bürger macht? –
Auf! Führ uns, führ uns, Winterfeld!
Nur aber – nicht bey Nacht!

JOHANN WOLFGANG GOETHE

Sag ich's euch, geliebte Bäume,
Die ich ahndevoll gepflanzt,
Als die wunderbarsten Träume
Morgenröthlich mich umtanzt.
5   Ach ihr wißt es, wie ich liebe,
Die so schön mich wiederliebt,
Die den reinsten meiner Triebe
Mir noch reiner wiedergiebt.

10   Wachset wie aus meinem Herzen,
Treibet in die Luft hinein,
Denn ich grub viel Freud' und Schmerzen
Unter eure Wurzeln ein.

---

31 *Hans Karl von* Winterfeldt *(1707–57), preußischer General.*

Bringet Schatten, traget Früchte,
Neue Freude jeden Tag
Nur daß ich sie dichte, dichte
Dicht bei ihr genießen mag.   *[1848]*

1781

FRIEDRICH GEDIKE

Ode
dem glüklichen Alter
Friedrichs des Grossen
gesungen
von
Friedrich Gedike.
Den 24sten Jänner 1781.

Wann im Mittag die Sonne,
glühend und blendend, am Himmel steht –
dann schimmert kein leuchtend Gestirn;
alle stralenden Fürsten der Nacht
verschleiern sich vor dem blendenden Glanz,
beten des Tages Königin an.

Von ihrer Höhe schaut sie stolz herab,
geußt Licht und Wärme nieder;
in reinen Bächen quillt
Leben, Wonne quillt herab.
Ohne sie hüllete Nacht,
hüllete Grauen des Grabes uns ein.
Doch bebt vor ihr der scheue Blik
geblendet zur Erde nieder;
von ihrem Bogen fahren feurige Pfeile
jedem kühnspähenden Aug' entgegen.
Aber wenn sie mit sengender Glut
die durstigen Gefilde dörrt –
dann blikt die lechzende Flur,
und die schmachtende Blume,
von ihr selber geliebt und genährt,
blikket voll Wehmut empor.

Und siehe! die gerührte Monarchin
zeucht aus den stolzen Stralenpanzer und den Flammenschild,
hüllet in thauenden Wolkenschleier sich ein.
Da strömet Segen hernieder,
35   und tränket Gefild und Wald.
Gestärkt erheben ihr Haupt
die Töchter der Flur und des Gartens,
lächeln der himlischen Allernährerin Dank. – –

Wann am Abend die Sonne
40   mild und freundlich am Himmel steht –
wonnevoll schauet sie dann
auf die glänzende Laufbahn
des heissen Tages zurük,
schauet reifen die goldene Saat,
45   die ihr belebender Stral
aus dem Schoosse der Erde rief.
Dann sieht sie die Zähre des Danks
in dem Auge des Schnitters beben,
der mit Entzükken die vollen Ähren zählt,
50   und ihre Zahl vergißt.

O Lichtverbreiterin, du leuchtest
am Abend so helle der Welt,
wie am Mittag du glänztest.
An deinen Stralen wärmet der Kranke sich,
55   saugt mit begierigen Zügen sie ein,
und fühlet mit Jugendkraft sich gestärkt.
Dir gegenüber lagert der müde Pilger sich,
blikket nun froh in dein glühendes Antliz,
das des langen Wohlthuns Bewußtsein
60   mit höherer Röthe färbt.
Weile, ruft er, himlische Pflegerin,
weile du lange – lange noch
an dem vergoldeten Horizont,
und spät – spät verlösche dein Licht. – –
65   Verlöschen? – Nein, nie verlischt die Sonne.
Doch wenn sie von uns einst scheidet –
unsre Thränen folgen ihr nach;
aber sie selber leuchtet dann
andern Welten mit nie verlöschendem Glanz. –
70   Dann werde der silberhelle Mond,
der izt bescheiden neben ihr schimmert,
funkelnde Sonne, wie sie!

JOSEPH FRANZ VON RATSCHKY

Ballade.

Ein troziger Ritter im fränkischen Land,
Im Spiele der Waffen gar rühmlich bekant,
Bestieg einst, umgürtet mit Panzer und Schwert,
Zum Streite zu wandern, sein mutiges Pferd.

Und als er im Felde manch traurige Nacht
Im Dienste der Waffen getreulich durchwacht,
Da kam mal ins Lager ein Bote gerant:
„Gott grüß euch, Herr Ritter vom fränkischen Land!

„Gott grüß euch!" so sprach er, und neigte sich tief.
Schnel kam ihm der Ritter entgegen, und rief:
„Sag an mir, o Bote! was suchest du hier
„Im Waffengetümmel? was bringest du mir?"

„Ach leider! ich bringe gar bösen Bericht:
„Seid mannhaft, o Ritter! entsezet euch nicht!
„Denn siehe, das Fräulein daheim auf dem Schloß
„Hat heimlich getragen ein Kindlein im Schoos."

Kaum hörte der Vater die schrekliche Post,
So fast ihn ein Schauer. Auf! schrie er erbost,
Auf! sattelt das Pferd mir! ich brenne vor Wut,
Ich brenne zu rächen mein adelich Blut.

Und als er nur abstieg im einsamen Schloß,
Da sprang er voll Wut auf sein Töchterlein los:
„Wo ist der Verführer, du Hurengezücht?
„Wo ist er, der Bube? verläugne mirs nicht!"

„Ach, Vater! ach, glaubt nicht dem lügenden Ruf;
„Mein Herz ist so rein noch, als Gott es erschuf."
So sprach sie noch fürder manch gleissendes Wort:
Umsonst! er ergrif sie und schlepte sie fort;

Er schlepte sie fort in ein finstres Gemach:
Kom, sprach er, du Reine! kom, folge mir nach!
„O Vater, mein Vater! wo führt ihr mich∙hin?
Ach, Gott sei mir gnädig! was habt ihr im Sin?"

35 „Du solst's wol erfahren, du solst es wol sehn!"
So sprach er, und hieb sie, troz Bitten und Flehn,
Mit Dornen und Geisseln gar bitterlich lang,
Bis stromweis das Blut aus den Adern ihr drang.

Izt sank sie wol nieder im finstern Gemach,
40 Ihr Auge ward dunkel, ihr Odem ward schwach.
„Last ab, o mein Vater! erbarmet euch mein!
„Der Himmel mög' euch es und mir es verzeihn!

„Verwahret mein Kindlein, und pflegt es ja gut!
„Denn ach! es ist Faramunds königlich Blut."
45 Oh! seufzte der Ritter, Gott sei es geklagt!
O Töchterlein, hätst du das eher gesagt! –

Und sieh, als der stürmische Winter verfloß,
Zog Faramund selber vors einsame Schloß.
„Gott grüsse dich, Ritter vom fränkischen Land,
50 „In Waffen und Schlachten gar rühmlich bekant!

„Dein schönes, dein sittiges Fräulein zu frein,
„Verließ ich mein Lager am strömenden Rhein:
„Drum bist dus zufrieden, so führe mich hin,
„So gieb ihr den Segen, und lasse sie ziehn!"

55 „Wol wär' ichs zufrieden, wol ließ' ich sie ziehn,
„Doch leider, o König! mein Kind ist dahin,
„Dort siehst du den Grabstein am Hügel hinauf:
„Ach! wachsen schon gelbige Blümlein darauf."

Und siehe! kaum redet der Ritter, so fährt
60 Aus Faramunds Scheide das flammende Schwert:
Hoch fährt es empor in des Königes Hand,
Und streket den Ritter dahin in den Sand.

Sieh hin, sprach der König, du troziger Man!
So hast du es meiner Geliebten gethan.
65 Drauf hub er das Kindlein zu sich auf das Roß,
Und weinend verließ er das einsame Schloß.

GOTTLIEB KONRAD PFEFFEL

Röschen.

[Melodie]

Mein trautes Röschen, lezten Mai
5 Verschied Graf Woldemar.
Er schenkte mir für meine Treu
Zweihundert Gulden baar.

Nun Liebchen hab ich für uns Brod;
Drum kom, o kom doch bald!
10 Leb wol, ich bin bis in den Tod
Dein treuer Theobald.

Als Röschen diesen Brief bekam
Zu Mons in Hennegau,
Noch selben Tag sie Abschied nahm
15 Von ihrer gnäd'gen Frau.

Sie zog nach dem Ardenner Wald
Zur Gräfin Adelgund,
Bei der ihr lieber Theobald
Noch izt als Jäger stund.

20 Frisch wallt das Mägdlein seine Bahn
Und langt am sechsten Tag
Spät auf der Gräfin Herschaft an,
Die tief im Walde lag.

Noch eine Meile; doch der Flor
25 Der Nacht umhüllt das Land.
Durch Sumpf und Büsche drang sie vor
Und Sumpf und Busch verschwand.

Die Vögel schweigen: nur der Ost
Durch alte Buchen schwirrt,
30 Auf deren einer ohne Trost
Ein Turteltäubchen girrt.

In stille Schwermut aufgelöst
Horcht Röschen, bis ihr Fus
An einen Erdenhügel stöst,
35 Auf den sie fallen mus.

„Gott! ruft sie, sol ich sterben hier,
In einem wilden Wald?
Ich Arme! wärst du doch bei mir,
Geliebter Theobald!"

40 Es blizt; der Erdenhügel bebt;
Es steigt ein Geist empor.
Sein Kleid, an welchem Blut noch klebt,
Ist weis wie Silbermor.

„Hier bin ich, sprach ein dumpfer Laut,
45 Ein Wilddieb gab mir hier
Den Tod; doch freu' dich süsse Braut!
In Kurzem folgst du mir."

Er lächelt. „Ha! mein Theobald!"
Ruft sie mit wildem Harm,
50 Und stürzt der luftigen Gestalt
Todt in den kalten Arm.

Nun sieht man Hand in Hand das Paar
Zu Nacht den Hain durchzieh'n
Und auf dem Grabe jedes Jahr
55 Zwo weisse Rosen blüh'n.

KARL PHILIPP MORITZ

Ode an den May 1779.

Warum hast du dein Haupt in Wolken eingehüllet
Und blickst so trüb' auf unsre Erd' herab?
5 Hat Wehmuth itzt dein glänzend Aug' erfüllet,
Und weinst du auf das Grab

Der Redlichen, die vor dem Schwerdt des Stärkern fielen,
Und nie dein holdes Antlitz wiedersehn,
Und nicht das Fächeln deiner Weste fühlen,
10 Die ihren Staub umwehn?

Die Sonne bricht hervor, und ach, in ihrem Glanze
Durchzittern deine Silbertropfen schon
Die Luft – und sind, im leichten Reihentanze
Sich folgend schnell entflohn.

15 Du traurest – und da dir kein froher Blick gelinget,
So weinet dein mitleidig Angesicht,
Wie aus dem Aug', das sich zu lächeln zwinget,
Die helle Thräne bricht.

Enthüll', o schöner May, die trübe Stirne wieder,
20 Die du mit schwarzen Wolken überziehst,
Und weine nicht mehr über unsre Brüder,
Wenn du ihr Grabmahl siehst!

Wir klagen nicht, wenn wir den Staub der Edlen sehen,
Wir preisen ihr beneidenswerth Geschick,
25 Und schauen ihre glänzenden Trophäen
Mit Wonnetrunknem Blick.

Drum weine nicht auf ihre Urnen, sie erwarben
Den Lorbeer, der ihr sinkend Haupt umwand –
Beklage nicht die Edlen, denn sie starben
30 Den Tod fürs Vaterland!

CHRISTIAN LUDWIG STIEGLITZ

Süße Freuden.

Selig, wer die kurze Zeit,
    Die er lebt, genießt!
5 Selig, wer in Einsamkeit
    Frey und heiter ist;
Keine Rosen, die ihm glühn,
    Misvergnügt zerknickt,
Veilchen, die am Wege blühn,
10   Froh und lächelnd pflückt.

Süße Freuden für das Herz
    Sucht' ich in der Welt,
Wollte Freunde, Lust und Schmerz,
    Kaufen für mein Geld;
15 Nimmer reizte mich Natur,
    Nie ein grünes Thal,
Freuden lächelten mir nur
    Beym erkauften Mahl.

20   Schwankend in der Wollust Schoos,
       Taumelt' ich umher;
     Aber bald mein Herz genoß
       Keine Freuden mehr;
     Rauschend flohn sie vor mir hin,
       Kummer blieb zurück,
25   Sehnte mich nach freyem Sinn
       Und nach Freundes Blick.

     Ja! zu dir zurück, zu dir
       Kehr' ich, o Natur,
     Find' in diesen Fluren hier
30   Süße Freuden nur;
     Pflücke jedes Blühmchen mir,
       Das am Wege blüht,
     Bis auch diese Wonne mir
       Einst vorüberflieht.

FRIEDRICH SCHILLER*

Schön wie Engel, voll Walhalla's Wonne,
     Schön vor allen Jünglingen war er,
Himmlisch mild sein Blick, wie Mayen Sonne
5   Rükgestralt vom blauen Spiegel-Meer.

Sein Umarmen – wütendes Entzüken! –
     Mächtig feurig klopfte Herz an Herz,
Mund und Ohr gefesselt – Nacht vor unsern Bliken –
     Und der Geist gewirbelt himmelwärts,

10 Seine Küsse – paradisisch Fühlen! –
     Wie zwo Flammen sich ergreiffen, wie
Harfentöne in einander spielen
     Zu der himmelvollen Harmonie,

Stürzten, flogen, raßten Geist und Geist zusammen,
15   Lippen, Wangen brannten, zitterten, –
Seele rann in Seele – Erd und Himmel schwammen
     Wie zerronnen, um die Liebenden.

Er ist hin – vergebens ach! vergebens
     Stöhnet ihm der bange Seufzer nach.
20 Er ist hin – und·alle Lust des Lebens
     Wimmert hin in ein verlornes Ach! –

FRIEDRICH SCHILLER*

Die seeligen Augenblike
an Laura.

Laura, über diese Welt zu flüchten
Wähn ich – mich in Himmelmaienglanz zu lichten
   Wenn dein Blik in meine Blike flimmt,
Ätherlüfte träum' ich einzusaugen,
Wenn mein Bild in deiner sanften Augen
   Himmelblauem Spiegel schwimmt; –

Leyerklang aus Paradises Fernen,
Harfenschwung aus angenehmern Sternen
   Ras' ich in mein trunken Ohr zu ziehn,
Meine Muse fühlt die Schäferstunde,
Wenn von deinem wollustheißem Munde
   Silbertöne ungern fliehn; –

Amoretten seh ich Flügel schwingen,
Hinter dir die trunknen Fichten springen
   Wie von Orpheus Saitenruf belebt,
Rascher rollen um mich her die Pole,
Wenn im Wirbeltanze deine Sole
   Flüchtig wie die Welle schwebt; –

Deine Blike – wenn sie Liebe lächeln,
Könnten Leben durch den Marmor fächeln,
   Felsenadern Pulse leihn,
Träume werden um mich her zu Wesen,
Kann ich nur in deinen Augen lesen:
   Laura, Laura mein! –

Wenn dann, wie gehoben aus den Achsen
Zwei Gestirn, in Körper Körper wachsen,
   Mund an Mund gewurzelt brennt,
Wollustfunken aus den Augen regnen,
Seelen wie entbunden sich begegnen
   In des Athems Flammenwind, – – –

---

1 *signiert:* Y.   6 flimmt *flammt.*

Qualentzüken – – Paradisesschmerzen! – –
35 Wilder flutet zum beklommnen Herzen,
   Wie Gewapnete zur Schlacht, das Blut.
Die Natur, der Endlichkeit vergessen,
Wagts mit höhern Wesen sich zu messen,
   Schwindelt ob der acherontschen Flut.

40 Eine Pause drohet hier den Sinnen
Schwarzes Dunkel jagt den Tag von hinnen,
   Nacht verschlingt den Quell des Lichts –
Leises .. Murmeln ... dumpfer .. hin .. verloren ..
Stirbt ... allmälig .. in den trunknen ... Ohren ...
45   Und die Welt ist .... Nichts ....

Ach vielleicht verpraßte tausend Monde
Laura, die Elisiumssekunde,
   All begraben in dem schmalen Raum;
Weggewirbelt von der Todeswonne,
50 Landen wir an einer andern Sonne,
   Laura! und es war ein Traum.

O daß doch der Flügel Chronos harrte,
Hingebannt ob dieser Gruppe starrte
   Wie ein Marmorbild – – die Zeit!
55 Aber ach! ins Meer des Todes jagen
Wellen Wellen – über dieser Wonne schlagen
   Schon die Strudel der Vergessenheit.

Die Rache der Musen,
eine Anekdote vom Helikon.

Weinend kamen einst die Neune
   Zu dem Liedergott.
5 „Hör Papachen, rief die kleine,
   Wie man uns bedroht!

Junge Dintenleker schwärmen
   Um den Helikon.
Rauffen sich, handthieren, lermen
10   Bis zu deinem Thron.

---

1 *signiert:* *.   4 *Apollon.*

Galoppiren auf dem Springer,
  Reiten ihn zur Tränk,
Nennen sich gar hohe Sänger
  Barden ein'ge, denk!

15 Wollen uns – wie garstig! – nöthen,
  Ey! die Grobian!
Was ich, ohne Schaamerröthen,
  Nicht erzählen kann;

Einer brüllt heraus vor allen,
20   Schrei't: *Ich führ das Heer!*
Schlägt mit beiden Fäust und Ballen
  Um sich wie ein Bär.

Pfeift wohl gar – wie ungeschliffen!
  Andre Schläfer wach.
25 *Zweimal* hat er schon gepfiffen,
  Doch kommt keiner nach.

Droht, er komm noch öfter wieder;
  Da sey Zevs dafür!
Vater, liebst du Sang und Lieder,
30   Weis' ihm doch die Thür!"

Vater Föbus hört mit Lachen
  Ihren Klagbericht;
„Wollens kurz mit ihnen machen,
  Kinder zittert nicht!

35 Eine muß ins höllsche Feuer,
  Geh Melpomene!
Leihe Kleider, Noten, Leyer
  Einer *Furie*.

Sie begegn' in dem Gewande
40   Als wär sie verirrt
Einem dieser Jaunerbande
  Wenn es dunkel wird.

Mögen dann in finstern Küssen
  An dem artgen Kind
45 Ihre wilden Lüste büßen,
  Wie sie würdig sind."

Red' und That! – Die Höllengöttin
　　War schon aufgeschmükt,
Man erzählt, die Herren hätten
50　　Kaum den Raub erblickt,

Wären wie die Gey'r auf Tauben
　　Losgestürzt auf sie –
Etwas will ich daran glauben,
　　Alles glaub ich nie.

55　Waren hübsche Jungens drunter,
　　Wie geriethen sie,
Dieses Brüder nimmt mich wunder,
　　In die Kompagnie?

———————

Die Göttinn abortirt hernach:
60　Kam 'raus ein neuer – Allmanach.

JOHANN CHRISTOPH FRIEDRICH HAUG*

Edgar an Psyche.

Welch ein Leben, kleine Psyche,
Wenn ich Nachtigallen gliche?
5　　O ich lokte dich
Flötend zu willkommnen Thränen,
Klagte dir in Silbertönen,
　　Und du liebtest mich!

Welch ein Leben, fromme Psyche,
10　Wenn ich Turteltäubchen gliche?
　　Ich umhüpfte dich,
Spielte dir im Schoos mit Freuden,
Girrte schmachtend Zärtlichkeiten,
　　Und du liebtest mich.

15　Welch ein Leben, schöne Psyche,
Wenn ich Frühlingsrosen gliche?
　　Ich umgöse dich,
Rings mit Wohlgerüchen, blühte
Froh in deines Busens Mitte:
20　　Und du liebtest mich.

———————————————————————————————————

1 *signiert:* Ha.

Welch ein Leben, sanfte Psyche,
Wenn ich leisen Zephirn gliche?
   Ich umwehte dich,
Tränke deines Athems Schwüle,
25   Hauchte dir ins Antliz Kühle:
   Und du liebtest mich.

Welch ein Leben, holde Psyche,
Wenn dein Edgar allen gliche?
   Ich umschwebe dich,
30   Opfre Blumen alle Tage,
Girre, singe, flöte, klage:
   Und du fliehest mich?

Psyche bleib! – Warum denn Rosen
Nachtigallen Täubchen kosen?
35   Mehr o mehr kann ich!
Lieben kann ich, fühlen, küssen,
Heiß umarmen, Nächte süssen! –
   Psyche liebe mich!

FRIEDRICH SCHILLER*

Hymne an den Unendlichen.

Zwischen Himmel und Erd, hoch in der Lüfte Meer,
In der Wiege des Sturms trägt mich ein Zakenfels,
5   Wolken thürmen
   Unter mir sich zu Stürmen,
Schwindelnd gaukelt der Blik umher
   Und ich denke dich, Ewiger.

Deinen schauernden Pomp borge dem Endlichen
10   Ungeheure Natur! Du der Unendlichkeit
   Riesentochter!
   Sei mir Spiegel Jehovahs!
Seinen Gott dem vernünftgen Wurm
   Orgle prächtig, Gewittersturm!

---

1 *signiert:* Y.

15 Horch! er orgelt – Den Fels wie er herunterdrönt!
Brüllend spricht der Orkan Zebaoths Namen aus.
    Hingeschrieben
    Mit dem Griffel des Blizes:
Kreaturen, erkennt ihr mich?
20   Schone, Herr! wir erkennen dich.

Jakob Friedrich Abel*

Fluch eines Eifersüchtigen.

So flieh mich dann, verruchte falsche Seele,
    So flieh mich dann, geh, wälze dich
5 In wilder geiler Lust, und lachend quäle
    Jüngst deinen Liebling mich!

Sag, athmet unter Erdensöhnen einer,
    Der feurig liebt und gränzenlos wie ich?
Brennt Gottes unbeflekte Sonne reiner
10   Als dieses Herz – für dich?

Der Himmel sah's, wie ich oft wollusttrunken
    Mich wälzte wild zu ihren Füßen hier,
Wie ich oft in Entzükung hingesunken
    Ohnmächtig rang an ihr.

15 Flog nicht, wenn ich vor Gott voll heiser Reue
    Gekniet, schnell mein Gedanke weg von Gott?
Sie stand vor mir, Sie – Heiliger, verzeihe!
    Ward mein Gebeth, mein Gott.

Und nun, wer ists? – o laßt mich ihn nicht nennen,
20   Ihr Furien, daß nicht von Fieberwut
Empört, entfesselt meine Geister rennen
    Zur Flamme wird das Blut.

Doch Narr! was winsl' ich denn der Ungetreuen?
    Sie fleht mein sterbend rauchend Blut umsonst,
25 Frohn', frohn' nur stinkend geilen Bulereyen,
    Frohn' ewig wilder Brunst.

---

1 *signiert:* X.

Bis dich – ach mir zu höllisch süser Freude!
　　Ein fressend peinigendes Gift durchnagt,
Und Mark und Bein und alle Eingeweide
30　　　In frühe Moder jagt.

Bis dann, besät von Pest und Eiterbeulen,
　　Dich selbst der Tod mit falscher Hoffnung höhnt,
Die qualzermalmte Lungen in dir heulen,
　　Der Nerv Zernichtung stöhnt.

35　Dann seh ich jauchzend die verweßten Glieder,
　　Wollüstig saugt den Jammerton mein Ohr,
Seh, stürze selbst von Schrecken starrend nieder,
　　Und lache laut empor.

FRIEDRICH VON HOVEN*

Die Spinne und der Seidenwurm.

In ein gewißes Haus kam einmal eine Spinne,
Und hub allda zu spinnen an,
5　Und sprach zum Seidenwurm: „Sieh da, was ich beginne!
„Ein Beytrag stünde mir von dir nicht übel an." –
Der Seidenwurm ließ sonder Zwang
Sich sogleich dazu willig finden,
Und fängt wohl an, ihr ellenlang-
10　Gedrehte Fäden einzusenden;
Die legt sie dann in ihr Gemächt
Jezt hier, jezt anderwärts zurecht. –
Da sizt sie nun entzükt in sich verloren
Ob ihrem Wunderding, das sie zur Welt gebohren;
15　Als plözlich aufgemacht
Die Stubenthüre kracht. –
Wer tritt herein? – Die Magd, den Besen in der Hand, –
Gerüstet steht sie da, die Stube auszufegen;
Da glänzt und schimmert von der Wand
20　Das Spinngewebe ihr entgegen. –
„Herunter du!" – Sie sagt es kaum, so riß
Der Besen schon sich in die Höh und stieß
Wie ein Komet mit seinem Flammenschwanze,

---

1 *signiert:* H . . .

Den eine Welt der Herr zertrümmern hieß,
25   Das Spinngeweb, nach hundertfachem Riß,
Zu Boden in den Staub, troz seinem Seidenglanze;

Fragt ihr, wie ließ sich drob der Seidenwurm vernehmen? –
Er schlich gelassen fort und sprach: –
„Wer sollt sich wohl ob solchem Unstern grämen?
30   „Ich schrieb an einem Almanach!!!" –

JOHANN KASPAR LAVATER

Unter zween Schattenrisse.

I.

Du, jeder Stirn Gestalter!
Du, aller Augen Licht!
5   Verlaß in keinem Alter
Den Dir Ergebnen nicht!
Du gabst ein froh Gemüthe,
Viel Geisteskräfte mir...
Der Tugend nur und Güte
10   Geweiht sey Alles Dir!
Gieb mir an meine Seite,
Nur einen stärkern Freund,
Der sanfter, fester schreite,
Und mich zu Dir nur leite,
15   So oft mein Auge weynt!
Wenn Wollust-Reize blenden,
So gieb mir Kraft und Muth,
Mich blitzschnell wegzuwenden –
Und kühl bleib' Aug und Blut!

II.

20   Auch mir ward gnug gegeben –
Ich behte dankbar an!
Auch ich will ernstlich streben
Zum Ziele meiner Bahn!
Leicht kann ich vieles lernen –
25   Und leicht vergeß ich viel!
Jetzt schweb' ich bey den Sternen,
Jetzt lieg' ich, wo ich fiel!

Vor Leichtsinn, Stolz und Neide
Bewahre Gott mein Herz,
30   Und nie vergeß in Freude
Mein Herz des Bruders Schmerz.

CHRISTOPH MARTIN WIELAND*

An I. D. d. V. H. v. W.

Am 24sten October.

Zwo Musen, deren Zwist zu steuern
5   drey weise Männer unsrer Zeit
viel Aufwand von Beredsamkeit
und Witz gemacht,[a]) begonnen ihren Streit
am vier und zwanzigsten des Weinmonds zu erneuern.
Den andern Musen ward die Weile lang dabey;
10   es schien, daß solch ein Zwist zu nichts behülflich sey
als Beyder Galle zu versäuern.

Ihr Kinder, sprach zuletzt der schöne Gott des Lichts,
laßt eure Zungen einmal feyern!
in diesem Streit, ich kanns beym Styx betheuern,
15   hilft Lock und Wolf und Plato selbst zu nichts
als eure Eyfersucht vergeblich anzufeuern;
denn soviel zeigt sich angesichts
Du kannst nicht mahlen, Du nicht leyern.
Was Jede kann ist schön in seiner Art,
20   Ihr würket einzeln viel, und zehnmal mehr gepaart;
Doch, Welche mehr? soll izt die That entscheiden.
Laßt sehn und hören was ihr könnt
um einer *Fürstin,* die euch beyden
gleich hold ist – (Ihren Namen nennt
25   euch euer Herz) – und Die von ihrem schönen Leben
euch immer wechselsweis den schönsten Theil gegönnt,
was Sie um euch verdient, Unsterblichkeit zu geben!

a) Die Frage war: ob die Musik oder die Mahlerey größere Würkungen auf
das Herz thun könne?

---

i *signiert:* W.   2 An *Ihre Durchlaucht die Verwitwete Herzogin von Weimar.*   3 *der
Geburtstag der Herzogin Anna Amalia.*   12 *Apollon.*   15 *John* Locke, *Christian*
Wolff.

Ich bin bereit, rief *Polyhymnia*.
Und Alles schwieg, und lag in stiller Feyer;
30 und jedes Herz zerfloß, und jedes Auge sah
entzückt zum Himmel auf, da ihrer goldnen Leyer
die Harmonie bald zaubrischsüß entfloß,
bald majestätisch sich wie Meereswogen wälzte,
bald Feuerströmen gleich aus Donnerwolken schoß;
35 die Seelen bald in Liebeswehmuth schmelzte,
bald kühn und stolz, in immer höherm Flug,
dem Adler gleich zum Siz der Götter trug.

Die Aganippe vor Vergnügen
hielt ihren Strom zurück; es schien der Lorbeerhain
40 zum himmlischen Getön die Wipfel hinzubiegen,
und in den Lüften hielt im fliegen
der Vögel Schaar, auf einmal, lauschend ein.

Die Musen sahn sich an, und schwiegen:
Apollo lächelte – und *Polyhymnia*,
45 die, was man ihr verschwieg, in jeder Mine sah,
verbarg in Kalliopens Busen
ihr glühendes Gesicht. Ein andermal, mein Kind,
vergiß nicht, sprach der Gott der Musen,
daß selbst der Götter Ohren – blind,
50 und alle deine Zaubereyen
nur lieblicher Tumult und dunkle Räthsel sind,
wenn andre Musen dir nicht ihren Beystand leyhen.

Izt warf er einen Blick dahin
wo, mit Palett und Pinsel in den Händen,
55 *Apellens schöne Lehrerin*
beschäftigt stand ein Bildnis zu vollenden,
das mit dem lezten Pinselstrich
als wie ins Leben sprang, und ganz in allen Zügen
Der Fürstin die er liebte glich.
60 Zu ihren Füßen sah man liegen
was größern Glanz *Ihr* schuldig war als gab,
den Fürstenhut, den goldnen Hirtenstab;
Ihr huldigten, mit einer Blumenkette
umschlungen von den Grazien,
65 die Musenkünste in die Wette
und alle milden Tugenden;

---

38 Aganippe *vgl. Anm. zu 12, S. 109.*   55 Apelles *griechischer Maler des 4. Jhs.*
vor Chr.

Und über Ihr, aus eines Volkes Mitten
das Sie als Mutter einst beglükt,
sah man die Töchter Zevs, die demuthsvollen Bitten,
70   vom frommen Dank empor geschikt,
mit tausend Wünschen für ihr Glück und Leben,
hinauf zum Thron des Göttervaters schweben.

Die Musen hatten kaum das edle Bild erblikt,
so flogen sie die Schwester zu umarmen.
75   *Sie ists, Sie ists*, rief jeder Mund entzükt;
und *Klio* trug das Bild in ihren Armen
die Stirn des Musenbergs hinauf,
und stellt' es am Altar des ew'gen Ruhmes auf.

GOTTHOLD EPHRAIM LESSING

Der über uns.

Hans Steffen stieg bei Dämmerung (und kaum
kont' er vor Näschigkeit die Dämmerung erwarten)
5   in seines Edelmannes Garten
und plünderte den besten Äpfelbaum.

Johann und Hanne konten kaum
vor Liebesglut die Dämmerung erwarten,
und schlichen sich in eben diesen Garten,
10   von ungefähr an eben diesen Äpfelbaum.

Hans Steffen, der im Winkel oben saß
und fleißig brach und aß,
ward mäuschenstill, vor Wartung böser Dinge,
daß seine Näscherei ihm diesmal schlecht gelinge.
15   Doch bald vernahm er unten Dinge,
worüber er der Furcht vergaß
und immer sachte weiter aß.

Johann warf Hannen in das Gras.
„O pfui!" rief Hanne; „welcher Spaß!
20   Nicht doch, Johann! – Ei was?
O, schäme dich! – Ein andermal – o laß –
O, schäme dich! – Hier ist es naß." – –
„Naß, oder nicht; was schadet das?
Es ist ja reines Gras." –

25 Wie dies Gespräche weiter lief,
das weis ich nicht. Wer braucht's zu wissen?
Sie stunden wieder auf und Hanne seufzte tief:
„So, schöner Herr! heißt das bloß küssen?
Das Männerherz! Kein einz'ger hat Gewissen!
30 Sie könten es uns so versüssen!
Wie grausam aber müssen
wir armen Mädchen öfters dafür büssen!
Wenn nun auch mir ein Unglück wiederfährt –
ein Kind – ich zittre – wer ernährt
35 mir dann das Kind? Kanst du es mir ernähren?"
„Ich?" sprach Johann; „die Zeit mag's lehren.
Doch wird's auch nicht von mir ernährt,
der über uns wird's schon ernähren.
dem über uns vertrau!"

40 Dem über uns! Dies hörte Steffen.
Was, dacht' er, wil das Pack mich äffen?
Der über ihnen? Ei, wie schlau!
„Nein!" schrie er: „laßt Euch andre Hofnung laben!
Der über Euch ist nicht so tol!
45 Wenn ich ein Bankbein nähren sol:
so wil ich es auch selbst gedrechselt haben!"

Wer hier erschrack und aus dem Garten rann,
das waren Hanne und Johann.
Doch gaben bei dem Edelmann
50 sie auch den Äpfeldieb wol an?
Ich glaube nicht, daß sie's gethan.

Die Teilung.

An seiner Braut, Fräulein Christinchens, Seite
saß Junker Bogislav Dietrich Karl Ferdinand
von – sein Geschlecht bleibt ungenant –
5 und that, wie alle seine Landesleute,
die Pommern, ganz abscheulich wizig und galant.

Was schwazte nicht für zuckersüße Schmeicheleien
der Junker seinem Fräulein vor!
Was raunte nicht für kühne Schelmereien
10 er ihr vertraut in's Ohr!

---

45 *mundartlich für Bankert.*

Mund, Aug' und Nas' und Brust und Hände,
ein jedes Glied macht ihn entzückt,
bis er, entzückt auch über Hüft' und Lende,
den plumpen Arm um Hüft und Lende drückt.
15 Das Fräulein war geschnürt (vielleicht zum ersten Male)
„Ha!" schrie der Junker; „wie geschlank!
Ha, welch ein Leib! verdamt, daß ich nicht male!
als käm' er von der Drechselbank!
so dünn! – Was braucht es viel zu sprechen?
20 Ich wette gleich – was wetten wir? wie viel?
Ich wil ihn von einander brechen!
Mit den zwei fingern wil ich ihn zerbrechen,
wie einen Pfeifenstiel!"

„Wie?" rief das Fräulein; wie? zerbrechen?
25 zerbrechen" (rief sie nochmal) „mich?
Sie könten sich an meinem Laze stechen.
Ich bitte, Sie verschonen sich."

„Bei'm Element! so wil ich's wagen,"
schrie Junker Bogislav, „wohlan!"
30 und hatte schon die Hände kreuzweis angeschlagen,
und packte schon heroisch an;
als schnel ein: „Bruder! Bruder, halt!"
vom Ofen her aus einem Winkel schallt.

In diesem Winkel saß, vergessen, nicht verloren,
35 des Bräut'gams jüngster Bruder, Friz.
Friz saß mit ofnem Aug' und Ohren,
ein Kind vol Mutterwiz.

„Halt!" schrie er, „Bruder! Auf ein Wort!"
und zog den Bruder mit sich fort:
40 „zerbrichst du sie, die schöne Docke,
so nim die Oberhälfte Dir!
Die Hälfte mit dem Unterrocke,
die, lieber Bruder, schenke mir!"

---

26 *Schnürstück am Gewand.* 40 *Puppe.*

Johann Jakob Bodmer

Über Tischbeins Göz von Berlichingen.

Im Julius 1782.

Oft ermahnt' ich die schönen Geister im Lande Thuiskons,
5 daß sie die Thaten sängen, die in den deutschen Annalen
glänzen, die Männer, die Deutschland, was den Staaten der
Philopömen, Epaminondas und Aratus waren,   [Griechen
was den Quiriten die Scipio, Kato und Fabius waren:
aber sie faßten den Wink nicht auf. Noch ist unbesungen
10 Heinrich der Vierte, begabt mit aller Tugenden Hoheit,
die zum Herschen gehören. Den Herscher, den gütigen Vater
hat kein Dichter geschäzt, da ehlose Väter den Abfall
brüteten und das Herz des fünften Heinrichs vergällten,
daß er den Trieb der Natur vergaß und die Pflichten des Sohnes.
15 Weder von Sachsen der Löwenherzige Held in der Reichsacht,
noch der Friedriche Stämmung der Herschaft der Priester entgegen,
die mit dem Glauben den Staat verwebten, das Schwert mit der
                                                  Rote,
warfen Funken von Glut in die Seele. Die Fürsten der Jugend
Schwabens und Östreichs lezte Hofnung, die Brustwehr des
20 ließ man mit kaltem Blut, wie Übelthäter, ermorden.   [Friedens,
Noch hat Niemand den grausamen Tod Marias von Brabant,
ihre Schönheit, ihr liebendes Herz, mit Wehmut erfüllet,
niemand die Wut beweint, so die eifersüchtige Liebe
an der Tochter der Keuschheit, dem Mündel der Ehre verübt hat,
25 keinem Dichter das Herz und den Sinn mit Feuer begeistert.

Ohne Gefühl und Sinn für diese Geschichten der Heimat
seufzet man, winselt, daß Norne die Streiter Odins in der Halle,

---

2 *Johann Heinrich Wilhelm* Tischbein *(1751–1829), mit Goethe befreundeter Maler.*
7 Philopömen   *griechischer Feldherr (ca. 253–183 vor Chr.*); Epaminondas   *griechischer*
Politiker in Theben (ca. 420–362 vor Chr.); Aratos   *griech. Dichter des 3. Jhs. vor Chr.*
8 Quiriten   *röm. Vollbürger;* Scipio Fabius   *röm. Patriziergeschlechter;* Kato   *Marcus*
Porcius Cato, röm. Staatsmann (234–249 vor Chr.).   10 Heinrich *IV. (1050–1106),*
dt. Kaiser.   12 ehlose Väter   *Patres, geistliche Herren.*   13 Heinrich *V. (1081–*
1125), Sohn H.s IV., empörte sich 1104/05 gegen den Vater.   15 *Heinrich der Löwe*
(1129–95), 1180 geächtet.   16 Friedrich *I. und* Friedrich *II., dt. Kaiser.*   17
Rote   *lat. Rota, Berufungsgericht der römischen Kurie.*   18f. *vermutl. Konradin, der letzte*
Staufer, 1268 enthauptet, sowie Albrecht I. von Habsburg, 1308 ermordet.   21 Maria von
Brabant *1254 von ihrem Gatten Ludwig II., dem Strengen, Herzog von Bayern, enthauptet.*
Diesen Mord behandelt bereits der mhd. Spruchdichter Meister Stolle (Jenaer Ldhs.,
Str. 16–17).

Helden von ungewisser Geburt, irokesischen Sitten,
aus dem Gedächtniß tilgte. Man singt die geträumeten Schlächter,
30 die in der Frühe des Morgens einander in Stücke zerhackten,
doch, unsterblich, und wann des Mittags bereitet das Mahl war,
wieder mit ganzen Gliedern und unverlezet erstanden,
daß sie des folgenden Tags sich wieder im Felde zerhackten.

Was von den Thaten der grossen Deutschen, dem Adel der Seele,
35 auf Papier mit dem Kiel die fühllosen Dichter nicht sprachen,
spricht mit Begeisterung izt, o Tischbein, dein zeichnender Pinsel.
Göz mit der eisernen Hand spricht laut in der leblosen Leinwand,
seine Großmut den eisernen Arm, der schlägt und verzeihet.
Deine Farben, die Züge von deinem Pinsel gezeichnet,
40 waren's, die mir das Herz entflamten, die Sinnen erhöhten,
als ich den Berlichinger vor meine Stirne gebracht sah,
sahe die deutsche Kraft, den deutschen Adel der Seele.

Höre nicht auf bei dem ersten Versuch! o, rette die Edlen!
rette, die Löwen im Schlachtfeld waren und Lämmer bei Frauen,
45 trage durch deine Kunst sie zur Nachwelt über, verschaffe
ihnen das späte Lob, das der Dichter zu singen versäumte!
Möge dann Gothas Herr dem Maler werden, was vormals
Landgraf Hermann von Thüringen Eschilbachen gewesen!

AUGUST FRIEDRICH ERNST LANGBEIN*

Lied eines vergnügten Bauerpürschgens.

Ihr Junker mit den Federhüten,
Verachtet mich nur immerhin,
5 Daß meinen Strohhut ich mit Blüten
Nur kränze, und ein Bauer bin!
Gern bin ich arm, schlecht und gerecht,
Bin ich nur Gretchen nicht zu schlecht.

Zwar prunk' ich nicht in reichen Kleidern;
10 Allein dafür belagert mir
Kein Trup von unbezahlten Schneidern
Auch meine niedre Stubenthür.

---

48 Hermann *I.*, *Landgraf von Thüringen, an dessen „Musenhof" Wolfram von Eschenbach*
(Eschilbach) *geweilt hat.*
1 *signiert:* Aug. L.

Mich reizt kein Rok von Seid' und Gold,
Im Kittel ist mir Gretchen hold.

15 Auch lispl' ich nicht mit welscher Zunge,
Wie der gereiste Edelman,
Bin nur ein ungelehrter Junge,
Der sich mit Wiz nicht brüsten kan;
Sag', was ich denke, grade hin,
20 Denn so red' ich nach Gretchens Sin.

Mein Bauerhüttchen und mein Gärtchen
Ist ohne Pracht, gering und klein,
Und doch verlör' ich nicht ein Wörtchen
Um gnäd'ger Herr des Dorfs zu seyn.
25 Weil meinem Gretchen es gefält,
Ist mirs das liebste auf der Welt.

Im Herzen hab' ich Gottes Frieden,
Und mein Gesicht blüht Rosen gleich;
Euch ist kein solches Glük beschieden,
30 Oft macht euch inrer Kummer bleich.
Drum ach' ich nicht auf euern Spot,
Mich liebt mein Gretchen, und uns Gott.

FRIEDRICH LEOPOLD GRAF ZU STOLBERG

Die Erscheinung.

Hingesunken am See, unter den Düften des
Lenzes, dacht' ich nur sie, fühlte nur sie allein,
5 Die des Tags mir die Seele,
Die des Nachts mir die Seele füllt.

Blüten fielen, und Thau fiel auf die Wimper mir,
Weste wiegten mich ein: eh ich die Augen schloß,
Sah ich funkeln den Abend,
10 Hört' einschlafend die Nachtigall.

Da erschien mir im Traum eine der Himmlischen:
Gleich dem Abendgestirn flammten die Augen der
Göttin, Seligkeit schwebte
Auf den Lippen der Lächelnden.

15 Wie der Abend des Bachs Wellen mit Golde deckt,
Floß ihr Rosengewand über die göttlichen
    Leicht hinschwebenden Glieder,
        In Gedüft von Ambrosia.

Ehmals kanntest du mich, sprach sie, und lächelte;
20 Ehmals kanntest du mich, sprach sie, und träufelte
    Ihres himmlischen Nektars
        In die bebenden Lippen mir:

Freude heiß' ich; es blüht bei den Unsterblichen
Meine Laube, doch senkt auch zu den Sterblichen
25   Sich mein Fittig herunter,
        Und ich tränke mit Nektar sie.

Komm, ich liebe dich, komm, weihe die Leier mir,
Mir dies klopfende Herz! komm, und entsage der,
    Die des Tags dir die Seele,
30   Die des Nachts dir die Seele füllt.

Göttin, sprach ich, für dich seufzen die Sterblichen,
Selig preisen durch dich sich die Unsterblichen;
    Ach ich liebe dich, Göttin:
        Aber, Himmlische, zürne nicht!

35 Sieh ich folge dir nicht! zürne der Sterblichen,
Zürne Lyda nur nicht! Kan ich entsagen der,
    Die des Tags mir die Seele,
        Die des Nachts mir die Seele füllt?

Sie verschwand, wie ein Bliz; und ich erwachte schnell:
40 Hochauf klopfte mein Herz, aber es klopfte der,
    Die des Tags mir die Seele,
        Die des Nachts mir die Seele füllt.

FRIEDRICH GOTTLIEB KLOPSTOCK

Der jezige Krig.
Ode.

O Krig des schöneren Lorbers wärt,
5   Där unter dem schwellenden Sägel, des Wimpels Fluge
    Jezo gefürt[a]) wird, du Krig der edleren Helden!
    Dich singe di Leier, di keine Krige sang.

a) (gefürt) Di Denungszeichen wärden weggelassen, weil in der Drukkerei
keine sind.

Ein hoher Genius der Menschlichkeit
Begeistert dich!
10   Du bist di Morgenröte
Eines nahenden grossen Tags!

Eüropas Bildung erhäbt sich
Mit Adlerschwunge, durch weise Zögrung
Des Blutfergusses, durch weisere Meidung,
15   Durch götliche Schonung

In Stunden, da den Bruder tötend
Der erhabene Mensch zum Ungeheüer wärden mus.
Denn di Flotten schwäben umhär auf dem Ozean,
Und suchen sich, und finden sich nicht.

20   Und wenn si, ferwehet, oder ferströmt, sich endlich erblikken;
So kemfen si lenger, als je
Den fielentscheidenden Kamf
Um des Windes Beistand.

Und mus es denn zulezt doch auch beginnen,
25   Das Treffen; so schlagen si fern. Fürchterlich brüllet
Ir Donner, aber är rolt
Seine 'Tod' in das Mer.

Kein Schif wird erobert, und keins, zu belastet
Fon der hineinrauschenden Woge, fersinkt,
30   Keins flamt in di Hö, und treibet,
Scheiter, umhär über gesunknen Leichen.

Der Flotten, und der Schiffe Gebiter
Schlagen so, one gegäbenes Wort.
Was brauchen si der Worte, die tifer denkenden
35   Menner? Si handeln! ferstehen sich durch ir Handeln!

Erdekönigin, Eüropa! dich häbt, bis hinauf
Zu dem hohen Zile, deiner Bildung Adlerschwung:
Wen unter deinen edleren Krigern
Dise heilige Schonung Sitte wird!

40   O dan ist, was jezo begint, der Morgenröten schönste;
Denn si ferkündiget
Einen säligen, ni noch fon Menschen erläbten Tag,
Där Jarhunderte stralt.

Auf uns, di noch nicht wusten, der Krig sei
45   Das zischendste tifste Brandmal der Menschheit!
Mit welcher Hoheit Blik wird, wän die Heitre
Des goldenen Tags labt, auf uns herabsen.

Bist du warer Zukumft Weissagerin,
Leier, gewäsen? hat der Geist, där dich umschwäbt,
50 Göttermenschen? oder hat är
Fernichtungsscheüe Gottesleügner gesen?

KARL PHILIPP CONZ

Auf Klopstoks Bild.

Im Julius 1781.

Du mit dem Engelangesicht,
5 Deß Auge Lieb und Grösse spricht;
Wie lachst du mich so freundlich an
Und sagst: Ich bin der grosse Mann:

„Bin's, der dich zu den Sonnenhöhn
„Zum Size des Unendlichen,
10 „Wo sich dein Blik im Glanz verliert
„Auf Serafsfittigen gefürt.

„Mit hohem Seelenschau'r die Brust
„Dir oft durchströmt mit Himmellust
„Und Vorgefül der Ewigkeit
15 „Schon hier im Staube dich erfreut.

„Daß du Messias heisser nun
„Voll Innbrunst liebst, Religion
„Mit Wonn' und Ehrfurcht dich erfüllt,
„Das macht der Geist, der aus mir quillt.

20 O Bild des grossen Mannes du,
Du hauchst mir volles Leben zu:
Wenn Mut im Busen mir erschlaft,
Beselst du mich mit neuer Kraft.

Sey Narung immer meinem Geist,
25 Wenn langsamer sein Strom jezt fleußt,
So schwelle du mit Mut ihn an;
Dann läuft er küner seine Bahn.

GOTTHOLD FRIEDRICH STÄUDLIN

Seltha, die Kindermörderin.
Bruchstük eines grösern Gedichts. 1776.

Ha! wie getroffen steh' ich hier!
Wie ist das Mark, die Seele mir
   Von bangem Schaur durchflossen!
Ach weh! es ist dein Blut, mein Kind!
Das hier an diesem Felsen rinnt!
   Ach weh! ich hab's vergossen!

Vergossen, Muter! Kindesblut!
Fühl's ganz, wie lastend auf dir ruht
   Der Fluch vom Sündenrächer!
Nimm, armes Weib! nimm aus der Hand
Der Rache, die von GOtt gesandt,
   Den giftgefüllten Becher!

Dich trift die Rache nicht allein!
Auch Warthfils harret Höllenpein,
   Der treulos dich verlassen?
Ha! siehst du nicht die Furien
Mit Geisseln, die den Schändlichen
   An Naken wütend fassen!

Der Falsche! – Ach! wie liebt' ich ihn!
Gab ihm der Unschuld Blüte hin
   Mit zärtlichen Bedauern!
Zertreten ist die Blume nun!
Der sie zertrat, er floh davon
   Auf neuen Raub zu lauern!

Magst bulen auch in fernen Land,
Verräther! wirst du doch der Hand
   Des Richters nicht entfliehen!
In Stunden süsser Taumellust
Wirst fülen in der bangen Brust
   Die ganze Hölle glühen!

In jedem Traum mit Angst erfüllt
Wird mein und meines Kindes Bild
   Dir vor den Bliken schweben!
Wirst hören meinen Fluch – wirst sehn
Bluttropfen den Getödteten
   An Stirn' und Wange kleben!

40 Will stehn am Lager Nächte lang
Und dir in stürmendem Gesang
 Des Meineids Strafe singen!
Wie Donner soll ein jeder Schwur,
Von GOtt gehört und der Natur,
45 In deine Ohren dringen! –

Ach wehe! da ich fluche dir,
Grausamer Vater! seh' ich hier
 Dein Kind zu meinen Füssen!
Ich sehe noch um seinen Mund,
50 Entstellt von Todesbläß' und Wund',
 Ein süßes Lächeln fliessen!

Weg Leichnam! – dein gebrochner Blik,
Dein todtes Lächeln heischt zurük
 Von mir, von mir dein Leben!
55 Wollt' schmachten Jahre lang in Pein,
Ein Scheusal unter Menschen seyn;
 Könnt' ich dir's wieder geben!

So mordet dann mich Mörderin!
Nimmt all mein Blut mein Leben hin!
60 Was weil' ich auf der Erde,
Wo meinen Bliken überall
Mein Kind erscheint in Todesqual
 Mit blutiger Gebärde!

Straf Richter du und Rächer mich!
65 Erbarme mein, Erbarmer, dich!
 O schon der Hoffnunglosen
Verlaßnen Muter! – Ewig nicht
Verwirf von deinem Angesicht,
 Die Kindesblut vergoßen!

Auf Hartmanns Tod.
1775.

Woher der tiefe jammernde Klageton
Herauf die Hallen? Barden, was hänget ihr
5 Am Eichstamm trauernd auf die grose
 Thatenverkünderin, eure Telyn?

---

1 *Gottlob David* Hartmann, *Bardenname* Telynhard.

Was weinst du, Sined, Sohn des Gesanges, dem
Vom Feuerblik sonst Gottesbegeistrung flammt?
    Was soll, o Rhingulph! dieses düstre
10   Schweben des Kummers um deine Seele,

Die sonst so hohe herrliche Bilder sah? –
Ach! schallt izt eine Stimme mein Ohr vorbei,
    Früh zu Wallhalla's ältern Barden
        Schlummert' hinüber ein junger Barde,

15 Der Jüngling deines Vaterlands, Telynhard! –
O Jammerkunde! Du, den ich liebte, bists
    Den alle klagen! ach! gefallen,
        Himmelanblühende Zeder, bist du!

Und ich dem Feuer, wie dir, im Busen tobt,
20 Ich sollte laut nicht singen im Tode dich?
    Ja singen will ich, singen, daß es
        Höre mein Vaterland, deine Ehre.

Sanft sey dein Schlaf im kühlenden Erdenschoos!
Früh wie der Adler wagtest du Sonnenflug!
25   Den Berg begannst du früh zu steigen,
        Wo die Unsterblichkeit wartend oben

Steht mit dem Kranze und mit der Schale voll
Von Götterwonne; bliktest verachtend auf
    Den Neid herab, der schäumend unten
30   Sprühte hinauf zu dir Schlangengeifer.

Hier rief die süsse Stimme der Weisheit dir
Und dort des Ruhmes! beiden gehorchtest du,
    Und schwurst: (dir nach will ich es schwören!)
        Ich will unsterblich durch Thaten werden.

35 Den Eichenkranz auch hast du ersungen dir!
Stark, wie der Woge Brausen erscholl dein Lied!
    Gewaltig, wie Gewittersturmwind,
        Stürmt' es dem Hörer durch Nerv' und Seele.

Hinab ins düsterrollende Zeitenmeer
40 Sank unter deinem Harfengetön das Jahr!
    Verewigt hast du da die Thaten
        Würdig der Ewigkeit und der Seele.

---

7 *Denis.*   9 *Kretschmann. Vgl. zu Anm. 1, 7, 9 das Verzeichnis der Autoren und ihrer*
Gedichte.

Dieß warst du Jüngling! Möge der Edeln dich
Verkennen keiner! ewig mit Ehrfurcht nenn'
45   Ich dich und will dich einst zum Freunde
In der Unsterblichkeit Urlam wählen.

Das Kraftgenie.
1782.

Ich bin und heise Kraftgenie,
Ein Lieblingssohn der Fantasie!
5   Seit Vater *Lohenstein* erblich,
Gieng nie ein Geist hervor wie ich.

Ich weile, Sklavenseelen gleich,
Nicht in des Staubes dunklem Reich;
Ich breche selbst mir eine Bahn
10   Und streb' und fliege himmelan.

Ich schwinge mich, ein Ritter groß,
Auf Schakesspear's rasches Flügelroß
Und renne stolz wie Philipps Sohn
Auf seinem Buzefal davon.

15   Was kümmert mich die Kritlerzunft?
Was alle Zäune der Vernunft?
Was deine Heken, Aristot!
Der kleinen Geister großer Gott?

Ich flieg' in meinem freien Sinn
20   Hoch über Berg' und Thäler hin!
Wie schnaubt mein Roß! wie brennt mein Kopf,
Und siedet wie ein heisser Topf.

Da gafft mit staunendem Gesicht
Das ganze Volk mich an und spricht:
25   Seht doch den blauen Wundersmann,
Seht Deutschlands neuen Shakespear an!

Was soll das Alltagsweib Natur?
Ich lobe mir Karrikatur!
Ich lasse dieses Erdenrund
30   Und hole Menschen aus dem Mond.

Was soll mir das Kastratenheer
Und all die Zwerge um mich her!
Ich stelle nur Kolossen auf
Und drücke Shakespear's Stempel drauf.

35 Da leset, habt ihr Kraftgefühl,
Da leset 'mal mein Trauerspiel!
Seht einen Halbgott hier der Welt,
Dort einen Teufel aufgestellt!

Erhub sich je in aller Welt
40 Ein Deklamator wie mein Held,
Mit Pfauenfedern schön geziert,
Und mit Metafern ausstaffirt?

Laß sein, daß auch ein Rezensent
Mich einen Sprachverhunzer nennt,
45 Mein Werk vergleicht der Mißgestalt,[a])
Die uns der schaale Römer malt;

Mit Aristarchenblik mich straft,
Daß ich im Rausche meiner Kraft
Die alte Baase *Sittlichkeit*
50 Und den Orbil, *Geschmak*, entweiht.

Wie jammert mich der arme Wicht,
Er fühlt die Seelenschwungkraft nicht,
Den Genius, der hoch mich hebt,
In meinen Werken lebt und webt. –

55 Verschlangt ihr auch mein Liebeslied,
Das wie des Laurasängers glüht?
Sagt, ob nicht himmelan den Geist
Die wirbelnde Entzükung reißt?

Nicht Einfalt und Empfindelei –
60 Genie ist wilde Fantasei,
Und desto größer der Poet,
Je minder ihn das Volk versteht. –

Wer nicht, an Fesseln angeschmiegt,
Mit mir die Gränzen überfliegt –
65 Wie geißl' ich ihn mit lautem Hohn,
Den nervenlosen Erdensohn.

Da tummelt vor dem Publikum
Mein Boksfußsatir sich herum,
Bespukt mit Geifer groß und klein,
70 Daß ihm die Jungen Beifall schrei'n.

a) Humano capiti cervicem pictor equinam &c.

---

50 Orbil *in der antiken Literatur sprichwörtliche Figur des verknöcherten Schulmeisters.*
56 *Schiller; vgl. S. 136.* 63 Fesseln *in späteren Drucken* Felsen. *zu* a) *Beginn*
von Horaz' De arte poetica. *Gottscheds Übersetzung:* Fürwahr, ein artig Bild! Es steht
ein Menschenkopf auf eines Pferdes Hals.

So glänzt man in der Dichterzahl
Als Kraftmann und Original!
So wandl' ich immer eigne Bahn
Und Plimplamplasko bleibt mein Mann.

JOHANN WOLFGANG VON GOETHE

Der König von Thule

---

74 *Anspielung auf die von Klinger, Sarasin, Pfeffel und Lavater verfaßte, gegen Christoph Kaufmann gerichtete Satire* Plimplamplasko, der hohe Geist heut Genie *(1780).*

Auf ih - rem To - des-Bett den Be - cher hätt er

lie - ber Trank draus bey je - dem Schmauß _ Trank draus bey

je - dem Schmauß Die Au - gen giengen ihm

ü - ber die Au - gen giengen ihm ü - ber So oft er _

trank da-raus   So oft — er — trank da-raus

Und als er kam zu ster-ben zählt er sein' Stätt' und

primo Temp.*mf*

Reich Gönnt al - les sei-nen Er-ben den Be-cher nicht zu-

gleich   Am hohen Königs Maa - le die Rit - ter um   ihn

her   Im al - ten Vä - ter Saa - le Auf seinen Schloß am

Me - - - - - - - -

er____   Da saß der al - te Ze - cher Trank lez-te Lebens

Glut   Und warf den hei-ligen Be - cher hi-nun - ter in die

Fluth   Er

sah ___ ihn sinken und trin - ken Und stür-zen tief ins Meer

Die Au - gen thä - ten ihm sin - ken Die Au - gen

thä - ten ihm sin - ken Trank kei - nen Tro-pfen mehr

Trank kei - nen Tropfen mehr.

aus Göthens D. Faust

Der König von Thule

Es war ein König in Thule,
Ein goldnen Becher er hätt
Empfangen von seiner Buhle
Auf ihrem Todesbett.

Den Becher hätt er lieber,
Trank draus bey jedem Schmauß.
Die Augen giengen ihm über,
So oft er trank daraus.

Und als er kam zu sterben,
Zählt er sein' Stätt' und Reich,
Gönnt alles seinen Erben,
Den Becher nicht zugleich.

Am hohen Königsmaale,
Die Ritter um ihn her,
Im alten Vätersaale
Auf seinem Schloß am Meer.

Da saß der alte Zecher,
Trank lezte Lebensglut
Und warf den heiligen Becher
Hinunter in die Fluth.

Er sah ihn sinken und trinken
Und stürzen tief ins Meer.
Die Augen thäten ihm sinken,
Trank keinen Tropfen mehr.

Liebeslied eines amerikanischen Wilden.

Schlange warte, warte Schlange,
Daß nach deinen schönen Farben,
Nach der Zeichnung deiner Ringe,
Meine Schwester Band und Gürtel
Mir für meine Liebste flechte.
Deine Schönheit, deine Bildung
Wird vor allen andern Schlangen
Herrlich dann gepriesen werden.   *[1871]*

1783

Johann Kaspar Lavater

An den Auferstandenen.

Ach – nur ein Blick auf Deine bleiche
So Friedengottesvolle Leiche
Vollender – Welche Himmelslust!
Doch erst ein Blick auf Deine schöne
Gestalt des Lebens... Keine Töne,
Kein Lied der reinsten Menschenbrust,
Der Dichtkunst Kräfte, wie sie streben
Besingen nicht das neue Leben
Des Herzens, das Dich lebend glaubt!
Dich Todter lebend! – Und bekrönet
Mit Himmelsglorie Dein Haupt!
O Du, der Alles Gott versöhnet,
Was Tod und Sünde Gott geraubt!
Die Freude, lebend Dich zu wissen,
Ist höchste Geistes-Seeligkeit –
Leicht Alles tragen, thun und missen
Kann, wer sich dieser Freude freut.

GOTTFRIED AUGUST BÜRGER

Der kluge Held.

Tags vor der Schlacht, geräth ein junger Held
In allerlei bedenkliche Bewegung;
5   Nimmt dies und das in ernste Überlegung
Und bringt heraus: Dein bischen Löhnungsgeld
Und Lauseruhm, mein guter König,
Reizt warlich unsereinen wenig,
Daß er dafür im Mordgemezel fällt!
10   Kaum, als er fertig ist mit Grübeln,
Läuft er zum Chef: „Sie werdens nicht verübeln,
Daß ich, zu meinem bittersten Verdruß,
Gerade jezt um Urlaub bitten muß;
Denn ach! mein Vater liegt an Todesenden nieder,
15   So schreibt man mir; ich seh' ihn sonst nicht wieder;
Und ihn verlangt nach mir und meinem lezten Gruß;
O gönnen Sie mir seinen Abschiedskuß!"
    „Sehr wol, versezt der Chef, und lächelt vor sich nieder;
Reis' hurtig ab, mein Sohn! denn nach der Bibel muß
20   Dein Vater nach Gebür von dir geehret werden,
Aufdaß dirs wohlergeh' und du lang' leb'st auf Erden."

AUGUST FRIEDRICH ERNST LANGBEIN*

In das Stambuch eines Schriftstellers.
(Im Namen eines Frauenzimmers.)

Natur und Yorik leite deinen Pinsel,
5   Wenn du Gemälde schafst, die man Romane nennt.
Er war empfindsam, ohne das Gewinsel,
Das man zum Ekel jezt aus Modebüchern kennt.
Der Leser sizt auf einer wüsten Insel,
Die rings ein Thränenmeer umspült,
10   Sieht nichts als Ideale,
Und kein Naturgeschöpf, das mit ihm denkt und fühlt.
Und sonderlich uns Frauenzimmer male
Doch ja nicht, daß uns stets im Aug' ein Thränchen hängt,
Und unser Köpfchen sich, wie eine welke Rübe,

IN DAS STAMBUCH ... 1 *signiert:* Aug. L-n.

15 Zur Erde schmachtend senkt.
Ein Mädchen weint und stirbt fürwahr! nicht gleich vor Liebe,
Wie manches Mondberauschte Häschen denkt.

JOHANN JAKOB THILL

Stauffen.

Sei mir heilig, Kind der Erde,
Öder, stiller Hügel hier!
5 O du Land voll Trümmer, werde
Einer Gottheit Tempel mir.

In den wunderbaren Zeiten
Alter deutscher Redlichkeit,
Warest du bei Krieg und Streiten
10 Unsrer Helden Siz geweiht.

Völker sahe man da frönen,
Thaten sahe man vollbracht,
Lieder hörte man da tönen
In geweihter Haine Nacht:

15 Als von Hermanns Geist belebet
Rächerisch ihr Arm geglüht,
Da hat Latium gebebet,
Roma sich umsonst bemüht:

Araber und Syrer fielen
20 Ihres Heldenschwerdtes Raub,
Und der Herrscher lag im Külen,
Und die Völker lekten Staub;

Aber nun vom Blute trunken
Liegt ihr Schwerdt mit Sand bestreut,
25 Ach! in Staub ist hingesunken
Stauffens große Herrlichkeit!

Königstronen, Schäferhütten
Sind der Gottheit leichtes Spiel,
Und vermieden, überschritten
30 Hat kein Sterblicher sein Ziel.

Aber, wenn nach langen Jahren
Ein verkehrt Geschlecht erwacht,
Das der alten Kriegesscharen,
Und der Heldentugend lacht,

35 Wenn dann der entnervten Rechte
Ihrer Väter Schwerdt entsinkt
Und der Greuel finstrer Nächte
Nun auf jedem Pfade winkt,

Wenn unrühmlich wir verderben,
40 Weil für Gott und Vaterland
Keiner wieder wagt zu sterben
Keiner blutet in dem Sand:

O dann heb' aus Finsternissen
Noch einmal dein modernd Haar,
45 Grauer Hügel! laß es wissen
Was Teutonien einst war;

Deiner Büsche heilig Schweigen,
Hangender Ruinengraus
Werde tödtlich jedem Feigen,
50 Sage: Hier war Stauffens Haus!

CHRISTIAN FRIEDRICH DANIEL SCHUBART*

An Gott. Eine Ode.

Gott, wenn ich dich als Weltenschöpfer denke,
    Am Meere steh, das deiner Faust entrann,
5 Und staunend mich hinunter senke
    In diesen Ozean,

Dann fühl' ich tief der engen Menschheit Schranken –
    Wirst du mein Geist in Strudeln untergehn?
Wird die zertrümmerten Gedanken
10   Dein Sturmwind, Gott, verwehn? –

Denk' ich die Miriaden Geister alle,
    Die deine Hand aus Duft und Feuer hob,

1 *signiert:* T.

Und hör, wie grosser Donner Halle,
    Aus ihrem Mund dein Lob;

15 Und seh die Sonnenmassen, die wie Funken
    Auf dein Geboth in furchtbarschöner Pracht,
Des Lichtthrons lezter Stuf' entsunken,
    Zu leuchten unsrer Nacht;

Seh zittern auf dem Meere Regenbogen,
20   Und deinen Mond in stiller Majestät,
Wie er auf den bezähmten Wogen
    Ein Feuerpfeiler steht;

Und seh dich wandeln mit dem Eichenwipfel,
    Und seegenträufelnd schreiten auf der Au,
25 Und leuchten auf der Berge Gipfel
    Und schimmern in dem Thau;

Denk deiner Bildungen zahllose Heere
    In tausendfach veränderter Gestalt,
Die Ungeheuer in dem Meere,
30   Die Bestien im Wald;

Und seh des Wetters schwarze Wolkenhülle,
    Und hör den Sturm, lautheulend aus der Kluft,
Und dann des Donners Schrekgebrülle,
    Der laut Jehova ruft;

35 Und denk die Feuerathmenden Vesuve,
    Fühl Erdenschaur, von schneller Angst gepreßt;
Hör kriegerischer Rosse Hufe,
    Und seh den Flug der Pest;

Seh's, wie dein Arm hinwegwirft schwache Ruthen
40   Und grimmiger nach unserm Erdball greift,
Ihn schüttelt, bis in schwarzen Fluthen
    Die Sünderwelt ersäuft;

Und denk ich dich, des lezten Tages Richter,
    Der Frevler all im Sturm zusammen treibt
45 Ausbläst des hohen Himmels Lichter,
    Und unsern Ball zerreibt;

Dann die Empörer mit der hohen Rechte
    Hinunterschleudert in der Hölle Glut,
Daß durch entsezenvolle Nächte
50   Sie brüllen ihre Wuth:

Dann sink' ich in die tiefste Tiefe! Bebe
  Durch alle Glieder! Schreken pakt den Geist!
Es tobt mein Herz, daß das Gewebe
  Der Adern schier zerreißt.

55 Ich Staubgemächt, dem Wurm bestimmt im Grabe,
  Mit diesem Theilchen Himmelsluft in mir,
Der ich so viel gesündigt habe;
  Was bin ich, Gott, vor dir?

Vor dir! vor dir! du Schröklicher! du Großer!
60   Du ewig Unerreichbarer von mir!
Jehovah! Schöpfer!! Namenloser!!!
  Was bin ich, Wurm, vor dir?

Doch hör ich den, den alle Himmel kennen,
  Hör deinen Sohn den Brüdern sagen: Wißt,
65 Ihr sollt den euren Vater nennen,
  Der euer Schöpfer ist;

Seh diesen Sohn der Menschheit an der Spize,
  Wie Er hinabstirbt seinen großen Tod,
Wo Er für uns sein Haupt dem Blize
70   Des Sündenrächers both;

Dann zittr' ich auf vor Wonn' aus meinem Staube,
  Blik hin zu Gott mit heiterm Angesicht,
Und hör es, wie in mir der Glaube
  Sein Abba! Abba! spricht.

75 O dessen Arme väterlich umfassen
  Den Staub, den Er aus Nächten kommen hieß;
Mich Vater, solltest du verlassen,
  Den alle Welt verließ?

Sollst mich nicht sehen tiefgebeugt zum Boden!
80   Nicht sehn die graue Thrän' im Staub?
Wegwerfen mich, wie einen Todten,
  Der Geierwuth zum Raub?

Das thust du nicht, Erbarmungsvolles Wesen.
  So lang dein Geist in meinem Herzen spricht:
85 „Wenn Mütter ihres Sohns vergässen,
  „Vergeß' ich deiner nicht."

KARL PHILIPP MORITZ

An die Thätigkeit.

Sei mir gegrüßt, im frühen Morgenstrahle,
Du, die uns neues Leben bringt!
5   Dir dampft auf Sonnenhügeln, dir im Thale
Schon Weihrauch, den dein Odem trinkt.

Die Blumenknospe fängt sich an zu regen,
Und zittert und entfaltet sich,
Der hohe Eichenwald strebt dir entgegen,
10   Und rauschet himmelan durch dich.

Die Pflanze schießt empor voll edler Säfte,
Du pflegst den Keim, du tränkst die Flur,
Du athmest, und dein Hauch geußt Lebenskräfte
Durch alle Adern der Natur.

15   Du jagst die Stürme durch die Meereswogen,
Der Donner rollt auf dein Gebot,
Du drängst die Sonne an den Himmelsbogen
Und färbst die Morgenwolken roth;

Machst, daß mein Fuß emporstrebt, wenn ich wandle,
20   Mein Ohr vernimmt, mein Auge sieht,
Mein Arm sich kraftvoll ausstrekt, wenn ich handle,
Und meine Wange heißer glüht.

Was zittr' ich? – o dein allgewaltig Leben,
Das in dem Puls der Schöpfung spielt,
25   Ich fühl' es jetzt durch meine Seele beben,
Wie ich's noch nie, noch nie gefühlt.

Wie mächtig ist der Mensch, wenn die Gedanken
Nach einem Ziele unverrükt
Hinstreben, und nicht weichen, und nicht wanken,
30   Bis erst die kühne That geglükt.

Und diese Macht – wie kömmt sie aus dem Schlafe,
Du allwürksame, als durch dich?
So oft sie in mir schlummert, o so strafe
Durch deinen lavtsten Donner mich!

35   Und sende, wenn ein träges Seelenfieber
Hinfort durch meine Adern schleicht,

Doch deinen guten Engel mir hinüber,
Der diesen Dämon von mir scheucht!

UNBEKANNTER VERFASSER*

Die Freiheit Amerika's.

Frei bist du! (sag's im höherem Siegeston,
Entzüktes Lied!) frei, frei nun, Amerika!
5   Erschöpft, gebeugt, bedekt mit Schande,
    Weichet dein Feind, und du triumphirest.

Der edle Kampf für Freiheit und Vaterland,
Er ist gekämpfet, rühmlich gekämpfet. Nimm
    Den Kranz am Ziel! Europens Jubel
10   Feire den heiligsten aller Siege.

Sie flieht, die sieggewohnte Beherrscherin
Der weiten Meere, zitternd, Brittania.
    Sie flieht; aus der erschlaften Rechte
    Sinket der Dreizak, die Krone wanket

15 Auf dem entehrten Haupte, der Purpur schleift
Im blut'gem Staub', ein Gaukel des Sturms, in den
    Ihr Schutzgeist, tief aus schwarzen Wolken,
    Furchtbar mit zürnender Stimme tönet?

„Sind dies die Siege, die dir dein Stolz verhieß?
20 „Dies deine Lorbeern, gierige Mörderin
    „Der eignen Kinder? Dies der Schätze,
    „Die du vergeudetest, reiche Früchte?

„Bedrängter Völker schützende Retterin,
„Die warst du. Herrschsucht täuschte dich, schnell ergrif
25 „Dich Raublust; du erkohrst zur Beute
    „Glükliche Pflanzer. – Umsonst erschallte

„Die Warnung deiner Weisen, umsonst beschwor
„Mein Liebling, Chatham, sterbend dich, Grausame;
    „Du wähltest Krieg. – Die Menschheit bebte;
30   Selbst der blutathmende Sohn der Wüste,

---

1 signiert: J. F. H–l.

„Der Wilde, starrte, fluchte dem neuen Gräul,
„Als Brüder (Schande!) Brüder bekämpfeten,
   „Die Freien Freie. – Ha! wie würdig
      „Sklaven zu sein, welche Sklaven heischten,

35 „Statt gleiche Bürger friedlich zu leiten, gern
„Ihr Recht zu schirmen, liebend zu pflegen, die
   „Noch zärtlich, da du würgtest, flehten,
      „Thränend den Stahl, der sie schützte, zükten.

„Doch sie ergrimmten, rissen auf ewig itzt
40 „Von dir sich los, und stritten: den heißen Streit
   „Lohnt Sieg. Dein Schwert an ihrem Schilde
      „Brach sich, wie Glas an dem Fels zersplittert.

„Nichts halfen deine Schaaren, gesandt zum Mord
„Auf hundert ehrnen Kielen, und zahlenlos
45   „Geheurte deutsche Sklaven, Zeugen
      „Tobender Ohnmacht, beschämten Dräuens.

„Verstummt sind deine Donner; dein Krieger traurt
„In drei gefangnen Heeren*. – Du bist besiegt.
   „Du stürzest, Stolze, furchtbar; stürze
50   „Hülflos, und welke dem Fluch’ entgegen,

„Fort meines Schutzes unwerth! Dein Frevel sei
„Der Nachwelt ernste Lehre: wenn ein Tyrann
   „Nach freier Menschen Habe geizet,
      „Denk’ er Brittanniens Loos, und zittre!

55 „Und du, Europa, hebe das Haupt empor!
„Einst glänzt auch dir der Tag, da die Kette bricht,
   „Du, Edle, frei wirst; deine Fürsten
      „Scheuchst, und Ein glüklicher Volkstaat grünest.“

Sprichts, und verschwindet. – Albion flieht; dein Blik
60 Folgt mitleidsvoll noch Einmal der Feindin nach,
   Und deines Dankes trunkne Psalmen
      Strömen, Amerika, hin zur Gottheit.

Wer nie sich freute, freue sich deines Glüks!
Wer nie gejauchzt hat, jauchze! Dein Beispiel ruft
65   Laut den entferntsten Nationen:
      „Frei ist, wer’s sein will, und werth zu sein ist!“

---

* Bei Trenton, Saratoga, und Yorktown.

Noch immer schrekt die rasende Despotie,
Die, Gottes Rechte lügend, nur Großen fröhnt,
  Den Erdkreis. – Wie sie kämpft, die Hyder!
70   Wie sie die schuppichten Nakken windet,

Und Flammen sprüht! Doch Herkules-Washington,
Der Freiheit Schutzgott, stämmte den starken Arm
  Ihr kühn entgegen; lehrt, das Scheusal
    Muthig in jeglicher Zone fällen.

75 Schon sieben Jahre reifte dein heiliges Kraut,
Der Männer Balsam*, das du Europen gabst,
  Der Erndt' entgegen; sieben Jahre
    Triefte vom Blute des Feinds die Erde.

Auch Blut der Söhne floß; doch Unsterblichkeit
80 In Hymnen frommer Barden der Afterwelt
  Umstrahlt die Edlen; denn sie wollten
    Rühmlichen Sieg, oder freies Sterben.

O Land, dem Sänger theurer, als Vaterland!
Der Sprösling deiner Freiheit steigt schnell empor
85 Zum Baum', in dessen sicherm Schatten
    Ordnung, und Recht, und Gesetz gedeihen.

Dein Schiffer dekt die Meere, die goldne Saat
Füllt deine Fluren, Tugend und Treue blühn;
  Der Miethlingssklave sieht's, und staunet,
90   Fühlt sich, wird Bürger, und küßt als Brüder,

Die er vertilgen sollte. Du schenkst ihm Haus,
Und nie geträumtes Erbtheil, und nennst ihn Freund.
  Froh krümmt er schon das Schwert zur Sichel,
    Segnend die bessere Hemisphäre,

95 Wo süße Gleichheit wohnet, und Adelbrut,
Europens Pest, die Sitte der Einfalt nicht
  Beflekt, verdienstlos beßern Menschen
    Trotzt, und vom Schweiße des Landmanns schwelget.

Euch preißt noch oft mein schüchternes Saitenspiel,
100 Hellenen unsrer Tage! der Fabelzeit
  Erstandne Helden, kühn, und bieder,
    Arm, aber frei; ohne Prunk, doch glüklich!

* Die Pflanze Tobak.

O, nehmt, Geliebte! nehmet den Fremdling auf,
Den müden Fremdling; laßt mich an eurer Brust
105   Geheimer Leiden bittre Schmerzen,
    Langsam verzehrenden Kummer lindern.

Was säum' ich? – Doch, die eiserne Fessel klirrt,
Und mahnt mich Armen, daß ich ein Deutscher bin.
    Euch seh' ich, holde Scenen, schwinden,
110   Sinke zurük in den Schacht, und weine.

1784

Ephraim Moses Kuh

Lied eines Arabers.

O Glück! ich sehe sie;
Auf jener Aue
5   Macht ihre Gegenwart
Die Blumen schöner;
Sie düften lieblicher
Von ihrem Odem.
O Sanum, wehe nicht!
10   Und ihr, o Dornen,
Verlezt nicht ihren Fuß!
Haucht, Balsamstauden,
Haucht, wo sie wandelt, Duft!
Ich komme, Schönste,
15   Die meine Seele liebt;
Licht meiner Augen,
Dein Hassan fliegt dir zu.
O fleuch nicht, fliesset
Gleich edler Ahnen Blut
20   In deinen Adern!
Flieh nicht, Vollkommenste,
Vor meinen Küssen!
    So sang ein Araber –
Ihr meint von seinem Mädchen? –
25   O nein! von seiner Stute.

Friedrich von Matthisson

Die Fantasie.

Altona, im Junius 1784.

An Klopstok.

5   Wie von Blüte zu Blüte die Biene fleugt,
        Also schwebet, o Fantasie,
Umflossen von des Ätherlichts goldenem Strom,
        Deiner unsterblichen Schwingen,
        Ewigblühende Jugendkraft,
10   Durch des Himmels heilige Gefilde,
        Wonnestralend von Welt zu Welt!
Gleich des Nordscheins strömendem Purpur glänzt
        Deines Fluges blendende Bahn.
    Ahndung und Sehnen und Wehmut,
15   Und Ruh und Entzücken und Wonne,
        Umtanzen in holder
        Geniusbildung, o Göttin, dich!
    Heil dir, Unsterbliche, Heil!
Du entschleierst der Erinnerung freundliches Gestirn,
20   Welchem Allvater über der Lebenszeit
Dämmerndem Grabe zu leuchten gebot.
    Heil dir, Unsterbliche, Heil!
Du bestralst mit Hofnungsmorgenröthe
    Der Zukunft umnachteten Hain.
25   Heil dir, Unsterbliche, Heil!
Auf des Mondes lieblichen Fluren,
    Weilst du im Schimmer des Erdenlichts.
Auf der Sonne flammenden Wogen,
    Wiegst, du Himmlische jauchzend dich,
30 Wie auf der Waizensaat grünlichen Wallungen
    Sanft sich wieget der Abendwind.
Schwingst dich höher hinan, wo der Altar,
Dem, der aus Welten ihn baute, flammt;
Wo im Kranze die Rose des Himmels,
35 Opfergerüche zu ihm sendet empor
Der aus Lichtglanz webte ihrer Blätter
    Stralende Herrlichkeit.
Wo sein Haupt der Adler majestätisch hebt
    Und der melodische Schwan
40 Horchet der Leier begeisterndem Silberklang!

Breitest die Fittige stürmender dann,
Und fleugst empor, empor! wo der Sterne Lied
Triumph und Jubel und Vollendung tönt;
Wo des unvergänglichen Seins
45   Lebendige Vorempfindung (ach! im Thal des Staubes
Nur leiser kaumgehörter Laut)
Im reinsten Vollklang dich umströmt;
Wo der Wesen unendliche Leiter,
Umschlungen von den Banden der ewigen Harmonie,
50   Sich dir in unbewölktem Himmelsschein enthüllt,
Bis dahin wo sie an des Urlichts Quell
In eignem Glanze sich verliert,
Und wo der kühnste deiner Schwünge
Sie ewig und ewig nicht vermißt.

JOSEPH FRIEDRICH ENGELSCHALL

Der Nebel.

Geliebter Duft, der Dämmrung trüber Spiegel,
Dein breiter Flügel
5   Graut, wann im Ost der erste Stral erwacht,
Wie Silberflor um perlenreiche Hügel,
Ein Mittel zwischen Tag und Nacht!

Bald, wenn im Hain die Sänger nicht mehr träumen,
Und wann mit Gleimen
10   „Kleist und Natur!“ die ganze Schöpfung ruft,
Steigst du empor und schwimmst in goldnen Säumen,
Der Sonne nah’, auf blauer Luft.

Der Abend kommt: dein Schleier sinket wieder,
Und birget bider
15   Manch zärtlich Paar, und manchen stillen Kuß.
Oft sinkt mit ihm der holde Wahnsinn nieder,
Der mich zum Dichter stempeln muß!

Zwar zeihen Dich die Ärzte, und die Prüden,
Und unzufrieden
20   Der Menschenhaß, und Eifersucht, und Gram,
(Ist gleich der Grund, warum? und wie? verschieden)
Des Bösen, das mit jenen kam.

---

10 *Ewald Christian von* Kleist *(1715–59) ; vgl. Bd. 5 der Reihe.*

Sie eifern laut: du schwebest, wie auf Leichen
Die Pest und Seuchen,
25   Auf Stadt und Land, und Wald und Schäfertrift;
Und hauchest, um nur dir allein zu gleichen,
Selbst in die Seele deinen Gift!

So schmähen sie mit unverhaltnem Grimme,
Ich aber stimme
30   Nie in ihr Lied: dein freundlich Dunkelklar
Macht, wenn ich oft noch zwischen Zweifeln schwimme,
Wohlthätig meine Träume wahr!

Sey's, daß in dir sich Husten, mürrisch Schweigen,
Und Spleen erzeugen:
35   Nur desto mehr sehnt Liebe sich nach dir!
Wenn mit der Nacht auch meine Wünsche steigen,
So neigst du freundlich dich zu mir –

Verhüllest, wenn ich dorten im Gesträuche
Den Göttern gleiche,
40   Verhüllest mich und meines Herzens Lust;
Und hauchest, daß indeß die Mutter keuche,
Ihr flink den Husten in die Brust!

Johann Heinrich Voss

Frühlingsliebe.

[Melodie]

Die Lerche sang, die Sonne schien,
5   Es färbte sich die Wiese grün,
Und braungeschwollne Keime
Verschönten Büsch' und Bäume:
Da pflückt' ich am bedornten See
Zum Strauß ihr, unter spätem Schnee,
10   Blau, roth und weißen Güldenklee.[a]
    Das Mägdlein nahm des Busens Zier,
Und nickte freundlich Dank dafür.

a) Leberblumen, Hepatica.

Nur einzeln grünten noch im Hain
Die Buchen und die jungen Main;
15   Und Kresse wankt' in hellen
Umblümten Wiesenquellen:
Auf kühlem Moose, weich und prall,
Am Buchbaum, horchten wir dem Schall
Des Quelles und der Nachtigall.
20   Sie pflückte Moos, wo wir geruht,
Und kränzte sich den Schäferhut.

Wir gingen athmend, Arm in Arm,
Am Frühlingsabend, still und warm,
Im Schatten grüner Schlehen
25   Uns Veilchen zu erspähen:
Roth schien der Himmel und das Meer;
Mit Einmal stralte, groß und hehr,
Der liebe volle Mond daher.
    Das Mägdlein stand und ging und stand,
30   Und drückte sprachlos mir die Hand.

Rothwangicht leichtgekleidet saß
Sie neben mir auf Klee und Gras,
Wo ringsum helle Blüten
Der Apfelbäume glühten:
35   Ich schwieg; das Zittern meiner Hand,
Und mein bethränter Blick gestand
Dem Mägdlein, was mein Herz empfand.
    Sie schwieg, und aller Wonn' Erguß
Durchströmt' uns beid' im ersten Kuß.

KARL FRIEDRICH REINHARD

Weissagung.

Was steht ihr noch, und träumt, ihr Menschen ohne Herzen,
    Und achtet nicht der gährenden Natur?
5   Wohl! täuscht die Furcht, wie Kurtius, mit Scherzen,
    Eh' in die Kluft er fuhr!

Zu wenig, daß den Bliz von hundert Ungewittern
    Nur eure Städt' und eure Dörfer ziehn?
Muß erst vielleicht, eh' Heldenseelen zittern,
10   Die Welt zusammenglühn!

Ihr Thoren ohne Muth! denkt, daß nur fürchterlicher
    Ein schneller Schlag den trägen Leichtsinn wekt!
So wähnt der Strauß sich vor dem Jäger sicher,
    Wenn er den Kopf verstekt.

15   Schließt euer Auge fest, die Schreken nicht zu sehen:
    Seid taub der Warnung, und verstopft das Ohr!
Es ist umsonst! Orkane werden wehen,
    Und Flamme bricht hervor!

In dichten Dünsten sinkt statt Mittag Dämmrung nieder:
20   Die Sonne selbst umhüllt ihr Angesicht,
Steigt blutroth auf, und blutroth steigt sie nieder,
    Und stirbt in mattem Licht!

In stiller Nacht kein Stern am tiefumhängten Himmel!
    Kein Mondenlicht auf unbethauter Flur!
25   Ha! bald braußt auf in tödtendem Getümmel
    Die schweigende Natur!

Verbrecherisch Geschlecht! der Nationen Sünde,
    Wie Opfer einst, stieg längst zum Himmel an:
Nun bricht sein Herr durch feuervolle Schlünde
30   Der Rache schnelle Bahn!

Wie wird die Mitternacht euch aus dem Schlafe rütteln!
    Wie wird entfliehn die Wollust, die ihr träumt,
Wenn eine Stadt, dem Staub gleich abzuschütteln,
    Sich bald die Erde bäumt!

35   Messina thürmte stolz die marmornen Palläste,
    Zu sicher ach! an Ätna's Flammenfuß,
Gab Heiligen in seinem Bauche Feste
    Und schwelgt' im Überfluß.

Natur, noch zaubernder, als Künstlerhand, belebte
40   Mit hohem Reiz die Flur Kalabriens:
Der Fremdling weilt' hier angebannt, und schwebte
    Im Schoos Elisiens:

Da gohr in Einer Nacht, dem kurzen Blik verborgen,
    Die Feuermasse zu Zerstörung ab:
45   Die Sonne kam und schien am andern Morgen
    Zehntausenden aufs Grab!

CHRISTIAN FRIEDRICH DANIEL SCHUBART*

Der Bettelsoldat.

[Melodie]

Mit jammervollem Blike,
   Von tausend Sorgen schwer,
Hink' ich an meiner Krüke
   Die weite Welt umher.

Gott weiß, hab viel gelitten,
   Hab manchen harten Kampf
Im Preussenkrieg gestritten,
   Gehüllt in Pulverdampf.

Sah manchen Kameraden
   An meiner Seite tod
Und mußt' im Blute waten,
   Wann es mein Herr gebot.

Oft drohten mir Geschüze
   Den fürchterlichsten Tod;
Oft trank ich aus der Pfüze;
   Oft aß ich schimmlicht Brod.

Ich stand in Sturm und Regen,
   In grauser Mitternacht,
Bei Bliz und Donnerschlägen
   Oft einsam auf der Wacht.

Und nun nach so viel Schonung –
   Noch fern von meinem Grab,
Empfang' ich die Belohnung –
   Mit diesem Bettelstab.

Ihr Söhne, bei der Krüke,
   An der mein Leib sich beugt,
Bei diesem Thränenblike,
   Der sich zum Grabe neigt;

Beschwör' ich euch, ihr Söhne;
   O flieht der Trommel Thon
Und Kriegsdrommetentöne;
   Sonst kriegt ihr meinen Lohn.

---

1 *signiert:* T. d. ä.   27 *nach diesem Vers folgen in späteren Drucken drei weitere Strophen, die den Zustand des bettelnden Invaliden beklagen.*

OTTO GRAF VON HAUGWITZ

Franzengesang.

Jenseit vom Ufer des Rheines
Erhob sich ein Lispel der Harfe,
Der schwebte, die scheidenden Fluten
Herüber, zum Erbe von Manus,
Getragen auf Flügeln des Wests. –

Lieblich, wie die Gesänge des Lenzes,
Tönten die Lispel der Harf', und Wollustathmend,
Amors Siege, die Thaten Jachus
Rauschten in feiernden Hymnen hin.

Und siehe! die Töchter der Gauen,
Horchten dem schlauen Sirenengesang,
Und ach! die Jünglinge der Gauen
Horchten, und weideten sich am Gesange des Fremdlings.
Der bot mit freundlicher Rechte
Dar den Zauberbecher der Wollust:
„Wen lüstet zu kosten des lieblichen Nektars,
Der neues Leben in jeden
Puls der jungen Natur ergeußt?" –
Sprachs. Da warf der Jüngling die Lanze hinweg,
Und faßte den schäumenden Becher,
Und der Jungfrau bebender Schleyer zerriß! –
„Wer ging auch länger die Wege
Der Dornen neben den Pfaden der Rose?" –
Sie riefen's, und lallten die Sprache des Fremdlings,
Lallten die Lieder des Fremdlings nach,
Und spotteten laut der heiligen Telyn,
Und der Sänger der heimischen Gauen.

Des zürnte mit donnernder Woge der Rhein,
Zürnten die Sänger der heimischen Gauen,
Aber wer horchte dem Schelten der Weisen,
Horchte den Liedern der heiligen Telyn?

---

6 Manus *nach Tacitus'* Germania *Sohn des Gottes Tuisto, mythischer Stammvater der Germanen.* 10 Jachus *wohl Iakchos, Gott der eleusinischen Mysterien, Beiname des Dionysos.*

35 Tönten nicht am Maale der Fürsten
Des Fremdlings Schandgesänge herum?
Sang die Tochter der Felsen im Haine
Nicht der buhlerischen Cyther nach?

Freund, ich wende mein Antliz, vermögt' ich
Länger zu weilen am Anblick der Thorheit? –
40 Laß uns hinüberblicken in's Helle des Morgens,
Der über der Mitternacht Dunkel
Lieblich zu dämmern begint.
Sieh! es sind im Volke der Männer entstanden,
Die haben herabzureissen gestrebt
45 Die trügrische Binde vom Auge der Brüder,
Ich nenne die Namen der Männer dir nicht,
Sie würde die Leier des Jünglings,
Der kaum zu stammeln beginnet, entweihn,
Aber gesehen haben wir sie, o! und im stillen
50 Lange gesegnet den Gang der Erhabnen!

Den müsse geleiten der Segen von Manus
Müsse geleiten der Segen der Barden,
Welche nun schlummern in der Vergessenheit Staub,
Bis die Erhabenen euch wieder zurückführen,
55 Im ersten Glanze der heimischen Tugend,
Und im Auge die Thräne der Reue,
Deine Töchter, Thusnelda!
Deine Söhne, Arminius!

GEORG CHRISTOPH LICHTENBERG*

Grabschrift auf einen wichtigen Mann.

Beym Grab des Herrn von Degenband
Da weint' niemand und lacht' niemand;
5 Was aus der Seel' ward nach der Hand,
Das weiß niemand und fragt niemand.

---

1 *signiert:* G. C. L.

JOHANN GAUDENZ VON SALIS-SEEWIS

Einladung auf das Land.

Sieh, der Wald ist schon so grün,
und die Bäume blühen:
Nachtigallen flöten wieder,
in dem Busche ihre Lieder!
Laß die Stadt uns fliehen!

Komm mit mir zum stillen Bach,
unter hohen Buchen!
Städter mögen in Palästen,
und bey lauten Taumelfesten,
eitle Freuden suchen.

Mehr als Oper und Concert,
sind mir Haingesänge.
Süßer ist's, Natur, dich sehen,
als bey Spiel und Assambleen,
leeres Hofgepränge!

Schöner in der Sommernacht,
durch die Fluren gehen;
sehen Mond und Sterne glänzen,
als im Kerzensaal, in Tänzen
taumelnd sich zu drehen.

Laß uns fliehn den Modetand,
und des Zwanges Bande!
In der Moos-bewachsnen Hütte,
ist noch biedre Einfalt Sitte;
Tugend keine Schande.

Unschuldsvoller Mädchen Kuß,
dort auf stillen Auen,
reizt das sehnende Verlangen,
mehr als übertünchte Wangen,
Hochgebohrner Frauen.

Veilchen will und Majoran,
ich zu Sträußen binden;
Mischen mich in ihre Reihen,
bey dem Klange der Schalmeyen,
Sonntags, bey den Linden.

An dem frohen Hochzeitschmauß,
schmücken bunte Bänder,
40   mich, wie jeden ihrer Gäste:
und am lauten Erntefeste
spiel' ich mit um Pfänder.

Bey euch, Kinder der Natur,
find' ich, was ich suche:
45   weil ich lebe, eine Hütte,
und zuletzt in eurer Mitte,
in dem Grabe, Ruhe.

FRIEDRICH VON MATTHISSON

An Laura,
als sie Klopstocks Auferstehungslied sang.
1783.

5   Herzen, die gen Himmel sich erheben,
Thränen, die dem Auge still entbeben,
Seufzer, die den Lippen leis' entfliehn,
Wangen, die mit Andachtsglut sich malen,
Trunkne Blicke, die Entzückung stralen:
10   Danken dir, o Heilverkünderin!

Laura, Laura! horchend diesen Tönen,
Müssen Engelseelen sich verschönen,
Heilige den Himmel offen sehn,
Schwermutsvolle Zweifler sanfter klagen,
15   Kalte Frevler an die Brust sich schlagen,
Und wie Seraf Abbadonna flehn!

Mit den Tönen des Triumfgesanges
Trank ich Vorgefühl des Überganges
Von der Grabnacht zum Verklärungsglanz;
20   Als vernähm' ich Engelmelodien,
Wähnt' ich dir, o Erde, zu entfliehen,
Sah schon unter mir der Sterne Tanz!

Schon umathmete mich Himmelsmilde,
Schon begrüßt' ich jauchzend die Gefilde,
25   Wo des Lebens Strom durch Palmen fleußt.

Glänzend von der nähern Gottheit Strale,
Wandelte durch Paradiesesthale
Wonneschauernd mein entschwebter Geist!

FRIEDRICH GOTTLIEB KLOPSTOCK

Unsre Sprache.
Ode.

—◡◡—◡◡—◡—,
◡—◡◡—◡◡—◡—,
◡◡—, —◡◡—, —◡—,
◡◡—, —◡◡—, —◡◡—.

Ferner Gestade, die Woge schnell,
Dem Blicke gehellt bis zum Kiesel ist,
(Das Gehölz blinket er durch, oder wallt
In die Luft, hohes Gewölk duftend,) der Strom;

Wirbelchen drehn mit ihm fort. So strömt
Die Sprache, die, Hermann, dein Ursohn spricht.
O auch du gleichest dem Strom, Mann des Volks,
Da dir Roms steigender Damm lockert', und brach!

Tieferen Quellen entströmet sie.
Erst wenige Zeit, da der eine Quell
Noch in Sand floß, sich verlor. Säumend jezt,
Und mit Eil' hallte der jezt aus den Geklüft;

Aber er rann in den Kies. Nun kam
Der Glücklichen einer, und leitet' ihn
In den Strom. Schatten umher pflanzt man schon
An der Kluft; weilen da schon Wanderer gern,

Stehen und sinnen: „Versiegt vielleicht
Ein ähnlicher Quell in dem Sand' auch uns?
Und gebricht Leitung ihm nur?" Doch verweht
Wird ihr Wunsch; Doppelgekling bleibet ihr Lied.

Sage verbreitet, es schweb' umher
Wie Griechengestalten bei Nacht am Quell:
Und behorcht werde sein Fall, werd' es, wie
Der Erguß töne Verein; hadre mit ihm.

Hader ist tiefes Geheimniß, trifts
Zur Weise, wie Orpheus der Celt' es traf.
Dem Verein kommt nur der Wald: aber rauscht
35   Der Genoß in den Gesang; wandelt der Hain.

JOHANN NIKOLAUS GÖTZ*

Auf Henriettens Brautbette.

Sei immer stolz, beglücktes Bette!
Du hast das Herz der schönen Henriette;
5   Dich auszuschmücken ist ihr ganzer Geist bedacht.
Ihr muntrer Finger eilt, auf deinen seidnen Rücken
Ein lebend Blumenfeld mit seltner Kunst zu sticken;
Mich aber nimt sie nicht an ihrer Seit' in Acht.
Doch jauchze nicht, daß sie dir jezt den Vorzug giebet:
10   Daß sie so staunend sizt, beweiset, daß sie liebet;
Und daß sie dich so schmückt, beweist, sie liebet mich.
Ich leugne nicht, ich muß dich jezt beneiden;
Doch kommt die Zeit, da du mich oft beneiden mußt,
Wenn du, jezt Zeugin meiner Leiden,
15   Einst Zeugin wirst von meiner Lust.

GOTTHOLD FRIEDRICH STÄUDLIN

Die Gletscher bei Grindelwald.

Ja! ich hab euch geseh'n, die ihr auf Wirtembergs Feste
Schon die staunende Seele zum Lobgesange begeistert,
5   Ja, ich hab euch geseh'n, *Helvetiens* Riesengebirge!
Euch geseh'n und gefühlt in seiner unnennbaren Grösse,
Der euch thürmt' in die Wolken und über euch stellte die Sonne,
Ihn so gros und den Menschen so klein! – Mit schlotternden Knieen
Keuchender Brust und schwimmendem Aug' und tropfender
Stirne,
10   Klomm ich die Felsen hinan! Sie hiengen mir über dem Haupte
Furchtbar und schwarz wie ein Wetter und senkten sich dicht an
den Füßen

AUF HENRIETTENS BRAUTBETTE 1 *signiert:* Q.

Säulen ähnlich hinab in den ungemessenen Abgrund,
Bis zu den Schlünden hinunter des tausendjährigen Eises,
Welches in Piramiden sich majestätisch empor hebt.
15 Hätte des Klimmenden Fuß auf dem Felsenpfade geglitten,
Oder ihn überwältigt der sinnefesselnde Schwindel,
Hochab wär' er gestürzt, und hätt' an zakigen Klippen
Oder am starrenden Eis die blutende Scheitel zerschmettert;
Und sie würden ihn nimmer erkennen den wundenentstellten
20 Leichnam des Freundes die Freunde, wofern sie am Ufer ihn fänden.
Aber es leitete mich die heilige Rechte der Vorsicht,
So wie ehmals am Gängelbande den sicheren Säugling,
Führte die Unsichtbare den Jüngling über die Felsen! –
Siehe, da stand ich nun auf dem alternden Schutte des Eismeers!
25 Sah verschwunden um mich die alte Schöpfung und neue
Welten entstanden vor mir! Ich dachte mich Zemblas Bewohner!
Über mir flammte das Licht der erdebefruchtenden Sonne,
Strömte der Sommerhimmel in seiner lieblichen Bläue;
Aber rings um mich her war Eis und der ewige Winter,
30 War ein feierlich Schweigen! – Nur sie, die wachsende Schneelast,
Stürzend ins ächzende Thal und der Donner vom berstenden
                                                    Felsen,
Der in der hallenden Tiefe versank, in der schäumenden Werkstatt,
Wo die Natur dem dürstenden Lande sein Wasser bereitet,
Sie nur brachen das heilige Schweigen und füllten des Hörers
35 Seele mit Staunen und beugten sein Knie der betenden Andacht.

Jezo schwebten die Schimmer der mählig scheidenden Sonne
Über die Berge dahin gleich einer höhern Erscheinung,
Schnell und herrlich! Geröthet von ihrem brennenden Golde
Glänzten die silbernen Schläfe der himmelbenachbarten *Jungfrau*,
40 Prangte die Felsenstirne des stolzen *Eigers* und deine
Riese *Schrekhorn*, dem heulend entstürzt der verwegene Waidmann;
Dessen Schultern allein die kühnste der Gemsen erklettert,
Dessen Scheitel allein der kühnste der Adler umflattert,
Welcher Bruder, *Gotthard*! dich grüßt und Schwester die *Furka*!

45 Scheid', o scheide noch nicht, du Stralenkönigin, weile!
Spiegle noch länger dein Antliz in diesen prächtigen Säulen,
Diesen Thürmen von Eis! Es ist zu herrlich diß Schauspiel!
Schöner ist nicht im säuselnden Regen der Bogen des Friedens!
Scheinen nicht dort aus dem Eise Violen und Rosen zu sprossen?
50 Stehen sie nicht wie Pfeiler von Jaspis in Tempeln der Andacht
Diese Säulen? Und scheint auf ihren thürmenden Häuptern
Nicht der Glanz des Rubins mit dem blauen Saphire zu eifern?

Reiche mir, Führer! den Stab und waffne die Solen mit Zaken,
Denn erklimmen muß ich dort jenen prächtigen Eisberg!
55 Leite mich weiter hinauf und halte mich, daß ich nicht sinke!
Izt, izt bin ich nahe dem Gipfel! Hier steh’ ich und athme
Reinere Luft und starre hinab in die offenen Klüfte
Blike staunend umher auf die Reihen der Eispyramiden,
Sehe dort fern am Felsen hinauf die einsamen Hütten
60 Glüklicher Sennen und Ziegen, die fetten Weiden verfolgend.
Wie es unter mir donnert! Mir ist, als bebte der Eisberg,
Drohte zu bersten und mich zu begraben unter die Trümmer!
Ha! wie dort der gewaltige Strom aus der Pforte des Eisthurms,
Gleich als würd’ er geschleudert, in schwärzlichen Wogen hervor-
                    schäumt
65 Und sich befruchtend ergeußt in den Schoos des blühenden Thales!

Nein! so mächtig ergrif es mich noch auf keiner der Höhen,
Keiner der Tiefen das hohe Gefühl der schaffenden Allmacht!
Zu der Sonne heb’ ich mein Haupt und bete mit stummen
Bliken dich an und fühle mich dir, du Unendlicher näher!
70 Welch ein neues Gefühl gesellt sich auf einmal zu deiner
Grösse Bewunderung! Sie tönt in mein Ohr wie Harfengelispel,
Schwebet mir vor wie Gesichte des Himmels und säuselt, wie reiner
Äther Ruh’ in mein Herz – sie meiner Unsterblichkeit Ahndung!
Ja ihr furchtbaren Felsen! ihr mit den schneeichten Häuptern
75 Stolze Gebirg’, an welchen mein Aug’ izt schwindelnd hinauf blikt,
Werdet verwittern, verstäuben nach vieler Jahrtausende Kreislauf –
Und kein Auge die Stätte der Hingeschwundnen mehr kennen!
Ja ihr starrenden Thürm’, auf denen bebend mein Fuß ruht,
Werdet versinken und biß zum lezten Tropfen versiegen,
80 Der euch entquoll, der schäumende Strom wird mit euch
                    vertroknen
Und kein Auge die Stätte des Hingeschwundnen mehr kennen!
Aber ich, mit der ewigen Flamme der Gottheit im Busen,
Diesen denkenden Geist, ich werde nimmer vergehen,
Werde leben und lesen in jenem heiligen Buche,
85 Welches die Wunder der Schöpfung mit flammenden Ziffern
                    enträthselt,
Wie er euch wunderbar schuf und wunderbar wieder vertilgte.

CHRISTIAN FRIEDRICH DANIEL SCHUBART

Der Gefangene.

Gefangner Mann, ein armer Mann!
Durch's schwarze Eisengitter
Starr ich den fernen Himmel an,
Und wein' und schluchze bitter.

Die Sonne sonst so hell und rund
Schaut trüb auf mich herunter;
Und, kömmt die braune Abendstund,
So geht sie blutig unter.

Wie gelb däucht mir der Mond, wie bleich
Er wallt im Witwenschleyer;
Die Sterne sind den Fackeln gleich
Bey einer Todtenfeyer.

Mag sehen nicht die Blümlein blühn
Nicht fühlen Lenzes Wehen;
Ach! lieber säh' ich Rosmarin
Im Duft der Gräber stehen.

Vergebens wiegt der Abendhauch
Für mich die göldnen Ähren;
Möcht nur in meinem Felsenbauch
Die Stürme brausen hören.

Was hilft mir Thau und Sonnenschein
Im Busen einer Rose;
Denn nichts ist mein, ach! nichts ist mein,
Im Muttererden-Schooße.

Kann nimmer an der Gattin Brust,
Nicht an der Kinder Wangen,
Mit Gattenwonne, Vaterlust
In Himmelsthränen hangen.

Gefangner Mann, ein armer Mann!
Fern von den Lieben allen,
Muß ich des Lebens Dornenbahn
In Schauernächten wallen.

Es gähnt mich an die Einsamkeit,
Ich wälze mich auf Nesseln;
Und, ach! mein Beten wird entweiht
Vom Klirren meiner Fesseln.

Mit meinem Lied steigt Kerkerstaub
40   Hinauf zu Gottes Höhen;
Die Lippe bebt, wie Lindenlaub,
Das Herz fühlt Todeswehen.

Mich drängt der hohen Freyheit Ruf;
Ich fühl's, daß Gott nur Sklaven
45   Und Teufel für die Ketten schuf,
Um sie damit zu strafen.

Was hab ich, Brüder! euch gethan?
Kommt doch, und seht mich Armen!
Gefangner Mann! ein armer Mann!
50   Ach! habt mit mir Erbarmen!

1786

GEORG SCHATZ

An den May. 1784.

Rosenwangiger Gott! Ewigen Jugendreiz
(Ein beneidetes Loos allen Unsterblichen!)
5   Bringst du aus dem Olymp auf die Erde herab,
Führst ihn immer ins Jahr zurück.

Jeder Seegen und Schmuck thauet aus deiner Hand
Auf die Fluren, die um Blumen und düftende
Kräuter zeugen, von dir angehauchet, der du
10   Sohn und Vater der Freude bist.

Du entfesselst das Land, blickest durch goldene
Wölkchen, heiterst den Tag, milderst die rauhe Nacht;
Und entfesselst den Geist, und überströmst mit Lust
Alle Erdenbewohner – du!

15   Sieh, dein Odem verscheucht Schwermuth und Menschenhaß!
Alle Pulse des Geists schlagen nun fröhlicher,
Alle Thoren, die mein giftiger Spott verfolgt,
Nenn' ich Brüder und Freunde nun.

Die ummauerte Stadt feßle euch, Barden, nicht!
20 Trinket reinere Luft! lasset Zephyre die
Von Begeisterung hoch glühenden Wangen euch
Fächeln! singet den Lenz und den

Amor! – Zögert ihr nur darum, weil Gotter schweigt?
Er? der seit er im Schoos seiner Leucothea
25 Allen Taumel genießt, die Zytherea beut,
Nicht von Liebe mehr dichten mag.

JOSEPH FRANZ VON RATSCHKY

Parodie
von Horazens neunzehnter Ode im zweyten Buch

Augsburg im Heumond 1786.

5 Ich sah (ihr Enkel, ohne Scherz!)
Heut Nacht im Traum den Eifrer *Merz*
    Den Predigtstuhl besteigen,
Sah Küchennymfen und ein Korps
Von Handwerksjungen Aug' und Ohr
10   Hin nach der Kanzel neigen.

Poz Bliz! wie weidlich klopfte nicht
Der wackre Kämpfer das Gezücht
    Der Ketzer auf die Finger!
Mir gellen, traun! die Ohren noch:
15 „Ach, schone, rief ich, schone doch,
    Du tapfrer Schnupftuchschwinger!

Ich will ja glauben, daß die Hand
Des Pabstes zum gelobten Land,
    Wo Milch und Honig fließen,
20 Den Schlüßel hat, um all den Herrn
Sektirern und Schismatikern
    Das Pförtchen zu verschließen;

Will glauben, daß du, bibelfest,
Der Protestanten Drachennest
25   Schon halb zu Spreu zerstobest,

AN DEN MAY 24 *die weiße Göttin, mythologischer Name der Ino [vgl. Anm. zu 7, S. 20],*
hier wohl nur ein Spiel mit dem Namen Gotter.
PARODIE ... 3 *Horaz' Ode bezieht sich auf Bacchus.*

Und manchem armen Pastor schon
Zu Leibe giengest, und mit Hohn
    Ihn aus dem Sattel hobest.

Du bändigst, großer Thaumaturg!
30   Halb Augsburg, Ulm und Regensburg,
    Ja fast das ganze Schwaben,
Und keiner von der Ketzerbrut
Vermag mit aller seiner Wut
    Dir je was anzuhaben.

35   Du hautest Luthern, welcher sich
Den Vatikan so freventlich
    Zu stürmen unterstanden,
Und seiner Jünger Riesenschwarm
Mit deinem orthodoxen Arm
40   Totaliter zu Schanden.

Zwar wähnt das böse Lutherthum,
Es stünd' um unsrer Kirche Ruhm
    Weit besser, wenn du schwiegest:
Allein wer könnt' in Teutschland nun
45   Den Ketzern allen Einhalt thun,
    Wenn du sie nicht bekriegest?

Dich würde selbst, du tapfrer Mann!
Der Höllenhund mit seinem Zahn
    Nicht wagen anzubleken,
50   Und, wedelnd mit dem zottichten
Gekrausten Schweife, dir die Zehn
    Mit zahmer Sanftmuth leken."

HERMANN WILHELM FRANZ UELTZEN*

Ihr.

Namen nennen dich nicht. Dich bilden
Griffel und Pinsel
5   Sterblicher Künstler nicht nach.

---

29 Thaumaturg   *Wundertäter.*
1 *signiert:* W. Ue.

Lieder singen dich nicht. Sie alle
Reden wie Nachhall
Fernester Zeiten, von dir.

Wie du lebest und bist, so trag' ich
Einzig im Herzen,
Theuerstes Mädchen, dein Bild.

Wäre Herzens-Empfindung hörbar;
Jeder Gedanke
Würde dann Hymnus von dir.

Lieben kann ich dich nur. Die Lieder,
Wie ich dich liebe,
Spar' ich der Ewigkeit auf.

JOHANN GAUDENZ VON SALIS-SEEWIS

Herbstlied.

Bunt sind schon die Wälder,
Gelb die Stoppelfelder;
Und der Herbst beginnt!
Rothe Blätter fallen;
Graue Nebel wallen;
Kühler weht der Wind!

Wie die volle Traube,
Aus dem Rebenlaube,
Purpurfarbig strahlt!
Am Geländer reifen
Pfirsiche, mit Streifen,
Roth und weiß, bemalt!

Dort, im grünen Baume
Hängt die blaue Pflaume,
Am gebognen Ast.
Gelbe Birnen winken,
Daß die Zweige sinken
Unter ihrer Last.

Welch ein Apfelregen
Rauscht vom Baum! Es legen
In ihr Körbchen sie

Mädchen, leicht geschürzet,
25 Und ihr Röckchen kürzet
Sich bis an das Knie.

Winzer, füllt die Fässer!
Eimer, krumme Messer,
Butten sind bereit!
30 Lohn für Müh' und Plage
Sind die frohen Tage
In der Lesezeit!

Unsre Mädchen singen,
Und die Träger springen;
35 Alles ist so froh:
Bunte Bänder schweben,
Zwischen hohen Reben,
Auf dem Hut von Stroh.

Geige tönt und Flöte,
40 Bei der Abendröthe,
Und bei Mondenglanz:
Schöne Winzerinnen
Winken und beginnen
Deutschen Ringeltanz!

GOTTLOB NATHANAEL FISCHER

An einen Landesvater.

Du willst uns tauschen? Und wer Cäsars war,
Soll künftig Alexanders sein? O Prinz,
5 Sind wir denn Waare? die aus einer Hand
Nach Käuferlust zur andern übergeht?
Uns, deine Treuen, willst du tauschen? Tauscht
Ein Vater seines Herzens Kinder wohl?
Du hast uns also nicht geliebt, wie wir
10 Dich liebten! Sieh, o Prinz, wir nannten gern
Dich Vater, gern uns deine Kinder: ach,
Das alles ist dir gleich, und hilft uns nichts!
Ein jeglicher, der Zoll und Schoß bezahlt,
Ist deinem Herzen gleich so gut, als wir!

---

13 Schoß *Steuer, Abgabe.*

15 O Menschenschicksal! Wenn, wenn werden doch
Die Fürsten lernen, daß wir Menschen sind,
Und keine Waare! Wenn, wenn werden doch
Die Prinzen lernen, daß sie nicht zum Scherz,
Daß sie zu Pflichten Völkerführer sind!
20 Daß Gottes Erde, mit den Menschen drauf,
Sich nicht, wie Länderkarten, handeln läßt!
Daß Millionen ihrentwillen nicht,
Daß sie zum Heil der Millionen sind;
Geborne Väter, Lehrer, Richter, Pfleger
25 Des Volks, das ihrem Schuze sich vertraut!
Daß Hochgesez der Mannigfaltigkeit
Zwar einem wenig, und dem andern viel
Von Gottes Schöpfung zum Genuß vertheilt,
Doch unser Gärtchen, unsre Hütte doch,
30 So gut als Königsgüter und Pallast
Das Eigenthum des Eigenthümers sind!
Und, lieber Fürst, du, unser Vater sonst,
Du wolltest unser Haus und Hof und Feld,
Und – uns dazu, vertauschen? oder gar
35 Verkaufen? wie der Markt verkauft und kauft! –
Das thust du nicht! du, unser Vater, nicht! – –
Wir wollen keinen andern Herrn, als dich,
Bis uns der Tod trennt! – Oder drängt vielleicht
Ein Starker dich, und will uns haben? O
40 Dann kämpfen wir für Feuer und für Heerd,
Wohin dein Wink uns führt! Da droben wohnt
Ein Stärkerer; der liebt Gerechtigkeit,
Und haßt, was Unrecht ist! der steht uns bei!

CHRISTIAN FRIEDRICH DANIEL SCHUBART

Meinem Freund R...
Am grosen Freiheitstage geweiht.

Ha, die grose Freiheitsstunde
5 Kommt einmal, mein Freund, für dich!
Mit dem Jubel aus dem Munde
Schwebt sie! Bräutlich zeigt sie sich!
Von des Engels Hauch zerschmelzen
Schwere Fesseln; deren Last
10 Du, gekettet an den Felsen
Deiner Wand, getragen hast.

Ach, sie führt mit Lilienhänden
   Dich vom Thränenberg herab;
Dem Gefangenen, Elenden,
15   Schauervoller, als das Grab.
Kerkerstaub entfliegt dem Kleide;
   Und der goldnen Freiheit Licht
Hängt an seinem Saum; die Freude
   Röthet wieder dein Gesicht.

20   Weggeschwunden, ach du Lieber!
   Weggeschwunden ist die Nacht,
Die dir oft die Seele trüber,
   Als der Nächte Schau'r gemacht.
Deine Thränen sind verflossen,
25   Die du oft im Kerkergrab
Vor dem Engel hingegossen,
   Den dir Gott zum Schuze gab.

Keine Schlösser, keine Riegel
   Rasseln mehr vor deiner Thür;
30 Und der Schwermuth Rabenflügel
   Schattet nimmer über dir.
Nimmer steigt durchs Eisengitter
   Dein Geächz': O Vater, nimm
Diesen Kelch, so schwer, so bitter,
35   So gefüllt mit deinem Grimm.

Deine Brüder siehst du nimmer
   Schleppen ihrer Ketten Last;
Hörst nicht mehr ihr Angstgewimmer
   In den Nächten ohne Rast.
40 Siehst nicht mehr die Weidengerte
   In des Kriegers Blut getaucht;
Nimmer siehst du, wie die Erde
   Von Verzweiflungszähren raucht.

Freiheit! Freiheit! hörst du tönen
45   Aus dem alten Eichenhain.
Wandelst bald mit Teutschlands Söhnen
   Wieder an dem freien Main. –
Freiheit! Gottes gröster Seegen!
   Freiheit, ach, wann wandelst du
50 Mir Bestürmten auch entgegen?
   Bringst mir wieder Seelenruh?

> R..., Trauter, sieh' mich weinen
> Mit verhülltem Angesicht. –
> Geh, umarme nun die Deinen;
55 > Aber, Freund, vergiß mich nicht!
> Sprich zu deinen Lieben: droben
> Fault in seinem Kerkergrab
> Schubart, der mir manche Proben
> Seiner Lieb' und Freundschaft gab.

60 > R..., nicht mehr auf der Erde,
> Einst im Himmel seh' ich dich!
> O dann bleibst du mein Gefährde,
> Ewig! ewig liebst du mich!
> Und in Paradieseslauben,
65 > Wo kein Menschenhenker quält,
> Schweben wir, wie Zwillingstauben,
> Die die Simpathie vermählt.

FRIEDRICH SCHILLER*

Freigeisterei der Leidenschaft[a]).
Als Laura vermählt war im Jahr 1782.

> Nein – länger länger werd ich diesen Kampf nicht kämpfen,
5 > den Riesenkampf der Pflicht.
> Kannst du des Herzens Flammentrieb nicht dämpfen,
> so fodre, Tugend, dieses Opfer nicht.

> Geschworen hab ichs, ja, ich habs geschworen,
> mich selbst zu bändigen.
10 > Hier ist dein Kranz. Er sey auf ewig mir verloren,
> nimm ihn zurük, und laß mich sündigen.

a) Ich habe um so weniger Anstand genommen, die zwey folgenden Gedichte, hier aufzunehmen, da ich von jedem Leser erwarten kann, er werde so billig seyn, eine Aufwallung der Leidenschaft nicht für ein philosophisches Sistem und die Verzweiflung eines *erdichteten* Liebhabers nicht für das Glaubensbekenntniß des Dichters anzusehen. Widrigenfalls möchte es übel um den dramatischen Dichter aussehen, dessen Intrige selten ohne einen Bösewicht fortgeführt werden kann: und Milton und Klopstock müßten um so schlechtere Menschen seyn, je besser ihnen ihre Teufel glückten. S.

20 *Abraham.*
1 *signiert:* Y. 2 f. *später in gekürzter Fassung unter dem Titel* Der Kampf.

Sieh, Göttin, mich zu deines Trones Stuffen,
   wo ich noch jüngst, ein frecher Beter, lag,
Mein übereilter Eid sey widerrufen,
15   vernichtet sey der schrekliche Vertrag.

Den du im süßen Taumel einer warmen Stunde
   vom Träumenden erzwangst,
Mit meinem heißen Blut in unerlaubtem Bunde,
   betrügerisch aus meinem Busen rangst.

20 Wo sind die Feuer, die elektrisch mich durchwallten,
   und wo der starke kühne Talisman?
In jenem Wahnwiz will ich meinen Schwur dir halten,
   worinn ich unbesonnen ihn gethan.

Zerrissen sey, was du und ich bedungen haben,
25   Sie liebt mich – deine Krone sey verscherzt.
Glükselig, wer in Wonnetrunkenheit begraben,
   so leicht wie ich, den tiefen Fall verschmerzt.

Sie sieht den Wurm an meiner Jugend Blume nagen,
   und meinen Lenz entflohn,
30 Bewundert still mein heldenmütiges Entsagen
   und großmuthsvoll beschließt sie meinen Lohn.

Mistraue, schöne Seele, dieser Engelgüte!
   Dein Mitleid waffnet zum Verbrecher mich,
Gibts in des Lebens unermeßlichem Gebiete,
35   gibts einen andern schönern Lohn – als Dich?

Als das Verbrechen, das ich ewig fliehen wolte?
   Entsezliches Geschik!
Der einzge Lohn der meine Tugend krönen sollte,
   ist meiner Tugend lezter Augenblik.

40 Des wollustreichen Giftes voll – vergessen,
   vor wem ich zittern muß,
Wag ich es stumm, an meinen Busen sie zu pressen,
   auf ihren Lippen brennt mein erster Kuß,

Wie schnell auf sein allmächtig glüendes Berühren,
45   wie schnell o Laura floß
Das dünne Siegel ab von übereilten Schwüren,
   sprang deiner Pflicht Tirannenkette los,

Jezt schlug sie laut die heißerflehte Schäferstunde,
   jezt dämmerte mein Glük –
50 Erhörung zitterte auf deinem brennenden Munde,
   Erhörung schwamm in deinem feuchten Blick,

Mir schauerte vor dem so nahen Glüke,
   und ich errang es nicht.
Vor deiner Gottheit taumelte mein Muth zurüke,
55   ich Rasender! und ich errang es nicht!

Woher diß Zittern, diß unennbare Entsezen,
   wenn mich dein liebevoller Arm umschlang? –
Weil dich ein Eid, den auch schon Wallungen verlezen,
   in fremde Fesseln zwang?

60   Weil ein Gebrauch, den die Geseze heilig prägen,
   des Zufalls schwere Missethat geweiht?
Nein – unerschroken troz' ich einem Bund entgegen,
   den die erröthende Natur bereut.

O zittre nicht – du hast als Sünderin geschworen,
65   ein Meineid ist der Reue fromme Pflicht.
Das Herz war *mein*, das du vor dem Altar verloren,
   Mit Menschenfreuden spielt der Himmel nicht.

Zum Kampf auf die Vernichtung sey er vorgeladen,
   an den der feierliche Spruch dich band.
70   Die Vorsicht kann den überflüßgen Geist entrathen,
   für den sie keine Seligkeit erfand.

Getrennt von Dir – warum bin ich geworden?
   Weil *du* bist, schuf mich Gott!
Er widerrufe, oder lerne Geister morden,
75   und flüchte mich vor seines Wurmes Spott.

Sanftmütigster der fühlenden Dämonen,
   zum Wüterich verzerrt dich Menschenwahn?
Dich solten meine Quaalen nur belonen,
   und diesen *Nero* beten Geister an?

80   *Dich* hätten sie als den Allguten mir gepriesen,
   als Vater mir gemahlt?
So wucherst du mit deinen Paradiesen?
   Mit meinen Tränen machst du dich bezahlt?

Besticht man dich mit blutendem Entsagen?
85   Durch eine Hölle nur
Kannst du zu deinem Himmel eine Brüke schlagen?
   Nur auf der Folter merkt dich die Natur?

O *diesem* Gott laßt unsre Tempel uns verschließen,
   kein Loblied feire ihn,
90   Und keine Freudenträne soll ihm weiter fließen,
   er hat auf immer seinen Lohn dahin!

SOPHIA ALBRECHT

Morgenlied.
Im May 1785.

Prächtig steigt die Sonne wieder
      Aus der Morgenröthe Zelt,
Tausend, tausend Jubellieder
      Singt ihr die erwachte Welt,
Und der Blumen süßes Düften
Steigt ihr auf in reinen Lüften.

Seht! wie ihr die Heerden hüpfen,
      Hört! wie ihr die Taube girrt;
Rascher scheint der Bach zu schlüpfen
      Der durch frische Wiesen irrt,
Und die kleinen Sommer Müken
Tanzen ringelnd ihr Entzüken.

Traurig siz ich in der Fülle
      Lauter Freude rings umher,
Schwermuthsvoller, ernst und stille
      Bleibt mein Busen freudenleer.
Ach! die Purpurstralen weken
Mir des Todes bleiches Schreken.

Weh mir! daß ich durch die Chöre,
      Durch das Lied, das Leben singt,
Laut des Todes Röcheln höre
      Das aus jedem Odem dringt,
In den Weyhrauch reiner Lüfte
Mischt sich Duft der Todtengrüfte.

Blumen, die dem Aufgang blühen,
      Welken, wenn der Mittag sinkt,
Und von Wangen, die ihm glühen,
      Todes Schweis der Abend trinkt,
Leichen, Gräber ohne Zahlen
Wird sein lezter Grus bestralen.

Tauche deine goldnen Flügel,
      Erden Licht! ins Schatten Meer,
Streu um unsre Todenhügel
      Nacht das tiefste Dunkel her,
Bis in Edens Sonnenwälzen
Unsrer Gräber Fesseln schmelzen.

1787

GERHARD ANTON VON HALEM

Diaz.

Als kühn Diaz die große Meeresbahn
um Afrika's bestürmtes Vorgebirg
5   eröfnete, und nun die Felsen, roth
vom lezten Sonnenstrahl, dem Blick entflohn:
Da stand der Führer einsam. Lange sann
er dem Gedanken nach: Kein Sterblicher
befuhr dies weite Meer! Mein Name lebt
10   im Buch der Zeit! – Er dacht's und mächtig hob
ihn das Gefühl. – Da wölkt' es plötzlich sich
um ihn, die Wogen donnerten, und sieh!
ein Geistgebilde stieg gigantisch aus
der schwarzen Flut. Umnachtet war die Stirn,
15   und drohte Untergang: dem hohlen Aug'
entsprühten Funken. Nun erscholl es, gleich
dem dumpfen Laut aus Abgrunds Tiefen, so:
    Was wagst du, Verwegner!
    zu brechen die Schranken,
20   die Keiner der Sterblichen brach?

    Jahrtausende haus' ich hier
    am Vorgebirge der Stürme;
    und nimmer entweihet' ein Seegel
    mein unzugängliches Reich.

25   Du wagst es, Verwegner!
    zu Trotzen den Stürmen,
    zu brechen die Schranken,
    die Keiner der Sterblichen brach. –

    Habsucht entführet
30   die Söhne Europens
    der milderen Heimath, zu suchen
    an Malabar's Ufern, am Ganges
    das Glück, das den Suchenden flieht.
    Gewaltthat ist in ihrem Gefolge
35   und Unterdrückung und Tod.

---

2 Bartolomeu Diaz *(oder Dias)*, *portugisischer Seefahrer (ca. 1450–1500), umfuhr 1488, ohne es zu wissen, die Südspitze Afrikas.*

Öfnete dir sich die Zukunft, Diaz!
Vernähmst du, wie ich, das vereinte Gewinsel
der Millionen Sterbender,
Ha! du erlägest dem tödtenden Blick. – –

40 Verfolge den Lauf!
Das Schicksall gebeut:
aber bebe, Diaz! –
Rache über dich,
und über dein Geschlecht!
45 Du, du stirbst den Tod der Wogen;
doch eher nicht, bis du den Deinen
den Weg des Verderbens gezeigt.

In jeglichem Folgejahrhundert
wird unersättlicher Durst nach Gold
50 Tausende führen die Bahn.
Doch wisse! mein ewiger Fluch
ereilt die Tausende hier:

Fesselt die Könige!
Raubet, verheeret Provinzen!
55 Aber vertilgt euch unter einander
und darbet unter den Schätzen,
die euch der Orient zollt. –
Flieht dann, fliehet verfolget
von der Entfesselten Hohn,
60 Und ha! die Flüchtenden schlinge
mir zum Opfer der Abgrund hinab!

Er sprach's und schwand. Ein Blitz erleuchtete
die Stätte rings: der Donner kracht' im Strahl;
und furchtbar scholl der Felsen Widerhall.

Sophie Christiane Friederike Brun*

An meine Kinder,
den 20. April 1785.

Wie süß du schläfst!
5   Als hätten Himmelsengel
      In Schlummer dich geküßt!

Gerne holder Knabe,
    Küßte deine Mutter
Dir die Rosenwange,
10   Dir die Rosenknospe
Der halboffnen Lippen –
    Doch sie fürchtet zu scheuchen,
Den Leisathmenden Schlaf!

Ach vor wenig Tagen
15   Schlummertest, Geliebter,
      Du nicht leisen Schlaf!
Feuchte Todesblässe
    Deckte deine Wangen,
Und die Rosenknospe
20   War verblüht!
Und des Schlafes Bruder
    Schwebte ernsten Fluges,
Nahe, nahe Dir!

Ach! es fließt die Thräne
25   Bang' die Wang herab!
Kleine süsse Seele,
    Schatten meines Kindes,
      Schwebest du um mich?
Flüsterst du dem Bruder
30 Aus den Himmelslauben
    Engelträume zu?

Ach es gebahr mit Schmerzen,
    Deine Mutter dich!
Ach! es säugte mit Schmerzen
35   Deine Mutter dich!
Und mit blutendem Herzen,

---

1 *signiert:* F. B. g. M., *d. i. Friederike Brun geb. Münter.*

Gab die arme Mutter
Dich dem treuen Schooße,
  Deiner ersten Mutter hin!

40 Unter duftendem Schatten
Hoher Lebensbäume,
  An den blühenden Ufern
Ewger Lebensbäche
  Leiten sanfte Engel
45 Zartes Knäblein dich!
  Flößen bessre Nahrung,
Als der Mutter Busen,
  Süsses Kind, dir reichte,
Flößen Himmelspeise
50   Deinem jungen Geiste ein!

Schlummert beyde sanft!
Erstgebohrner, dich wecket,
  Aus der Kindheit frohem Schlummer
Einst der Leidenschaften Sturm!
55   Und auf wildem Meere
    Treibt der kleine Nachen,
      Dann umher!

Glücklicher, den frühe
  Still der Tod gepflückt,
60 Keine wilden Stürme
    Drohen dir!

CHRISTOPH FRIEDRICH SANGERHAUSEN

Antwort
auf eine poetische Einladung.

Wer du auch seist, der du mit Gesang zur Freude mich ladest,
5 Mich zur Freude, die Fürsten nicht schmeckten; du einer der Söhne
Teuts, der edelsten einer! Wie lieb ich den männlichen Sänger,
Der die Saiten so schlägt, wie seine Väter die Feinde:
Nicht wie der Gallier schlägt, deß Töne der leichteste Zefir
Von dem Saitenspiele verweht, daß weit von dem Ohre,
10 Weiter noch von dem Herzen sie sterben; nicht wie der Barden

ANTWORT ... 14 Flakkus *Horaz.*

Jüngeres Aftergeschlecht, die durch die mächtigen Wälder
Wild, wie der stürmende Nord durch Eichen, und regellos brausen.
Wer du auch seist, der du mit Gesang zur Freude mich ladest,
Wie einst Flakkus die Freunde geladen, mich kannst du erwarten
15 Mit der scheidenden Sonn' und mit meinem ganzen Gefolge.
Denn ich bringe die Fröhlichkeit mit, und die lange
Schlafende Laune, die du aus dem Schlummer wieder geweckt hast.

LEOPOLD FRIEDRICH GÜNTHER VON GOECKINGK

Sehnsucht nach Oskar.

Der Himmel ist so trübe,
Es scheint nicht Mond noch Stern,
5 Und Oskar den ich liebe,
(Ach! izt so fern, so fern!)
Versprach mit Hand und Munde
Beim Auseinandergehn,
Gerad' um diese Stunde
10 Zum Himmel aufzusehn.

O willst du nicht erscheinen,
Daß unsre Blicke sich
Auf dir, o Mond, vereinen,
Der uns so oft beschlich,
15 Wenn Worte das nicht sagten,
Was Thränen kaum hinzu
Zu setzen, furchtsam wagten,
Die Niemand sah als du?

Wenn Liebe, nicht zu sprechen,
20 Ja kaum zu seufzen wagt:
Ist sie denn ein Verbrechen
Das vom Gewissen nagt?
So hab' ich kein Gewissen,
So hab' ich nur ein Herz!
25 Denn o nach tausend Küssen
Fühlt jenes keinen Schmerz.

Die Sehnsucht schleicht mit Schmerzen,
Sich zwar zu mir heran;
Doch steckt nur eure Kerzen,
30 Orion, Hesper, an!

Dann fällt mit einem Male
Auf euch des Trauten Blick,
Und o mit eurem Strale
Auch bald auf mich zurück!

JOHANN BAPTIST EDLER VON ALXINGER

Entbehrlichkeit des Putzes. [a])

Warum o Liebchen hüllt in gallische Dormeusen
Dein Haar sich, oder prangt mit Demanten bestekt?
5 Warum verbaust du mir mit neidischen Trompeusen [b])
Und gigantesken Strauß den lieblichen Prospekt?
Vertauschest, welch ein Tausch! dein *Selbst* um fremde Waaren?
Den angebohrnen Reiz, der göttlich dich umwallt,
Um feilen? Laß den Tand, denn er verschönt nicht, fahren.
10 Cupid' ist nackt, und haßt erkünstelte Gestalt.
Sieh, wie der Boden sich mit eignen Blumen schmücket,
Wie ohne Gärtnerhand der Epheu weiter kreucht,
Wie ungepflegt sich mehr der Hagedorn verdicket,
Wie ungelehrt der Bach durch grüne Wiesen schleicht.
15 Sieh, wie die Muschel prangt von der Natur gemahlet,
Ununterwiesen uns die Biene Honig bringt,
Hellglänzendes Gestein an fernen Felsen strahlet
Und ohn' Ut-re-mi-fa der Vogel süßer singt.
Wars *Sarens* Flitterstaat, was tief den Liebesstachel
20 Ins Herz des Großpapas der Glaubigen gedrückt?
Wars Putz, was Isaacs Sohn an seiner schönen Rachel [c])
In harter Dienstbarkeit durch vierzehn Jahr' entzückt?
Nein! beyde borgten Reiz von keinen Edelsteinen,
Und wünschten frey von Putz- und von Eroberungssucht
25 Nicht einen Buhler-Schwarm um sich her zu vereinen:

a) Nach dem Properz, mit Veränderung der Moden und der Mythologie.
b) Eine Trompeuse ist ein Berg von Nesseltuch vor dem Busen unserer
Schönen. Sie ward von denen erfunden, die nichts zu zeigen hatten, sehr
weislich, wie mich deucht, daher auch der Name Trompeuse: sie wird aber
auch von denen getragen, die Etwas zu zeigen hätten: nicht eben so weislich.
c) Nach Luthers Übersetzung Rahel: nach der Vulgata aber und der
jüdischen Aussprache Rachel.

---

3 *Schlaf- und Negligéhaube.*   *zu* b) Trompeuse   *von tromper; täuschen, betrügen.*

Natur war ihr Geschmeid', ihr größter Reiz war Zucht.
Und doch ward ihr Gemahl nie müde sie zu küssen;
Der Zeit und dem Genuß hat ihre Lieb' getruzt.
Komm Liebchen, laß auch uns ein solches Bündniß schließen!
30 Die Einem Mann gefällt, die ist genug geputzt.

JOHANN ADOLF SCHLEGEL

Die Gewalt der Leidenschaften.
1786.

Mel. Herr Jesu Christ, du höchstes Gut.

5   Ich, sündger Mensch! O wer wird doch
       Von diesem Hang zum Bösen,
       Der in mir wohnt, und immer noch
       Sich reget, mich erlösen?
       Oft meyn ich schon, mir seys geglückt,
10   Daß ich nun ganz ihn unterdrückt,
       Und seh mich doch getäuschet.

       Ach Gott! Wie kann an mir so bald
       Der Reiz des Bösen haften!
       Wie hoch steigt öfters die Gewalt
15   Empörter Leidenschaften!
       Du weist, o Gott, wie schwach ich bin!
       Sie aber reißen stürmend hin;
       Oft fort bis zu Verbrechen.

       Der Sänger Gottes, David, ward
20   Durch sie zum Ehebrecher,
       Und, da sein Herz darinn beharrt,
       Zum Sündigen bald frecher;
       Hat nun zu jeder Unthat Muth;
       Bedeckt den Ehebruch mit Blut;
25   Wird des Entehrten Mörder.

       Und wars nicht ihre Macht allein,
       Die Petrum übermannte,
       Der, seinem Jesu treu zu seyn,
       Von Lieb' und Eifer brannte?
30   Erst waget er, aus Ehrgeiz kühn,

Sich in Gefahr, und bald wirft ihn
Die Menschenfurcht darnieder.

O schwerer Fall! Wie schrecket mich
Das Beyspiel seines Falles!
35   Herr, ich vertrau allein auf dich.
Durch dich vermag ich alles.
Groß sey die Macht der Leidenschaft!
Groß meine Schwachheit! Deine Kraft
Ist in mir Schwachen mächtig.

1788

FRIEDRICH SCHILLER

Die Götter Griechenlandes.

Da ihr noch die schöne Welt regiertet,
an der Freude leichtem Gängelband
glücklichere Menschenalter führtet,
5   schöne Wesen aus dem Fabelland!
Ach! da euer Wonnedienst noch glänzte,
wie ganz anders, anders war es da!
Da man deine Tempel noch bekränzte,
Venus Amathusia!
10

Da der Dichtkunst mahlerische Hülle
sich noch lieblich um die Wahrheit wand! –
Durch die Schöpfung floß da Lebensfülle,
und, was nie empfinden wird, empfand.
15   An der Liebe Busen sie zu drücken,
gab man höhern Adel der Natur.
Alles wies den eingeweyhten Blicken
alles eines Gottes Spur.

Wo jezt nur, wie unsre Weisen sagen,
20   seelenlos ein Feuerball sich dreht,
lenkte damals seinen goldnen Wagen
Helios in stiller Majestät.

---

10 Amathusia   *Beiname der Aphrodite nach ihrem Tempel in* Amathus *auf Zypern.*

Diese Höhen füllten Oreaden,
eine Dryas starb mit jenem Baum,
25 aus den Urnen lieblicher Najaden
sprang der Ströme Silberschaum.

Jener Lorbeer wand sich einst um Hilfe[a])
Tantals Tochter[b]) schweigt in diesem Stein,
Syrinx Klage tönt' aus jenem Schilfe,
30 Philomelens Schmerz in diesem Hayn.

Jener Bach empfieng Demeters Zähre,
die sie um Persephonen geweint,
und von diesem Hügel rief Cythere
ach vergebens! ihrem schönen Freund.

35 Zu Deukalions Geschlechte stiegen
damals noch die Himmlischen herab,
Pyrrha's schöne Töchter zu besiegen,
nahm Hyperion den Hirtenstab.
Zwischen Menschen, Göttern und Heroen
40 knüpfte Amor einen schönen Bund.
Sterbliche mit Göttern und Heroen
huldigten in Amathunt.

Betend an der Grazien Altären
kniete da die holde Priesterinn,
45 sandte stille Wünsche an Cytheren
und Gelübde an die Charitinn.
Hoher Stolz, auch droben zu gebieten,
lehrte sie den göttergleichen Rang,
und des Reizes heilgen Gürtel hüten,
50 der den *Donn'rer* selbst bezwang.

Himmlisch und unsterblich war das Feuer,
das in Pindars stolzen Hymnen floß,
niederströmte in Arions Leier,
in den Stein des Phidias sich goß.

a) Daphne vom Apollo verfolgt.   b) Niobe.

---

23 *Bergnymphen.*   24 *Baumnymphe.*   25 *Quellnymphen.*   29 *Nymphe, von Pan in Schilfrohr verwandelt, aus dem er die Hirtenflöte verfertigte.*   30 *Tochter des Königs Pandion, auf der Flucht vor ihrem Schwager Tereus in eine Schwalbe bzw. Nachtigall verwandelt.*
33 *Aphrodite.*   34 *Adonis.*   35 *Sohn des Prometheus.*   37 *Pyrrha Gemahlin des Deukalion.*   38 *Titan der Sonne, in der griechischen Mythologie häufig mit Helios gleichgesetzt.*   49 *heilgen Gürtel Keuschheitszeichen.*

55   Beßre Wesen, edlere Gestalten
kündigten die hohe Abkunft an.
Götter, die vom Himmel niederwallten,
sahen *hier* ihn wieder aufgethan.

       Werther war von eines Gottes Güte
60   theurer jede Gabe der Natur.
Unter Iris schönem Bogen blühte
reizender die perlenvolle Flur.
Prangender erschien die Morgenröthe
in Himerens rosigtem Gewand,
65   schmelzender erklang die Flöte
in des Hirtengottes Hand.

       Liebenswerther mahlte sich die Jugend,
blühender in Ganymeda's ᶜ) Bild,
heldenkühner göttlicher die Tugend
70   mit Tritoniens Medusenschild.
Sanfter war, da Hymen es noch knüpfte,
heiliger der Herzen ew'ges Band.
Selbst des Lebens zarter Faden schlüpfte
weicher durch der Parzen Hand.

75   Das Evoe muntrer Thyrsusschwinger,
und der Panther prächtiges Gespann
meldeten den großen Freudebringer.
Faun und Satyr taumeln ihm voran,
um ihn springen rasende Mänaden,
80   ihre Tänze loben seinen Wein,
und die Wangen des Bewirthers laden
lustig zu dem Becher ein.

       Höher war der Gabe Werth gestiegen,
die der Geber freundlich *mit* genoß,
85   *näher* war der Schöpfer dem Vergnügen,
das im Busen des Geschöpfes floß.
Nennt der Meinige sich dem Verstande?
Birgt ihn etwa der Gewölke Zelt?
Mühsam späh' ich im Ideenlande,
90   fruchtlos in der Sinnenwelt.

c) *Hebe.* Ihr älterer Nahme war *Ganymeda* sagt *Pausanias* Corinth. c. 13.

---

64 Himere   *weibliches Pendant zu Himeros, Personifikation der Liebessehnsucht.*
70 *Anspielung auf Athene.*   75–82 *Anspielung auf Dionysos-Feste.*   75 Thyrsus
Stab des Dionysos.

Eure Tempel lachten gleich Pallästen,
euch verherrlichte das Heldenspiel
an des Isthmus kronenreichen Festen,
und die Wagen donnerten zum Ziel.
95 Schön geschlungne seelenvolle Tänze
kreisten um den prangenden Altar,
eure Schläfe schmückten Siegeskränze,
Kronen euer duftend Haar.

Seiner Güter schenkte man das Beste,
100 seiner Lämmer liebstes gab der Hirt,
und der Freudetaumel seiner Gäste
lohnte dem erhabnen Wirth.
Wohin tret ich? Diese traurge Stille
kündigt sie mir meinen Schöpfer an?
105 Finster, wie er selbst, ist seine Hülle,
mein Entsagen – was ihn feiern kann.

Damals trat kein gräßliches Gerippe
vor das Bett des Sterbenden. Ein Kuß
nahm das lezte Leben von der Lippe,
110 still und traurig senkt' ein Genius
seine Fackel. Schöne lichte Bilder
scherzten auch um die Nothwendigkeit,
und das ernste Schicksal blickte milder
durch den Schleyer sanfter Menschlichkeit.

115 Nach der Geister schrecklichen Gesetzen
richtete kein heiliger Barbar,
dessen Auge Thränen nie benetzen,
zarte Wesen, die ein Weib gebahr.
Selbst des Orkus strenge Richterwaage
120 hielt der Enkel einer Sterblichen,
und des Thrakers seelenvolle Klage
rührte die Erinnyen.

Seine Freuden traf der frohe Schatten
in Elysiens Haynen wieder an;
125 Treue Liebe fand den treuen Gatten
und der Wagenlenker seine Bahn;
Orpheus Spiel tönt die gewohnten Lieder,
in Alcestens Arme sinkt Admet,

---

93 Isthmus *von Korinth.*   120 *Minos?*   121 *Orpheus.*

130   seinen Freund erkennt Orestes wieder,
    seine Waffen Philoktet.

Aber ohne Wiederkehr verloren
bleibt, was *ich* auf dieser Welt verließ,
jede Wonne hab ich abgeschworen,
alle Bande die ich selig prieß.
135   Fremde, nie verstandene Entzücken
schaudern mich aus jenen Welten an,
und für Freuden, die mich jetzt beglücken,
tausch' ich neue, die ich missen kann.

Höh're Preise stärkten da den Ringer
140   auf der Tugend arbeitvoller Bahn:
Großer Thaten herrliche Vollbringer
klimmten zu den Seligen hinan;
Vor dem Wiederforderer der Todten[d])
neigte sich der Götter stille Schaar.
145   Durch die Fluthen leuchtet dem Piloten
vom Olymp das Zwillingspaar.

Schöne Welt, wo bist du? – Kehre wieder,
holdes Blüthenalter der Natur!
Ach! nur in dem Feenland der Lieder
150   lebt noch deine goldne Spur.
Ausgestorben trauert das Gefilde,
keine Gottheit zeigt sich meinem Blik,
Ach! von jenem lebenwarmen Bilde
blieb nur das Gerippe mir zurück.

155   Alle jene Blüthen sind gefallen
von des Nordes winterlichem Wehn.
Einen zu bereichern, unter allen,
mußte diese Götterwelt vergehn.
Traurig such ich an dem Sternenbogen,
160   dich, Selene, find ich dort nicht mehr;
Durch die Wälder ruf ich, durch die Wogen
ach! sie wiederhallen leer!

Unbewußt der Freuden, die sie schenket,
nie entzückt von ihrer Treflichkeit,

d) Hercules.

---

129 *Pylades.*   130 Philoktet *hatte die Waffen des Herakles bekommen.*   146 *Kastor und Polydeukes (Pollux).*

165 nie gewahr des Armes, der sie lenket,
reicher nie durch meine Dankbarkeit,
fühllos selbst für ihres Künstlers Ehre,
gleich dem todten Schlag der Pendeluhr,
dient sie knechtisch dem Gesetz der Schwere
170 die entgötterte Natur!

Morgen wieder neu sich zu entbinden,
wühlt sie heute sich ihr eignes Grab,
und an ewig gleicher Spindel winden
sich von selbst die Monde auf und ab.
175 Müßig kehrten zu dem Dichterlande
heim die Götter, unnütz einer Welt
die, entwachsen ihrem Gängelbande,
sich durch eignes Schweben hält.

Freundlos, ohne Bruder, ohne Gleichen,
180 keiner Göttinn, keiner Irrd'schen Sohn,
Herrscht ein Andrer in des Äthers Reichen
auf Saturnus umgestürztem Thron.
Selig, eh sich Wesen um ihn freuten,
selig im entvölkerten Gefild,
185 sieht er in dem langen Strom der Zeiten
ewig nur – sein eignes Bild.

Bürger des Olymps konnt' ich erreichen,
jenem Gotte, den sein Marmor preißt,
konnte einst der hohe Bildner gleichen;
190 Was ist neben *Dir* der höchste Geist
derer, welche Sterbliche gebohren?
Nur der Würmer Erster, Edelster.
Da die Götter menschlicher noch waren,
waren Menschen göttlicher.

195 Dessen Stralen mich darnieder schlagen,
Werk und Schöpfer des Verstandes! dir
nach zu ringen, gib mir Flügel, Waagen
dich zu wägen – oder nimm von mir
nimm die ernste strenge Göttin wieder,
200 die den Spiegel blendend vor mir hält;
Ihre sanft're Schwester sende nieder,
spare jene für die andre Welt.

GOTTHARD LUDWIG THEOBUL KOSEGARTEN

Nachtgesang.

Tiefe Feyer
Schauert um die Welt.
   Braune Schleyer
Hüllen Wald und Feld.
   Trüb' und matt und müde
Nickt jedes Leben ein,
   Und namenloser Friede
Umsäuselt all mein Seyn!

   Wacher Kummer,
Verlaß ein Weilchen mich!
   Goldner Schlummer,
Komm, und umflügle mich!
   Trockne meine Thränen
Mit deines Schleyers Saum,
   Und täusche, Freund, mein Sehnen
Mit deinem schönsten Traum!

   Blaue Ferne,
Die über mich sich höht,
   Heil'ge Sterne
In hehrer Majestät! —
   Sagt mir: Ist es stiller
Ihr funkelnden, bey euch,
   Als in der Eitelkeiten
Aufruhrvollem Reich??

1789

GOTTLIEB KONRAD PFEFFEL

Der Exorcist.

Ein Exorcist trieb Teufel aus;
Nicht einer durfte lang verweilen:
Mit Flüchen, Lachen oder Heulen
Verließ er stracks das fremde Haus.

Ein altes Weib wird vorgeführt,
Die sich mit allen Vieren bäumet;
Der Priester droht, die Vettel schäumet
10 Und Satanas kapitulirt;
Erlaube mir nach altem Brauch
In eine fette Sau zu fahren;
Er sprachs und fuhr mit Haut und Haaren
Dem Exorcisten in den Bauch.

August Wilhelm Schlegel

An Lyda.
Nach dem lateinischen Liede: Lydia bella puella.

Liebe Lyda! Süße! Wunderschöne!
5 Weiß wie Milch von Gliedern, rein wie Schwäne,
Wie das Elfenbein so glatt,
Und wohl weicher, als der Rose Blatt!

Löse, Liebchen, löse deine hellen
Goldnen Haare! Laß mich ihre Wellen,
10 Ihre tausend Ringel, und ihr Wehn
Auf den nackten Schultern sehn!

Laß mich, Liebchen, deine Blicke saugen!
Schimmern laß die Sterne deiner Augen!
Schlag es auf, das Augenlied,
15 Das den Vorhang sittsam niederzieht!

Beut mir deine Rosenwangen, Liebchen!
Lächle dann, und zeichne sie mit Grübchen!
Beut mir deine Lippen, warm und zart;
Küsse mich nach Taubenart!

20 Wie mein Athem sich beflügelt!
Wie mein Geist, zum Wahnsinn aufgewiegelt,
Sich zum Munde dränget! Wie mein Herz
Sich ersättigt an dem süßen Schmerz!

Birg sie dreyfach in die Hülle,
25 Birg mir Mädchen, deines Busens Fülle!
Ach, die reife frische Zwillingsfrucht,
Die so üppig zum Genuß versucht!

30

Lauer Wollust Duft entquillet
Dem Gewand, das deinen Schooß umhüllet.
Wollust heimlich, Wollust offenbar,
Wollust, Liebchen, bist du ganz und gar.

35

Schone, Mädchen, schone! Mit den Küssen
Hast du Seel' und Leben mir entrissen:
Ächzend und verwundet fleh' ich dich:
Birg die Brust! Sie tödtet mich.

FRIEDRICH VON MATTHISSON

Elegie, am Genfersee geschrieben.
1788.

Ille terrarum mihi praeter omnes Angulus ridet.

Hor.

5

Einst wälzte, wo im Abendlichte dort,
Geneva, deine Zinnen sich erheben,
Der Rhodan seine Wogen traurend fort,
Von schauervoller Haine Nacht umgeben.

10

Da hörte deine Paradiesesflur,
Du stilles Thal, voll blühender Gehege,
Die großen Harmonien der Wildnis nur,
Orkan und Thiergeheul und Donnerschläge.

15

Kein Lustgesang der Traubenleserin,
Kein Erntejubel, keines Hirten Flöte,
Kein schmetternd Horn aus reicher Wälder Grün,
Begrüßte da den Stern der Abendröthe.

20

Die Öde schwieg; wenn auf verwachsnem Pfad,
Wo nur der Bär in Felsenklüften hauste,
Nicht etwa noch des Sees gewohntem Bad
Ein Uhr mit wilder Lust entgegenbrauste.

Als senkte sich sein zweifelhafter Schein
Auf eines Weltballs ausgebrannte Trümmer,

4f. *Jener Landstrich gefällt mir vor allen. Horaz,* Oden *II, 6.*   8 Rhodanus *lateinischer Name der Rhone.*

So goß der Mond auf diese Wüstenein,
25   Voll trüber Nebeldämmrung, seine Schimmer.

Da hieß aus dieses Chaos alter Nacht
Der Herr, so weit des Lemans Fluten wallten,
Voll sanfter Anmut, voll erhabner Pracht,
Sich zauberisch dies Paradies entfalten:

30   Dies stolzumthürmte Land, gleich Tempes Flur,
Mit jedem Reiz der Schöpfung übergossen,
Dies Wunderwerk der göttlichen Natur,
Von Schönheit, wie von Glanz die Sonn', umflossen.

Und wär' ich selbst mit Hallers Wissenschaft,
35   Von Grönlands Eis bis zu Tayti's Wogen,
Mit Gesners Blick, mit Ansons Heldenkraft,
Mit Claude Lorrains Kunst, die Erd' umflogen:

Doch weiht' ich ewig, im Erinnrungstraum,
Nur dir der Sehnsucht und des Dankes Thränen;
40   Doch würd' ich mich in jedem Schöpfungsraum,
O See! verbannt aus deinen Himmeln wähnen!

An diesem Hain, vom Felsenquell durchtanzt,
Ein Gärtchen nur vor einer kleinen Hütte,
Mit schlanken Pappeln malerisch umpflanzt,
45   Ist alles, was ich vom Geschick erbitte.

Hier würde mir die Weisheit Rosen streun,
Des Himmels Friede meinen Geist umfließen,
Und einst, o goldnes Bild, im Abendschein
Die Freundschaft mir die Augen weinend schließen.

50   Hell würde sich des reinsten Glückes Spur
Mir dann entwölken, fern vom Weltgetümmel;
Wo Liebe, Freundschaft, Weisheit und Natur
In frommer Eintracht wohnen, ist der Himmel!

---

27 *Genfer See französisch Lac* Léman.   30 Tempe *Flußtal der Peneios; literarisch:
Ort der Idylle.*   35 *Albrecht von Haller (1708–1777), schweizer. Dichter u. Mediziner.*
37 *Salomon* Geßner *(1730–1788), schweizer. Dichter u. Maler.*   38 Claude Lorrain
(1600–1682), franz. Maler.

Johann Gaudenz von Salis-Seewis

Abendsehnsucht.

Wann der Abend sich senkt, flieh ich die laute Stadt,
Und durchwandere stumm feuchtes Gefild' umher,
    Voll die Seele von Sehnsucht,
      Und voll süßer Erinnerung.

Safranfarbiger Schein rändet den Horizont,
Und durchglüht das Gebüsch, welches den Hügel kränzt,
    Wo die stöhnende Windmühl'
      Ihre langsamen Flügel wälzt.

An die Schleusen gelehnt, schau ich den Weidengrund,
Frisch von perlendem Thau, und wie des duftenden
    Räps gelbblühende Felder
      Noch ein röthender Nachschein färbt.

Nur der Emmerling zirpt oben im Erlenstrauch.
Stille waltet umher, auf dem umbüschten Dorf,
    Das der krähende Haushahn,
      Und aufwallender Rauch verräth.

Frischer dünstet der Thau; grauende Dämmerung
Spannt den trübenden Flor über die Ferne hin.
    Wo unförmlich sie schwindet,
      Weilt hinstarrend der lange Blick.

Länder dehnen sich dort hinter der Fläche Rand;
Aber trennende Nacht füllet den weiten Raum
    Hin zu meinen Geliebten;
      Und des Schmachtenden Thräne rinnt.

ABENDSEHNSUCHT   15 Emmerling *mundartlich für Ammer.*

FRIEDRICH GOTTLIEB KLOPSTOCK

Les Etats Generaux.
(Im Dezemb. 1788.)

Der kühne Reichstag Galliens dämmert schon;
5   Der Morgenschauer dringet den Wartenden
    Durch Mark und Bein: o komm, du neue,
      Labende, selbst nicht geträumte Sonne!

Gesegnet sei mir du, das mein Haupt bedeckt,
Mein graues Haar, die Kraft, die nach Sechzigen
10   Fortdauert; denn sie war's, so weit hin
      Brachte sie mich, daß ich dies erlebte!

Verzeiht, o Franken! (Name der Brüder ist
Der edle Name) daß ich den Deutschen oft
    Zurufte, das zu fliehn, warum ich
15   Ihnen jezt flehe, euch nachzuahmen.

Die gröste Handlung dieses Jahrhunderts sei,
So dacht' ich sonst, wie Herkules Friederich
    Die Keule führte, von Europas
      Herschern bekämpft, und den Herscherinnen.

20 So denk' ich jezt nicht: Gallien flicht und sezt
Sich einen Bürgerkranz auf, wie keiner war!
    Der glänzet heller, und verdient es,
      Schöner als Lorbeern, die Blut entschimmert.[a]

a) D. i. deren Schimmer Blut entstellt.

FRIEDRICH GUSTAV SCHILLING*

Ode an Gott.

1. Ewiger! im Wetterstrahlenkranze
Deiner Cherubim – bei'm Reihentanze
5   Deiner Welten sing' ich dir!

LES ETATS 2 vgl. *Gleim und Raumer,* auch Les Etats généraux, *S. 234 u. S. 235.*   4 *im August 1788 beschloß Ludwig XVI. auf Drängen des Adels die Berufung der* Etats généraux *(Generalstände), die dann am 5. Mai 1789 in Versailles zusammentraten.*
ODE AN GOTT 1 *signiert:* G. S.

Auf der Phantasie geweihtem Flügel
Eil' ich zu dem Feuerwolkenhügel
Deines Gottessitzes hin.

2. Hingesunken, an dem Flammenthrone,
Beth' ich dich! du Schöpfer der Äone,
Und des Staubes Schöpfer an:
Lall' in die Verklärung meiner Saiten
Halleluja! dir – die Ewigkeiten
Sprechen es im Echo nach.

3. Nimm dann bei dem Klange deiner Sphären
Meines Dankes gluterfüllte Zähren,
Meines Lobsangs Thräne hin –
Schau, vom Donnerchore deiner Größe,
Auf der Menschheit schleierlose Blöße,
Vater! allerbarmend hin.

4. Athmen nicht durch dich die Myriaden?
Klimmen an der Allmacht Zauberfaden
Ihrem Stralenlohne zu?
Lacht nicht durch des Todes Trauerflöre
In der Glorie der Sonnenmeere
Frühroth einer lichtern Welt?

5. Aus des Chaos Schooße losgewunden,
Mit der Jugend Diadem umbunden,
Lächelt ihm sein Eden an:
Da entriß dem Äther er die Binde,
Wog die Mitternacht der Labyrinthe
Gegen ihre Feuer ab.

6. Unter deinem Gottesgriffel schäumten
Elemente, gute Geister keimten
Schöpfer! jauchzend um dich her –
Und bei'm Jubeltone dieser Weihe
Wallte Sternenklangs, der Sonnenreihe
Lichtmeer, seinem Wirbel zu.

7. Wer befohl den Polen ihrer Tänze
Ew'gen Flügelschwung? Wer ruft dem Lenze,
Flur und Blume zu bethaun?
Und wer webte meiner Mutter Erde
Durch das schöpferische Wort – Es werde!!!
Das azurne Gewand?

8. Wer umgürtete mit goldnen Zonen
Der gerufnen Welten Embryonen?
Und wer rufte meinem Geist?
Du! durch dessen Odem angewehet,
Und für die Unsterblichkeit gesäet,
Ich im Erdenstaube knie'.

9. Aus den Silberlocken deiner Blitze,
Die Allgegenwart zum würd'gen Sitze,
Unerreichbarkeit im Blick.
Groß im Seraph, wie im Staube merkbar,
In der Schimmelblume noch erkennbar,
Zeichnet die Natur dein Bild!

10. Laß dann meines Lobes Dankgeflöte
Dir gefallen, bis die Morgenröthe
Klärender Vollendung winkt –
Allah! deinem Flammenthrone näher,
Jauchzet einst, seraphischer und höher,
Gott! mein Alleluja dir!

CHRISTIAN FRIEDRICH DANIEL SCHUBART

Auf eine Bastilltrümmer von der Kerkerthüre Voltaire's.

Dank dir, o Freund, aus voller Herzensfülle
Für die Reliquie der greulichen Bastille,
  Die freier Bürger starke Hand
  Zermalmend warf in Schutt und Sand.

Zertrümmert ist die Schauerklause,
  Die einst, o *Voltär*, dich in dumpfe Nacht verschloß.
Kein Holz, kein Stein, kein Nagel bleibe von dem Hause,
  Wo oft der Unschuld Zähre sich ergoß! –

Drum, Bidermann, empfange meinen Seegen
  Für diese Trümmer, die du mir geschikt,
Sie ist mir theurer als ein goldner Degen,
  Womit einst ein Tirann die Freien unterdrükt.

JOHANN WOLFGANG VON GOETHE

Heidenröslein.

Sah ein Knab' ein Röslein stehn,
Röslein auf der Heiden,
5 War so jung und morgenschön,
Lief er schnell es nah zu sehn,
Sah's mit vielen Freuden.
Röslein, Röslein, Röslein roth,
Röslein auf der Heiden.

10 Knabe sprach: ich breche dich,
Röslein auf der Heiden!
Röslein sprach: ich steche dich,
Daß du ewig denkst an mich,
Und ich will's nicht leiden.
15 Röslein, Röslein, Röslein roth,
Röslein auf der Heiden.

Und der wilde Knabe brach
's Röslein auf der Heiden;
Röslein wehrte sich und stach,
20 Half ihr doch kein Weh und Ach,
Mußte es eben leiden.
Röslein, Röslein, Röslein roth,
Röslein auf der Heiden.

Liebebedürfniß.

Wer vernimmt mich? ach! wem soll ich's klagen?
Wer's vernähme, würd' er mich bedauern?
Ach! die Lippe, die so manche Freude
5 Sonst genossen hat und sonst gegeben,
Ist gespalten und sie schmerzt erbärmlich.
Und sie ist nicht etwa wund geworden,
Weil die Liebste mich zu wild ergriffen,
Hold mich angebissen, daß sie fester
10 Sich des Freunds versichernd ihn genösse:

HEIDENRÖSLEIN 2 *vgl. die früheren Fassungen S. 43 und S. 125.*
LIEBEBEDÜRFNISS 1 *vgl. die frühere Fassung* An den Geist des Johannes Secundus,
S. 88.

Nein, das zarte Lippchen ist gesprungen,
Weil nun über Reif und Frost die Winde
Spitz und scharf und lieblos mir begegnen.

Und nun soll mir Saft der edeln Traube,
Mit dem Saft der Bienen, bey dem Feuer
Meines Herds vereinigt, Lind'rung schaffen.
Ach was will das helfen, mischt die Liebe
Nicht ein Tröpfchen ihres Balsams drunter?

Gesang der Geister über den Wassern.

Des Menschen Seele
Gleicht dem Wasser:
Vom Himmel kommt es,
Zum Himmel steigt es,
Und wieder nieder
Zur Erde muß es,
Ewig wechselnd.

Strömt von der hohen,
Steilen Felswand
Der reine Strahl,
Dann stäubt er lieblich
In Wolkenwellen
Zum glatten Fels,
Und leicht empfangen,
Wallt er verschleyernd,
Leisrauschend,
Zur Tiefe nieder.

Ragen Klippen
Dem Sturze entgegen,
Schäumt er unmuthig
Stufenweise
Zum Abgrund.

Im flachen Bette
Schleicht er das Wiesenthal hin,
Und in dem glatten See
Weiden ihr Antlitz
Alle Gestirne.

30

Wind ist der Welle
Lieblicher Buhler;
Wind mischt vom Grund aus
Schäumende Wogen.

Seele des Menschen,
Wie gleichst du dem Wasser!
35
Schicksal des Menschen,
Wie gleichst du dem Wind!

1790

Johann Wilhelm Ludwig Gleim

Auch Les Etats généraux.
An Frankreichs Demokraten.

Nicht mehr als etwa nur zwölfhundert
5
Despoten wollt ihr? Ha! Mich wundert
Daß ihr, der Despotie so hold!
Nicht mehr noch ihrer haben wollt?

Zwölf hundert, woll'n, anstatt des Einen,
Das ist, ihr Herrn! ich sollt' es meinen
10
Gar viel nicht schlimmer, als das Woll'n,
(Nehmt mir's nicht übel) eines Tolln!

Den *Einen*, macht' er's euch zu toll,
Den, dächt' ich, zwänge man noch wohl;
Auch ist des *Einen* Wuth nicht erblich:
15
Zwölf *hundert* aber sind nicht sterblich!

Der Weise, dächt' ich, sollt' ich meinen,
Der hielt' es immer mit dem *Einen*!

---

2 *vgl. Klopstocks* Les Etats Generaux *S. 229 und Raumers Antwortgedicht S. 235.*

KARL GEORG VON RAUMER

Auch les Etats généraux.
An Hrn. Kanonikus Gleim.

Barde Germaniens, vormals des Großen Friederichs Sänger,
5 Als mit herkulischen Kämpfen Er, der Beschützer der Freiheit,
Fremdem Joche die Brennen entrissen, – ach, Du betrübst mich,
Nennest den tapfern Willen der tausend Fränkischen Edlen:
Wahnsinn! – O, Du vergissest, daß zahlreich der Griechen
                                                    Versammlung,
Zahlreich das heilige Chor der römischen Väter war, zahlreich,
10 Hohes Britannien, deine Senate sind! – Wenige Männer
Sind die Triumvirs. Einer von Zehnen, der Rechte, der Unschuld
Arger Verhöhner, ist Appius[a]). Wenig die Sechzehn, Lutetiens
Dunkle Despoten[b]). Einzig war Karl, der schwärzesten aller
Nächte Verbreiter[c]). Einzig auch Ludwig der Stolze, nicht Große,
15 Sterblich, (ja, sterblich, trotz der prahlenden Inschrift des
                                                    Schmeichlers[d])!
Doch, unaufhaltsam, die lange Geißel der Gallischen Völker,
Er, der eigne Kinder verfolgte, die Tempel zerstörte[e]).
Unvergeßlich, nach einem vollen Jahrhundert, den Deutschen,
Zünden, mit Fakkeln des Orkus, des Königs grausame Krieger
20 Wehrlose Hütten an, blühende Städte[f]) der friedlichen Nachbarn.
Einzig war Ludwig[g]), des sinkenden Zepters schläfriger Führer,
Er, der seines gedrükten Volkes tiefere Wunden
Wahrlich nicht heilte. – Glichen die Fürsten, glichen sie alle
Heinrich[h]), dem guten verzeihenden Vater verblendeter Kinder,
25 Glichen sie alle dem göttlichen Friedrich, dem Schutzgeist der
                                                    Brennen;
O, dann würde der Wille des Einen die Völker beglükken!

a) Der Decemvir Appius, der ungerechte Richter in der Sache Virginiens.
b) Die Ligue des Seize im 16. Jahrhundert in Paris.   c) Karl IX., Urheber
der Bartholomäusnacht 1572.   d) Des Marschalls de la Feuillade: Viro
immortali, unter der Bildsäule Ludwigs XIV.   e) Die Verfolgungen der
Reformirten.   f) Speier, Worms, Oppenheim u. s. w. welche im Jahre 1689
nicht etwa durch Belagerungen, sondern vorsetzlich auf Befehl Ludwigs XIV.
angezündet wurden.   g) Der XV.   h) Dem IV.

2 vgl. Anm. zu 2 S. 234.   6 Ureinwohner Brandenburgs, steht für Preußen.   12 Lu-
tetia Paris.   zu b) die katholische Liga.

Sophie Mereau[*]

Bey Frankreichs Feier.
den 14ten Junius 1790.

Genius der Freiheit! Du der glühend
sich ins Herz der Nationen taucht,
wo ein Strahl von Menschenwürde schlummert,
schnell den Strahl in lohe Flammen haucht,

Wo, an welchem Himmelsfeuer zündest
du die Fackel? – Welche Sonne leiht
ihren Strahl dir, daß von ihm erwärmet
jede Zone dir Altäre weiht? –

Mächtig zwar rührt auch der Liebe Zauber
Menschenseelen, adelt Herz und Muth,
aber selbst der Flammenhauch der Liebe
wird verschlungen von der Freiheit Gluth.

Wo dein hoher, kühner Flügel rauschet
stehn entschlossen Nationen auf,
fühlen ihre Kräfte, richten muthig
zu des Ruhmes Tempel ihren Lauf.

Wo du fern bist, ach! da sinken nieder
zu der Knechtschaft tödendem Gefühl
alle Tugenden, der Künste Adel
wird erniedrigt zu des Schwelgers Spiel.

Gallien, von Dankgefühl durchglüht
bringt dir heut der Huldigungen viel –
Dir o Geist der Freiheit, ihrem Schöpfer
rührt die Freude dort ihr goldnes Spiel.

Dort, wo unter dem verhaßten Drucke
weniger Tyrannen, denen nie
Menschlichkeit im Busen schlug, vergebens
nach Gerechtigkeit die Unschuld schrie.

Dort hebt endlich – so bewegt des Meeres
stillen Spiegel zürnend der Orkan –
die verstummte Menschheit ihre Stimme
hält der Willkühr stolzen Zügel an.

---

1 von Demoiselle ***

Freiheit adelt! und nach ihr zu ringen
ist der Kräfte jedes Edlen werth,
ist auch jedem nicht die Siegespalme
von des Schicksals hoher Hand beschert.

40 Sinkt ihr rückwärts vom erstiegnen Gipfel
in der Knechtschaft fürchterlichen Schooß,
jeder Edle wird euch Thränen weihen!
– doch auch dann bleibt, was ihr thatet, groß! –

Doch hinweg die schwarze Ahndung heute,
45 wo der Freude süße Thräne rinnt,
wo von hohem Selbstgenusse trunken
dreimal glücklich Frankreichs Bürger sind.

Unbekümmert ob die Sein', der Ganges,
ob der Nil durch seine Länder fließt,
50 nehm ich Theil an jedes Volkes Freude,
das der Freiheit goldnes Glück genießt.

AUGUST WILHELM SCHLEGEL

Nach dem Petrarca.
Th. 2. Sonn. 12.

Nie weilt' ich noch in so geheimen Gründen!
5 Hier klag' ich unbelauscht den Felsenklüften,
Wenn Ahndungen süßtäuschend mich umwinden,
Mein Leben leb' allhier in Himmelslüften.

Hier haucht Vergessenheit in allen Düften,
Den matten Geist des Grames zu entbinden.
10 In Paphos myrthumflochtnen Wonnegrüften,
Kann Liebe kein so holdes Lager finden.

Mich dünkt, als ob aus Bäumen und aus Bächen
Hier Fische, Vögel, Weste zu mir sprechen:
Geneuß und lieb' und schmachte nicht im Mangel!

15 Du aber, die dort oben Palmen krönen,
O bete du, daß ich sie mag verhöhnen,
Die falsche Welt, und ihre süßen Angel!

---

10 *antike Stadt auf Zypern mit Aphroditetempel.*

FRIEDRICH BOUTERWEK

Der Gruß.

Ein deutscher Gruß ist Goldes werth,
  Und süß ein Druck der Hand.
Er knüpfet, wie Natur es lehrt,
  Der deutschen Treue Band.

Willkommen! sagt nicht nur der Mund,
  Wenn es der Deutsche spricht.
Im Blicke thut sein Herz sich kund
  Und zeichnet sein Gesicht.

Das offne Lächeln sonder Trug,
  Die Stirne rein und frey
Verkünden schweigend schon genug
  Die deutsche Brudertreu.

Wie Harfenton erfreulich klingt
  Ein deutsches *Guten Tag*!
Ein *Du*, das zu dem Herzen dringt,
  Wie Nachtigallenschlag.

Des Franzen glatter Firlefanz,
  Des Franzen eitle Kunst
Verhaucht des Herzens Spiegelglanz
  Mit lauter losem Dunst.

Der krumme Rücken steif gebückt,
  Der Fuß, der ängstlich scharrt,
Der Schwall von Worten, bunt gespickt
  Mit Witz von neu'ster Art,

Das Beifallhungern in dem Blick,
  Des Lächelns fader Zwang,
Verscheucht der Herzen Bruderglück,
  Verstimmt der Seele Klang.

Ein deutscher Gruß ist Goldes werth
  Und süß ein Druck der Hand.
Er knüpfet, wie Natur es lehrt,
  Der deutschen Treue Band.

FRIEDRICH VON MATTHISSON

Adelaide.
1788.

Einsam wandelt dein Freund im Frühlingsgarten,
Mild vom lieblichen Zauberlicht umflossen,
Das durch wankende Blütenzweige zittert,
  Adelaide!

In der spiegelnden Flut, im Schnee der Alpen,
In des sinkenden Tages Goldgewölken,
Im Gefilde der Sterne stralt dein Bildnis,
  Adelaide!

Abendlüftchen im zarten Laube flüstern,
Silberglöckchen des Mais im Grase säuseln,
Wellen rauschen, und Nachtigallen flöten:
  Adelaide.

Einst, o Wunder! entblüht, auf meinem Grabe,
Eine Blume der Asche meines Herzens;
Deutlich schimmert auf jedem Purpurblättchen:
  Adelaide.

FRIEDRICH GOTTLIEB KLOPSTOCK

Die deutsche Bibel.
Ode.

Heiliger Luther, bitte für die Armen,
Denen Geistes Beruf nicht scholl; und die doch
Nachdolmetschen, daß sie zur Selbsterkenntnis
Endlich genesen.

Weder die Sitte noch der Sprache Weise
Ahnden sie; und es ist der reinen Keuschheit
Ihnen Märchen! was sich erhebt, was Kraft hat,
Edleres, Thorheit!

Dunkel auf immer ihnen jener Gipfel,
Den du mutig erstiegst, und dort des Vater
Landes Sprache bildetest zu der Menschen
Sprach', und der Engel.

Zeiten entflohen: doch die umgeschafne
Blieb! Und diese Gestalt wird nie sich wandeln.
Lächeln wird, wie wir, sie dereinst der Enkel,
Ernst sie, wie wir, sehn!

20   Heiliger Luther, bitte für die Armen,
Daß ihr stammelnd Gered' ihr Ohr vernehme,
Und sie dastehn, Thränen der Reu im Blick, die
Hand auf dem Munde.

1791

Johann Wolfgang von Goethe

Sinngedichte.

Kaum erblickt' ich den blaueren Himmel, die glänzende Sonne,
     Reich vom Felsen herab Epheu zu Kränzen geschmückt,
5 Sah den emsigen Winzer die Rebe der Pappel verbinden,
     Über die Wiege Virgils kam mir ein laulicher Wind;
Da gesellten sich wieder die Musen zum Freunde, wir pflogen
     Abgerißnes Gespräch wie es den Wanderer freut.

Emsig wallet der Pilger! Wird er den Heiligen finden?
     Hören und sehen den Mann welcher die Wunder gethan?
Nein, es führte die Zeit ihn hinweg, du findest nur Reste,
     Seinen Schädel, ein Paar seiner Gebeine verwahrt.
5 Wir sind alle Pilger die wir Italien suchen,
     Nur ein zerstreutes Gebein ehren wir gläubig und froh.

Diese Gondel vergleich ich der Wiege, sie schaukelt gefällig
     Und das Kästchen darauf scheint ein geräumlicher Sarg.
Recht so! Zwischen Sarg und Wiege wir schwanken und schweben
     Auf dem großen Kanal sorglos durchs Leben dahin.

---

2 *Erster Teildruck der späteren* Venetianischen Epigramme *[Weimarer Ausgabe Nr. 2. 21. 8. 5. 25. 20. 13. 132. 30. 15. 11. 100].*   Kaum erblickt' ich . . . 6 Wiege Virgils *Mantua.*

Ruhig saß ich in meiner Gondel und fuhr durch die Schiffe
  Die in dem großen Kanal viele befrachtete stehn.
Jede Waare findest du da für jedes Bedürfniß:
  Waitzen, Wein und Gemüs, Scheitholz und leichtes Gesträuch.
5 Schnell drang die Gondel vorbey, mich schlug ein verlorener Lorber
  Derb auf die Wangen, ich rief: Daphne verletzest du mich?
Lohn erwartet ich eher! Die Nymphe lispelte lächelnd:
  Dichter sündgen nicht schwer, leicht ist die Strafe, fahr hin!

Hast du Bajä gesehn, so kennst du das Meer und die Fische,
  Hier ist Venedig, du kennst nun auch den Pful und den Frosch.

Vor dem Arsenal stehn zwey noch griechische Löwen,
  Klein wird neben dem Paar Pforte, Thurn und Kanal.
Käme die Mutter der Götter herab, es schmiegten sich beyde
  Vor den Wagen und sie freute sich ihres Gespanns.
5 Aber nun ruhen sie traurig; denn der geflügelte Kater
  Überall schnurrt er, und ihn nennt Venedig Patron.

Süß, den sprossenden Klee im Frühling mit weichlichen Füßen
  Und die Wolle des Lamms tasten mit zärtlicher Hand,
Süß, voll Blüten zu sehn die neu lebendigen Zweige
  Dann das grünende Laub locken, mit Sehnsucht im Blick,
5 Aber süßer mit Blumen dem Busen der Schäferinn schmeicheln,
  Und dieß vielfache Glück läßt mich entbehren der May.

Einen zierlichen Käfig erblickt' ich, hinter dem Gitter
  Regten sich emsig und rasch Mädchen des süßen Gesangs.
Mädchen wissen sonst nur uns zu ermüden, Venedig
  Heil dir daß du sie auch uns zu erquicken ernährst.

VOR DEM ARSENAL ... 2 Thurn *alte Form von Turm.*

Schöne Kinder tragt ihr und steht mit verdeckten Gesichtern,
    Bettelt! Das heißt mit Macht reden ans männliche Herz.
Jeder wünscht sich ein Knäbchen, wie ihr das dürftige zeigt,
    Und ein Liebchen wie man unter dem Schleyer sichs denkt.

Warum macht der Schwärmer sich Schüler und rührt die Menge,
    Wenn der vernünftige Mann einzelne liebende zählt?
Wunderthätige Bilder sind meist nur schlechte Gemälde,
    Werke des Geists und der Kunst sind für den Pöbel nicht da.

Wie sie klingeln, die Pfaffen! wie angelegen sie's machen
    Daß man komme, daß man plappre wie gestern so heut!
Schelte mir nicht die Pfaffen, sie kennen des Menschen Bedürfniß;
    Denn wie glücklich ist er, plappert er, morgen wie heut.

Traurig Midas war dein Geschick! in bebenden Händen
    Fühltest du hungriger Greis, schwere verwandelte Kost.
Lustiger geht mirs auf ähnliche Weise; denn was ich berühre,
    Wird mir unter der Hand gleich ein behendes Gedicht.   [chen,
5 Gern ertrag ich dieß Schicksal, ihr Musen! nur daß ihr mein Lieb-
    Drück ich sie fest an die Brust, mir nicht zum Mährchen verkehrt.

KARL PHILIPP CONZ

Naturlaut.

    Bebet meine Harfe von selber?
    Rauschen deine stärkeren,
5   Wehen deine linderen Lispel darein,
    O Allmutter Natur?
    Unsichtbare, Sichtbare!
    Überall Hörbare, überall Fühlbare!
    Wo dein melodischer Laut mir tönt,
10   Wo deines himmlischen Lächelns Widerstrahl
    Über der Fläche der Erde schwebt,
    Wenn du dein Zaubergewand dem Frühling
    Um die schwellenden Hüften wirfst,

Wann du in tausend Vögelkehlen
15   Deine schöne Seele hauchst,
Und von schwanken Ästen nieder
Der Accent der Liebe schwebt,
Und der aromatische Duft im Hain
Und der Balsamathem des Blüthenzweigs
20   Die unsichtbare Göttinn verräth,
Alle die Kinder deiner Liebe
Die Wesen alle dir zeugen,
Wann aus vergeudendem Füllhorn
Der braune Sommer,
25   Der falbere Herbst
Deinen Segen,
Deiner Fruchtbarkeit Fülle spendet,
Und still erhaben
Der feyrende Winter
30   (So ist die Ruhe des großen Mannes
Fruchtbarer Thaten Beginn)
Deine schlafende Ruhe verkündet,
Überall, du Allschöpferinn,
Wo du säuselst im West,
35   Wo du wandelst im Sturm,
Schmetterst im Donner,
Und in der wilden Woge zürnend brausest,
Überall verfolgt dich mein Aug'
Und ich sehe dich nicht, erkenne dich nicht, ahnde dich nur:
40   In deine stille Grotte,
Wo du sinnend sitzest,
Zu deiner Rechten tausende der Leben zu tausenden gereiht,
Immer schaffest, immer zerstörest,
Nie zernichtest,
45   Schwindelt hinab mein Blick,
Und die ergriffene Seele schwankt:
Denn deinen Schleyer hat
Kein Endlicher noch aufgedeckt;
Laß mich dich anbeten! Immer,
50   Mög' harmonisch mein Leben seyn, wie du!
Und wann ich mich vereine wieder mit dir,
Soll der edlere Hauch,
Den du mir einbliesest,
Ewig tönen zu deinem ewigen
55   Gleich großen gleich harmonischen Concert.

FRIEDRICH LUDWIG WILHELM MEYER

Villa Borghese.

Die Nymphe.

Ich Nymphe dieses Hains schlaf' unter grünen Zweigen.
5   Sie decken, Pilger, dich mit stiller Kühlung zu.
Das Murmeln meines Bachs entbeut dir sanfte Ruh.
Genieße was du hast, und trinkst und badest du,
So danke fromm der Göttinn durch dein Schweigen.

Der Pilger.

10   Vom fernen Norden komm' ich dich zu ehren,
Und stehe sehnsuchtsvoll vor deinem grünen Hain.
Sein Schatten ladet mich zu süßen Träumen ein,
Doch wird ein Seufzer nicht den heil'gen Schlummer stören?
O Murmeln dieses Bachs, o mögest du mich lehren,
15   Sanft wie du selber bist zu seyn,
Und dem gepreßten Schmerz durch Linderung zu wehren!

FRIEDRICH LEOPOLD GRAF ZU STOLBERG

Das Sein.

Ich bin! – es schalle laut in die Höh'! ich bin!
Ich bin! – es schalle laut in die Tief'! – O Sein,
5   Du Born aus welchem, Zwillingsquellen,
      Ewiges Leben und Wonne strömen;

Zwar Staub, und Sturm, und himmelverbergender
Gewölke Schemen trüben ihn oft, doch oft
     Trübt unsern Blick der Feigheit Thräne,
10   Trübet im Borne das Bild des Himmels!

Gescholten sei im Namen des Herrn, du Dunst
Des Abgrunds, Kleinmut! Hebe dich! – Nahet euch,
     Des Himmels Kinder, Lieb' und Glaube,
      Stimmet die Seele des Erdensohnes.

15   Du Glaube, dessen Lampe wie Mondenschein
Die Nacht erhellet! Liebe, Gespielin du
     Der hohen Weisheit, welche Sonnen
      Säte, und Odem den Geistern einblies!

O kommt und bleibet! daß sich mit Schwanensang
20   Mein Geist erhebe, wenn ihm die Hüll' entsinkt!
    Wenn – o der Wonne, die des Menschen
      Harret! der immer vergeßnen Wonne!

Uneingedenk der Zukunft frohlockt der Mensch
Als Thor, und jammert wieder uneingedenk!
25   Es staunen Engel! unsre Todten
      Schauen herab mit der Liebe Wehmut;

Vermögen nicht den nimmergestorbenen
Das Räthsel Mensch zu lösen! wiewohl auch sie
    So neulich Räthsel, hoften, zagten,
30   Sterblich und ewig, und Staub und Geister!

GOTTLIEB KONRAD PFEFFEL*

Alsa.[a])

Wechsle deinen Binsenkranz
Mit dem Freiheitshut,
5   Alsa! silbre mit dem Glanz
Lunens deine Flut.

Gieße deinen Marmorkrug
Jauchzend in den Rhein.
Ach es rannen lang genug
10   Thränen mit hinein.

Sieh, der Pflanzer deines Strands,
Der im Staube lag,
Feiert heut des Vaterlands
Auferstehungstag.

15   Horch wie der Posaune Klang
Es zum Leben weckt,
Wie der Freiheit Hochgesang
Die Despoten schreckt.

Längst vernahm das Volk nicht mehr
20   Ihn am Vogesus;

a) So hieß im mittlern Zeitalter der Fluß Ill oder Ell, der dem Elsaß den Namen gab.

---

1 *signiert:* P.

Eine Kette zentnerschwer
Hing an seinem Fuß.

Aber nun zermalmt es sie,
Stürzt mit ernstem Spott
25 Seine Gözen; und sein Knie
Beugt sich nur vor Gott.

Alsa! siehst du jene Schaar
Mit dem Bliz bewehrt,
Die, vereint am Bundsaltar,
30 Frei zu sterben schwört?

Doch wer ist die Luftgestalt,
Die, vom Zorn gebleicht,
Knirschend ins Gebüsche wallt,
Durch den Schwur verscheucht?

35 Ludwig ists; durch List und Krieg
Zwang er uns ins Joch:
Nun empört der Freiheit Sieg
Ihn als Schatten noch.

Muse schweig, sein Enkel hat
40 Uns mit ihm versöhnt:
Er, der erste Potentat,
Den die Volkshand krönt.

Alsa, flechte seinem Kranz
Auch ein Blümchen ein:
45 Hilf uns unter Sang und Tanz
Ihn zum Bürger weihn.

Denn auch er, der Biedre, sprach
Froh den Bundeseid,
Und sein Schuzgeist schrieb ihn nach
50 Für die Ewigkeit.

Troz sei jedem Feind' und Hohn:
Über uns wacht Gott;
Neben uns auf Chlodwichs Thron
Sizt ein Patriot.

55 Heil dir, Vater! kehre spät
Zum Olymp zurück:
Ewig blüh' dein Lilgenbeet,
Und der Franken Glück.

---

35 Ludwig *XV.*, *am Siebenjährigen Krieg gegen Preußen beteiligt.*　　39 Ludwig *XVI.*
Die Verfassung von 1791 machte Frankreich zur konstitutionellen Monarchie.

AUGUST WILHELM SCHLEGEL

An die Rhapsodinn.
(Bey Übersendung eines größeren Gedichts.)

Kunstlos, ohne Müh' und Streben,
Gibst du dem Gedichte Leben,
Gibst ihm zarten Hauch und Ton.
Hat das Lied, das ich ersonnen,
Deine schöne Gunst gewonnen:
O so gib mir diesen Lohn!

Um zu edleren Gestalten
Den Gedanken zu entfalten,
Braucht's nur deinen Zauberblick.
Die Gefühle schweben milder,
Kühner, lebender die Bilder
Mir in Geist und Herz zurück.

Wie der Silberquelle Rauschen
Hör' ich's mit entzücktem Lauschen,
Wenn sich deine Stimm' ergießt;
Wenn ein Abbild meiner Seele,
Neugeschaffen, ohne Fehle
Auf den glatten Wellen fließt.

In Narcissus Wahn versunken,
Könnt' ich ewig schauen, trunken
Auf die Quelle hingeneigt:
Doch zu höhern Huldigungen
Fühlt sich schnell das Herz gedrungen,
Wann sich selbst die Göttinn zeigt.

FRIEDRICH MÜLLER

Der Riese Rodan.

An des nie besiegten Rodans Felsenwohnung
    Rinnt der Quell herab.
5 In des Steinbachs Welle sinkt der Eiche
    Wurzelbart hinab.

Dichtes von dem Lichte nie geküßtes Dunkel
    Sitzt in jedem Zweig.
Seufzend wallen der Erschlagnen Geister
10   Her, wie Nebel bleich.

Angelehnt am Buchstamm steht der Überwinder,
    Blutig trieft sein Schwert;
Ihm zu Füßen röchelt ein besiegter
    Jüngling an der Erd.

15 Jubelnd greift der Held nun in die goldnen Saiten,
    Schröckend schwebt der Klang;
Von des Thales grün umwachsnen Hange,
    Lausch' ich dem Gesang:

„Welch Gebirg erzog dich, stolzer Speereführer?
20   „Welcher Felsenschacht,
„Trägt an seinem Eingang goldne Waffen,
    „Beute deiner Schlacht?

„Deine Mutter, schlug mit Flügeln sie die Wolke
    „Als ein Drache? wie,
25 „Oder schnaubet zottig sie durch Wälder?
    „Theilet Wogen sie?

„Oder drehet sie um schwarz verglühte Felsen
    „Ihren Schlangenleib?
„Übermenschlich stark sind deine Glieder;
30   „Dich gebar kein Weib!

„Jüngling! wie des Mondes bleiche Strahlenscheibe,
    „Die der Sturm erhitzt,
„Liegt dein blasses Angesicht im Staube
    „Blutig schön bespritzt!

35 „Blutig dein Gewand, dein Schild und goldner Panzer,
    „Purpurroth dein Speer!
„Ha! du fälltest leichtlich Menschensöhne,
    „Warum kamst du her?

---

1 *signiert:* Mahler Müller.   2 Rodan   *Rhône.*

„Zu des nie besiegten Rodans Felsenwohnung
40 „Wo bey jedem Schritt,
  „Wo mit jedem Lispeln dir der kalte
   „Tod entgegen tritt.

HEINRICH WILHELM VON GERSTENBERG

Unsterblichkeit.

Er sprachs! und hervor aus der Tief' und der Nacht
  Entsprangen die Ordnungen alle,
5 Vom Wurme des Sumpfs bis zum ersten Äon,
  Vom Staube der Luft bis zur Sonne.
   Unendlichkeit schied
   Von Raum sich und Zeit,
  Und von der Verwesung das Leben.

10 O du, die sich in mir ein Leben begreift;
  Und staunt, daß sie ist; und sich ahndet:
 Du ahndest Unsterblichkeit, Seele! dein Traum
  Ist Lispel geheimern Erwachens.
   Nicht wirst du, mein Geist,
15   Ein Hauch, der verweht,
  Deß leb' ich und sterb' ich! verwehen.

Wenn Erde zertrümmert und Sonne zerrinnt,
  Und Staub sich versammelt zu Staube,
 Unsterbliche, schwingst du dich über das Grab:
20 Was Nacht war, wird Tag – und Erwachen!
   Was Nacht war, wird Tag!
   Dem Schlummer vermählt
  Sich Nacht, das Erwachen dem Tage.

Sieh auf! Es entschwebet der Wagen des Lichts
25 Mit seinen geflügelten Rossen
 Dem spähenden Blick ins Verborgne hinab,
  Von Wogen der Meere verschlungen:
   Am Morgen der Nacht
   Steigt purpurner auf
30 Zur Veste die Fürstin des Tages.

GOTTLIEB KONRAD PFEFFEL

Der freie Mann.
Ein Volkslied.

[Melodie]

5   Wer ist ein freier Mann?
Der, dem nur eigner Wille,
Und keines Zwingherrn Grille,
Geseze geben kann;
Der ist ein freier Mann!

10   Wer ist ein freier Mann?
Der das Gesez verehret,
Nichts thut, was es verwehret,
Nichts will, als was er kann;
Der ist ein freier Mann!

15   Wer ist ein freier Mann?
Wem seinen hellen Glauben
Kein frecher Spötter rauben,
Kein Priester meistern kann;
Der ist ein freier Mann.

20   Wer ist ein freier Mann?
Der selbst in einem Heiden
Den Menschen unterscheiden,
Die Tugend schätzen kann;
Der ist ein freier Mann.

25   Wer ist ein freier Mann?
Dem nicht Geburt noch Titel,
Nicht Samtrock oder Kittel,
Den Bruder bergen kann;
Der ist ein freier Mann.

30   Wer ist ein freier Mann?
Wem kein gekrönter Würger
Mehr, als der Name Bürger
Ihm werth ist, geben kann;
Der ist ein freier Mann.

35   Wer ist ein freier Mann?
Der, in sich selbst verschlossen,
Der feilen Gunst der Großen

Und Kleinen trozen kann;
Der ist ein freier Mann.

40   Wer ist ein freier Mann?
Der, fest auf seinem Stande,
Auch selbst vom Vaterlande
Den Undank dulden kann;
Der ist ein freier Mann.

45   Wer ist ein freier Mann?
Der, muß er, Gut und Leben
Gleich für die Freiheit geben,
Doch nichts verlieren kann;
Der ist ein freier Mann.

50   Wer ist ein freier Mann?
Der bei des Todes Rufe
Keck auf des Grabes Stufe
Und rückwärts blicken kann;
Der ist ein freier Mann.

SAMUEL GOTTLIEB BÜRDE

Hero und Leander.
Eine Romanze.
Aus einem ungedruckten Singspiele.

5   Übern Golfo von Abydos
Schwimmet Nachts Leander kühn;
Freilich wird er süß belohnet,
Denn sein Mädchen Hero wohnet
Drüben, und erwartet ihn.

10   Feurig war Leanders Liebe;
Hero lebte nur für ihn.
Jede Nacht gewährte beiden
Durch Gefahr erhöhte Freuden;
Mit dem Morgen mußt' er fliehn.

15   Heute stürmts; kein Sternlein flimmert,
Wütend braust und wogt die See.
Jüngling, horch! Mit dumpfen Stimmen
Warnts dich, heute nicht zu schwimmen!
Weh dir, wenn du's wagest! weh!

---

5 *Hellespont.*

20   Doch er achtet nicht der Warnung.
Mögen Sturm und Woge dräun;
Mutig schwimmt der dreiste Schwimmer,
Denn ihm winkt der Kerze Schimmer
Aus des Mädchens Kämmerlein.

25   Seht, wie er mit Brust und Armen
Durch die Wogenhügel dringt!
Lange kämpft er; doch vergebens!
Alle Kräfte seines Lebens
Sind erschöpft. Er sinkt! er sinkt!

30   Warte länger nicht am Fenster!
Wo dich Sturm und Gram betäubt,
Ärmstes Mädchen! Weiche! weiche!
Sonst erblickst du seine Leiche,
Die ans Ufer langsam treibt.

35   Ach! des Morgens Stral verräth ihr
Den entsezlichen Verlust.
Sie erliegt der Last von Wehe,
Stürzt sich von des Thurmes Höhe,
Ächzt und stirbt auf seiner Brust.

Johann Wilhelm Ludwig Gleim

An die Welschen.
Als sie den Leichnam des H. v. Voltaire in den
neulich gestifteten Tempel großer Männer hinüberbrachten.

5   Im Junius 1791.

           Voltaire war ein großer Mann!
Er steh' in eurem Tempel
Der großen Männer oben an,
Euch Welschen zum Exempel!
10   Zu wissen aber, daß er ist
Ein großer Mann gewesen,
Müßt ihr, weil ihrs noch recht nicht wißt,
Ihn recht noch einmal lesen.
Ihr las't noch nicht, wie er euch nennt,
15   Im Ausruf eurer Mängel.

An die Welschen . . . 4 *Panthéon zu Paris.*

Ihr Tiger! werdet, wenn ihr könnt,
Halb Menschen, und halb Engel!a)

a) Voltaire, wenn er seinen Landsleuten derbe Wahrheiten zu sagen hatte,
nannte sie die Welschen. Sie wären, sagte dann der von ihnen verfolgte große
Mann: Moitié tigres, moitié agneaux [Halb Tiger, halb Lämmer].

Rudolff Suter*

Marseiller Marsch.

1.

Auf! auf! ihr Freiheitssöhne, Brüder
auf! und umarmt den frohen Tag!
Seht der Tyrannie Gefieder
über uns dort ausgespannt!
über uns dort ausgespannt!
Hört ihr nicht dort auf euren Feldern
Dieser wilden Krieger Wuth,
sie fordern euer freies Blut,
Eurer Weib, und Kinder Leben.

Zu den Waffen! ihr Bürger;
Formirt nun eure Reihn
Voran! Voran! verfluchtes Blut
Tränke nun, unsre Flur.
Voran! Voran! Verfluchtes Blut
Tränke nun unsre Flur.

2.

Was kann die Sklaven-Rott dort wollen?
Verräther, der Tyrannen Bund?
Wem die Fesseln dort? wem sollen
diese Ketten lang schon bereit?
diese Ketten lange schon bereit?
Uns Franken! uns! . . O! welche Schande!
entflammen muß uns dies zur Rach!
Wir dies? wir sollen diese Schmach
tragen wieder Sklaven-Bande?
Zu den Waffen! ihr Bürger. :,: :,:

3.

Was! sollen fremde Fürsten-Schaaren
 Gesetze geben unserm Land?
Sollen gelderkaufte Waaren
 trennen unsrer Krieger Band?
 trennen unsrer Krieger Band?
Gott! sollen feige Sklaven Hände
 ins Joch nun beugen unsre Stirn?
 Von elender Despoten Hirn
Soll abhangen unser Leben?
Zu den Waffen! ihr Bürger. :,: :,:

4.

Tyrannen zittert! ihr Hyänen
 Der ganzen Menschheit schwarzer Greul!
Zittert! euern Mörder Plänen
 graut der Tag des Lohns heran.
 graut der Tag des Lohns heran.
Ein jeder stürzt auf euer Leben;
 fällt auch unsrer Helden Band,
Zeugt neue wieder unser Land,
 All' bereit den Tod euch zu geben.
Zu den Waffen! ihr Bürger. :,: :,:

5.

Auf! Franken handelt edeln Kriegern
 gleich, mäßigt euern hohen Muth;
Schont die traurigen Schlachtopfer
 irre durch Despoten Wuth.
 irre durch Despoten Wuth.
Doch jene blutgier'gen Tyrannen
 tödt', jene Rotten des Bouillé
Weh über diese Tieger, weh!
 welche Mutterlieb verbannen.
Zu den Waffen! ihr Bürger. :,: :,:

6.

Vaterland! o deine Liebe
 leit', stütze unsre Rächerhand;
Freiheit Freiheit, deine Triebe
 halten deiner Schützer Band.
 halten deiner Schützer Band.

Auf deinen Ruf geh unsern Fahnen
schön die Sieges-Sonne auf!
65   Die Feinde fliehn in ihrem Lauf,
die, Triumph dir, Ruhm uns bahnen!
Zu den Waffen! ihr Bürger. :,: :,:

UNBEKANNTER VERFASSER

An die Könige.

Wollt ihr noch nicht der Wahrheit Stimme hören,
Ihr Könige? Wähnt ihr mit Menschenhand
5   Der Allmacht Plane freflend zu zerstören
Durch Künste, die die Politik erfand?
Ihr lockt umsonst mit euerm schnöden Golde
Den Jüngling, dem ein Herz im Busen bebt,
Sein Blut zu opfern in dem fixen Solde
10   An dem noch Blut von seinen Vätern klebt,
Die ihr verkauft an andere Despoten!
Und stünden eure Heere wie der Sand
Am Meere zahllos, trotz sei euch gebothen!
Denn seht, das Schwert in ihrer furchtbarn Hand.
15   Naht schon die Rachegöttin, zu vergelten
So manche schwarze Höllenthat –
Ha füllet ihr mit Blut nicht beide Welten?
Wer zählet sie, die euer Fuß zertrat?
Wer zählt die Thränen, die so mancher Weise
20   Geweint in eurer Kerker Finsterniß?
Und wer die Klagen tiefgebeugter Greise,
Aus deren Arm man Söhn' und Töchter riß?
Und diese Erde wär' euch preis gegeben,
So wähnet ihr! die Menschheit wär' ein Ball
25   In euren Händen, und des Menschen Leben
Im Buch des Schicksals einer Mücke Fall!
Erbebt ihr nicht vor jenem furchtbar'n Wesen,
Das auch des Wurmes Loos wie eures mißt?
Und wißt ihr nicht, daß auch im Iroquesen
30   Sich noch ein Funke jenes Feuers regt,
Das trotz dem schlau berechneten Bemühen
Auf diesem Erdenballe nie verweht?

Es können Welten über uns verglühn,
Doch Menschenwerth und Menschenkraft besteht,
35   Würgt Millionen in Potosis Minen!
Einst rächt sie die beleidigte Natur.
    Ihr selber müßt dem ew'gen Fatum dienen,
Es spottet eurer eiteln Plane nur.
    Greift, Welten zu zertrümmern, nach dem Witze!
40 Oft, zittert, oft ereilte das Geschoß
    Im Raubnest Adler auf der Felsenspitze,
Daß rauchend Blut vom grauen Steine floß.
    Viel trägt der Mensch! doch, glaubt es, seine Macht
Geschrieben in sein Herz, verjähret nicht!
45   Einst rächt er längst vergangene Geschlechte,
Nebst eigner Schmach, im blutigen Gericht.
    Die Menschheit muß ihr hohes Ziel erreichen,
Und jeder Weg führt sicher sie dahin.
    Die Freiheit keimt aus der Tyrannen Leichen,
50 Wie Saaten Fluren durch Gewitter blühn.
        Gesungen im November 1792.

ANTON WILHELM CHRISTIAN FINK

Als ich sie Abends nach Hause geführt hatte.

Liebe, wie war dir, als durch heimlich Dunkel
Jüngst mein gürtender Arm dich führte, bebend
5   Trug die holde Bebende, – ach! die leichte,
    Sanfteste Bürde?

Sausender bließ der Wind, und rollte schwirrend
Dir das blonde Gelock vom Schwanennacken;
    Mit der Liebe Hauchen umwehte mich sein
10   Duftend Geringel.

Liebe, wie war dir, als ich leise deine
Hand erfaßte und aller Liebe Wonnen
    Dir im bangen Seelengefühlten Handdruck
    Schüchtern bekannte?

15 Schüchterner wagtest du den kaumgewagten
Rasch durchzuckenden flügelschnellen Handdruck –
    Wandtest – selbst im Dunkel – der glühenden Wange
    Keusches Erröthen. –

Heiliger weht' um uns der Nachthauch, freundlich
20   Sah durch fliegend Gewölk der Stern Orions.
    Und, als dächt' er seiner Aurora Küsse,
      Lächelt' er weilend.

1793

GOTTFRIED AUGUST BÜRGER

Straflied
beim schlechten Kriegsanfange der Gallier.

Wer nicht für Freiheit sterben kann,
5   Der ist der Kette werth.
    Ihn peitsche Pfaff' und Edelmann
    Um seinen eignen Herd!

    O Franzen, eure Rednerey
    Ist mir ein Gräuel nun.
10   Nicht prahlen, daß man tapfer sey,
    Nein, tapfer muß man thun.

    Zwar wissen wir, um Blut erkauft
    Der Sieg sich immer nicht;
    Doch daß ihr wie Gesindel lauft,
15   Drob zürnt mein Strafgedicht.

    Ha, glaubt ihr, daß man feigen Sinn
    Durch Tigerthaten birgt?
    Schmach euch, die ihr den Feldherrn hin,
    Hin den Gefangnen würgt!

20   Wie war mein freies Herz entbrannt,
    Getäuscht durch Adelschein,
    Selbst gegen Hermanns Vaterland
    Tyrtäus euch zu seyn!

    Nun wend' ich meines Liedes Pfeil,
25   Von Unmuth rasch beschwingt;
    Und rufe jedem Sieg und Heil,
    Der Euch die Fessel bringt.

---

2 *Das Gedicht bezieht sich vermutlich auf die Anfangserfolge der preußisch-österreichischen Koalition im August 1792.* 23 *griechischer Dichter des 7. Jhs. vor Chr., verfaßte Kriegslieder für Sparta.*

Wer nicht für Freiheit sterben kann,
Der ist der Kette werth.
30   Ihn peitsche Pfaff' und Edelmann
Um seinen eignen Herd!

CHRISTOPH GIRTANNER

Lied eines Deutschen,
als die Frankreicher den Krieg angekündigt hatten.

Nach dem Liede: „Bekränzt mit Laub u.s.w.

5   Umhängt mit Flor den umgestürzten Becher,
Und trauert um ihn her!
In ganz Europia, ihr Herren Zecher,
Tobt Fanatismus sehr.

Er kommt nicht aus der Schule wahrer Weisen.
10   Er scheut der Weisheit Licht.
Und sollten ihn auch Jakobiner preisen,
So glaubt den Schwärmern nicht.

Die Raserei zeugt' ihn in ihrem Grimme.
Daher auch seine Wuth;
15   Daher die grause Königsmörderstimme,
Und das Gewand voll Blut!

Die Hölle spie ihn aus, aus ihrem Rachen,
Zum Schrecken der Vernunft.
Mit gräßlichem Geheul' und wildem Lachen
20   Jauchzt ihm die Mörderzunft.

Es leihen ihm die Furien die Hände
Zu jeder Frevelthat.
Laternenpfähle, Dolche, Feuerbrände
Bezeichnen seinen Pfad.

25   *Teutonia* verabscheut das Getümmel
Der Kannibalenschaar.
Sie spornt, erseh'n zur Rächerinn vom Himmel,
Ihr Volk in die Gefahr.

„Auf Söhne! wehrt des Ungeheuers Knechten!
30   „Zum Kampf, wer Menschheit liebt!
„Hinweg! Hinweg mit jenen Menschenrechten,
„Unmenschlich ausgeübt!

Jauchzt! Freunde jauchzt! Erhört sind ihre Bitten.
 Die Feldpaniere wehn:
35 Und Schaar bei Schaar eilt hin, mit schnellen Schritten,
 Den Unhold zu besteh'n.

Am Rhein, am Rhein beginnen uns're Brüder
 Den deutschen Waffentanz.
Herab den Flor, und füllt die Becher wieder!
40 Hoch lebe König *Franz*!

Bald werden wir von bessern Thaten hören:
 Denn Deutschlands Krieger stehn;
Und seine Weisen kann das nicht bethören,
 Was Frankreichs Prahler kräh'n.

45 Auf Deutschlands Wohl! und in die Becher fließe
 Des Rheingotts bester Wein!
Stoßt an und trinkt: Ein jedes Schlachtfeld müsse
 Ein zweites Roßbach seyn!

GOTTHOLD FRIEDRICH STÄUDLIN

Todesfeyer der bei Mons gefall'nen Freywilligen.

Heil den Helden! Heil euch allen!
5 Die im Kampf bei Mons gefallen –
 Heil und ewig hoher Ruhm!
Wo die tapfern Sparter wallen,
Bei Termophylä gefallen,
 Wallt ihr – im Elysium!

10 Jauchzend flog auf Sonnenwegen
Eurem Bruder-Kuß entgegen
 Beaurepair's entzückter Geist!
Jauchzend war die Bürger-Krone
Hier errungen – die Katone,
15 Brutus, Herrmann, Tell und Kleist!

Unter Jubelvollen Psalmen
Reichten Engel euch die Palmen,
 Die Heroen jenseits blühn;

---

48 *1757 Schlacht mit preußischem Sieg über Frankreich und Reichsarmee.*

Und von Pindars goldner Leyer
20 Rauschte eures Todes Feyer
 Herrlich durch die Himmel hin.

„Göttlich – sang er – ists, sein Leben
„Für die Freiheit hinzugeben!
 „Selig, selig ist der Held,
25 „Der erkämpft mit kühnem Muthe,
„Der erkauft mit seinem Blute
 „Segen für die Enkel Welt!"

Ja ihr seyd, erhabne Söhne
Galliens! der Jubeltöne
30 In den Hallen Edens werth! –
Freiheit nur giebt Schwung den Seelen,
Muß den Arm zum siegen stählen –
 Habt ihr alle Welt gelehrt.

Mit dem Schwert in starker Rechte,
35 Stürzet ihr zum Wuthgefechte,
 Jungen Löwen gleich heran!
Trotz dem Donner der Geschütze
Stürmtet ihr zum Felsensitze
 Tapfrer Austrier hinan!

40 Blutend von des Eisens Spitze –
Mit des Busens off'ner Ritze –
 Kämpftet ihr noch Mann für Mann!
Ganze Reihen stürzten nieder;
Ueber Leichen ihrer Brüder
45 Gieng der Franken Siegesbahn!

Darum Heil und Dank Euch allen,
Die im Kampf bei Mons gefallen –
 Heil und Dank und Gottes Lohn!
Euren Tod vor ehrnen Schlünden
50 Wird der Marmor bald verkünden
 In der Franken Pantheon!

Da, wo Euer Blut geflossen,
Wird der Frühling schöner sprossen,
 Werden mild're Lüfte wehn!
55 Süß, durchschauert vom Entzücken,
Hohe Glut in trunknen Blicken,
 Wird vorbei der Waller gehn!

Wie herab von Himmels Höhen,
Wird hier in die Seele wehen
60   Thatengier den Freiheits-Sohn!
Laut wird er den Schwur erneuen,
Sich dem Vaterland zu weihen
    Göttlich, wie Timoleon!

Unter sanften Wonne-Zähren
65 Werden gute Mütter lehren
    Gute Kinder euren Tod!
Eures Hochsinns edle Erben
Werden mit der Losung sterben:
    Freiheit – Vaterland und – Gott!

FRIEDRICH LEHNE

Das hohe Bundeslied der Jakobiner.

Mutter Menschheit! deine Jammerthränen
5   Fallen heiß auf unser Herz;
Und durch sie entflammt in ihm das Sehnen:
    Bald zu enden deinen Schmerz.
Zu zerbrechen deine Marterketten
    Sammeln wir uns brüderlich
10 Schwören Mutter! schwören dich zu retten,
    Oder sterben gern für dich.

Bruder! an des treuen Bruders Lippen!
    Fühlst du ganz den hehren Schwur?
O so fürchte Tapfrer! keine Klippen
15   Starker! rudre muthig nur!
Sieh! es lebt und würkt so mancher Böser,
    Der für's Laster alles wagt;
Ha! er siegt, wenn Du, wenn der Erlöser
    Der gebeugten Menschheit zagt.

20 Zage nicht! wir sind ja auch wohl Männer,
    Groß ist unser Bruderkreiß,
Unser Ziel sucht fern noch mancher Kenner
    Mancher weiht ihm seinen Fleiß.

Ihm erbluten starke Nationen,
25   Steter Sieg belohnt ihr Blut;
Gott kann nicht mit Sieg dem Laster lohnen,
    Warum fürchten seine Brut?

Zwar sind drohender Gefahren viele,
    Eh' Triumph die Menschheit ruft
30   Auf dem Pfad zu unsrem hohen Ziele,
    Liegt noch eine – Nattergruft.
Aber männlich nur hinzugeschritten!
    Schwingt der Wahrheit Fakkel nur!
Und es krümmt vor deinen Rächertritten
    Lichtscheu sich die Kreatur.
35

Kühner Männermuth macht dich zwar mächtig.
    Doch unüberwindlich macht,
Wenn auch Klugheit immer wohlbedächtig
    Jeden kühnen Schritt bewacht.
40   Rosen dekken oft die Rattergrüfte
    Wo die Schlange listvoll liegt,
Und wer, angelokt durch ihre Düfte
    Sorglos naht, der wird besiegt.

Schätze wird der Feind der Menschheit bieten,
45   Dich vom Ziele abzuzieh'n.
Bruder! deiner Seele trauten Frieden
    Gieb ihn nicht so schändlich hin!
In des Lebens wüsten Abendstunden
    Rächt die Menschheit schröcklich sich,
50   Hat sie einmal treulos dich gefunden,
    Wird sie lieblos gegen dich.

Laß dir immer falsche Weißheit rufen
    Geh den Pfad der Wahrheit nur!
Denn nur ihres Tempels Felsenstufen
55   Grub der Meister der Natur.
Alle jene andern Nebenweege
    Ordnet kekke Schülerhand,
Und des eitlen Schülerwerks Gepräge
    Ist – ihr End in wüstem Sand.

60   Mutter Menschheit! bübisch irrgeführtes
    Leichtgeteuschtes, blindes Weib
Höre! laut ruft unser tiefgerührtes,
    Kindlich treues Herz: "o bleib!

Bleibe Mutter dieser Wüste ferne!
65 Fliehe jeden Seitenpfad!
Komm! wir zeigen dir den Rückweg gerne
Mutter! folge unsrem Rath!

Despotie läßt dich im finstern Tale,
Stellt sich hoch als Götze dar,
70 Blendet leicht mit ihrem Donnerstrale
Den, der stets im Dunkeln war.
Wenn er dann geschröckt, geblendet wanket,
Fesseln ihre Ketten ihn,
Ach! und seht! der arme Blinde Danket,
75 Weil es ihm ein Seegen schien.

Auf die Zinnen feiler Schwindelhöhen
Führt der Satan Bonze dich,
Macht, was selbst noch nie er sah, dich sehen
Freut gelungner Täuschung sich.
80 Mit der Andacht heil'gen Seelenschauern
Wandelst Du dem Abgrund zu,
Siehst die ganze Hölle auf dich lauern
Glaubst den Himmel sähest Du.

Auf des Zeitlaufs ewigen Gestade,
85 Mit der Tugend fest vereint
Führt die Wahrheit, sonnenlichte Pfade,
Immer sicher ihren Freund.
Höhrt! o Menschen Brüder! ihre Lehren:
„Alle schuf der Schöpfer euch!
90 Ruft sie laut durch die geschafnen Sphären,
„Ihr seid euch an Rechten gleich."

An der Vorsicht Güte müßt ihr zweifeln,
Glaubt ihr diese Lehre nicht;
Göttlich ist sie, da von euren Teufeln
95 Keiner kek ihr wiederspricht.
Der nur, der mit fader Elstern-Seele
Die Natur aus Laune schuf
Der nur wagt aus aberwiz'ger Kehle
Läugnend einen – Elsternruf.

100 Höhrt nun auf des Truges feile Lehren!
Wahrheit spricht: „Ihr seid euch gleich!"
Von des Truges Priestern müßt ihr hören
„Wir nur wir sind über euch!

Uns gehöret eure ganze Habe
105   Euer Stolz sei unsre Pracht!
Euer Blut ist pflichtgemäse Gabe,
    Denn – wir wehren fremder Macht."

Brüder! die der Menschheit Weh verbindet,
    Bleibt der Wahrheit ewig treu!
110   Denn ihr hört, daß sie nur es verkündet
    Wo für jene Rettung sei.
Brüder! die der Menschheit wohl vereinet!
    Suchet muthig euer Ziel?
Seht! o seht die arme Mutter weinet,
115   Weint der Jammerthränen viel!

Mutter Menschheit! diese Jammerthränen
    Trocknen wir gewiß dir bald;
Lang bleibt nicht das Herz von guten Söhnen
    Mehr beim Mutterjammer kalt.
120   Und der guten sind doch mehr hienieden,
    Sonst schuff Gott die Erde nicht;
Deine Rettung Mutter! ist entschieden
    Denn dein Schöpfer hält Gericht!

JOHANN GAUDENZ VON SALIS-SEEWIS

Das Mitleid.

Pity dropping soft the sadly pleasing tear.
Gray.

5   Mitleid! Heil dir, du Geweihte!
        Weiches Herzens, milder Hand,
        Wallst du an des Dulders Seite
        Durch der Prüfung rauhes Land;
        Thaust, wie Balsam, milde Zähren,
10   Hebest das zerknickte Rohr.
        Wie zu Hyllius[a]) Altären,
        Blickt die Noth zu dir empor.

a) Hyllius erbaute in Athen den Tempel der Barmherzigkeit.

3 f. *Thomas* Gray *(1716–71) Ode IV, Zeile 32. – Freie Übertragung in Zeile 9 dieses Ge-*
dichtes.

Deine Hülfe stillt ihr Flehen;
Dein Erbarmen eilt zur That.
15 Wünsche brennst du auszuspähen,
Spendest, wenn der Mangel bat:
Spendest Brüdern, welche darben,
Deines Tagewerks Gewinn;
Bindest loser deine Garben
20 Vor der Ährenleserin.

In verarmter Wittwen Krüge
Schüttest du der Stärkung Wein,
Prägst des Lächelns heitre Züge
Abgehärmten Wangen ein;
25 Hebst erlegner Wandrer Bürde
Auf dem tiefbeschneiten Damm,
Und verpflegst in sichrer Hürde
Deines Nachbarn irres Lamm.

Vögelchen vor deiner Scheuer
30 Streust du Korn im Winter aus;
Nöthigst zu des Heerdes Feuer
Pilger in dein wirtlich Haus;
Herbergst an des Strohdachs Balken
Prognens federlose Brut;
35 Schirmest Täubchen vor des Falken,
Küchlein vor des Geiers Wut.

Du entführst die junge Waise
Ihrer Mutter Rasengruft;
Jeden Seufzer, noch so leise,
40 Stiehlt dein Ohr der Abendluft;
Sanft wie thauige Hyaden,
Blickst du auf das Findelkind,
Reichst ihm Ariadnens Faden
Durch des Lebens Labyrinth.

45 Du erwärmst in sanfter Rührung
Auch der Selbsucht starres Eis,
Warnst vor lockender Verführung,
Blütenüberstreutem Gleis;

---

34 Progne *vermutlich Prokne, die nach der griechischen Mythologie in eine Schwalbe bzw.*
Nachtigall verwandelt wurde. 41 *Nymphen, die unter die Sterne versetzt wurden.*

Neigest dich mit leisem Trösten
50   An der Schwermut dumpfes Ohr;
Hebst entfesselnd den Erlösten
Von des Kerkers Stroh empor.

Herzen, die der Harm zerrissen,
Hegst du mit besorgter Treu;
55   Rückest der Geduld das Kissen
Auf des Schmerzenlagers Streu;
Schonst des Siechen Schlaf auf Socken,
Kühlst ihn mit dem Palmenreis;
Trocknest mit ergoßnen Locken
60   Banger Todeskämpfe Schweiß.

Bleib bei uns, bis einst die Hefe
In dem Thränenkelch versiegt;
Kränze bleicher Trübsal Schläfe,
Die an deinen Schooß sich schmiegt;
65   Herze sie mit Ammenarmen;
Sei umstürmter Pflänzchen Stab,
Die das ewige Erbarmen
Dir zur Pflege übergab.

FRIEDRICH GOTTLIEB KLOPSTOCK

An La Rochefoucauld's Schatten.
Elegie.

(Im Februar 1793.)

5 Eins verjüngte mein Alter, durchrann, wie der tränkende Bach rint
    Durch die Wiese, mein Herz, machte den Heiteren froh,
War mir Wonne, zauberte mich in Segensgefilde,
    Wo die Pflugschaar nur blinkte, kein furchendes Schwert;
Wo der Wolke Donner nur scholl, dem labendes Treufeln
10   Folgte, des Eisens nicht scholl, welchem tödtliches folgt.
Aber das Eine verjüngt mich nicht mehr, ich empfinde das Alter,
    All mein Frohes, ach meine Wonn' ist dahin!
Denn die Freyheit ist in den Himmel wiedergekehret!
    Oder säumet vielleicht in dem Gewölke sie noch?

---

2 *Louis Alexandre de* Larochefoucauld *(1743–1792) Pair von Frankreich, ein Adliger, der sich den Vertretern des Dritten Standes anschloß. Er wurde ermordet, weil er sich gegen den Aufruhr des 20. 6. 1792 stellte.*

15 Sehet ihr sie noch? Mir ist die Göttin verschwunden!
   Aber verschwunden ist mir ihre Verfolgerin nicht!
   Ha die Alekto (Ungesez ist ihr schreklicher Name)
   Wird nun heimisch bey euch, zischt mit den Schlangen umher!
   Schüttelt die Todesfackel! Sie nimt oft Menschengestalt an,
20 Sizt im Senat; doch gelingt ihre Verwandlung ihr nicht.
   Denn sie täuschet nicht; weiß es, bleibt! Doch Andrer Verwandlung
   Glükte ihr einst; toddroh'nd schuf sie zu Stein den Senat!
   Hast du mich, theurer Schatten, gehört; so rede. Denn jetzo
   Siehst du die Zukunft: Ach schweiget dereinst das Gezisch
25 Um der Alekto Haupt? Muß je sie die Todesfackel
   Von sich werfen, entfliehn? Wird er entsteint der Senat?
   Kehrt die Göttin zurück, die gen Himmel wieder emporstieg?
   Oder versöhnt sie das Land, wo man sie lästerte, nie?
   Edler Todter! ich sehe dich nicht: doch ahnd' ich dich nahe;
30 Denn in der Dämmerung dort seh' ich ein blutig Gewand.
   Ach nun schwebest du, schwebst! hast meine Wehmut vernommen
   Hast die Frage des Grams, die ich dir weinte, gehört. – –
   Aber du schweigst. So starbest du denn vergebens, du Guter,
   Für dein Vaterland! waltet auf immer die Wut
35 Jener Empörer! trit ihr Fuß auf immer die große
   Nazion, mit des Hohns bitterer Lach', in den Staub!
   Duldet auf immer, daß sie gehöhnt daliege die große
   Nazion in dem Staub', unter der Wütenden Fuß!
   Kehret sie nie zurük, die gen Himmel wieder emporstieg,
40 Und versöhnt sie das Land, wo man sie lästerte, nie!

JOHANN GOTTFRIED SEUME

Der Wilde.

   Ein Amerikaner, der Europens
   Übertünchte Höflichkeit nicht kannte,
5 Und ein Herz, wie Gott es ihm gegeben,
   Von Kultur noch frey im Busen trug,
   Brachte einst, was seines Bogens Sehne
   Fern in Qvebeks übereißten Wäldern
   Auf der Jagd erbeutet, zum Verkaufe.
10 Als er ohne schlaue Rednerkünste
   So wie man ihm bot die Felsenvögel
   Um ein kleines hingegeben hatte,

Eilt er froh mit dem geringen Lohne
Heim zu seiner tiefverdeckten Horde
In die Arme seiner braunen Gattin.

Aber ferne noch von seiner Hütte
Überfiel ihn unter freiem Himmel
Schnell der schrecklichste der Regenstürme.

Aus dem langen raabenschwarzen Haare
Trof der Guß herab auf seinen Gürtel,
Und das grobe Haartuch seines Kleides
Klebte rund an seinem hagern Leibe.

Schaurig zitternd unter kaltem Regen
Eilt der gute brave wackre Wilde
In ein Haus, das er von fern erblickte.

Herr, ach laßt mich, bis der Sturm sich leget,
Bat er mit der herzlichsten Geberde
Den civilisirten Eigenthümer,
Hier in euerm Hause Obdach finden.

Willst du, mißgestaltes Ungeheuer,
Schrie ergrimmt der Pflanzer ihm entgegen,
Willst du Diebsgesicht mir aus dem Hause;
Und ergriff den schweren Stock im Winkel.

Traurig schritt der ehrliche Hurone
Fort von seiner unwirthbaren Schwelle,
Bis durch Sturm und Guß der späte Abend
Ihn in seine friedliche Behausung
Und zu seiner braunen Gattin brachte.

Naß und müde setzt er bey dem Feuer
Sich zu seinen nakten Kleinen nieder,
Und erzählte von den bunten Städtern
Und den Kriegern, die den Donner tragen,
Und dem harten Sinn des Europäers.

Und sie schlossen sich um seine Kniee,
Hiengen aufmerksam an seinem Nacken,
Trockneten die langen schwarzen Haare,
Und durchsuchten seine Waidmannstasche,
Bis sie die versprochnen Schätze fanden.

Kurze Zeit darauf war unser Pflanzer
Auf der Jagd im Walde irr' gegangen.
Über Stock und Stein durch Thal und Bäche
Stieg er schwer auf manchen jähen Felsen
Um sich umzusehen nach dem Pfade,
Der ihn tief in diese Wildniß brachte.

Doch sein Spähn und Rufen war vergebens;

Nichts vernahm er als das hohle Echo
Längs den hohen schwarzen Felsenwänden.
Ängstlich gieng er bis zur zwölften Stunde,
Wo er an dem Fuße eines Berges
60 Noch ein kleines schwaches Licht erblickte.
Furcht und Freude schlug in seinem Herzen;
Er ermannte sich, und nahte leise.
Wer ist draußen? brach mit Schreckentone
Eine Stimme aus der tiefen Höle,
65 Und ein Mann trat aus der kleinen Wohnung.
Freund, im Walde hab ich mich verirret;
Sprach der feine Europäer schmeichelnd,
Gönnet mir die Nacht hier zuzubringen,
Und zeigt morgen früh, ich werd euch danken,
70 Nach der Stadt mir die gewissen Wege.
Kommt herein, versetzt der Unbekannte,
Wärmt euch, noch ist Feuer in der Hütte!
Und er führt ihn auf das mooss'ge Lager,
Schreitet finster trotzig in den Winkel,
75 Hohlt den Rest von seinem Abendmahle,
Hummer, Lachs, und frischen Bärenschinken,
Um den späten Fremdling zu bewirthen.
Mit dem Hunger eines Waidmanns speiste
Festlich wie bey einem Klosterschmausse
80 Neben seinem Wirth der Europäer,
Fest und ernsthaft schaute der Hurone
Seinem Gaste spähend ins Gesichte,
Der mit tiefem Schnitt den Schinken trennte
Und mit Wollust trank vom Honigtranke,
85 Den in einer großen Muschelschaale
Er ihm wirthlich bey dem Male reichte.
Eine Bärenhaut auf weichem Moose
War des Pflanzers gute Lagerstätte,
Und er schlief bis in die hohe Sonne.
90 Wie der wilden Zone wildster Krieger
Schrecklich stand mit Köcher, Pfeil und Bogen
Der Hurone jetzt vor seinem Gaste,
Und erweckte ihn; der Europäer
Griff bestürzt nach seinem Jagdgewehre,
95 Und der Wilde gab ihm eine Schaale,
Angefüllt mit süßem Morgentranke.
Als er lächelnd seinen Gast gelabet,
Bracht er ihn durch manche lange Windung

Über Stock und Stein, durch Thal und Bäche
100 Durch den Dickicht auf die rechte Straße.
Höflich dankte fein der Europäer;
Finsterblickend blieb der Wilde stehen,
Sahe starr dem Pflanzer ins Gesichte,
Sprach: Herr, habt ihr mich noch nicht gesehen?
105 Wie vom Blitz getroffen stand der Jäger,
Und erkannte in dem edlen Manne
Jenen Mann, den er vor wenig Wochen
In dem Sturmwind aus dem Hause jagte,
Stammelte verwirrt Entschuldigungen.
110 Ruhig ernsthaft sagte der Hurone:
Seht, ihr fremden, klugen, weisen, Leute,
Seht, wir Wilden sind doch beßre Menschen;
Und er schlug sich seitwärts ins Gebüsche.

JOHANN CHRISTIAN FRIEDRICH HÖLDERLIN

Hymne an die Menschheit.

„Les bornes du possible dans les choses morales sont moins étroites, que nous
ne pensons. – –
5 Les ames basses ne croient point aux grands hommes: de vils esclaves sourient
d'un air moqueur à ce mot de liberté."

J. J. Rousseau.

Die ernste Stunde hat geschlagen;
Mein Herz gebeut; erkoren ist die Bahn!
10 Die Wolke fleucht, und neue Sterne tagen,
Und Hesperidenwonne lacht mich an!
Vertroknet ist der Liebe stille Zähre,
Für dich geweint, mein brüderlich Geschlecht!
Ich opfre dir; bei deiner Väter Ehre!
15 Beim nahen Heil! das Opfer ist gerecht.

Schon wölbt zu reinerem Genusse
Dem Auge sich der Schönheit Heiligtum;
Wir kosten oft, von ihrem Mutterkusse
Geläutert und gestärkt, Elysium;

3–6 Du Contrat social, III. Buch, XII. Kapitel. *Die Grenzen des Möglichen auf morali-
schem Gebiet sind weniger eng als wir meinen. – – Die niederen Seelen glauben nicht an große
Männer: gemeine Sklaven lächeln spöttisch bei dem Wort Freiheit.*

20 Des Schaffens süsse Lust, wie sie, zu fühlen,
Belauscht sie kühn der zartgewebte Sinn,
Und magisch tönt von unsern Saitenspielen
Die Melodie der ernsten Meisterin.

Schon lernen wir das Band der Sterne,
25 Der Liebe Stimme männlicher versteh'n,
Wir reichen uns die Bruderrechte gerne,
Mit Heereskraft der Geister Bahn zu geh'n;
Schon höhnen wir des Stolzes Ungebärde,
Die Scheidewand, von Flittern aufgebaut,
30 Und an des Pflügers unentweihtem Heerde
Wird sich die Menschheit wieder angetraut.

Schon fühlen an den Freiheit Fahnen
Sich Jünglinge, wie Götter, gut und gros,
Und, ha! die stolzen Wüstlinge zu mahnen,
35 Bricht jede Kraft von Bann und Kette los;
Schon schwingt er kühn und zürnend das Gefieder,
Der Warheit unbesiegter Genius,
Schon trägt der Aar des Rächers Blize nieder,
Und donnert laut, und kündet Siegsgenuß.

40 So wahr, von Giften unbetastet,
Elysens Blüte zur Vollendung eilt,
Der Heldinnen, der Sonnen keine rastet,
Und Orellana nicht im Sturze weilt!
Was unsre Lieb' und Siegeskraft begonnen,
45 Gedeih't zu üppiger Vollkommenheit;
Der Enkel Heer geneußt der Erndte Wonnen;
Uns lohnt die Palme der Unsterblichkeit.

Hinunter dann mit deinen Thaten,
Mit deinen Hofnungen, o Gegenwart!
50 Von Schweis bethaut, entkeimten unsre Saaten!
Hinunter dann, wo Ruh' der Kämpfer harrt!
Schon geh't verherrlichter aus unsern Grüften
Die Glorie der Endlichkeit hervor;
Auf Gräbern hier Elysium zu stiften,
55 Ringt neue Kraft zu göttlichem empor.

In Melodie den Geist zu wiegen,
Ertönet nun der Saite Zauber nur;
Der Tugend winkt zu gleichen Meisterzügen
Die Grazie der göttlichen Natur;

---

43 *Amazonenstrom.*

60   In Fülle schweben lesbische Gebilde,
  Begeisterung, vom Seegenshorne dir!
  Und in der Schönheit weitem Lustgefilde
  Verhöhnt das Leben knechtische Begier.

  Gestärkt von hoher Lieb' ermüden
65   Im Fluge nun die jungen Aare nie,
  Zum Himmel führt die neuen Tyndariden
  Der Freundschaft allgewaltige Magie;
  Veredelt schmiegt an thatenvoller Greise
  Begeisterung des Jünglings Flamme sich;
70   Sein Herz bewahrt der lieben Väter Weise,
  Wird kühn, wie sie, und froh und brüderlich.

  Er hat sein Element gefunden,
  Das Götterglük, sich eig'ner Kraft zu freu'n;
  Den Räubern ist das Vaterland entwunden,
75   Ist ewig nun, wie seine Seele, sein!
  Kein eitel Ziel entstellt die Göttertriebe,
  Ihm winkt umsonst der Wollust Zauberhand;
  Sein höchster Stolz und seine wärmste Liebe,
  Sein Tod, sein Himmel ist das Vaterland.

80   Zum Bruder hat er dich erkoren,
  Geheiliget von deiner Lippe Kuß
  Unwandelbare Liebe dir geschworen,
  Der Warheit unbesiegter Genius!
  Emporgereift in deinem Himmelslichte,
85   Stralt furchtbar herrliche Gerechtigkeit,
  Und hohe Ruh' vom Heldenangesichte –
  Zum Herrscher ist der Gott in uns geweih't.

  So jubelt, Siegsbegeisterungen!
  Die keine Lipp' in keiner Wonne sang;
90   Wir ahndeten – und endlich ist gelungen,
  Was in Äonen keiner Kraft gelang –
  Vom Grab' ersteh'n der alten Väter Heere,
  Der königlichen Enkel sich zu freu'n;
  Die Himmel kündigen des Staubes Ehre,
95   Und zur Vollendung geht die Menschheit ein.

---

60 lesbische   *dichterische.*   66 *Kastor und Polydeukes (Pollux).*

Johann Christian Friedrich Hölderlin

Hymne
an die Liebe.

Froh der süssen Augenweide
Wallen wir auf grüner Flur;
Unser Priesterthum ist Freude,
Unser Tempel die Natur; –
Heute soll kein Auge trübe,
Sorge nicht hienieden seyn!
Jedes Wesen soll der Liebe,
Frei und froh, wie wir, sich freu'n!

Höhnt im Stolze, Schwestern, Brüder!
Höhnt der scheuen Knechte Tand!
Jubelt kühn das Lied der Lieder,
Vestgeschlungen Hand in Hand!
Steigt hinauf am Rebenhügel,
Blikt hinab ins weite Thal!
Ueberall der Liebe Flügel,
Hold und herrlich überall!

Liebe bringt zu jungen Rosen
Morgenthau von hoher Luft,
Lehrt die warmen Lufte kosen
In der Maienblume Duft;
Um die Orione leitet
Sie die treuen Erden her,
Folgsam ihrem Winke, gleitet
Jeder Strom in's weite Meer;

An die wilden Berge reihet
Sie die sanften Thäler an,
Die entbrannte Sonn' erfreuet
Sie im stillen Ozean;
Siehe! mit der Erde gattet
Sich des Himmels heil'ge Lust,
Von den Wettern überschattet
Bebt entzükt der Mutter Brust.

Liebe wallt durch Ozeane,
Höhnt der dürren Wüste Sand,
Blutet an der Siegesfahne
Jauchzend für das Vaterland;

40 Liebe trümmert Felsen nieder,
Zaubert Paradiese hin –
Lächelnd kehrt die Unschuld wieder,
Göttlichere Lenze blüh'n.

Mächtig durch die Liebe, winden
45 Von der Fessel wir uns los,
Und die trunknen Geister schwinden
Zu den Sternen, frei und groß!
Unter Schwur und Kuß vergessen
Wir die träge Fluth der Zeit,
50 Und die Seele naht vermessen
Deiner Lust, Unendlichkeit!

RUDOLF MAGENAU

An meinen Neuffer.
Im Winter 1792.

Der Sommer ist entflohen,
5 Der Winter bricht herein,
Und kalte Winde drohen
Dem blätterlosen Hain.
Des Raben schwarzer Flügel,
Vom Sturm emporgeschrökt,
10 Rauscht überm Tannenhügel,
Den schon der Schnee bedekt.

Noch hebt vor meinem Blike
Das kleine[a]) Thälchen sich,
Wo in der Freundschaft Glüke
15 Der Mond uns oft beschlich,
Das Thälchen, wo uns beiden
Einst ungetrübt und froh,
Im Vollgenuß der Freuden
So mancher Abend floh.

20 Doch, Freund! ob jene Stunden
Auch noch so schnell entfloh'n,
Eilt, fest ans Herz gebunden,
Erinn'rung nicht davon.

a) Das Wankheimer Thälchen nahe bei Tübingen.

Der Winter hat die Bäume
25 Des Waldes zwar entlaubt,
Doch unsrer süssen Träume
  Hat keinen er geraubt.

Dort an des Berges Rüken,
  Auf dem verschwiegnen Moos,
30 Dort schwurst du voll Entzüken,
  Und, Freund! dein Schwur war groß.
O halt ihn, diese Zähre
  Beschwört dich, sing den Mann,
Der Varus feilem Heere
35 Die Freiheit abgewann.

Aus meinem stillen Thale,
  Wo laue Zefirs weh'n,
Will ich zum Sternensale
  Dich stürmend eilen seh'n;
40 Wenn dann nur Hirtenpsalmen
  Mein Spiel im Haine tönt,
So hat dich schon mit Palmen
  Unsterblichkeit gekrönt.

Sei muthlos nicht, ob Tadel,
45 Die Schlange, dich auch sticht,
Der Wahrheit innern Adel
  Beflekt ihr Gift doch nicht.
Sie trozt der Macht der Stürme,
  Ein sichrer Fels im Meer,
50 Und achtet der Gewürme
  Zu ihrem Fuß nicht sehr.

Sing sonder Wortgepränge,
  Stark, männlich, rein und wahr,
Nur Wenigen; der Menge
55 Bring nie dein Opfer dar.
Dich ruft Apollons Stimme
  Auf Pindus lichte Höh'n.
Auf, Bruder! und erklimme
  Den Fels; der Lohn ist schön.

1794

JOHANN CHRISTIAN FRIEDRICH HÖLDERLIN

An Neuffer
im Merz 1794.

Noch kehrt in mich der süsse Frühling wieder,
Noch altert nicht mein kindisch fröhlich Herz,
Noch rinnt vom Auge mir der Thau der Liebe nieder,
Noch lebt in mir der Hoffnung Lust und Schmerz.

Noch tröstet mich mit süßen Augenwinken
Der blaue Himmel und die grüne Flur,
Mir reicht die Göttliche den Taumelkelch der Freude.
Die jugendliche, freundliche Natur.

Getrost, es ist der Schmerzen werth, dies Leben,
So lang uns Armen Gottes Sonne scheint,
Und Bilder beßrer Zeit um unsre Seele schweben,
Und, ach, mit uns ein treues Auge weint.

GOTTFRIED AUGUST BÜRGER*

Verständigung.

Schön kann und soll nicht alles seyn;
Auch Schärfe, Kraft und Macht, und Drang durch Mark und Bein,
Verlanget oft gerechter Herzenseifer:
Was auch darob, wie wahre Scheerenschleifer,
Die schönen Wissenschäftler schrei'n.
Soll ein Apoll mein Werk, soll's eine Venus seyn,
So ist's genug, wenn ich nur da den Meißel
Der Schönheit wohl zu führen weiß:
Ganz anders ist der Fall bei einer derben Geißel
Auf einen kecken Krittlersteiß.

AN NEUFFER 2 *vgl. Neuffers* Das Eine, *S. 333.*
VERSTÄNDIGUNG 1 *signiert:* Sansculotte.

Johann Georg Jacobi

An Schlosser.
Als Beilage, zur Beantwortung eines im März von ihm
erhaltenen Briefes über die Hinrichtung des Königs
von Frankreich.

Freiburg, den 15ten April 1793.

Freund! in jenen bangen Tagen,
Wo so tief die Menschheit fiel,
Ehrt' ich deine fromme Klagen,
Rührte nicht mein Saitenspiel.
Aber hohes Mutes voll,
Schlag' ich lauter nun die Leier,
Weil kein Höllen-Ungeheuer
Unser Glück uns rauben soll.

Bleibt doch Gottes Sonne stehen,
Wo sie unsre Väter sahn!
Wird der Mond doch glänzend gehen
Wie vor Alters seine Bahn!
Auch der Sternlein goldnes Chor,
Wenn die Büsche friedlich thauen,
Redet mit uns im Vertrauen,
Hebt den Geist zu sich empor.

Laß der Zwietracht Fackel wüten,
Bis zur lezten Gräuelthat!
Wandelt nicht im Kranz von Blüten
Gottes Segen um die Saat?
Kann des Aufruhrs Feldgeschrei
Wider uns den West empören,
Das Geräusch der Büsche stören,
Und den Waldgesang im Mai?

Was da lispelt, singt und rauschet,
Kündigt dem geweihten Mann,
Der auf jedes Blättchen lauschet,
Freude nur und Eintracht an;
Freude säuselt durch das Feld,
Wann vorbei die Stürme zogen,
Und der Friede seinen Bogen
In die Wetterwolke stellt.

---

2 *Johann Georg* Schlosser *(1739–1799), Schwager Goethes.*

Aus des Pöbels tollen Händen,
40 Die, am selbst gestürzten Heerd,
Vaterland und Freiheit schänden,
Winde Fürstenmacht das Schwert,
Und der stolze Königssohn
Spreche da, wo seine Blize
45 Trafen, vom Tyrannensize
Feig geword'nen Völkern Hohn! –

Keiner Lerche Lied verstummet
Vor dem Wink der Majestät,
Honig sucht die Bien' und summet
50 Fort auf ihrem Blumenbeet;
Holder Freiheit Lobgesang
Schallt von allen Hügeln nieder,
Tönt im Männerherzen wieder
Bei der Sklaven Kettenklang.

55 Sollt herauf aus ihren Nächten
Auch die ganze Hölle ziehn,
Und das Häuflein der Gerechten
Mit geschmähter Tugend fliehn;
Trübte sich des Tages Licht,
60 Wo der Unschuld Hütten sanken,
Wo Altar und Tempel wanken;
Dennoch siegt das Laster nicht.

Tugend, weggescheucht in Höhlen,
Schaft noch himmlischen Genuß,
65 Macht das Bündniß schöner Seelen
Enger, treuer ihren Kuß.
Und die bleiben sich verwandt,
Oder dort in lichter Ferne
Trennet Bosheit einst die Sterne,
70 Löst sie des Orions Band.

Mag des Frevels wilde Rotte
Jedes Heiligthum entweihn!
Berge jauchzen unserm Gotte,
Weihrauch duftet ihm der Hain;
75 Gottes Morgenwinde wehn
Über seines Tempels Trümmer;
In der Abendsonne Schimmer
Läßt er uns sein Antliz sehn.

Nur getrost! dem Reinen fließet
80 Immer rein die Quell' im Thal,
Und mit Bruderliebe grüßet
Ihn der Edlen kleine Zahl.
Manche beßre Seele reicht
Uns, zum freundlichen Geleite,
85 Still die Hand; an ihrer Seite
Wird des Lebens Mühe leicht.

Ruft uns früher, oder später,
Ein befreundter Engel ab,
Unsern Kindern dann der Väter
90 Guten Glauben bis ins Grab!
Milder Lüfte kühlen Hauch
Wann sie Last und Hize drücken,
Und den Pilgerstab zu schmücken,
Hier und dort ein Blümchen auch!

FRIEDRICH GOTTLIEB KLOPSTOCK

Die Erscheinung.
Ode.
Im Januar 1793.

5 Paris.
Welcher Schatten wandelt dort her? Wie fürchterlich leise
Trit er! hat noch die Dolch' in der Brust!
Ah Tribuna[a]), kennest du ihn? Es befällt mich, je mehr er
Mir sich naht, je bängeres Graun!

10 Tribuna.
Und dich schreckt ein Gespenst, dich Königin unter den Städten,
Dich, die Roma[b]) des gallischen Reichs?

Paris.
Antwort! wer ist der Schatten? Er komt stets näher, noch näher!
15 Zähl die Dolche! mir dunkelt der Blick.

Tribuna.
Ha, was geht der Schemen mich an? was, ob Dolch' ihn entleibten?
Wenn man todt ist, wandert man hin,

a) Tribuna) Die Tribünen der Zuschauer in der Nazional-Versammlung.
b) die Roma) So hoch scheint sich Paris über die andern Departemente erheben zu wollen.

Schattet. Nun weißt du alles. Mich kümmern andere Dinge,
20 Herschen, und herschen das ist mein Genuß!
Davon wach' ich, und träum' ich! Die Stellvertreter des Volkes
Kommen, gehorsamen, knieen vor mir.
Wer der krümste mir kniet, ich belohn' ihn, erhöh zu der Würd'
Stellvertreter des Pöbels zu sein.   [ihn

25   Paris.
Aber wer ist der Schatten? Schon lang' entfloh ich, wofern er
Sich nicht wandt', und ins dunklere trat.

                          Tribuna.
Frag' es Klubiofuria ᶜ), weil du einmal nicht rastest,
30 Bis du des Spukes Namen vernimst.

                          Klubiofuria.
Warte! Ich untersuche. Verdienet die Göttin Herschaft,
Oder die Göttin Rache verdient
Sie den schönsten Altar?

35   Paris.
                          Du hundertköpfiges, hundert
Armiges Ungeheuer, und doch
Nur einäugiges, mir, der Roma des gallischen Reiches,
Mir gebeutst du zu warten? Wer ist,
40 Rede, wer ist der Schatten, der wieder nahet, und jezo
Gar mit der Hand auf die Wunden mir zeigt?

                          Klubiofuria.
Watte! Noch untersuch' ich. Ich hab' es ergründet! Die Göttin
Rache verdient den schönsten Altar!
45 Dieser Schatten, der uns von neuem nahet, und jezo
Gar mit der Hand auf die Wunden uns zeigt,
Ist das todte Gesez. Wir waren's, die's mordeten! Ich war's,
Welche die meisten Wunden ihm grub;
Theilt ihr unter euch, du, und Tribuna, die übrigen. Ich bins,
50 Die's nicht bereut! Ich nähme den Dolch
Wieder; kehrte der Todte zurück. Bey Marat! ich bahnte
Mir noch Einmal den blutigen Weg
Zu dem Altare der Herschaft, und ach zu der Rach' Altare!

---

c) Klubiofuria) Schon diese Benennung zeigt, daß die rechtdenkenden und
gutgesinten Klubisten ausgenommen werden.

---

zu c) *gemeint ist der Jakobinerklub, die Vereinigung der radikalen Republikaner während der Französischen Revolution.* 51 *Jean Paul Marat (1744–93), zur Entstehungszeit des Gedichts Präsident des Jakobinerklubs, wurde im Juli des Jahres ermordet.*

Und die Hundertköpfige schwieg.
55 Aber vom Rhodan her erhub ein Sausen sich, wurde
    Sturm, von der Rückkehr sprach's in dem Sturm!
Und die Dolch' entfielen dem Schatten; Galliens Roma
    Stuzte, das Ungeheuer entfloh.

UNBEKANNTER VERFASSER

Schlachtlied der Teutschen.
Ein Gegenstück zum Schlachtlied der Marseiller.

        Auf! rüstet euch, verbundne Heere
5   Germaniens! das Schwerdt zur Hand!
        Ein Volk, das Gott, Gesetz und Ehre
        Verhöhnt, droht unserm Vaterland!
        Uns nah schon toben wilde Horden,
        Wie noch der Erdkreis keine sah;
10   Die Hand ans Schwerdt! schon sind sie da,
        Uns zu berauben, uns zu morden!
        Auf! wer sich Mensch fühlt, auf!
        Mit teutschem Arm und Muth
        Schlagt diese Brut!
15   Tränkt Berg und Thal mit der Barbaren Blut!

        Sie wähnten, diese tollen Rotten,
        Sie würden uns willkommen seyn;
        Wir würden teutscher Tugend spotten,
        Uns ihrer Brudermorde freun!
20   Verwegene! Tod und Verderben
        Komm' über euch für diesen Wahn!
        Seht ihr uns für Rebellen an?
        Uns! nur gewohnt für's Recht zu sterben!
        Auf! wer sich . . . . . .

25   Nein! nein! wie Galliens Huronen,
        Befleckt mit ihres Königs Blut,
        Zertritt kein Teutscher Fürstenkronen,
        Raubt keiner seiner Brüder Gut!
        O, Rasende! vor euren Mahlen,
30   Wo Mordlust bleiche Schädel nagt,

---

55 Rhodan *Rhône*.

Erbebt die Menschlichkeit, und klagt:
Hinweg mit diesen Kannibalen!
Auf! wer sich ......

    Hinweg mit feilen Bösewichtern,
35   Die durch Betrug ein Volk empört,
Das, unterjocht von tauben Richtern,
Wie tief es sank, zu spät erfährt!
Das nacket, hungrig, Todtenblickes,
In tausend Henkerhänden itzt
40   Den Stahl sieht, der Entsetzen blitzt,
Statt jenes ihm verheißnen Glückes!
Auf! wer sich ......

    Verworfne Lügner! Gottes Tempel
Entweihet ihr durch frechen Spott,
45   Und lehrt durch höllisches Exempel:
Wahnglaube sey der Glaub' an Gott?
So sich verhärtend ziehn die Buben,
Zur Wuth gedungen, jauchzend aus,
Und füllen Stadt und Land mit Graus,
50   Und wandeln sie in Mördergruben!
Auf! wer sich ......

    Ha! Frevler! mit Hyänentücke,
Und mit des Tigers Raubbegier!
Was? von des Vaterlandes Glücke
55   Auch uns zu trennen hoffet ihr?
Bey unsern Vätern! nein! wir haben
Noch Waffen, ehren Gott und Pflicht!
Euch aber folg' ans Hochgericht
Verzweiflung, und ein Heer von Raben!
60   Auf! wer sich Mensch fühlt, auf!
Mit deutschem Arm und Muth
Schlagt diese Brut!
Tränkt Berg und Thal mit der Barbaren Blut!

WILHELM VON HUMBOLDT

Canzone.
An Schiller.

Wenn einst an des Lebens schmalem Rande
5   Wir in zweifelhafte Zukunft blicken,
Wenn der Tod die blasse Lipp' umschwebt,
Und in diesen letzten Augenblicken
Nur ein dunkles Ahnden noch zum Unterpfande
Dessen, was das Schicksal fürder webt
10   In dem sorgenvollen Geiste lebt;
O! dann mögen alle lieblichen Gestalten
Längst verschwundener Vergangenheit
Mit der Gegenwart lebendger Innigkeit
Sanft zurück den scheidenden noch halten!
15   Holder Kindheit liebliche Gefühle,
Du der Auserwählten Erstlingskuß,
Schnell verflogner Jugend Schwärmereien,
Schwebt herbei die Seele gaukelnd zu erfreuen,
Daß noch einmal dann des Lebens Vollgenuß
20   In der schönsten Bilder reizendem Gewühle
Um die sanfterhellten Sinne spiele.
Denn allein des vollen Lebens rege Kraft
Ists, die wieder aus sich neues Leben schaft.

Schweb', o Lied, zu Schillers RichterOhren,
25   Sag ihm, daß Petrarcas Liederbau
Besser doch mit Worten, als mit leeren
Todten Zeichen inhaltlos ihm zu erklären,
Du, so wie du bist, gedankenarm und rauh,
Weder für den Almanach, noch für die Horen,
30   Gestern seyst in Fieberfrost geboren.
Mit dem Tode meyne man's so ernstlich nicht;
Sinn und Inhalt sey nicht mehr, als – ein Gedicht.   *[1896]*

Johann Heinrich Voss

Sängerlohn.

Einer.

Ein neues Lied, ihr wackern Brüder,
Erschall am Becher froh umher!
Zu altem Weine neue Lieder
Begehrte Pindar und Homer!
Ein altes Lied, zu oft gesungen,
Entfliegt gedankenlos den Zungen;
Und Geist und Seele bleiben leer!

Alle.

Das waren Griechen!
Wir Deutschen siechen
Am Neid, am Neid!
Gehaßt wird neue Treflichkeit!

Einer.

Von Künstlern nur ward Kunst gerichtet:
Ob wahr in Farbe, Stein, Metall
Gebildet sei, ob wahr gedichtet
In Wort, Gesang, und Tanz, und Schall.
Ich lerne nicht von euch, Athener;
Ihr lernt von mir! so strafte jener;
Und Beifall klatscht' ihm überall.

Alle.

Das waren Griechen!
Wir Deutschen siechen
Am Neid, am Neid!
Hier meistert jeder lang und breit!

Einer.

Zum Götterfest, zur Siegesfeier,
Zum Mahle ward Gesang gesellt.
Der frohe Weise sang zur Leier,
Zur Leier sang der frohe Held!
Gesang war Spiel und Rath der Jugend

35 Gesang erweckte Männertugend
In Land und Meer, in Haus und Feld.

Alle.

Das waren Griechen!
Wir Deutschen siechen
40 Am Neid, am Neid!
Uns heißt Gesang Verderb der Zeit!

Einer.

Der Geist, durch Eintracht edler Künste,
Ward nicht gelehrt nur, auch ergezt.
45 Was edler schuf, nicht was Gewinste
Des Leibes brachte, ward geschäzt.
Des weisen Sängers holden Tönen,
Zum Dank des Guten und des Schönen,
War Ehr' und hoher Lohn gesezt.

50 ### Alle.

Das waren Griechen!
Wir Deutschen siechen
Am Neid, am Neid!
Nur Klang des Geldes nüzt und freut!

55 ### Einer.

Der weise Sänger kam erfreulich
Des Hauses Vätern und des Lands;
Vor Göttern selber saß er heilig
Auf hellem Stuhl, im Lorbeerkranz.
60 Der Himmel Stolz, des Volkes Ehre,
Gewann er Tempel und Altäre,
Verherlicht zum Heroenglanz.

Alle.

Das waren Griechen!
65 Wir Deutschen siechen
Am Neid, am Neid!
Kaum loben wir noch Grabgeläut.

JOHANN WOLFGANG VON GOETHE

Aus: Elegien.

Erste Elegie.

Saget Steine mir an, o! sprecht, ihr hohen Palläste.
5   Straßen redet ein Wort! Genius regst du dich nicht?
Ja es ist alles beseelt in deinen heiligen Mauern
  Ewige Roma, nur mir schweiget noch alles so still.
O! wer flüstert mir zu, an welchem Fenster erblick ich
  Einst das holde Geschöpf, das mich versengt und erquickt?
10 Ahnd' ich die Wege noch nicht, durch die ich immer und immer,
  Zu ihr und von ihr zu gehn, opfre die köstliche Zeit.
Noch betracht' ich Palläst und Kirchen, Ruinen und Säulen,
  Wie ein bedächtiger Mann sich auf der Reise beträgt.
Doch bald ist es vorbey, dann wird ein einziger Tempel,
15 Amors Tempel nur seyn, der den Geweihten empfängt.
Eine Welt zwar bist du, o Rom, doch ohne die Liebe
  Wäre die Welt nicht die Welt, wäre denn Rom auch nicht Rom.

KARL LUDWIG VON WOLTMANN

Der Dorfkirchhof.

Nie goß das Abendroth den Purpurschein
Auf eine Ährenflur mit solcher Milde,
5   Nie sank die Nacht auf einen Blütenhain
So lieblich, wie auf diese Schneegefilde.

Wie zauberisch sich Dämmerung und Licht
Um die Natur im Winterkleide streiten,
Und zum Gesträuch, wo kaum ein Lüftchen spricht,
10 Die Schatten sanft ergrauend niedergleiten:

Wo magischer als je der Elfen Chor
Im Tanz dahin auf glatter Erde säuselt,
Und geistiger als je ein Nebelflor,
Wie ihre Tänze gehn, sich folgsam kräuselt.

15 Sie hören nicht, wie dumpf die nahe Nacht
Vom weißen Thurm der Glocken Klang verkündet,

ELEGIEN 2 *später:* Römische Elegien.

Indeß ihr Blick von leichter Freude lacht,
Und sich ihr Reihentanz um Gräber windet.

Sie schauen nicht das längst bemooste Mahl,
Das dort gebückt den Schnee vor sich verdüstert,
Vernehmen nicht, wie hier im Abendstral
Ein Band der Jungfraun Todtenkreuz umflüstert.

O stille Pracht! hier schlummert die Natur
Auf Grüften sanft bei frommer Menschen Seelen,
Die ferne von der Leidenschaften Spur
Sich hier verloren in die düstern Höhlen.

Sie schlummern tief im kalten Erdengrund,
Wie sonst am Winterabend in der Hütte
Beim Heerde, wo der Hinterlaßnen Bund
Jetzt ihrer denkt, die Flamm' in seiner Mitte.

Zum wohlbekannten lenkt sich ihr Gespräch,
Dem dennoch alles lauscht mit stillen Zähren,
Wie jener Greis auf herbstlich ödem Weg,
Und diese Jungfrau starb zur Zeit der Ähren:

Wie jenen Mann der schwarze Leichenzug
Beim Nachtigallenlied in Blütengängen,
Und seine Frau durch Schnee zum Kirchhof trug,
Begleitet von der Schule Grabgesängen.

Und mancher Zug aus ihrem Leben zeigt,
Wie oft der Genius den Ätherflügel
Zu Hütten senkt, von Dörfern aufwärts steigt,
Hinan der Phantasie besonnte Hügel.

Wie Mancher, der hier schläft, erblickt' im Hain
Cytherens Heiligthum, der Musen Tänze,
Wie mancher, unverführt vom irren Schein,
Fand unbewußt sich an des Wissens Gränze.

Die Glücklichen! sie fühlten nur die Lust
Vom Hauch des Genius! kein Ehrgeitz störte
Der Harmonieen Spiel in ihrer Brust,.
Fern war der Neid, der ihr Gefühl verheerte.

Jetzt ruhn sie, wie in langer Winternacht,
Als wenn des Sonntags Licht sie wecken würde,
Daß mit dem Liederbuch sie froh erwacht
Zur Kirche gehn, voll Demuth und voll Würde.

55 Sie hören in der Gruft der Orgel Klang,
  Der rauschend in des Himmels blauen Räumen
  Sich fortwälzt, sie vernehmen den Gesang
  Der Engel unter Edens Lebensbäumen,

  Und ihres Heilands Ruf: erwacht, erwacht
60 Des Dorfes Kinder, kommt zur Himmelspforte!
  Ihr hättet mich gespeist, wär' in der Tracht
  Des Pilgers ich gesehn an euerm Orte.

GOTTLIEB KONRAD PFEFFEL

Saladin und der Sklave.

  Zur Zeit des großen Saladin
  Empörte die verworfne Rotte
  Der Rudersklaven seiner Flotte
5 Sich in der Stille gegen ihn.
  Die Meuter, welche meist Corsaren,
  Banditen oder Zöllner waren,
  Vereinten sich und hatten schon
10 Die schweren Ketten durchgefeilet;
  Schon wurden zur Rebellion
  Die Heldenrollen ausgetheilet;
  Als einer vor der frevlen Schaar,
  Der ohne Schuld in Banden war,
15 Sich wegstahl und den Streich entdeckte.
  Wie kam es, daß nur dich allein,
  Sprach der Monarch, die Unthat schreckte?
  Verachtest du die Freyheit? Nein;
  Doch lieber will ich stets sie missen,
20 Als frey mit Bösewichtern seyn,
  Die sie nicht zu gebrauchen wissen.
  Du bist, versetzte Saladin,
  Der Freyheit werth. Fahr hin im Frieden!
  Die Meuter soll mein Heer umziehn
25 Und in noch härtre Feßeln schmieden.

Friedrich Schiller*

Die Thaten der Philosophen.

Den *Satz,* durch welchen alles Ding
Bestand und Form empfangen,
Den Kloben, woran Zeus den Ring
Der Welt, die sonst in Scherben gieng,
Vorsichtig aufgehangen,
Den nenn ich einen großen Geist,
Der mir ergründet, wie er heißt,
Wenn Ich ihm nicht drauf helfe.
Er heißt: Zehn ist nicht Zwölfe.

Der Schnee macht kalt, das Feuer brennt,
Der Mensch geht auf zwey Füssen,
Die Sonne scheint am Firmament,
Das kann, wer auch nicht Logik kennt,
Durch seine Sinne wissen.
Doch wer Philosophie studiert,
Der weiß, daß wer verbrennt, nicht friert,
Weiß, daß das Nasse feuchtet
Und daß das Helle leuchtet.

Homerus singt sein Hochgedicht,
Der Held besteht Gefahren,
Der brave Mann thut seine Pflicht,
Und that sie, ich verhehl es nicht,
Eh noch Weltweise waren,
Doch hat Genie und Herz vollbracht,
Was *Lock'* und *Leibnitz* nie gedacht,
Sogleich wird auch von diesen
Die Möglichkeit bewiesen.

Im Leben gilt der Stärke Recht,
Dem Schwachen trotzt der Kühne,
Wer nicht gebieten kann, ist Knecht;
Sonst geht es ganz erträglich schlecht
Auf dieser Erdenbühne.
Doch wie es wäre, fieng der Plan
Der Welt nur erst von vornen an,
Ist in Moralsystemen
Ausführlich zu vernehmen.

---

2 *später:* Die Weltweisen.   5 Kloben   *als Druckfehler verbessert in* Nagel.

„Der Mensch bedarf des Menschen sehr
40 Zu seinem großen Ziele,
Nur in dem Ganzen wirket er,
Viel Tropfen geben erst das Meer,
Viel Wasser treibt die Mühle.
Drum flieht der wilden Wölfe Stand,
45 Und knüpft der Staaten daurend Band"
So lehren vom Katheder
Herr Puffendorf und Feder.

Doch weil, was ein Professor spricht,
Nicht gleich zu allen dringet,
50 So übt *Natur* die Mutterpflicht,
Und sorgt, daß nie die Kette bricht,
Und daß der Reif nie springet.
Einstweilen bis den Bau der Welt
Philosophie zusammenhält,
55 Erhält *sie* das Getriebe
Durch Hunger und durch Liebe.

JOHANN GOTTFRIED HERDER

Der heilige Wahnsinn.

Einst ließ ein König in Arabien
Sich *Meznu's* Liebe zu der *Laila* lesen,[a]
5 Wie Er, ein kluger und beredter Mann
Sich seiner so vergessen, daß er liebend
Der Welt entsagt und lebt' in Einsamkeit.

 Der König ließ ihn kommen. *Meznu* sprach:
„O König sähest Du nur meine Laila!"

10 Der König ließ sie kommen. *Laila* trat
Vor ihn, ein blasses hagres Angesicht.
„O, rufte Meznu, sieh o König Laila
Mit meinen, nicht mit Deinen Augen an!"

a) Eine sehr berühmte Liebesgeschichte bey den Morgenländern.

---

47 *Samuel* Pufendorf *(1632–1694), Rechtsgelehrter. J. G. H.* Feder *(1740–1821),
Philosoph.*

Die ihr nimmer geliebt, kennt Ihr die Quaalen der Liebe?
15 Da ja keinem der Schmerz ohne die Wunde sich naht.
Gib mir Einen, o Fürst, der selber erfahren, was Ich litt,
Daß mein Leiden ich ihm Tage nach Tagen vertrau.
Könnte die Turteltaube mich hören, sie seufzete mit mir;
Aber dem Glücklichen dünkt Leid des Unglücklichen Traum.

20 Der König wandte sich und sprach gerührt:
„Der Liebe Wahnsinn ist ein heilger Wahnsinn."

FRIEDRICH SCHILLER

Die Dichter
der alten und neuen Welt.

Sagt, wo sind die Vortreflichen hin, wo find ich die Sänger,
5 Die mit dem lebenden Wort horchende Völker entzückt,
Die vom Himmel den Gott, zum Himmel den Menschen gesungen,
Und getragen den Geist hoch auf den Flügeln des Lieds?
Ach, die Sänger leben noch jetzt, nur fehlen die Thaten
Würdig der Leyer, es fehlt ach! ein empfangendes Ohr.
10 Glückliche Dichter der glücklichen Welt! Von Munde zu Munde
Flog, von Geschlecht zu Geschlecht euer empfundenes Lied!
Jeder, als wär ihm ein Sohn gebohren, empfieng mit Entzücken,
Was der Genius ihm, redend und bildend, erschuf.
An der Glut des Gesangs entbrannten des Hörers Gefühle,
15 An des Hörers Gefühl nährte der Sänger die Glut,
Nährte und reinigte sie! Der Glückliche dem in des Volkes
Stimme der weisen Natur neues Orakel noch klang,
Dem noch von aussen das Wort der richtenden Wahrheit erschallte,
Das der Neuere kaum – kaum noch im Busen vernimmt.
20 Weh ihm, wenn er von aussen es jetzt noch glaubt zu vernehmen,
Und ein betrogenes Ohr leyht dem verführenden Ruf!
Aus der Welt um ihn her sprach zu dem Alten die Muse,
Kaum noch erscheint sie dem Neu'n, wenn er die seine – vergißt.

FRIEDRICH ALBRECHT ANTON MEYER

Kriegslied
der bewaffneten Grenzvertheidiger in den vorderen teutschen Reichskreisen.

5
Herbei, herbei, das Vaterland
Braucht seiner Bürger Schwert!
Wir kämpfen nicht um schnöden Sold,
Wir trachten nicht nach Ruhm und Gold,
Wir schützen eignen Herd!

10
Ein wilder Feind rückt schnell heran,
Und bringt uns tausend Noth;
O traut den falschen Worten nicht,
Wenn der von Menschenrechten spricht,
Der jedem Volke droht.

15
Er hat des Kriegers Pflichten nie,
Nur seine Wuth gekannt,
Sein Heer eilt unaufhaltsam fort,
Verbreitet Raubbegier und Mord,
Gelabt durch Blut und Brand.

20
Dort schallt der Gattinn Klaggeschrei,
Dort tönt der Kinder Flehn,
Er spottet ihrer Angst und Müh,
Des Vaters Leben fordern sie,
Er will ihn sterben sehn.

25
Auf denn, weil unsre Kraft noch gilt,
Verdient des Bürgers Ruhm,
Wer unsern Fluren Elend droht,
Erkämpfe sich durch Sieg und Tod
Erst unser Eigenthum!

30
Nur über unsre Leichen geht
Der Weg in's Vaterland,
Wer sterben oder siegen kann,
Der ist ein freier teutscher Mann,
Der jede Furcht verbannt.

35
Den lohne nie der Gattinn Kuß,
Nie seiner Kinder Scherz,
Der dann, wenn wilde Schwerter drohn,

Aus Furcht dem Schlachtgewühl entflohn;
Ihm breche Schaam das Herz!

40 Doch jeder Jüngling, der voll Muth
In unsern Reihen stritt,
Sei stets, wenn er nach Hause kehrt,
Dem wackern teutschen Mädchen werth,
Um das sein Herz einst litt.

45 Herbei, herbei, das Vaterland
Braucht seiner Bürger Schwert!
Wir kämpfen nicht um schnöden Sold,
Wir trachten nicht nach Ruhm und Gold,
Wir schützen eignen Herd!

SOPHIE CHRISTIANE FRIEDERIKE BRUN

Grabschrift
auf Georg Forster.

Weltumseegler! du suchtest auf pfadlosem Ozean Zonen,
5 Wo die Unschuld der Ruh' böte vertraulich die Hand!
Edler Forscher, was fandest du dort? Die Kinder der Erde
All' an Schwachheit sich gleich, alle dem Tode geweiht.
Sohn der Freiheit! du öffnetest ihr die männliche Seele,
Ihr, die vom Himmel herab sandte der Vater zum Heil.
10 Ach! es wandte die Göttinn sich schnell von der blutigen Erde;
Forster! du schwebtest mit ihr hin, wo dein *Glaube*[a] sich lohnt.

a) Glaube an Menschen und eine immer waltende, Alles zum Ziel der Voll-
kommenheit lenkende Vorsicht.

Ich denke dein.

Ich denke dein, wenn sich im Blütenregen
Der Frühling mahlt,
5 Und wenn des Sommers mildgereifter Segen
In Ähren stralt.

ICH DENKE DEIN 2 *vgl. die Neubearbeitung des Themas S. 298 und das Gedicht Goethes*
Nähe des Geliebten, *S. 303, das sich ebenfalls auf Friederike Bruns Gedicht bezieht.*
13 *s. Anm. zu 30 S. 200.*   21 *Tal unterhalb des Olymp.*
WAS HÖR' ICH . . . 3 *später mit der Überschrift:* Der Sänger.

Ich denke dein, wenn sich das Weltmeer tönend
   Gen Himmel hebt,
Und vor der Wogen Wut das Ufer stöhnend
10   Zurücke bebt.

Ich denke dein, wann sich der Abend röthend
   Im Hain verliert,
Und Filomelens Klage leise flötend
   Die Seele rührt.

15 Beim trüben Lampenschein in bittren Leiden
   Gedacht ich dein;
Die bange Seele flehte nah am Scheiden:
   Gedenke mein!

Ich denke dein, bis wehende Cypressen
20   Mein Grab umziehn;
Und auch in Tempe's Hain soll unvergessen
   Dein Name blühn.

JOHANN WOLFGANG VON GOETHE

[Melodie]

Was hör' ich draußen vor dem Thor?
Was auf der Brücke schallen?
5 Laßt den Gesang zu unserm Ohr
Im Saale wiederhallen!
Der König sprach's, der Page lief,
Der Knabe kam, der König rief:
Bring ihn herein den Alten.

10 Gegrüßet seyd ihr hohe Herrn,
Gegrüßt ihr schöne Damen!
Welch reicher Himmel! Stern bey Stern!
Wer kennet ihre Namen?
Im Saal voll Pracht und Herrlichkeit
15 Schließt Augen euch, hier ist nicht Zeit
Sich staunend zu ergötzen.

Der Sänger drückt die Augen ein,
Und schlug die vollen Töne,
Der Ritter schaute muthig drein,

20 Und in den Schoos die Schöne.
Der König, dem das Lied gefiel,
Ließ ihm, zum Lohne für sein Spiel,
Eine goldne Kette holen.

Die goldne Kette gieb mir nicht,
25 Die Kette gieb den Rittern,
Vor deren kühnem Angesicht
Der Feinde Lanzen splittern.
Gieb sie dem Kanzler, den du hast,
Und laß ihn noch die goldne Last
30 Zu andern Lasten tragen.

Ich singe, wie der Vogel singt,
Der in den Zweigen wohnet.
Das Lied, das aus der Kehle dringt,
Ist Lohn, der reichlich lohnet;
35 Doch darf ich bitten, bitt' ich eins,
Laßt einen Trunk des besten Weins
In reinem Glase bringen.

Er setzt es an, er trank es aus.
O Trank der süßen Labe!
40 O! dreymal hochbeglücktes Haus
Wo das ist kleine Gabe!
Ergeht's euch wohl, so denkt an mich,
Und danket Gott, so warm als ich
Für diesen Trunk euch danke.

1796

Friedrich von Matthisson

Elegie.

1795.

Hespers bleiche Trauerkerze
   Lodert an des Tages Gruft;
Durch der Kiefern öde Schwärze
   Saust so bang' die Abendluft.

Dünstige Fantome gleiten
   Auf des Moores Nebelmeer,
Und ein halb verwehtes Läuten
   Tönt vom fernen Kloster her.

Schwermut schauert durch die Haine,
   Wann der Wind die Wipfel regt;
Auf des dürren Laubes Bräune
   Hat der Tod sein Bild geprägt.

Lunen gleich nach Ungewittern
   Lacht mir des Befreiers Bild,
Und durch Psyches Kerker zittern
   Stralen, wie Aurora mild.

Bis den Nebeln der Verbannung
   Rettend ihn der Tod entreißt,
Steh', mit kräftiger Ermannung
   Jedem Sturm des Edlen Geist.

Wann er, selbst in morscher Barke,
   Durch der Fluten Aufruhr schwebt,
Herrscht am Steuer kühn der Starke
   Bis die Brandung ihn begräbt.

Wandte thatenloses Trauren
   Je des Schicksals ernsten Plan?
Fest, mit Hochsinn auszudauern,
   Troz dem Schicksal, weiß der Mann.

GOTTHARD LUDWIG THEOBUL KOSEGARTEN

Aus: Das Geständniß.
              Drittes Lied.
              Theano an Theon.

5   O Theon, welche Wehmuth, welch Entzükken
     Durchbebt mich seit den selgen Augenblikken,
     Die mir ohnlängst, von deinem Arm umschlossen,
              So hell verflossen!

     Als du so liebend mir ins Auge bliktest,
10   Als du so blöd' und bang mich an dich drüktest,
     Als mir zum erstenmahl, was in dir brannte,
              Dein Mund bekannte.

     Noch immer wähn' ich, Bester, dich zu sehen.
     Ich höre noch dein seelerührend Flehen,
15   Wie Lieblingsmelodieen um uns singen,
              Tief in mir klingen.

     Ich fühle noch der Pulse rasches Jagen,
     Dem deinigen mein Herz entgegenschlagen,
     Dem deinigen des Busens rege Wellen
20   Entgegenschwellen.

     Ich weiß es noch, und ich vergeß' es nimmer,
     Wie du umgossen von des Spatroths Schimmer
     In deiner schlanken Schönheit vor mir standest,
              Dann mich umwandest,

25   Dann wieder loß mich liessest, dann es wagtest,
     Das Unaussprechliche mir stammelnd sagtest,
     Und während du es auszusprechen rangest,
              Mich heiß umschlangest –

     O Theon, welche Wehmuth, welch Entzükken
30   Durchströmt seit jenen schwülen Augenblikken
     Dein armes Mädchen! Welches süsse Wähnen!
              Und welches Sehnen!

     Wie trunken wandl' ich in der Meinen Mitte.
     Es irrt mein Fuß, es wanken meine Tritte.
35   Der Träumenden verwehen wie Sekunden
              Die Tagesstunden.

---

10 blöd *zurückhaltend, schüchtern.*   31 Wähnen *hier in der alten Bedeutung: erwarten, hoffen.*

Es gaukeln um mich holde Fantasien.
Mein Ohr umtönen ferne Melodieen.
Mein Aug' umschweben himmlische Gesichte
    Im Dämmerlichte.

40

Ich schaudre auf, und um mich ists so stille.
Aus Duftgewölken weint des Mondes Fülle.
Dann droht es, mir mit ungestümmen Drängen
    Die Brust zu sprengen.

45

O Theon, dieses Staunen, dieses Wähnen,
Dieß wache Träumen, diese süssen Thränen –
Gestehen will ich nur die blöden Triebe –
    Ich liebe, liebe!

SOPHIE CHRISTIANE FRIEDERIKE BRUN*

Ich denke Dein.

Ich denke dein, wenn über *Roms* Ruinen
    Die Sonne sinkt!

5
Vom Abendroth durch Eichengrün beschienen
    Die heil'ge *Tiber* blinkt!

Dein denk' ich, wenn der grauen Vorwelt Schauer
    Der Hall' entschwebt!
Des Eppichs Netz an hoher Riesenmauer
10
    Im Mondstrahl silbern bebt!

Wenn in der Pinie ernstem Säulentempel
    Mein Aug' erquickt,
Betrachtung, Tiefsinn, euren hehren Stempel
    Rings um sich her erblickt!

15
Dort an des Grabes ew'ger *Piramide*
    Warst du mir nah!
Mir nah als ich *Orest* der *Eumenide*
    Geweiht, voll Wehmuth sah!

Electra's hoher Sinn, und Weibesmilde
20
    Mich tief durchdrang!
Des Griechen Geist mir aus dem Marmorbilde
    Wie Saitenton erklang!

Im Lorbeerwald, wo die Zipresse dunkelt,
    Im Mirthenhain

---

2 *s. Anm. zu 2 S. 293.*   9 Eppich *eigentlich Sellerie, seit dem 16. Jh. mit Efeu verwechselt.*

25 Wenn über mir des Himmels Bogen funkelt
Denkt meine Seele Dein!

Ach dein, wenn über Tod, und Grab, und Erde,
Mein Geist sich schwingt!
Des Schöpfers zweyter Allmachtsruf es werde
30 Auch meine Gruft durchdringt!

Wenn *Nemesis,* was strenge du gefodert
Ist abgebüßt –
Und *Psyche,* der nicht mehr die Fackel lodert,
Vergelterin dich grüßt![a]

a) Anspielung auf die Denkmale der Alten, in denen *Psyche* als Schmetterling unter der flammenden Fackel leidet, *Nemesis* als Vergelterinn einen Apfelzweig in der Hand hält.

JOHANN GOTTFRIED HERDER

Die Trösterinnen.

Die zarte Laute nicht mit ihrem sanften Beben;
Du, philosophisch Rohr, du sollt mir Labung geben;
5 Aus dir, o Trösterinn, entschwindet mir das Leben,
Von Lippen kaum berührt, ein leichtes Wölkchen, hin.
Und mit dem Wölkchen sind des Lebens harte Stunden,
Wie Traumgebilde, kaum berühret und verschwunden,
Verschwunden ungemerkt dem froh-entwölkten Sinn.

10 Wer reichet mir das Rohr? Es soll mir Wahn und Glauben,
Und jeder Zukunft Traum, umwölbt mit vollen Trauben
Mir Hoffnung, Ahnung, Wunsch, Gefühl und Sehnsucht rauben;
Des Menschen Würd' und Werth ist Türken-Apathie! –
Wie aber? wäre mir mit allen Lebensstunden
15 Das Leben selbst, Gefühl und Mitgefühl verschwunden;
So tröstete mich Rauch und Rauchphilosophie.

Komm, zarte Laute, du mit deinem zarten Beben,
Und schone meiner nicht. Du sollt mir Thränen geben
Und jeder Ton in dir zum Himmel mich erheben,
20 Erheben mich in Klang und Maas und Sympathie.
Ein neues Weltenall erschaffst du uns in Tönen,
Die uns mit Gott und Glück und mit uns selbst versöhnen.
Des Herzens Trösterinn ist Herzenspoesie.

KARL LUDWIG VON KNEBEL

Nachterscheinung.
Im Frühlinge 1789.

Dunkler als der Tag, heller als die Nacht, scheint das klare
Mondlicht.

5 Von der Berge Höhn steigen dämmernd auf schimmernde Gestalten.
Tropfen lichten Thaus senken sich herab auf die stillen Fluren;
Und der Wälder Graun theilt mit süßer Macht Philomelens
Klaglied.

Oben am Olymp reißt sich mächtig auf tiefer Welten Abgrund;
Weder Aug' noch Ohr findet suchend hier der Gedanken Ende:
10 Ewig dreht das Rad ungemeßner Zeit alles Daseyns Fülle,
Und verschlingt in Eins den zu schnellen Raub irdischer Gestalten.

Wo die Düfte wehn, dorten an der Wand lichterhellter Buchen,
Such' ich, wie verscheucht von des Meeres Fluth, Lina's stille Hütte.
Schöner als der Nacht schimmerreicher Stern glänzt bei ihr der
Friede,
15 Und das süße Thal und das Mondenlicht wird um sie nur süßer.

JOHANN WOLFGANG VON GOETHE

Die Liebesgötter auf dem Markte.

Von allen schönen Waaren,
Zum Markte hergefahren,
5 Wird keine mehr behagen,
Als die wir euch getragen
Aus fremden Ländern bringen.
O höret, was wir singen!
Und seht die schönen Vögel!
10 Sie stehen zum Verkauf.

Zuerst beseht den großen,
Den lustigen, den losen:
Er hüpfet leicht und munter,
Von Baum und Busch herunter;
15 Gleich ist er wieder droben;
Wir wollen ihn nicht loben.
O seht den muntern Vogel!
Er steht hier zum Verkauf.   3

NACHTERSCHEINUNG 7 *s. Anm. zu 30 S. 219.*

Betrachtet nun den kleinen!
20 Er will bedächtig scheinen;
Und doch ist er der lose,
So gut als wie der große;
Er zeiget meist im Stillen
Den allerbesten Willen.
25 Der lose kleine Vogel,
Er steht hier zum Verkauf.

O seht das kleine Täubchen,
Das liebe Turtelweibchen.
Die Mädchen sind so zierlich,
30 Verständig und manierlich;
Sie mag sich gerne puzen,
Und eure Liebe nuzen.
Der kleine zarte Vogel,
Er steht hier zum Verkauf.

35 Wir wollen sie nicht loben,
Sie stehn zu allen Proben.
Sie lieben sich das Neue;
Doch über ihre Treue
Verlangt nicht Brief und Siegel;
40 Sie haben alle Flügel.
Wie artig sind die Vögel!
Wie reizend ist der Kauf!

Friedrich Schiller

Die Macht des Gesanges.

Ein Regenstrom aus Felsenrissen,
Er kommt mit Donners Ungestüm,
5 Bergtrümmer folgen seinen Güssen,
Und Eichen stürzen unter ihm.
Erstaunt mit wollustvollem Grausen
Hört ihn der Wanderer und lauscht,
Er hört die Flut vom Felsen brausen,
10 Doch weiß er nicht, woher sie rauscht;
So strömen des Gesanges Wellen
Hervor aus nie entdeckten Quellen.

Verbündet mit den furchtbarn Wesen,
Die still des Lebens Faden drehn,
15 Wer kann des Sängers Zauber lösen,
Wer seinen Tönen widerstehn?
Wie mit dem Stab des Götterboten
Beherrscht er das bewegte Herz,
Er taucht es in das Reich der Todten,
20 Er hebt es staunend himmelwärts,
Und wiegt es zwischen Ernst und Spiele
Auf schwanker Leiter der Gefühle.

Wie wenn auf einmal in die Kreise
Der Freude, mit Gigantenschritt,
25 Geheimnißvoll nach Geisterweise
Ein ungeheures Schicksal tritt.
Da beugt sich jede Erdengröße
Dem Fremdling aus der andern Welt,
Des Jubels nichtiges Getöse
30 Verstummt, und jede Larve fällt,
Und vor der Wahrheit mächt'gem Siege
Verschwindet jedes Werk der Lüge.

So raft von jeder eiteln Bürde,
Wenn des Gesanges Ruf erschallt,
35 Der Mensch sich auf zur Geisterwürde,
Und tritt in heilige Gewalt;
Den hohen Göttern ist er eigen,
Ihm darf nichts irrdisches sich nahn,
Und jede andre Macht muß schweigen,
40 Und kein Verhängniß fällt ihn an,
Es schwinden jedes Kummers Falten,
So lang des Liedes Zauber walten.

Und wie nach hofnungslosem Sehnen,
Nach langer Trennung bitterm Schmerz,
45 Ein Kind mit heißen Reuethränen
Sich stürzt an seiner Mutter Herz,
So führt zu seiner Jugend Hütten,
Zu seiner Unschuld reinem Glück,
Vom fernen Ausland fremder Sitten
50 Den Flüchtling der Gesang zurück,
In der Natur getreuen Armen
Von kalten Regeln zu erwarmen.

JOHANN WOLFGANG VON GOETHE

Nähe des Geliebten.

Ich denke dein, wenn mir der Sonne Schimmer
   Vom Meere strahlt.
Ich denke dein, wenn sich des Mondes Flimmer
   In Quellen mahlt.

Ich sehe dich, wenn auf dem fernen Wege
   Der Staub sich hebt,
In tiefer Nacht, wenn auf dem schmalen Stege
   Der Wandrer bebt.

Ich höre dich, wenn dort mit dumpfem Rauschen
   Die Welle steigt.
Im stillen Haine geh ich oft zu lauschen,
   Wenn alles schweigt.

Ich bin bei dir, du seyst auch noch so ferne,
   Du bist mir nah.
Die Sonne sinkt, bald leuchten nur die Sterne,
   O! wärst du da!

Meeresstille.

Tiefe Stille herrscht im Wasser,
Ohne Regung ruht das Meer,
Und bekümmert sieht der Schiffer
Glatte Fläche rings umher.
Keine Luft von keiner Seite,
Todes-Stille fürchterlich.
In der ungeheuern Weite
Reget keine Welle sich.

Glückliche Fahrt.

Die Nebel zerreissen,
Auf einmal wirds helle,
Und Aeolus löset
Das ängstliche Band.
Es säuseln die Winde,

NÄHE DES GELIEBTEN 1 *s. Anm. zu 2 S. 293.*

Es rührt sich der Schiffer,
Geschwinde! Geschwinde!
Es theilt sich die Welle,
10   Es naht sich die Ferne,
Schon seh' ich das Land.

FRIEDRICH SCHILLER

Stanzen an den Leser.

Die Muse schweigt, mit jungfräulichen Wangen,
Erröthen im verschämten Angesicht,
5   Tritt sie vor dich, ihr Urtheil zu empfangen,
Sie achtet es, doch fürchtet sie es nicht.
Des Guten Beifall wünscht sie zu erlangen,
Den Wahrheit rührt, den Flimmer nicht besticht.
Nur wem ein Herz, empfänglich für das Schöne,
10   Im Busen schlägt, ist werth, daß er sie kröne.

Nicht länger wollen diese Lieder leben,
Als bis ihr Klang ein fühlend Herz erfreut,
Mit schönern Phantasieen es umgeben,
Zu höheren Gefühlen es geweiht;

15   Zur fernen Nachwelt wollen sie nicht schweben,
Sie tönten, sie verhallen in der Zeit.
Des Augenblickes Lust hat sie gebohren,
Sie fliehen fort im leichten Tanz der Horen.

Der Lenz erwacht, auf den erwärmten Triften
20   Schießt frohes Leben jugendlich hervor,
Die Staude würzt die Luft mit Nektardüften,
Den Himmel füllt ein muntrer Sängerchor,
Und jung und alt ergeht sich in den Lüften,
Und freuet sich und schwelgt mit Aug und Ohr.
25   Der Lenz entflieht! Die Blume schießt in Saamen,
Und keine bleibt von allen, welche kamen.

STANZEN ... 2 *später mit den Überschriften:* Sängers Abschied; Abschied vom Leser.

JOHANN LUDWIG TIECK*

Seid mir gegrüßt, ihr frohen goldnen Jahre,
So sehr ihr auch mein Herz mit Wehmuth füllt!
Ach! damals! damals! – immer strebt mein Geist zurück
In jenes schöne Land, das einst die Heimath war.

Das goldne, tiefgesenkte Abendroth,
Des Mondes zarter Schimmer, der Gesang
Der Nachtigallen, jede Schönheit gab
Mir freundlich stillen Gruß, es labte sich
Mein Geist an allen wechselnden Gestalten
Und sah im Spiegel frischer Phantasie
Die Schönheit schöner: Willig fand die Anmuth
Zum Ungeheuren sich, und alles band sich stets
In reine Harmonie zusammen. – Doch
Entschwunden ist die Zeit, das eh'rne Alter
Des Mannes trat in alle seine Rechte.

Mich kennt kein zartes, kindliches Gefühl,
Zerrissen alle Harmonie, das Chaos
Verwirrter Zweifel streckt sich vor mir aus.
Von jäher Felsenspitze schau' ich schwindelnd
In schwarze, wüste, wildzerrißne Klüfte.

Ein wilder Reigen dreht sich gräßlich unten,
Ein freches Hohngelächter schallt herauf,
Und bleiche Fackeln zittern hin und her.
Dämonen, fürchterliche Larven feyern
Mit raschem Schwung ein nächtlich Lustgelage.
Wer ist der schwarze Riese unter ihnen? –
Er nennt sich Tod und streckt den bleichen Arm
Nach mir herauf! – Hinweg du Gräßlicher! –
Was rührt sich in den Bäumen? – Ist's mein Vater?
Er will zu mir! er kömmt mit Rosalinen
Und langsam geht Pietro hinter ihm,
Auch Willy's Kopf streckt sich aus feuchtem Grabe! –
Hinweg! – ich kenn' euch nicht! – zur Höll' hinab!! –

Doch laut und immer lauter rauscht die Waldung,
Es braust das Meer und schilt mit allen Wogen, –
Und in mir klopft ein ängstlich feiges Herz. –
Ihr alle richtet mich? verdammt mich alle? –
Du selbst bist gegen Dich? – O Thor, laß ja
Den Geist in dir, den frechen Dämon nie
Gebändigt werden! Laß das Schicksal zürnen,
Laß Lieb' und Freundschaft zu Verräthern werden,

Laß alles treulos von dir fallen: ha! was kümmern
Dich Luftgestalten? – sey dir selbst genug!

1797

JOHANN CHRISTIAN FRIEDRICH HÖLDERLIN

Die Eichbäume.

Aus den Gärten komm' ich zu euch, ihr Söhne des Berges!
Aus den Gärten, da lebt die Natur geduldig und häuslich,
5   Pflegend und wieder gepflegt mit dem fleissigen Menschen
                                zusammen.
Aber ihr, ihr Herrlichen! steht, wie ein Volk von Titanen
In der zahmeren Welt und gehört nur euch und dem Himmel,
Der euch nährt' und erzog und der Erde, die euch geboren.
Keiner von euch ist noch in die Schule der Menschen gegangen,
10 Und ihr drängt euch fröhlich und frei, aus der kräftigen Wurzel,
Unter einander herauf und ergreift, wie der Adler die Beute,
Mit gewaltigem Arme den Raum, und gegen die Wolken
Ist euch heiter und groß die sonnige Krone gerichtet.
Eine Welt ist jeder von euch, wie die Sterne des Himmels
15 Lebt ihr, jeder ein Gott, in freiem Bunde zusammen.
Könnt' ich die Knechtschaft nur erdulden, ich neidete nimmer
Diesen Wald und schmiegte mich gern ans gesellige Leben.
Fesselte nur nicht mehr ans gesellige Leben das Herz mich,
Das von Liebe nicht läßt, wie gern würd' ich unter euch wohnen!

FRIEDRICH SCHILLER

Das Mädchen
aus der Fremde.

In einem Thal bey armen Hirten
5   Erschien mit jedem jungen Jahr,
Sobald die ersten Lerchen schwirrten,
    Ein Mädchen, schön und wunderbar.

DAS MÄDCHEN ... 2 *Allegorie der Poesie.*

nicht in dem Thal geboren,
wußte nicht, woher sie kam,
hnell war ihre Spur verloren,
ald das Mädchen Abschied nahm.

gend war ihre Nähe
d alle Herzen wurden weit,
h eine Würde, eine Höhe
Entfernte die Vertraulichkeit.

15

Sie brachte Blumen mit und Früchte,
  Gereift auf einer andern Flur,
In einem andern Sonnenlichte,
  In einer glücklichern Natur.

20

Und theilte jedem eine Gabe,
  Dem Früchte, jenem Blumen aus,
Der Jüngling und der Greis am Stabe,
  Ein jeder gieng beschenkt nach Haus.

Willkommen waren alle Gäste,
  Doch nahte sich ein liebend Paar,
Dem reichte sie der Gaben beste,
  Der Blumen allerschönste dar.

25

SOPHIE MEREAU

Andenken.

Athmet von Lüftchen bewegt, die Linde mit stillem Gesäusel,
  Wähn' ich, es beb' um mich, leise dein zärtlicher Laut.
Seh' ich von fern ein Gewand, an Farbe ähnlich dem deinen,
  Zuckt mir ein lieblicher Schreck schauernd durch Mark und
                                                    Gebein.
Zeichnet mit Rosengewölk der Tag die beginnende Laufbahn,
  Stralet der Äther so blau, denk ich': es wäre wohl schön,
Heut' in der freien Natur, in himmlisch blühenden Lauben
  Frölich beisammen zu seyn, ach! mit dem lieblichen Freund!
Dämmert der Abend so mild, und wandelt durch duftige Wolken
  Ihren Geliebten zu sehn, Luna, mit thauigem Blick,
Schimmern die Sterne herab, in schweigender, ewiger Klarheit,
  Tauch' ich mich, einsam und still, gern in die Kühlung der
                                                    Nacht,
Denke deiner, bewegt, und seufze mit liebender Sehnsucht:

5

10

15

Wehet, ihr Lüfte, o weht seine Gedanken mir zu!
Sieh', es umringet mich so dein Bild in lieblichen Träumen,
  Bist du dem Auge gleich fern, ewig dem Herzen doch nah.
Seliger Ahnung getreu, liebt dich die Freundinn in Allem,
20 Wie sie, in schönerer Zeit, Alles einst liebte in dir.

FRIEDRICH SCHILLER

Das weibliche Ideal.
An Amanda.

Überal weichet das Weib dem Manne, nur in dem höchsten
5   Weichet dem weiblichsten Weib immer der männlichste Mann.
Was das höchste mir sey? Des Sieges ruhige Klarheit,
  Wie sie von deiner Stirn holde Amanda mir strahlt.
Schwimmt auch die Wolke des Grams um die heiter glänzende
                                                    Scheibe,
  Schöner nur mahlt sich das Bild auf dem vergoldeten Duft.
10 Dünke der Mann sich frey! Du *bist* es, denn ewig nothwendig
  Weißt du von keiner Wahl, keiner Nothwendigkeit mehr.
Was du auch giebst, stets giebst du dich ganz, du bist ewig nur
  Auch dein zärtester Laut ist dein harmonisches Selbst.   [Eines,
Hier ist ewige Jugend bey niemals versiegender Fülle,
15   Und mit der Blume zugleich brichst du die goldene Frucht.

KARL LUDWIG VON WOLTMANN

Der Bach.

Sicher verdankst du, o Bach! der Göttin von Paphos den Ursprung,
  Seelenlabend und kühl quillst du an Blumen herauf.
5 Nicht nur die dürstenden Lippen erquickst du mit rieselndem
  Dieses glühende Herz fühlt sich gekühlet durch dich.   [Wasser,
Zwar erscheint mir das Bild der Geliebten auf jeglicher Welle,
  Aber es gleichet an Huld dir, du beschatteter Bach.

DER BACH 3 *Aphrodite.*

CHRISTIAN LUDWIG NEUFFER

Sonnenuntergang im Walde.
Nach einem Gewitter.

Der Orkan hat ausgewittert,
Der den Pol mit Nacht umgab,
Von erfrischten Zweigen zittert
Noch des Regens Thau herab.
Immer leuchtender und röther
Wird der Wolken trüber Flor,
Und der schöne blaue Äther
Dringt aus seiner Hüll' hervor.

Durch die dichtverwachsnen Äste,
Durch der Blätter funkelnd Grün,
Sanftbewegt vom Hauch der Weste,
Lacht des Tages Königin.
In die ernsten Eichenschatten
Spielt das Zauberlicht so klar;
Die gebroch'nen Gluten gatten
Mit der Nacht sich wunderbar.

Aber nach und nach verflimmern
In dem Wald die Strahlen ganz;
Nur der Tannen Häupter schimmern
Noch in dunklem Purpurglanz.
Jetzt zerreißt der Wipfel Schleier;
Weiter dringt das Abendlicht,
Und der Sonne sterbend Feuer
Mahlt uns Glut aufs Angesicht.

Jetzt verlischt der Schimmer wieder,
Der uns scheidend angelacht,
Und wir steigen schweigend nieder,
Tiefer in des Waldes Nacht.
Düstrer Schauer deckt die Pfade,
Schwach von Dämm'rung nur erhellt,
Gleich dem Eintritt am Gestade
In die stille Schattenwelt.

Johann Ludwig Tieck

Waldeinsamkeit
Die mich erfreut,
So morgen wie heut
5   In ewger Zeit,
O wie mich freut
Waldeinsamkeit.

[. . .]

Waldeinsamkeit
10   Wie liegst du weit!
O Dir gereut
Einst mit der Zeit.
Ach einzge Freud
Waldeinsamkeit!

15   [. . .]

Waldeinsamkeit
Mich wieder freut,
Mir geschieht kein Leid,
Hier wohnt kein Neid
20   Von neuem mich freut
Waldeinsamkeit.

Wilhelm Heinrich Wackenroder*

Aus: Zwey Gemähldeschilderungen.
Erstes Bild.
Die heilige Jungfrau mit dem Christuskinde,
5   und der kleine Johannes.

Maria.
Warum bin ich doch so überselig,
Und zum allerhöchsten Glück erlesen,
Das die Erde jemals tragen mag?
10   Ich verzage bey dem großen Glücke,

Waldeinsamkeit 8, 15 *die drei Strophen stehen in dieser Reihenfolge, aber getrennt vonein-*
ander in Der blonde Eckbert.

Und ich weiß nicht Dank dafür zu sagen,
Nicht mit Thränen, nicht mit lauter Freude.
Nur mit Lächeln und mit tiefer Wehmuth
Kann ich auf dem Götterkinde ruhen,
Und mein Blick vermag es nicht, zum Himmel,
Und zum güt'gen Vater aufzusteigen.
Nimmer werden meine Augen müde,
Dieses Kind, das mir im Schooße spielet,
Anzusehn mit tiefer Herzensfreude.
Ach! und welche fremde, große Dinge,
Die das unschuldvolle Kind nicht ahndet,
Leuchten aus den klugen blauen Augen,
Und aus all' den kleinen Gaukeleyen!
Ach! ich weiß nicht was ich sagen soll!
Dünkt michs doch, ich sey nicht mehr auf dieser Erde,
Wenn ich in mir recht lebendig denke:
Ich, ich bin die Mutter dieses Kindes.

Das Jesuskind.

Hübsch und bunt ist die Welt um mich her!
Doch ist's mir nicht wie den andern Kindern,
Doch kann ich nicht recht spielen,
Nichts fest angreifen mit der Hand,
Nicht lautjauchzend frohlocken.
Was sich lebendig
Vor meinen Augen regt und bewegt,
Kommt mir vor, wie vorbeygehend Schattenbild
Und artiges Blendwerk.
Aber innerlich bin ich froh,
Und denke mir innerlich schönere Sachen,
Die ich nicht sagen kann.

Der kleine Johannes.

Ach! wie bet' ich es an, das Jesuskindlein!
Ach wie lieblich und voller Unschuld
Gaukelt es in der Mutter Schooß! –
Lieber Gott im Himmel, wie bet' ich heimlich zu Dir,
Und danke Dir,
Und preise Dich um Deine große Gnade,
Und flehe Deinen Segen herab auch für mich!

Siehe wie ich trostlos weine
In dem Kämmerlein alleine,
   Heilige *Cäcilia*!
Sieh' mich aller Welt entfliehen,
Um hier still vor Dir zu knieen:
   Ach ich bete, sey mir nah!

Deine wunderbaren Töne,
Denen ich verzaubert fröhne,
   Haben mein Gemüth verrückt.
Löse doch die Angst der Sinnen, –
Laß mich in Gesang zerrinnen,
   Der mein Herz so sehr entzückt.

Möchtest Du auf Harfensaiten
Meinen schwachen Finger leiten,
   Daß Empfindung aus ihm quillt;
Daß mein Spiel in tausend Herzen
Laut Entzücken, süße Schmerzen,
   Beydes hebt und wieder stillt.

Möcht' ich einst mit lautem Schalle
In des Tempels voller Halle
   Ein erhabnes Gloria
Dir und allen Heil'gen weihen,
Tausend Christen zu erfreuen:
   Heilige *Cäcilia*!

Öffne mir der Menschen Geister,
Daß ich ihrer Seelen Meister
   Durch die Kraft der Töne sey;
Daß mein Geist die Welt durchklinge,
Sympathetisch sie durchdringe,
   Sie berausch' in Phantasey! –

Das Meer.

1. Auf hoher Felsenkante,
Der Menschheit Abgesandte
Stehn wir und opfern Gott Gesang.
Ihm tönen Jubellieder
Im Namen unsrer Brüder
Für alle Pracht der Erde Dank.

2. In allgewaltger Schaale
Dem heiligen Schicksale
Schäumt unter uns das weite Meer.
In lachend heitrer Stille
Im wilden Sturmgebrülle
Ists immer heilig, groß und hehr.

3. Und Gottes Bild der Himmel,
Schaut in der Fluth Gewimmel
Mit unbewegtem Aug' hinein:
Er beugt sich freundlich nieder,
Mit blauem Glanzgefieder
Schließt er die Fluth umarmend ein.

4. Wie diese regen Wellen
Gedrängt sich treibend schwellen,
So wallt der Menschen großes Meer:
In hoher Tugend Siege,
In schwarzer Laster Kriege
Stets groß und wundervoll und hehr.

5. Drum laßt uns, gleich dem Himmel
Ins wilde Weltgetümmel
Mit sonnenhellem Auge sehn;
Fest an der Menschheit hangen,
Die Welt mit Lieb umfangen
Und liebend, liebend untergehn.

6. Laßt länger hier uns harren
In Meer und Himmel starren
Bis jede Fiber fühlend schwillt:
Und segnet das Entzücken,
Das unsern trunknen Blicken,
Aus dir, Natur, geheiligt quillt.

CLEMENS BRENTANO

Kennt ihr das Fräulein Dienchen nicht.
sie hat ein tabaksdosengesicht
so etwas wie 'ne Nase drinne
und den Character einer Spinne.
hat man mit dem Vergrößrungsglase
endlich gefunden ihre Nase

so must du Mikroskope brauchen
so findst du nie die Kazenaugen.
10 ihr dickes Haar ist tölpisch aufgebaut
doch niemand schimpfe ihre Haut
sie ist so fein so zart so weiß
als wie ein alter Hünersteiß.
ihr faltig Kleid von steifem Zeug
15 hoch aufgepuft betrüget euch
wo andre Fräuleins Berge haben
kann hier kein matter Floh sich laben.
schad' daß ein Hügelchen den schönen Wuchs beflekt,
(daß erst vor kurzer Zeit) ein Kenneraug endekt.
20 in ihrem magern Unterleib
Brumt oft ein Wind zum Zeitvertreib.   *[1926]*

1798

JOHANN WILHELM LUDWIG GLEIM

Anton, der Reiser.

Anton, der Reiser, kam unlängst auf seinen Reisen
In's umgewälzte Frankenland;
5 Ward Bürger zu Paris; und suchte lang', und fand
Nicht einen einzigen der alten sieben Weisen.
Er reiste von Paris im Land umher, und stand
Oft still, und sah sich um, ein Deutscher Kantianer,
Und suchte, suchte lang', und fand
10 Nicht einen einzigen Republikaner!

ANTON, DER REISER 2 *Anspielung auf den 1785–1790 erschienenen Roman von Karl Philipp Moritz.*

FRIEDRICH SCHILLER

Der Handschuh.
Erzählung.

Vor seinem Löwengarten,
Das Kampfspiel zu erwarten,
Saß König Franz,
Und um ihn die Großen der Krone,
Und rings auf hohem Balkone
Die Damen in schönem Kranz.

Und wie er winkt mit dem Finger,
Aufthut sich der weite Zwinger,
Und hinein mit bedächtigem Schritt
Ein Löwe tritt,
Und sieht sich stumm
Rings um,
Mit langem Gähnen,
Und schüttelt die Mähnen,
Und streckt die Glieder;
Und legt sich nieder.

Und der König winkt wieder;
Da öfnet sich behend
Ein zweites Thor,
Daraus rennt
Mit wildem Sprunge
Ein Tiger hervor,
Wie der den Löwen erschaut
Brüllt er laut,
Schlägt mit dem Schweif
Einen furchtbaren Reif,
Und recket die Zunge,
Und im Kreise scheu
Umgeht er den Leu
Grimmig schnurrend,
Drauf streckt er sich murrend
Zur Seite nieder.

Und der König winkt wieder,
Da speit das doppelt geöfnete Haus
Zwey Leoparden auf einmal aus,
Die stürzen mit muthiger Kampfbegier
Auf das Tigerthier,

Das pakt sie mit seinen grimmigen Tatzen,
Und der Leu mit Gebrüll
Richtet sich auf, da wirds still,
Und herum im Kreis,
45   Von Mordsucht heiß,
Lagern sich die greulichen Katzen.

Da fällt von des Altans Rand
Ein Handschuh von schöner Hand
Zwischen den Tiger und den Leu'n
50   Mitten hinein.

Und zu Ritter Delorges spottender Weis'
Wendet sich Fräulein Kunigund:
„Herr Ritter ist eure Lieb so heiß
Wie ihr mirs schwört zu jeder Stund,
55   Ey so hebt mir den Handschuh auf".

Und der Ritter in schnellem Lauf
Steigt hinab in den furchtbarn Zwinger
Mit festem Schritte,
Und aus der Ungeheuer Mitte
60   Nimmt er den Handschuh mit keckem Finger.

Und mit Erstaunen und mit Grauen
Sehens die Ritter und Edelfrauen,
Und gelassen bringt er den Handschuh zurück,
Da schallt ihm sein Lob aus jedem Munde,
65   Aber mit zärtlichem Liebesblick –
Er verheißt ihm sein nahes Glück –
Empfängt ihn Fräulein Kunigunde.
Und der Ritter sich tief verbeugend, spricht:
Den Dank, Dame, begehr ich nicht,
70   Und verläßt sie zur selben Stunde.

JOHANN CHRISTIAN FRIEDRICH HÖLDERLIN*

An den Äther.

Treu und freundlich, wie du, erzog der Götter und Menschen
Keiner, o Vater Äther! mich auf; noch ehe die Mutter
5   In die Arme mich nahm und ihre Brüste mich tränkten,
Faßtest du zärtlich mich an und gossest himmlischen Trank mir,
Mir den heiligen Odem zuerst in den keimenden Busen.

---

1 *signiert:* D.

Nicht von irdischer Kost gedeihen einzig die Wesen,
Aber du nährst sie all' mit deinem Nektar, o Vater!
10 Und es drängt sich und rinnt aus deiner ewigen Fülle
Die beseelende Luft durch alle Röhren des Lebens.
Darum lieben die Wesen dich auch und ringen und streben
Unaufhörlich hinauf nach dir in freudigem Wachsthum.

Himmlischer! sucht nicht dich mit ihren Augen die Pflanze,
15 Streckt nach dir die schüchternen Arme der niedrige Strauch nicht?
Daß er dich finde, zerbricht der gefangene Saame die Hülse,
Daß er belebt von dir in deiner Welle sich bade,
Schüttelt der Wald den Schnee, wie ein überlästig Gewand ab.
Auch die Fische kommen herauf und hüpfen verlangend
20 Über die glänzende Fläche des Stroms, als begehrten auch diese
Aus der Wiege zu dir; auch den edeln Thieren der Erde
Wird zum Fluge der Schritt, wenn oft das gewaltige Sehnen
Die geheime Liebe zu dir sie ergreift, sie hinaufzieht.

Stolz verachtet den Boden das Roß, wie gebogener Stahl strebt
25 In die Höhe sein Hals, mit der Hufe berührt es den Sand kaum.
Wie zum Scherze, berührt der Fuß der Hirsche den Grashalm,
Hüpft, wie ein Zephyr, über den Bach, der reißend hinabschäumt,
Hin und wieder und schweift, kaum sichtbar durch die Gebüsche.
Aber des Äthers Lieblinge, sie, die glücklichen Vögel
30 Wohnen und spielen vergnügt in der ewigen Halle des Vaters!
Raums genug ist für alle. Der Pfad ist keinem bezeichnet,
Und es regen sich frey im Hause die Großen und Kleinen.
Über dem Haupte frohlocken sie mir und es sehnt sich auch mein
Wunderbar zu ihnen hinauf; wie die freundliche Heimath   [Herz
35 Winkt es von oben herab und auf die Gipfel der Alpen
Möcht' ich wandern und rufen von da dem eilenden Adler,
Daß er, wie einst, in die Arme des Zeus den seeligen Knaben,
Aus der Gefangenschaft in des Äthers Halle mich trage.
Thöricht treiben wir uns umher; wie die irrende Rebe,
40 Wenn ihr der Stab gebricht, woran zum Himmel sie aufwächst,
Breiten wir über dem Boden uns aus und suchen und wandern
Durch die Zonen der Erd', o Vater Äther! vergebens,
Denn es treibt uns die Lust in deinen Gärten zu wohnen.
In die Meersfluth werfen wir uns, in den freieren Ebnen
45 Uns zu sättigen, und es umspielt die unendliche Wooge
Unsern Kiel, es freut sich das Herz an den Kräften des Meergotts.
Dennoch genügt ihm nicht; denn der tiefere Ozean reitzt uns,
Wo die leichtere Welle sich regt – o wer dort an jene
Goldnen Küsten das wandernde Schiff zu treiben vermöchte!

50 Aber indeß ich hinauf in die dämmernde Ferne mich sehne,
Wo du fremde Gestad' umfängst mit der bläulichen Woge,
Kömmst du säuselnd herab von des Fruchtbaums blühenden
Wipfeln,
Vater Äther! und sänftigest selbst das strebende Herz mir,
Und ich lebe nun gern, wie zuvor, mit den Blumen der Erde.

Johann Wolfgang von Goethe

Der Gott und die Bajadere.
Indische Legende.

Mahadöh, der Herr der Erde,
5 Kommt herab zum sechstenmal,
Daß er unsers gleichen werde,
Mit zu fühlen Freud und Quaal.
Er bequemt sich hier zu wohnen,
Läßt sich alles selbst geschehn,
10 Soll er strafen oder schonen,
Muß er Menschen menschlich sehn.
Und hat er die Stadt sich als Wandrer betrachtet,
Die Großen belauert, auf Kleine geachtet,
Verläßt er sie Abends um weiter zu gehn.

15 Als er nun hinausgegangen
Wo die letzten Häuser sind,
Sieht er, mit gemahlten Wangen,
Ein verlohrnes schönes Kind:
Grüß dich Jungfrau! – dank der Ehre,
20 Wart, ich komme gleich hinaus –
Und wer bist du? – Bajadere!
Und dies ist der Liebe Haus.
Sie rührt sich die Cymbeln zum Tanze zu schlagen,
Sie weiß sich so lieblich im Kreise zu tragen,
25 Sie neigt sich und biegt sich und reicht ihm den Strauß.

Schmeichelnd zieht sie ihn zur Schwelle,
Lebhaft ihn ins Haus hinein.
Schöner Fremdling, lampenhelle
Soll sogleich die Hütte seyn,

---

4 Mahadöh *der große Gott, Beiname des indischen Gottes Siwa.*

30 Bist du müd', ich will dich laben,
Lindern deiner Füße Schmerz;
Was du willst das sollst du haben,
Ruhe, Freuden oder Scherz.
Sie lindert geschäftig geheuchelte Leiden,
35 Der Göttliche lächelt, er siehet, mit Freuden,
Durch tiefes Verderben ein menschliches Herz.

Und er fordert Sclavendienste
Immer heitrer wird sie nur,
Und des Mädchens frühe Künste
40 Werden nach und nach Natur.
Und so stellet nach der Blüthe
Bald und bald die Frucht sich ein,
Ist Gehorsam im Gemüthe
Wird nicht fern die Liebe seyn.
45 Aber sie schärfer und scharfer zu prüfen
Wählet der Kenner der Höhen und Tiefen
Lust und Entsetzen und grimmige Pein.

Und er küßt die bunten Wangen
Und sie fühlt der Liebe Quaal,
50 Und das Mädchen steht gefangen,
Und sie weint zum erstenmal,
Sinkt zu seinen Füßen nieder
Nicht um Wollust noch Gewinnst,
Ach und die gelenken Glieder
55 Sie versagen allen Dienst.
Und so zu des Lagers vergnüglicher Feyer,
Bereiten den dunklen behaglichen Schleyer
Die nächtlichen Stunden das schönste Gespinnst.

Spat entschlummert unter Scherzen,
60 Früh erwacht nach kurzer Rast,
Findet sie an ihrem Herzen
Todt den vielgeliebten Gast,
Schreyend stürzt sie auf ihn nieder,
Aber nicht erweckt sie ihn,
65 Und man trägt die starren Glieder
Bald zur Flammengrube hin.
Sie höret die Priester, die Todtengesänge
Sie raset und rennet und theilet die Menge.
Wer bist du? was drängst du zur Grube dich hin?

70 Bey der Bare stürzt sie nieder,
Ihr Geschrey durchdringt die Luft:
Meinen Gatten will ich wieder!
Und ich such ihn in der Gruft.
Soll zu Asche mir zerfallen
75 Dieser Glieder Götterpracht?
Mein! er war es, mein vor allen!
Ach! nur eine süße Nacht!
Es singen die Priester: wir tragen die Alten,
Nach langem Ermatten und spätem Erkalten,
80 Wir tragen die Jugend noch eh sies gedacht.

Höre deiner Priester Lehre:
Dieser war dein Gatte nicht.
Lebst du doch als Bajadere,
Und so hast du keine Pflicht.
85 Nur dem Körper folgt der Schatten
In das stille Todenreich
Nur die Gattin folgt dem Gatten
Das ist Pflicht und Ruhm zugleich.
Ertöne Trommete zu heiliger Klage
90 O! nehmet ihr Götter die Zierde der Tage,
O! nehmet den Jüngling in Flammen zu euch.

So das Chor, das ohn Erbarmen
Mehret ihres Herzens Noth,
Und mit ausgestreckten Armen
95 Springt sie in den heissen Tod,
Doch der Götter-Jüngling hebet
Aus der Flamme sich empor,
Und in seinen Armen schwebet
Die Geliebte mit hervor,
100 Es freut sich die Gottheit der reuigen Sünder,
Unsterbliche heben verlohrene Kinder
Mit feurigen Armen zum Himmel empor.

Friedrich Schiller

Das Geheimniß.

Sie konnte mir kein Wörtchen sagen,
    Zu viele Lauscher waren wach,
Den Blick nur durft ich schüchtern fragen,
    Und wohl verstand ich was er sprach.
Leis schleich ich her in deine Stille,
    Du schön belaubtes Buchenzelt,
Verbirg in deiner grünen Hülle
    Die Liebenden dem Aug der Welt.

Von ferne mit verworrnem Sausen
    Arbeitet der geschäftge Tag,
Und durch der Stimmen hohles Brausen
    Erkenn ich schwerer Hämmer Schlag.
So sauer ringt die kargen Loose
    Der Mensch dem harten Himmel ab,
Doch leicht erworben, aus dem Schoose
    Der Götter fällt das Glück herab.

Daß ja die Menschen nie es hören,
    Wie treue Lieb' uns still beglückt!
Sie können nur die Freude stöhren,
    Weil Freude nie sie selbst entzückt.
Die Welt wird nie das Glück erlauben,
    Als Beute wird es nur gehascht,
Entwenden must du's oder rauben,
    Eh dich die Mißgunst überrascht.

Leis auf den Zähen kommts geschlichen
    Die Stille liebt es und die Nacht,
Mit schnellen Füßen ists entwichen,
    Wo des Verräthers Auge wacht.
O schlinge dich, du sanfte Quelle,
    Ein breiter Strom um uns herum,
Und drohend mit empörter Welle
    Vertheidige dieß Heiligthum.

PHILIPP SIEGFRIED SCHMIDT

Täuschung.

Wohl! hier wird mir doch kühler, mich lagernd am flüchtigen
         Bächlein.
 Ist mir im Innern so schwül! Ist doch so drückend die Luft!
5 Wohl! dort glänzen mir schon die Boten der nahen Erquickung,
 Blitze, dem blauen Gebirg küssend die Last von der Stirn.
Blitzet ihr mir auch hinweg den Druck von dem glühenden Herzen,
 Das in Gebilden verglüht, schauend das Wirkliche nie.
Ist es ein feindlicher Gott, der goß das heilige Feuer
10 Mir in das fühlende Herz, daß es sich einsam verglüh'?
Denn die Geliebte birgt er mir böslich, die er doch immer
 Zeigt im Gebild' in der Nacht, zeigt im Gebild' an dem Tag.
Dreymal führt er mir schon mit täuschendem Schimmer das Mäd-
 An das ersehnende Herz; dreymal gelang ihm die List. [chen
15 Wirst du immer mich täuschen? Soll nie die Freundin ich finden,
 Die sich in Träumen der Nacht, spiegelt in Bildern des Tags?

JOHANN LUDWIG TIECK

Mondscheinlied.

Träuft vom Himmel der kühle Thau
Thun die Blumen die Kelche zu,
5 Spätroth sieht scheidend nach der Au,
Flüstern die Pappeln, sinkt nieder die nächt'ge Ruh'.

Kommen und gehn die Schatten
Wolken bleiben noch spät auf
Und ziehn mit schwerem, unbeholfnem Lauf
10 Über die erfrischten Matten.

Kommen die Sterne und schwinden wieder
Blicken winkend und flüchtig nieder,
Wohnt im Wald die Dunkelheit
Dehnt sich Finster weit und breit.

15 Hinter'm Wasser wie flimmende Flammen,
Berggipfel oben mit Gold beschienen,
Neigen rauschend und ernst die grünen
Gebüsche die blinkenden Häupter zusammen.

Welle, rollst Du herauf den Schein
20   Des Mondes rund freundlich Angesicht?
Es merkt's und freudig bewegt sich der Hain
Streckt die Zweig' entgegen dem Zauberlicht.

Fangen die Geister auf den Fluthen zu springen,
Thun sich die Nachtblumen auf mit Klingen,
25   Wacht die Nachtigall im dicksten Baum
Verkündet dichterisch ihren Traum,
Wie helle, blendende Strahlen die Töne niederfließen
Am Bergeshang den Wiederhall zu grüßen.

Flimmern die Wellen,
30   Funkeln die wandernden Quellen,
Streifen durch's Gesträuch
Die Feuerwürmchen bleich. –

Wie die Wolken wandelt mein Sehnen,
Mein Gedanke bald dunkel bald hell,
35   Hüpfen Wünsche um mich wie der Quell,
Kenne nicht die brennenden Thränen.

Bist Du nah, bist Du weit,
Glück das nur für mich erblühte?
Ach! daß es die Hände biete
40   In des Mondes Einsamkeit.

Kömmt's aus dem Walde? schleicht's vom Thal,
Steigt es den Berg vielleicht hernieder?
Kommen alte Schmerzen wieder?
Aus Wolken ab die entfloh'ne Quaal?

45   Und Zukunft wird Vergangenheit,
Bleibt der Strom nie ruhig stehn,
Ach! ist Dein Glück auch noch so weit
Magst Du entgegen gehn,
Auch Liebesglück wird einst Vergangenheit.

50   Wolken schwinden,
Den Morgen finden
Die Blumen wieder;
Doch ist die Jugend einst entschwunden,
Ach! der Frühlingsliebe Stunden,
55   Steigen keiner Sehnsucht nieder.

Sanft umfangen
Vom Verlangen,
Abendwolken ziehn,
O, gegrüßt sey holdes Glücke,
Endlich, endlich meinem Blicke,
Längst gepflanzte Blumen blühn.

Abendröthe winkt herunter:
Hoffe auf den Morgen munter;
Winde eilen, verkünden's der Ferne,
Blicken auf mich nieder die freundlichen Sterne.

Keiner, der nicht grüßend niederschaute:
Ist es, singen sie, Dir gelungen?
Welche Töne rühren sich in der Laute,
Von unsichtbarer Geisterhand durchklungen?

Von selbst erregt sie sich zum Spiele,
Will ihre Worte gern verkünden,
Kennst Du, Vertraute, die Gefühle,
Die quälend, beglückend mein Herz entzünden?
O töne, ich kann das Lied nicht finden,
Das Leid, das Glück, das mich bewegt,
Und Klang und Lust in mir erregt.

Will ich von Glück, von Freude singen,
Von alten, wonnevollen Stunden?
Es ist nicht da und fern verschwunden,
Mein Geist von Entzücken festgebunden,
Beengt, beschränkt die goldnen Schwingen.

Geht die Liebe wohl auf Deinem Klange
Ist sie's, die Deine Töne rührt?
Und dieses Herz mit strebendem Drange
Auf Deinen Melodien entführt?

Mit Zitterklang kam sie mir entgegen,
Mein Geist in Netzen von Tönen gefangen,
Ich fühlte schon dies Beben, dies Bangen,
Entzücken überströmte, ein goldner Regen.

Sie saß im Zimmer, wartete mein,
Die Liebe führte mich hinein,
Erklang das alte Waldhorn drein.
Dein voller Klang
Mein Herz schon oft durchdrang,

40   Meiner Liebe vertraut,
              Von Deinem Ton mein Herz durchschaut.
           Nun verstummen nie die Töne,
           Lautenklang mein ganzes Leben,
           Herz verklärt in schönster Schöne,
45   Wundervollem Glanz und Weben
              Hingegeben.

1799

ABRAHAM GOTTHELF KÄSTNER

Extra Ecclesiam nulla salus.

,Kein Heil ist außer mir!' Der Kirche, die das lehrt,
Glaubt Mancher nicht so viel, der selbst zu ihr gehört. –
5 ,Nichts wußte man vor uns von Wahrheit und von Tugend!'
Glaubt doch den Kritischen für jetzt die liebe Jugend. –
,Nur die sind frei, die wir beherrschen und berauben!'
Das soll die ganze Welt den Freiheitsbringern glauben.

ERNST MORITZ ARNDT

Freudenlied.

Es singen die Söhne der Weisheit, die Alten:
Bekränzt euch mit Rosen, die frühe verblühn!
5 Ihr werdet dem hinkenden Alter, den Falten,
Dem Nachen des Charon doch nimmer entfliehn!

O, pflücket die Blüthen der flüchtigen Stunden,
O, pflücket sie eilig zum duftigen Kranz!
Und schwingt euch, von zärtlichen Armen umwunden,
10 Von funkelnden Augen beleuchtet, im Tanz!

Sich Ein Mahl im rollenden Monde betrinken,
Hippokrates lehrt es, der göttliche Mann,
Läßt heller die Flamme des Lebens erblinken.
Drum bringet die fröhlichen Becher heran!

15 Dreht Alles sich rund in dem kreisenden Leben,
Gehn Sonn' und Gestirne im freudigen Schwung,
So haltet euch, Flügel der Freude, im Schweben!
So drehe mich taumelnd, holdseliger Trunk!

Flieht, nüchterne Träumer, die rauschende Laube.
20 Weg, Molkengesichter und Wasservernunft!
Es lebe der lustige Nectar der Traube;
Es lebe und juble die trinkende Zunft!

Komm, seliger Evan, Bezwinger der Sorgen!
Komm Cypris, der Menschen, der Himmlischen Lust!
25 Kommt frühe! Es welket mit jeglichem Morgen
Ein Blümchen der Freude an sterblicher Brust!

JOHANN LUDWIG TIECK

Herbstlied.

Feldeinwärts flog ein Vögelein
Und sang im muntern Sonnenschein
5 Mit süßen wunderbaren Ton:
Ade! ich fliege nun davon,
Weit, weit,
Reis' ich noch heut.

Ich horchte auf den Feldgesang,
10 Mir ward so wohl und doch so bang,
Mit frohem Schmerz, mit trüber Lust
Stieg wechselnd bald und sank die Brust,
Herz, Herz,
Brichst du vor Wonn' oder Schmerz?

15 Doch als ich Blätter fallen sah,
Da sagt' ich: ach! der Herbst ist da,
Der Sommergast, die Schwalbe zieht,
Vielleicht so Lieb' und Sehnsucht flieht
Weit, weit,
20 Rasch mit der Zeit.

Doch rückwärts kam der Sonnenschein.
Dicht zu mir drauf das Vögelein,

FREUDENLIED 23 *Kultname des Dionysos.*   24 *Aphrodite.*

Es sah mein thränend Angesicht
Und sang: die Liebe wintert nicht,
25   Nein! nein!
Ist und bleibt Frühlingsschein!

FRIEDRICH VON MATTHISSON

Hexenfund.

Endlich, alte Wundergerte,
    Über ein Jahrtausend
5   Nur in Gräbern hausend,
Hobst du dich ans Licht hervor:
Furchtbar krachte das gesperrte
    Geisterthor.

Wahrlich, als wir Hexenjünger,
10   Dich auf Alraunbeeten
    Ahndungsvoll erspähten,
Waltete mit unsrer Schaar
Salomos erhabner Finger
    Unsichtbar.

15 In des Erdballs Mittelpunkte,
    In des Mondes Grüften,
    In der Sterne Klüften,
Herrscht allmächtig auf und ab
Der in Drachenblut getunkte
20   Zauberstab.

Ziehn wir, nach der hohen Weise
    Ächter Spukvollstrecker,
    Nun um Todtenäcker,
Bey des Abgrunds Melodey,
25 Der geheimnißschwangern Kreise
    Dreimal drei.

Treu dem Saz der Meistergilde,
    Laßt, aus Memfis Tiefen,
    Dunkle Hieroglyfen
30 Eng' uns um die Zirkel reihn,
Und zum Weihaltare bilde
    Sich Gebein.

Wann die Leichensteine beben,
An des Kirchhofs Eiben
35   Sich die Blätter sträuben,
Und aus morscher Särge Nacht
Sieben Flämmchen bläulich schweben,
Ist's vollbracht.

JOHANN WOLFGANG VON GOETHE

Der Müllerinn Verrath.

Woher der Freund so früh und schnelle
Da kaum der Tag im Osten graut?
5   Hat er sich in der Waldkapelle,
So kalt und frisch es ist, erbaut?
Es starret ihm der Bach entgegen,
Mag er mit Willen barfuß gehn?
Was flucht er seinen Morgensegen
10   Durch die beschneyten wilden Höhn?

Ach! wohl, er kommt vom warmen Bette,
Wo er sich andern Spas versprach,
Und wenn er nicht den Mantel hätte,
Wie schrecklich wäre seine Schmach.
15   Es hat ihn jener Schalk betrogen
Und ihm den Bündel abgepackt,
Der arme Freund ist ausgezogen
Und fast wie Adam blos und nackt.

Warum auch schlich er diese Wege
20   Nach einem frischen Äpfel Paar,
Das freylich schön im Mühlgehege
So wie im Paradiese war,
Er wird den Scherz nicht leicht erneuen,
Er druckte schnell sich aus dem Haus,
25   Und bricht auf einmal nun, im freyen,
In bittre laute Klagen aus.

Ich las in ihren Feuerblicken
Nicht eine Silbe von Verrath,
Sie schien mit mir sich zu entzücken,
30   Und sann auf solche schwarze That!

Konnt ich in ihren Armen träumen
Wie meuchlerisch der Busen schlug?
Sie hieß den holden Amor säumen
Und günstig war er uns genug.

35 Sich meiner Liebe zu erfreuen!
Der Nacht die nie ein Ende nahm!
Und erst die Mutter anzuschreyen
Nun eben als der Morgen kam!
Da drang ein Dutzend Anverwandten
40 Herein, ein wahrer Menschenstrom,
Da kamen Vettern, kuckten Tanten,
Da kam ein Bruder und ein Ohm.

Das war ein Toben, war ein Wüthen!
Ein jeder schien ein andres Thier.
45 Sie forderten des Mädchens Blüthen,
Mit schrecklichem Geschrey von mir. –
Was dringt ihr alle, wie von Sinnen,
Auf den unschuld'gen Jüngling ein?
Denn solche Schätze zu gewinnen,
50 Da muß man viel behender seyn.

Weiß Amor seinem schönen Spiele
Doch immer zeitig nachzugehn!
Er läßt fürwahr nicht in der Mühle
Die Blumen sechzehn Jahre stehn. –
55 Sie raubten nun das Kleiderbündel
Und wollten auch den Mantel noch.
Wie nur so viel verflucht Gesindel
Im engen Hause sich verkroch!

Nun sprang ich auf und tobt und fluchte,
60 Gewiß durch alle durchzugehn,
Ich sah noch einmal die Verruchte
Und ach! sie war noch immer schön,
Sie alle wichen meinem Grimme,
Da flog noch manches wilde Wort,
65 Da macht' ich mich, mit Donnerstimme,
Noch endlich aus der Höhle fort.

Man soll euch Mädchen auf dem Lande
Wie Mädchen aus den Städten fliehn,
So lasset doch den Fraun von Stande
70 Die Lust die Diener auszuziehn!

Doch seyd ihr auch von den Geübten,
Und kennt ihr keine zarte Pflicht,
So ändert immer die Geliebten,
Doch sie verrathen müßt ihr nicht.

75 So singt er in der Winterstunde
Wo nicht ein armes Hälmchen grünt.
Ich lache seiner tiefen Wunde,
Denn wirklich ist sie wohlverdient.

So geh es jedem der am Tage
80 Sein edles Liebchen frech betrügt,
Und Nachts, mit allzukühner Wage,
Zu Amors falscher Mühle kriecht.

AUGUST WILHELM SCHLEGEL

Der neue Pygmalion.
An Iffland.

Sonnett.
5 Sinds Träume, die dem Sinn vorüberwallten,
Und die ein Morgenlüftchen mit sich rafft?
Und seh' ich wirklich: welch ein Zauber schafft,
Daß Hellas Wunder neu sich mir entfalten?

Er ists, der Bildner redender Gestalten:
10 Sein Feuerblick, sein Gang, der Arme Kraft,
Die Denkerstirn, die tiefe Leidenschaft,
Die mächtig ringt das Höchste festzuhalten.

Was zürnst du noch dem Werke deiner Hand,
Dem Spiegel deiner schöpferischen Seele,
15 Als ob ihm Leben zur Vollendung fehle?

Die hohe Kunst, der sich dein Geist verband,
Schon fühlst du sie von deiner Glut erwarmen;
Sie steigt herab und ruht in deinen Armen.

Friedrich Schiller

Poesie des Lebens.
An ***

    „Wer möchte sich an Schattenbildern weiden,
5   Die mit erborgtem Schein das Wesen überkleiden,
    Mit trügrischem Besitz die Hofnung hintergehn?
    Entblößt muß ich die Wahrheit sehn.
    Soll gleich mit meinem Wahn mein ganzer Himmel schwinden,
    Soll gleich den freien Geist, den der erhabne Flug
10   Ins grenzenlose Reich der Möglichkeiten trug,
    Die Gegenwart mit strengen Fesseln binden,
    Er lernt sich selber überwinden,
    Ihn wird das heilige Gebot
    Der Pflicht, das furchtbare der Noth
15   Nur desto unterwürfger finden,
    Wer schon der Wahrheit milde Herrschaft scheut,
    Wie trägt er die Nothwendigkeit?“

    So rufst du aus und blickst, mein strenger Freund,
    Aus der Erfahrung sicherm Porte
20   Verwerfend hin auf alles, was nur scheint.
    Erschreckt von deinem ernsten Worte
    Entflieht der Liebesgötter Schaar,
    Der Musen Spiel verstummt, es ruhn der Horen Tänze,
    Still traurend nehmen ihre Kränze
25   Die Schwester Göttinnen vom schön gelockten Haar,
    Apoll zerbricht die goldne Leyer,
    Und Hermes seinen Wunderstab,
    Des Traumes rosenfarbner Schleyer
    Fällt von des Lebens bleichem Antlitz ab.
30   Die Welt scheint was sie ist, ein Grab.
    Von seinen Augen nimmt die zauberische Binde
    Cytherens Sohn, die Liebe sieht,
    Sie sieht in ihrem Götterkinde
    Den Sterblichen, erschrickt und flieht,
35   Der Schönheit Jugendbild veraltet,
    Auf deinen Lippen selbst erkaltet
    Der Liebe Kuß und in der Freude Schwung
    Ergreift dich die Versteinerung.

---

32 *Eros.*

JOHANN WOLFGANG VON GOETHE

Stanzen.

Der lang ersehnte Friede nahet wieder
Und alles scheint umkränzet und umlaubt,
Hier legt die Wuth die scharfen Waffen nieder,
Dem Sieger ist sogar der Helm geraubt,
Das nahe Glück erreget frohe Lieder
Und Scherz und laute Freuden sind erlaubt,
Und wir, als ein Gebild aus höhern Sphären,
Erscheinen heute deinen Tag zu ehren.

Die Palmen legen wir zu deinen Füßen
Und Blumen streuen wir vor deinem Schritt.
Die Eintracht darf sich wieder fest umschließen,
An ihrer Seite kommt die Hoffnung mit;
In Sicherheit und Ruhe zu genießen
Und zu vergessen alles was es litt,
Dies ist der Wunsch, der jedes Herz belebet,
Das wieder frisch ins neue Leben strebet.

Und Ceres wird versöhnet und verehret,
Die wieder froh die goldnen Ähren regt,
Wenn dann die Fülle prächtig wiederkehret,
Die aller Freuden reiche Kränze trägt;
Wird auch der Kunst der schönste Wunsch gewähret,
Daß ihr ein fühlend Herz entgegen schlägt,
Und in der Ferne sehen wir, aufs neue,
Der edlen Schwestern eine lange Reihe!

Doch jeder blickt behende nach den Seinen
Und theilt mit Freunden freudiges Gefühl,
Man eilet sich harmonisch zu vereinen,
Und wir sind hier an der Erscheinung Ziel;
Du zählst, mit Heiterkeit, uns zu den Deinen,
Verzeihest, mild, das bunte Maskenspiel.
O! sey beglückt! So wie du uns entzückest
Im Kreise den du schaffest und beglückest.

JOHANN CHRISTIAN FRIEDRICH HÖLDERLIN

An unsre Dichter.

Des Ganges Ufer hörten des Freudengotts
  Triumph, als allerobernd vom Indus her
5   Der junge Bacchus kam, mit heilgem
      Weine vom Schlafe die Völker weckend.

O weckt, ihr Dichter! weckt sie vom Schlummer auch,
  Die jetzt noch schlafen, gebt die Gesetze, gebt
    Uns Leben, siegt, Heroen! ihr nur
10   Habt der Eroberung Recht, wie Bacchus.

CHRISTIAN LUDWIG NEUFFER

Das Eine.
Den 7. Merz 1798.

Noch kehren oft der Kindheit Träume,
5 Gleich treuen Freunden, mir zurück,
Und meiner Hoffnung zarte Keime
Erstarben keinem Mißgeschick.
Noch sonnt mein Geist im Frühlingslichte
Der unerschöpften Dichtung sich;
10 Noch reift das Leben goldne Früchte
In seinem reichen Schoos für mich.

Noch kann mein Auge Thränen weinen;
Noch labt mich oft beglückter Wahn;
Noch wandelt oft in Eichenhainen
15 Mich der Begeist'rung Schauer an;
Noch hebt in mir den kühnen Flügel
Die jugendliche Phantasie;
Noch wehet mir von Thal und Hügel
Der Ahndung heilige Magie.

20 Noch oft vor meinen trunknen Blicken
Verschönt sich Gottes weite Welt;
Noch wird von wallendem Entzücken
Mir oft die heisse Brust geschwellt.

DAS EINE 2 *vgl. Hölderlins* An Neuffer, *S. 276.*

An Sinn und Herz noch unveraltet,
25   Fühl' ich den Muth noch nicht erschlafft.
Der Genius der Jugend waltet
Noch über mir mit Götterkraft.

Doch werden diese Luftgebilde
Mir künftig stets zur Seite steh'n?
30   Wird nicht mein Fuß durch Dorngefilde,
Nicht oft durch dürre Auen geh'n?
Ach, werden sie mich nie verlassen
Des Herzens schöne Melodie'n?
Werd ich sie noch im Fluge fassen,
35   Wenn sie einst treulos von mir flieh'n?

Schlägt einst auch noch mein Busen wärmer
Beym süssen Nahmen Vaterland?
Ach, wird nicht stets das Leben ärmer
Durch der Erfahrung kalte Hand?
40   Werd' ich nicht in mich selbst verschlossen,
Vielleicht mich langsam sterben seh'n,
Und, ohne Freuden, einst verdrossen
Den schweren Kampf mit mir besteh'n?

Schon ist mit unbemerktem Schritte
45   Mein schönes Morgenroth entfloh'n.
Bald flammt an meines Tages Mitte
Die Sonne meines Lebens schon.
Wer wird vor ihr die Pflanzen schirmen,
Die duftend mir entgegen blüh'n,
50   Wenn um sie her Gewitter stürmen,
Und Wolken schwarz ihr Haupt umzieh'n?

Wird mühevoller einst und schwühler
Des heissen Tages rascher Lauf,
Welch Obdach nimmt mich dann in kühler
55   Und labender Umschattung auf?
Wenn meine bessern Träume starben,
Der Jugend seliger Genuß,
Was wird mir, wenn mein Herz nun darben,
In dumpfer Wehmuth darben muß?

60   Der Geist mag bauen und zerstören,
Der Schöpfung Harmonie durchspäh'n,
Und ob den Bahnen ferner Sphären
Des Schicksals Tritte wandeln seh'n;

Mag der Natur das Siegel lösen,
65 Das sie uns noch verborgen hält,
Bleibt er nicht stets ein fremdes Wesen
Im unbegrenzten All der Welt?

Nur Liebe knüpft mit sanften Händen
Uns an die fremden Welten an;
70 Von ihrer Gunst beschützt vollenden
Wir jugendlich des Lebens Bahn.
Sie lehrt den Greis mit Kindern spielen,
Füllt aller Zeiten Lücken aus;
Mit ihr muß selbst der Todte fühlen:
75 Sie folgt uns noch in Plutons Haus.

Drum schmück' an ihren Festaltären
Ich froh mit Myrten mir das Haupt;
Sie wird mir wieder neu gewähren,
Was mir der Flug der Jahre raubt.

80 Sie wird die Jugend mir erhalten,
Obschon die rasche Zeit entflieht.
Mein Herz kann nimmermehr veralten,
Wenn mich ihr sanfter Hauch durchglüht.

JOHANN CHRISTIAN FRIEDRICH HÖLDERLIN

An die Parzen.

Nur Einen Sommer gönnt, ihr Gewaltigen!
Und einen Herbst zu reifem Gesange mir,
5   Daß williger mein Herz, vom süssen
      Spiele gesättiget, dann mir sterbe.

Die Seele, der im Leben ihr göttlich Recht
Nicht ward, sie ruht auch drunten im Orkus nicht;
   Doch ist mir einst das Heil'ge, das am
10   Herzen mir liegt, das Gedicht gelungen;

Willkommen dann, o Stille der Schattenwelt!
Zufrieden bin ich, wenn auch mein Saitenspiel
   Mich nicht hinabgeleitet; Einmal
     Lebt' ich, wie Götter, und mehr bedarfs nicht.

HEINRICH VON KLEIST

Hymne an die Sonne

Über die Häupter der Riesen, hoch in der Lüfte Meer,
Trägt mich, Vater der Riesen, dein dreigezackigter Fels.
    Nebel walten,
     Wie Nachtgestalten,
Um die Scheitel der Riesen her,
Und ich erwarte dich, Leuchtender!

Deinen prächtigen Glanz borge der Finsternis,
Allerleuchtender Stern! Du der unendlichen Welt
    Ewiger Herrscher,
    Du des Lebens
Unversiegbarer Quell, gieße die Strahlen herauf,
Helios! wälze dein Flammenrad!

Sieh! Er wälzt es herauf! Die Nächte, wie sie entfliehn –
Leuchtend schreibet der Gott seinen Namen dahin,
    Hingeschrieben
    Mit dem Griffel des Strahles,
„Kreaturen, huldigt ihr mir?“
– Leuchte, Herrscher! wir huldigen dir!   *[1911]*

CLEMENS BRENTANO

Liebesnacht im Haine.

Um uns her der Waldnacht heilig Rauschen
Und der Büsche abendlich Gebet
Seh ich dich so lieblich bange lauschen,
Wenn der West durch dürre Blätter weht.

Und ich bitte Jinni, holde, milde,
Sieh’, ich dürste, sehne mich nach dir,
Sinnend blickst du durch die Nachtgefilde,
Wende deinen süßen Blick nach mir.

HYMNE AN DIE SONNE 2 *Das Gedicht bezieht sich auf Schillers* Hymne an den Un-
endlichen, *S. 147.*

Ach, dann wendet Jinni voll Vertrauen
Ihres Lebens liebesüßen Blick,
Mir ins wonnetrunkne Aug zu schauen,
Aus des Tages stillem Grab zurück.

15 Und es ist so traulich dann, so stille,
Wenn ihr zarter Arm mich fest umschlingt
Und ein einz'ger liebevoller Wille
Unsrer Seelen Zwillingspaar durchdringt.

Nur von unsrer Herzen lautem Pochen,
20 Von der heilgen Küsse leisem Tausch,
Von der Seufzer Lispel unterbrochen
Ist der Geisterfeier Wechselrausch.

Auf des Äthers liebestillen Wogen
Kommt Diane dann so sanft und mild
25 Auf dem lichten Wagen hergezogen,
Bis ihn eine Wolke schlau verhüllt,

Und sie trinket dann an Latmos' Gipfel
Ihrer Liebe süßen Minnelohn,
Ihre Küsse flüstern durch die Wipfel,
30 Küssend nennst du mich Endymion.

Liest auch wohl mit züchtigem Verzagen
Meiner Blicke heimlich stille Glut,
Und es sterben alle deine Klagen,
Weil die Liebe dir am Herzen ruht.

35 Fest umschling ich dich, von dir umschlungen
Stirbt in unsrem Arm die rege Zeit,
Und es wechseln schon des Lichtes Dämmerungen,
Starb schon Gestern, wird schon wieder heut.

Wenn die lieben Sterne schon ermatten,
40 Wechseln wir noch heimlich Seligkeit,
Träumen in den tiefen dunklen Schatten,
Flehend und gewährend Ewigkeit.

Fest an dich gebannt, in dich verloren
Zähle ich an deines Herzens Schlag
45 Liebestammelnd jeden Schritt der Horen.
Scheidend küsset uns der junge Tag. *[1936/37]*

24 *die Mondgöttin* Diane *ist hier Personifikation des Mondes.*
27, 30 *die Mondgöttin (in der mythischen Erzählung Selene) besuchte hinter dem Gebirge* Latmos *in Kleinasien ihren Geliebten* Endymion.

Johann Ludwig Tieck

So wandelt sie, im ewig gleichen Kreise
Die Zeit nach ihrer alten Weise,
Auf ihrem Wege taub und blind,
Das unbefangne Menschenkind
5   Erwartet stets vom nächsten Augenblick
Ein unverhofftes seltsam neues Glück.
Die Sonne geht und kehret wieder,
Kömmt Mond und sinkt die Nacht hernieder,
Die Stunden die Wochen abwärts leiten,
10   Die Wochen bringen die Jahreszeiten.
Von außen nichts sich je erneut,
In Dir trägst Du die wechselnde Zeit,
In Dir nur Glück und Begebenheit.

Editorische Notiz

Die abgedruckten Gedichte stehen unter dem Datum ihres nominellen ersten Drucks. Dies zu erwähnen erscheint insofern wichtig, als wohl die ganze Reihe der Musenalmanache jeweils im Herbst des Vorjahrs erschienen ist. Dasselbe gilt für Goethes *Neue Lieder* [5].

Bei einigen Gedichten (Ramler, S. 23; Ramler, S. 120; Wieland, S. 151) konnten Einzeldrucke aus dem jeweiligen Vorjahr ermittelt werden, die jedoch die Einordnung des Gedichts nicht bestimmen, weil sie in ein öffentliches Bewußtsein kaum gedrungen sein dürften (vgl. auch Band 5 der vorliegenden Reihe, S. 10).

Bei Divergenzen zwischen dem Erscheinungsjahr des abgedruckten Textes und seiner chronologischen Einordnung gibt die eingeklammerte Jahreszahl in der Schlußzeile das Erscheinungsdatum an.

Auch dieser Band der Reihe hält sich prinzipiell, sieht man von der Verbesserung von Druckfehlern ab, an die Textgestalt der Vorlagen. Zur Begründung, inwiefern und warum das Druckbild dennoch dem der Originaldrucke nicht gleicht, sei der Kürze halber auf die Ausführungen in Bd. 5, S. 11 verwiesen. Ergänzend ist festzustellen, daß auch im Zeitraum des vorliegenden Bandes der Fraktursatz noch dominiert.

Eine Besonderheit der Zeit zwischen 1770 und 1800 mußte berücksichtigt werden. Bei einer relativ großen Zahl von Gedichten – vorwiegend in Almanachen und Zeitschriften – erscheint in den Vorlagen der Verfassername chiffriert. Diese Chiffren hielt der Herausgeber für wesentlich genug, um sie in den Fußnoten des Textteils mitzuteilen. Der Unterschied, der darin besteht, daß manche Chiffren einfache Initialen, andere hingegen Verschlüsselungen darstellen, gibt Hinweise auf das publizistische Selbstverständnis der Verfasser. In allen Fällen, in denen der Stern beim Verfassernamen keine Erläuterung findet, handelt es sich um anonyme Publikationen.

Verzeichnis der Quellen

Die Anordnung der Quellen entspricht der Reihenfolge ihrer Verwendung in dieser Anthologie. Quellentitel werden vollständig mitgeteilt, abgesehen von technischen Details wie z. B. Verlegernamen oder Angaben über die Unterteilung in Bände, Hefte, Stücke etc., die bei den einzelnen Gedichten im Autorenverzeichnis stehen. Ortsnamen und Jahreszahlen, soweit sie nicht unmittelbar zum Titel gehören, erscheinen in einheitlicher moderner Form. – Bei Einzelquellen (nicht bei Periodika!) steht zum Zwecke der leichteren Orientierung der Name des Autors bzw. des Herausgebers in verkürzter Form vor der Quelle, und zwar auch dann, wenn der Name im Titel der Quelle nicht vorkommt, d. h. auch bei anonym erschienenen Werken. – Almanache und sonstige Periodika werden nur einmal aufgeführt, die Titelveränderungen der späteren Jahrgänge in eckigen Klammern mitgeteilt. Kursiv und in eckigen Klammern erscheinen, soweit bekannt, diejenigen Herausgebernamen von Periodika, die nicht im Titel enthalten sind. Dabei wird in allen den Fällen, in denen der volle Name des Herausgebers im Verzeichnis der Autoren und ihrer Gedichte angeführt ist, lediglich der Nachname genannt. Da die Periodikatitel in der Form ihres ersten Auftretens in dieser Anthologie wiedergegeben, da im übrigen nur die benutzten Jahrgänge aufgeführt werden, müssen die Titel nicht unbedingt in der bekanntesten Weise erscheinen. – Bei Sammelwerken jeglicher Art (Anthologien, Almanachen, Taschenbüchern, Zeitschriften etc.) folgen im Anschluß an die Quellentitel *kursiv* die Namen der berücksichtigten Verfasser.

1 Musenalmanach für das Jahr 1770. – Göttingen *[Hrsg. Boie, unterstützt von Gotter und Kästner]*. – *Weitere benutzte Jahrgänge:* 1771. 1772. 1773 [Musenalmanach MDCCLXXIII. – Göttingen. Poetische Blumenlese auf das Jahr 1773. – Göttingen und Gotha]. 1774. 1775 *[Hrsg. Voß]*. 1776 [Musen-Almanach A. MDCCLXXVI. – Göttingen. Poetische Blumenlese Auf das Jahr 1776. – Göttingen] *[Hrsg. Goekingk]*. 1777. 1778. 1780 *[Hrsg. Bürger]*. 1781. 1782. 1783. 1784. 1785. 1786. 1788. 1789. 1790. 1791. 1792. 1793. 1794. 1795 [Musenalmanach 1795. – Göttingen. Poetische Blumenlese, aufs Jahr 1795. – Göttingen] *[Hrsg. Karl Reinhard]*. 1796. 1797. 1798. 1799.
Arndt, Boie, Bouterwek, Brückner, Bürger, Conz, Engelschall, Girtanner, Gleim, Goethe, Gotter, Hahn, Hensler, Herder, Hölty, Jacobi, Kästner, Karsch, Knebel, Kosegarten, Kretschmann, Langbein, Lenz, Lichtenberg, Merck, F. A. A. Meyer, F. L. W. Meyer, Miller, Müller, Pfeffel, Ramler, Ratschky, Salis-Seewis, A. W. Schlegel, Seckendorff, F. L. Stolberg, Thomsen, Thümmel, Ueltzen, Voß

2 Unterhaltungen. – Hamburg 1770   *Klopstock*

3 Hamburgische Addreß-Comptoir-Nachrichten. – 1770   *Claudius*

4 WIELAND – Die Grazien. – Leipzig 1770

5 GOETHE – Neue Lieder in Melodien gesetzt von Bernhard Theodor Breitkopf. – Leipzig 1770 *[erschienen 1769]*

6 Almanach der deutschen Musen, auf das Jahr 1771. Unter allen Meridianen zu haben. – [Leipzig] *[Hrsg. Christian Heinrich Schmid]. – Weitere benutzte Jahrgänge:* 1772 [Almanach der deutschen Musen, auf das Jahr 1772. – Leipzig]. 1774. 1775. 1776. 1778. *Behr, Hartmann, Lavater, Möser, Schubart, Wagner, Wezel*

7 Der Wandsbecker Bothe 1771. *[Hrsg. Claudius]. – Weiterer benutzter Jahrgang:* 1774 [Der Deutsche, sonst Wandsbecker Bothe] *Claudius, Goethe, Herder*

8 Kayserlich-privilegirte Hamburgische Neue Zeitung. – 1771. – *Weitere benutzte Jahrgänge:* 1773. 1793 *Hahn, Klopstock*

9 KLOPSTOCK – Oden. – Hamburg 1771

10 HEINSE – Sinngedichte von Wilhelm Heinse. – Halberstadt 1771

11 RAMLER – Karl Wilhelm Ramlers Lyrische Gedichte. – Berlin 1772

12 DENIS – Die Lieder Sineds des Barden Mit Vorbericht und Anmerkungen von M. Denis, aus der G. J. – Wien 1772

13 KARSCH – Neue Gedichte von Anna Louisa Karschin. – Mitau und Leipzig 1772

14 Der Deutsche *[ab 2. Bd. 1. Stck. April 1773* Teutsche] Merkur. – Weimar 1773 *[Hrsg. Wieland]. – Weitere benutzte Jahrgänge:* 1776. 1780. 1782. 1786. 1787. 1788 *Boie, Brun, Goethe, Halem, Jacobi, Matthisson, Ratschky, Schatz, Schiller, Schwab, F. L. Stolberg, Wieland*

15 HERDER – Von Deutscher Art und Kunst. Einige fliegende Blätter. – Hamburg 1773 *Unbekannter Verfasser*

16 Iris. Vierteljahrschrift für Frauenzimmer. – Düsseldorf 1774 *[Hrsg. Jacobi]. –* Weitere benutzte Jahrgänge: 1775. 1776 [Berlin] *Gleim, Goethe, Jacobi, Lenz*

17 Taschenbuch für Dichter und Dichterfreunde. – Leipzig 1774 *[Hrsg. Christian Heinrich Schmid und Johann Gottfried Dyk]. – Weitere benutzte Jahrgänge:* 1775. 1776. 1777 *[Hrsg. Dyk].* 1779. 1780. 1781 *Gleim, Kästner, Krauseneck, Kretschmann, Lenz, Meißner, Ramler, K. Schmidt, Stieglitz, Zobel*

18 Deutsche Chronik. auf das Jahr 1775. herausgegeben von M. Christ. Fried. Daniel Schubart. – Augsburg. – *Weiterer benutzter Jahrgang.* 1776 [Teutsche Chronik. aufs Jahr 1776. von Schubart. – Ulm] *Schubart*

19 Deutsches Museum. – Leipzig 1776 *[Hrsg. Boie und Konrad Christian Wilhelm von Dohm]. – Weitere benutzte Jahrgänge:* 1781 *[Hrsg. Boie].* 1782. 1784. 1785 *Bodmer, Bürger, Gedike, Haugwitz, Kuh, Lessing, Matthisson*

20 Musenalmanach für das Jahr 1776 von den Verfassern des bish. Götting. Musenalm. herausgegeben von J. H. Voss. Poetische Blumenlese Für das Jahr 1776. Von den Verfassern der bisherigen Göttinger Blumenlese, nebst einem Anhange

die Freymaurerey betreffend; Herausgegeben von J. H. Voß. – Lauenburg. – *Weitere benutzte Jahrgänge:* 1777 [Musen Almanach für 1777. Poetische Blumenlese für das Jahr 1777. Herausgegeben von Joh. Heinr. Voß. – Hamburg]. 1778. 1779. 1780 [Musen-Almanach oder poetische Blumenlese für das Jahr 1780. Herausgegeben von Voß und Goeckingk]. 1782 [Musen Almanach für 1782]. 1784. 1785. 1786. 1787. 1789 [Herausgegeben von J. H. Voß]. 1790. 1791. 1792. 1793. 1794. 1795 [Musen-Almanach fürs Jahr 1795]. 1796
Brückner, Brun, Bürde, Bürger, Claudius, Fischer, Gerstenberg, Gleim, Goeckingk, Goethe, Götz, Hölty, Jacobi, Klinger, Klopstock, Lenz, Lessing, Matthisson, Miller, Müller, Overbeck, Pfeffel, Salis-Seewis, Sangerhausen, Sprickmann, Ch. Stolberg, F. L. Stolberg, Voß

21 Leipziger Musenalmanach aufs Jahr 1776 *[Hrsg. Friedrich Traugott Hase]. – Weitere benutzte Jahrgänge:* 1777. 1781 *[Hrsg. August Cornelius Stockmann]*
Denis, Karsch, Moritz

22 Goethe – [Briefe an Frau von Stein vom 2. 11. 1776 und vom 16. 12. 1780]. *Abdruck nach:* Göthe's Briefe an Frau von Stein aus den Jahren 1776–1826. Zum erstenmal herausgegeben durch A[dolf]. Schöll: 1. Bd. – Weimar 1848

23 Wagner, Hrsg. – Mercier's Neuer Versuch über die Schauspielkunst. Aus dem Französischen. *[Übersetzung von* Louis Sébastien Mercier, Du théâtre ou Nouvel essai sur l'art dramatique. 1773] Mit einem Anhang aus Goethes Brieftasche. – Leipzig 1776   *Goethe*

24 Eyn feyner kleyner Almanach Vol schönerr echterr liblicherr Volckslieder, lustigerr Reyen vnndt kleglicherr Mordgeschichte, gesungen von Gabriel Wunderlich weyl. Benkelsengernn zu Dessaw, herausgegeben von Daniel Seuberlich, Schusternn tzu Ritzmück ann der Elbe. Erster Jahrgang. Mit königl. Preuß. und Churf. Brandenb. allergn. Freyheiten. Berlynn vnndt Stettynn verlegts Friedrich Nicolai. 1777. – *Weiterer benutzter [zweiter und letzter] Jahrgang:* 1778   *Nicolai*

25 Schwäbisches Magazin von gelehrten Sachen auf das Jahr 1777. – [Stuttgart] *[Hrsg. Balthasar Haug]*   *Schiller*

26 Wienerischer Musenalmanach auf das Jahr 1778 *[Hrsg. Ratschky]. – Weiterer benutzter Jahrgang:* 1779
Leon

27 Herder, Hrsg. – Volkslieder. Erster Theil. – Leipzig 1778
Unbekannter Verfasser

28 Seckendorff, Hrsg. – Volks- und andere Lieder mit Begleitung des Forte piano, in Musik gesetzt von Siegmund Freyherrn von Seckendorff. – Weimar 1779
Goethe

29 Herder, Hrsg. – Volkslieder. Nebst untermischten andern Stücken. *[Vgl. 27]* Zweiter Theil. – Leipzig 1779.   *Goethe, unbekannte Verfasser*

30 Schiller – Die Räuber. Ein Schauspiel. Frankfurt und Leipzig. – [Stuttgart?] 1781

31 SCHILLER, Hrsg. – Anthologie auf das Jahr 1782. Gedruckt in der Buchdruckerei zu Tobolsko.   *Abel, Haug, Hoven, Schiller*

32 STÄUDLIN – Vermischte poetische Stücke. – Tübingen 1782

33 Der christliche Dichter. Ein Wochenblatt von Johann Caspar Lavater. Angefangen im May 1782. – Zürich. – *Weiterer benutzter Jahrgang:* 1783   *Lavater*

34 Schwäbischer Musenalmanach Auf das Jahr 1782. Herausgegeben von Gotthold Friedrich Stäudlin. – Tübingen. – *Weitere benutzte Jahrgänge:* 1783 [Schwäbische Blumenlese Auf das Jahr 1783]. 1784 [Schwäbischer Musenalmanach auf das Jahr 1784]. 1785 [Schwäbische Blumenlese für's Jahr 1785]. 1793 [Poetische Blumenlese fürs Jahr 1793. – Stuttgart]
Conz, Hölderlin, Magenau, Reinhard, Schubart, Stäudlin, Thill

35 SECKENDORFF, Hrsg. – Volks- und andere Lieder, mit Begleitung des Forte piano, in Musik gesetzt von Siegmund Freyherrn von Seckendorff. [*Vg.* 28] Dritte Sammlung. – Dessau 1782   *Goethe*

36 GOETHE – *Handschrift* 1782. *Abdruck nach:* Zeitschrift für deutsche Philologie. Herausgegeben von Ernst Höpfner und Julius Zacher. 3. Bd. – Halle 1871 – *[Darin:]* Reinhold Köhler, Goethiana, S. 475–480   *Goethe*

37 Berlinische Monatsschrift. 1783 *[Hrsg. Gedike und E. Biester]*. – *Weiterer benutzter Jahrgang:* 1790   *Gleim, Moritz, Raumer, unbekannter Verfasser*

38 JOHANN MICHAEL ARMBRUSTER, Hrsg. – Chr. Dan. Friedr. Schubarts Gedichte aus dem Kerker. – Zürich 1785

39 SCHUBART – Christian Friedrich Daniel Schubarts sämmtliche Gedichte. Von ihm selbst herausgegeben. Zweiter Band. – Stuttgart 1786

40 Journal des Luxus und der Moden. Herausgegeben von F[riedrich]. J[ustin]. Bertuch und G[eorg]. M[elchior]. Kraus. – Weimar 1787. – *Weiterer benutzter Jahrgang:* 1794   *Alxinger, unbekannter Verfasser*

41 Thalia. Herausgegeben von Schiller. – Leipzig 1787. – *Weitere benutzte Jahrgänge:* 1789, 1790   *Albrecht, Mereau, Schiller, Schilling*

42 SCHLEGEL – Johann Adolf Schlegels vermischte Gedichte. [1. Bd.]. – Hannover 1787

43 Neues Deutsches Museum. Herausgegeben von Heinrich Christian Boie. – Leipzig 1789   *Klopstock*

44 GOETHE – Goethe's Schriften. Achter Band. – Leipzig 1789

45 Vaterlandschronik von 1789. Von Christian Friedrich Daniel Schubart. – Stuttgart   *Schubart*

46 Deutsche Monatsschrift. – Berlin 1791   *Goethe*

47 Der Patriot. – Mainz 1792 *[Hrsg. Georg Christian Gottlob Wedekind].* – *Weiterer
benutzter Jahrgang:* 1793   *Lehne, Stäudlin, Suter, unbekannter Verfasser*

48 Neue Thalia herausgegeben von Schiller. – Leipzig 1792. – *Weiterer benutzter
Jahrgang:* 1793   *Fink, Seume*

49 Die Einsiedlerinn aus den Alpen. Eine Monatsschrift. Von M[ari]. A[nne]. Ehr-
mann. – Zürich 1794   *Hölderlin*

50 HUMBOLDT – *Handschrift* 1794. *Abdruck nach:* Euphorion. Zeitschrift für Litera-
turgeschichte herausgegeben von August Sauer. 3. Bd. – Bamberg 1896 – *[Da-
rin:]* Albert Leitzmann, Zu Wilhelm von Humboldt. 1. Zum Briefwechsel mit
Schiller, S. 64–73

51 Die Horen eine Monatsschrift herausgegeben von Schiller. – Tübingen 1795. –
Weitere benutzte Jahrgänge: 1796. 1797
*Brun, Goethe, Herder, Hölderlin, Kosegarten, Matthisson, Pfeffel, Schiller, Voß, Wolt-
mann*

52 BRUN – Gedichte von Friederike Brun geb. Münter herausgegeben durch Fried-
rich Matthisson. – Zürich 1795

53 GOETHE – Wilhelm Meisters Lehrjahre. Ein Roman. Herausgegeben von Goethe.
1. Bd. – Berlin 1795

54 Musenalmanach für das Jahr 1796. Herausgegeben von Schiller. – Neustrelitz. –
Weitere benutzte Jahrgänge: 1797 [Musen-Almanach für das Jahr 1797 herausgege-
ben von Schiller. – Tübingen]. 1798. 1799
*Goethe, Hölderlin, Matthisson, Mereau, Neuffer, Schiller, A. W. Schlegel, S. Schmidt,
Tieck, Woltmann*

55 TIECK – Geschichte des Herrn William Lovell. – Berlin und Leipzig 1795–96

56 TIECK – Volksmährchen herausgegeben von Peter Leberecht. 1. Bd. – Berlin
1797

57 WACKENRODER – Herzensergießungen eines kunstliebenden Klosterbruders. –
Berlin 1797

58 TIECK, Hrsg. – Strausfedern. Eine Sammlung kleiner Romane und Erzählungen.
6. Bd. – Berlin und Stettin 1797   *Wackenroder*

59 BRENTANO – *Handschrift* 1797. *Abdruck nach:* Hans Jaeger, Clemens Brentanos
Frühlyrik. Chronologie und Entwicklung. – Frankfurt a. Main 1926 (Deutsche
Forschungen Bd. 16)

60 TIECK – Franz Sternbald's Wanderungen. Eine altdeutsche Geschichte herausgegeben von Ludwig Tieck. – Berlin 1798

61 Taschenbuch für Frauenzimmer von Bildung auf das Jahr 1799. herausgegeben von C. L. Neuffer. – Stuttgart   *Hölderlin, Neuffer*

62 KLEIST – *Handschrift* 1799. *Abdruck nach:* Heinrich von Kleist Sämtliche Werke und Briefe Herausgegeben von Helmut Sembdner 1. Bd. – Darmstadt 1962

63 BRENTANO – *Handschrift* 1799. *Abdruck nach:* Hochland XXXIV, 1936/37. – München 1937 – *[Darin:]* Unbekannte Gedichte und Briefe des jungen Clemens Brentano. Mitgeteilt und eingeleitet von Wilhelm Schellberg. S. 47–56

64 TIECK – Phantasien über die Kunst, für Freunde der Kunst. Herausgegeben von Ludwig Tieck. – Hamburg 1799

Verzeichnis der Autoren und ihrer Gedichte

Das Verzeichnis ist alphabetisch angelegt. Pseudonyme werden unter Hinweis auf die
bürgerlichen Namen angeführt. Die Orthographie der Namen, die in den Quellen bis-
weilen schwankt, folgt im allgemeinen dem modernen Gebrauch. – Die Gedichte
werden in der Reihenfolge ihres Auftretens in dieser Anthologie verzeichnet. Die halb-
fett gedruckte Chiffre hinter dem Gedichttitel bzw. der Anfangszeile *(kursiv)* verweist
auf die Numerierung im Verzeichnis der Quellen. Der Fundort des Gedichts wird,
wenn es sich um Einzelpublikationen handelt, durch Seitenzahlen bestimmt. Bei Alma-
nachen treten die Jahreszahlen hinzu, bei allen anderen Periodika (Zeitungen, Zeit-
schriften, Taschenbüchern etc.) die überdies notwendigen Angaben wie Jahrgang,
Vierteljahr, Band, Teil, Stück, Monatsname und (bei Zeitungen) Nummer und Tages-
datum. – Zur Orientierung über den engeren Zusammenhang, in dem das Gedicht ur-
sprünglich zu lesen war, werden (in runden Klammern) auch originale Rubriktitel mit-
geteilt. Eingeklammerte Anführungszeichen (") verweisen auf die in vorangehenden
Quellenangaben zuletzt genannte Rubrik. Anmerkungen des Herausgebers zu einzel-
nen Gedichten werden in eckigen Klammern verzeichnet. Am rechten Rand sind die
Seitenzahlen dieser Sammlung angegeben.

Verzeichnis der Autoren und ihrer Gedichte

Verzeichnis der Autoren und ihrer Gedichte

Verzeichnis der Autoren und ihrer Gedichte

Verzeichnis der Autoren und ihrer Gedichte

Verzeichnis der Autoren und ihrer Gedichte

Verzeichnis der Autoren und ihrer Gedichte

Verzeichnis der Autoren und ihrer Gedichte

Verzeichnis der Autoren und ihrer Gedichte

Verzeichnis der Autoren und ihrer Gedichte

Verzeichnis der Autoren und ihrer Gedichte

Verzeichnis der Gedichtüberschriften und -anfänge

Überschriften und Anfänge

Überschriften und Anfänge

Überschriften und Anfänge